# 소년 시대

**가시와바라 효조** 장편소설 | **김석중** 옮김

서커스

# 차례

소년 시대

# 서 장

아버지의 고향인 호쿠리쿠北陸 지방 일본해 연안에 있는 반농반어의 후네하라 마을을 처음으로 내가 방문한 것은 1944년 6월 말이었다. 아버지 바로 아래 동생으로 전년이 거의 끝날 무렵 만주의 전쟁터에서 병사한 게이사쿠 숙부의 마을장에 참례하기 위해 결혼한 지 일년도 채 안 되어 미망인이 된 젊은 미쓰코 숙모와 함께 출발했다. 삼형제 중 막내였던 내가 형제의 대표로 뽑힌 것은 마침내 9월부터 본격적으로 시작된 학생 소개疏開에 대비해 미리 내가 생활할 곳과 친근해지라는 아버지의 배려 때문이었다. 두 형은 지금까지 여러 번 여름방학을 아버지의 고향에서 보냈지만 나는 아직 그곳에 가본 적이 없었다. 아버지는 내가 아버지의 고향으로 소개해 가기를 무척 원했고, 그것을 거의 결정된 것처럼 생각하고 있었지만 난 아직 확실하게 결정을 못 내리고 있었다. 친했던 친구들과 헤어지지 않아도 되는 집단 소개에 참가하고 싶은 마음을 버릴 수가 없었기 때문이다.

게이사쿠 숙부의 마을장은 도착한 다음 날인 토요일 오후 1시부터 마을의 국민학교 강당에서 숙부와 비슷한 시기에 전사한 세 명의 영령과 합동장으로 치러졌다. 마을장이라 학교에서도 4학년 이상의 학생 전원이 참례했다. 유족석의 나는, 검은 상복을 입은 아름다운 숙모와 전날 밤 마지막 야간열차로 도쿄를 출발해 그날 정오가 다 되어서 도착한 아버지와 나란히 식이 끝날 때까지 얌전히 몸을 움직이지도 않고 어른용 의자에 앉아 있었다. 솔직히 말하면 참례하고 있는 선생님이나 학생들, 특히 동급생이 될지도 모르는 5학년 남자반 아이들의 모습을 확인해보고 싶었지만, 장례식 도중에는 돌아가신 숙부만을 생각하려고 노력하는 게 슬픔으로 다시 휩싸인 미쓰코 숙모의 시중 역을 맡은 나의 신성한 의무라고 생각했기 때문이다. 바쁜 아버지는 그날 밤 기차로 도쿄로 돌아갔지만 나는 숙모와 함께 일요일 저녁까지 그곳에서 보내게 되었다.

일요일 오전에 나는 바다로 나갔다. 아버지의 형인 타쓰오 큰아버지가 물려받은 아버지의 생가로부터 바다까지는 뛰어가면 5분도 걸리지 않았다. 전날 이곳의 아이들이 수영하는 모습을 이미 봤기 때문에 집에 가기 전에 한번은 수영을 하기로 마음먹고 있었다. 해변에는 두세 명의 아이들이 완전히 벌거벗은 채 해수욕을 하고 있을 뿐이었다. 바닷물에 몸을 담그자 약간 차가웠지만 곧 적응이 됐다. 바다는 얼마 안 나가서 바로 깊어졌다. 나는 저 멀리 흐릿하게 보이는 노토能登 반도를 향해 자신 있는 크롤로 수영을 해나갔다. 상당히 멀리까지 나왔을 거라고 생각해 수영을 멈추고 해변을 돌아다보았으나 고작 백 미터 정도밖에 나오지 않았다는 것을 알았다. 나는 거기서 더 이상 바다로 나가지 않고 물에 몸을 띄우고 있었다. 하늘은 믿어지지 않을 정도로 청명한 파란색이었고, 나만이 지금 세계에서 홀로 바다에 떠 있는 듯한 착각이 들었다.

30분 정도 그렇게 수영을 한 뒤에 바다에서 나와 해변의 자갈밭에 누워 몸을 말리며 쉬고 있었다. 문득 기척이 느껴져 봤더니 어디에서 나타났는지 나와 같은 학년 정도로 보이는 남자아이 네 명이 옆에 서 있었다. 나는 상반신을 일으켜 잘 부탁한다는 듯이 고개를 약간 숙여 보였다. 그러자 그에 답하듯이 그에 한 아이가 미소를 지으며 말을 걸어왔다.

"언제 소개해 와?"

나의 소개 소식이 이미 알려져 있는 것에 놀라며 나는 대답했다.

"아직 여기로 올지 결정한 건 아닌데, 소개해 온다면 2학기가 시작되는 9월부터겠지."

나한테 질문한 남자아이의 얼굴에서 미소가 사라졌다.

"여기로 오지 않으면 어디로 가는데?"

그때 "기요시" 하고 내 이름을 부르는 미쓰코 숙모의 목소리가 제방 위에서 들렸다. 돌아다보니 하얀색 원피스 차림의 숙모가 손을 흔들고 있었다.

"점심 다 됐다."

나는 손을 흔들어 대답하고 바로 옷을 입으려 했지만 아직 남자아이의 질문에 대답하지 않았다는 것을 깨달았다.

"집단 소개를 할까 하고 생각하고 있거든. 하지만 결국은 연고 소개를 할지도 모르니까 그때는 잘 부탁해."

옷을 다 입고 나는 제방 위에서 기다리고 있는 숙모 쪽으로 서둘러 뛰어갔지만, 곧 작별 인사를 하지 않았다는 것을 깨닫고 뒤를 돌아보며 "잘 있어" 하고 큰 소리로 말했다. 그러나 네 명의 남자아이 중 누구 하나 대답하는 아이는 없었다.

점심을 먹고, 미쓰코 숙모와 둘이서 안방에서 짐을 정리하고 있는데 마당 쪽에서 휘파람 소리가 들려왔다. 처음에는 신경 쓰지 않고 흘려들었지만 시간이 흘러도 계속 들려오자 결국 숙모가 이상하다는 듯 일어서서 나가 보았다.

"기요시, 친구 왔다." 얼마 안 있어 미쓰코 숙모의 목소리가 들려왔다. 누구지, 생각하면서 나가 보니 마당에서 숙모가 아기를 업은 남자아이한테 들어오라고 한사코 권하고 있는 중이었다. 잘 보니 아까 해변에서 나한테 말을 걸었던 아이였다.

"누군가 했더니 너구나" 하면서 나도 게다를 신고 마당으로 나갔다.

남자아이는 숙모 앞이라 부끄러운지 수줍은 미소를 띠고 잘 알아들을 수 없는 대답을 아까부터 되풀이하고 있는 것 같았다.

"잠깐 들어와." 나는 숙모 옆으로 가서 목소리에 힘을 주어 권했다.

마침 그때 밭에 야채를 따러 갔던 호리에 큰어머니가 돌아왔다. "스스무짱, 올라가거라." 큰어머니는 멀리서부터 그 애한테 말을 걸며 다가왔다.

"자, 사양하지 말고, 스스무짱, 올라가래도. 들어가서 기요시짱한테서 도쿄 얘기도 듣고, 또 너도 이곳 얘기도 들려주렴."

스스무라고 불린 남자아이는 이윽고 결심했다는 듯이 "그럼, 집에 아기를 데려다놓고 다시 올게요" 하고는 돌아갔다.

스스무가 돌아간 뒤에 나는 호리에 큰어머니로부터 스스무가 연고 소개를 오게 되면 내가 들어가게 될 5학년 남자반의 반장이라는 걸 듣고 상당히 놀랐다. 내가 상상했던 시골 국민학교의 반장은 목깃이 달린 두꺼운 무명으로 된 옷을 입은 소년이나 감색으로 된 튼튼한 무명옷을 입은 소년이었다. 그런 이미지와는 완전히 다른, 거의 아무것도 입지 않은 상반신에 아기를 업은 방금 전의 아이가 반장이라는 말이 곧이들리지 않았다. 큰어머니는 또, 그 아이가 이웃 마을 초등학교 선생님의 장남으로 성적도 좋을 뿐 아니라, 적지 않은 동생들을 잘 돌보고 게다가 농업과 어업을 겸하고 있는 집안일을 돕는 데도 몸을 아끼지 않아서 마을에서도 평판이 좋은 아이라는 걸 알려주었다.

얼마 안 있다가 카키색 반팔 셔츠를 입고 스스무가 다시 왔다. 스스무는 우리가 거실로 쓰고 있는 안방으로 안내되어 얼마 동안은 딱딱하게 굳어 있었지만, 미쓰코 숙모가 차와 도쿄에서 선물로 가져온 모나카를 가져다주고 나가자 안심했다는 듯이 입을 열기 시작했다.

해변에서 내가 집단 소개를 할지도 모른다고 대답했던 게 스스무한테는 신경이 쓰였던 것 같았다. 그 아이는 바로 그 문제에 대해 얘기했다. 왜 집단 소개 같은 걸 하려고 하느냐, 집단 소개를 한다고 해도 좋은 건 아무것도 없지 않느냐, 낯선 고장에 가서 어떤 대접을 받을지도 모르고 세 끼 식사도 만족스럽지 않을지도 모른다, 여기라면 다들 아는 사람들이고 물고기도 잡을 수 있고 흰 쌀밥도 마음껏 먹을 수 있다. 그런 것들을 이따금 말을 우물거리며 가급적 표준어를 사용하려고 노력하면서 설득하려는 듯이 이야기했다.

스스무의 얘기를 들으면서 내가 왜 집단 소개를 포기하려 않는지를 스스무가 전혀 이해하지 못하는 것이 불만이었지만, 내가 연고 소개를 해서 이곳으로 오기를 바라는 듯한 스스무의 태도에 마음이 움직이지 않은 것도 아니었다. 스스무는 분명히 나를 통해 미지의 세계와 접하고 싶은 것이다. 하지만 그 점에서는 나도 마찬가지였다. 연고 소개를 하면 집단 소개와는 비교도 안 될 정도로 시골이라는 미지의 세계에 녹아들 수 있을 것이다. 이곳의 아이들과 다름없이 매일을 보내고 그런 생활로부터 아버지가 강조하듯이 도시에서는 얻을 수 없는 여러 귀중한 체험을 할 수 있을 것이다. 만약 선생님이나 친한 친구들과 헤어지지 않아도 되는 집단 소개를 포기하기로 마음먹는다면, 분명히 나는 그러한 연고 소개의 의의를 실현하기 위해 노력해 아버지의 기대에 부응하려 할 것이다……

스스무가 이야기를 마쳤을 때, 나는 스스무를 실망시키지 않기 위해서만이 아니라, 진정으로 그런 기분이 들어 이렇게 대답했다.

"혹시 집단 소개 같은 건 포기하고 연고 소개를 할지도 몰라. 너 같은 친구도 생겼고 오늘 바다에서 수영한 것도 무척 즐거웠으니까."

나는 이 기회에 스스무한테서 여러 가지 이야기를 물어보기로 마음먹고, 그때까지 사양하면서 먹지 않고 있던 모나카를 스스무가 다 먹기를 기다렸다가 몇 가지 것들을 물어보았다. 스스무는 질문에 요령 있게 설명을 곁들여 대답해 주었다. 스스무의 말에 의하면 이곳 초등

학교의 학생은 5백 명이 안 되었다. 한 학년에 남자반과 여자반이 하나씩 있고, 한 반의 학생 수는 서른네다섯 명 정도인데 고등과*에 올라가면 상급학교에 가는 사람과 일하러 가는 사람이 빠지기 때문에 한 반에 이십 명 정도가 된다. 중학교 시험을 보는 사람은 매년 두세 명 정도 있는데 지난 십 년 동안 일 년에 한 명 이상 합격한 적이 없다. 그것도 지난 몇 년간 '하마미浜見'의 학생만 합격해 왔다. 후네하라舟原 마을은 '하마미', '노미野見', '야마미山見' 세 동네로 이루어졌는데, 무슨 까닭인지 하마미 학생들이 성적이 뛰어나다(스스무는 자랑스럽다는 듯 그렇게 덧붙였다). 지금의 6학년은 반장과 부반장이 성적이 아주 뛰어나서 두 사람 다 중학 시험에 합격할 거라고 다들 기대하는데 둘 다 하마미 사람이고 게다가 반장은 자신의 사촌형이다. 자기 반에도 중학교 진학 지망자가 자신을 포함해 세 명 있다. 담임 선생님은 이번 학기 초 산골 학교에서 전근해 온 마스다라는 분인데 상냥한 데다 수업도 잘하는 매우 훌륭한 선생님이다······

대강 그런 설명을 하고 있을 때, 호리에 큰어머니가 들어오셔서,

"스스무짱, 집에서 누가 부르러 왔다" 하고 말씀하셔서 우리는 이야기를 중단할 수밖에 없었다.

---

* 이 소설의 시대적 배경인 1940년대에는 국민학교령에 의해 초등 교육 과정은 국민학교 초등과(6년)과 국민학교 고등과(2년)로 구성되었다. 중등 교육인 중학교, 고등여학교, 각종 실업학교는 초등과를 마치고 시험을 통해 입학할 수 있었다. 그러므로 고등과란 우리에게 익숙한 고등학교와는 아무런 상관이 없고 초등학교 고등과 과정을 말한다. 고등과는 초등 교육 과정이었기 때문에 학업 성적이 떨어지거나 집안 형편으로 중등 교육 과정 진학을 포기한 학생들이 받는 교육 과정이었다.

스스무는 쑥스러운 듯한 웃음을 지으며 일어나면서 나에게 말했다.

"언제 돌아가?"

"오늘 밤 기차로."

"오늘 밤이라고?" 스스무는 놀란 듯이 말했다.

"하지만 학교에 가야 하니까" 하고 대답하고 나는 미쓰코 숙모를 불렀다.

현관에 스스무의 동생이 기다리고 있었다. 게다를 신은 스스무는 배웅하러 나온 미쓰코 숙모를 눈이 부신 듯 바라보며 인사를 하고는 나를 향해 이렇게 말하고 갔다.

"잘 가, 또 만나자."


저녁을 먹기 전, 나는 미쓰코 숙모의 권유로 바닷가로 산보를 나갔다. 콘크리트 제방을 내려가 방파제를 걸으면서 우리는 배가 바다로 나가는 걸 구경했다. 그물을 치러 나가는 시각인지 어부들이 한창 배를 띄우는 중이었다.

배가 있는 쪽을 향해 걸어가고 있는데 뒤에서 갑자기 "기요시" 하고 부르는 소리가 들려 돌아보았더니 스스무였다. 제방 위의 선고船庫에서 가지고 온 듯한 자신의 키만 한 그물을 짊어지고 있었다. 스스무는 하얀 이를 드러내 보이며 웃었을 뿐 빠른 걸음으로 우리를 앞지르더니 배 한 척을 향해 다가갔다.

거기에는 이미 스스무의 할아버지인 듯한 나이 든 어부가 배를 띄울 준비를 하고 있었다. 스스무가 그물을 배에 싣자, 곧바로 그 나이 든 어부는 스스무에게 뭔가 지시를 하고 배를 띄우기 시작했다. 배 밑에 두 개의 나무토막을 끼우고 선로처럼 배 양측에 나란히 있던 통나무 위를, 나무토막에 몇 개나 뚫려 있던 구멍에 노를 끼워 움직이면서, 배를 움직이게 해 나갔다. 통나무의 선로가 다 되면, 이미 이동에 이용한 통나무를 전방으로 이동시켰다. 그건 상당히 위험한 작업이었다. 자칫 잘못하면 손이나 발이 나무토막에 깔릴 수도 있었다. 그러나 스스무는 늙은 어부의 지시를 따르면서 솜씨 좋게 그 위험한 일을 해냈다.

배가 바다로 나가자 잽싸게 스스무는 배에 올라타고는 노를 잡았다. 나이 든 어부는 재빨리 나무토막과 선로로 사용한 통나무를 파도가 닿지 않는 안전한 장소까지 밀어놓고는 가슴까지 첨벙첨벙 물에 잠기면서 배 뒤쪽으로 가더니, 배를 쑥쑥 미는 것과 동시에 올라탔다. 배가 상당히 바다로 나간 뒤에야 비로소 스스무는 노를 젓던 손을 잠깐 멈추고 나를 향해 손을 흔들었다. 우리도 손을 흔들어 스스무의 손짓에 대답했다. 한참 뒤에 배가 작게 보이고 노를 젓던 스스무의 모습을 더 이상 구별할 수 없을 때까지 우리는 그 모습을 바라보았다.

# 제1장

그로부터 두 달 남짓 뒤인 9월에 나는 아버지의 고향으로 소개해 왔다. 집단 소개를 안 하기로 한 이유는 친한 친구들이 결국 대부분 연고 소개를 하기로 한 것도 있지만, 스스무와 만난 게 결정적인 영향을 끼쳤다. 아버지는 내가 연고 소개를 가기로 결심하자 기뻐했다. 큰아버지 집에 아이가 없기 때문에 쓸쓸해하던 할머니가 내가 소개해 오기를 고대하고 있었기 때문이었다. 아버지는 나한테 당신을 대신해 할머니를 잘 돌봐 드리라고 부탁했다.

도쿄에서 밤 기차로 출발했기 때문에 시골 역에 도착한 것은 아침이었다. 역에는 타쓰오 큰아버지와 요네구라 고모부가 마중을 나와 있었다. 어머니와 나는 요네구라 고모부의 권유로 역에서 5분 정도 떨어진 곳에 있는 고모부의 가게에서 잠시 쉬었다 가기로 했다. 타쓰오 큰아버지만 자전거의 짐칸에 우리들의 짐을 싣고 한 발 앞서 집으로 돌아갔다.

비료 가게를 하고 있는 요네구라 고모부의 가게는 쥐 죽은 듯이 고요했다. 장사는 좀 어떻냐는 어머니의 질문에 전시 통제로 장사가 말이 아니라고 고모부는 약간은 자포자기한 듯이 대답했다.

따뜻한 다시마차를 대접받은 뒤, 어머니와 나는 요네구라 고모부와 함께 아버지의 생가가 있는 후네하라의 하마미 마을로 향했다.

조생종 벼의 산지인 듯 길 양쪽으로 있는 논들의 3분의 1가량은 추수가 이미 끝나 있었다. 사람과 만날 때마다 요네구라 고모부는 반드시 인사를 주고받았다. 그런 관습이 나로서는 신기했다.

"기요시 군." 요네구라 고모부는 말없이 걷고 있는 나를 향해 말했다. "잠깐 뒤를 돌아보거라. 일본 알프스의 산들이 보일 거야. 겨울이 되어 눈에 덮이면 정말 멋지단다."

어머니와 나는 요네구라 고모부를 따라 걸음을 멈추고 뒤를 돌아다보았다. 그리고 이미 정상에 눈이 덮여 있는 산들의 위용을 잠시 가만히 바라보았다.

"이제 반은 온 거다."

잠시 뒤 길가에 서 있는 커다란 돌비석 앞에 왔을 때 요네구라 고모부가 말했다. 길에서 1미터쯤 높은 곳에 만들어진 묘지 위에 세워진 비석에 '해군특무대위 훈육등공칠급 데하라유키오의 묘'라는 비명이 새겨져 있었다.

그 비석 앞을 지나오자 아침 안개 때문에 흐릿하게 보이던 하마미가 점점 뚜렷하게 모습을 보이기 시작했다. 군에서 가장 크다는 광덕사光德寺의 기와도 보였다.

하마미 마을에 접어들면서부터는 길의 단조로움에 더 이상 힘들어 하지 않아도 되었다. 삼나무 가로수 뒤로 나란히 서 있는 집들 앞을 지나자 오른쪽으로 우체통이 나타났다. 거기에서 바다 쪽으로 꺾어져 잠시 걷자 아버지의 생가가 나타났다. 삼나무 숲에 둘러싸인 이 부근에서 흔히 볼 수 있는 띠로 이은 지붕의 전형적인 농가였다. 문을 들어서면 오른쪽으로 외양간과 빈 닭장이 있고, 마당 안쪽에 다섯 평 정도 되는 광이 있었다. 현관 앞에는 할머니가 우리가 오기를 눈이 빠지게 기다리고 있었다.

"오느라 힘들었지. 할머니도 몸이 더 괜찮았다면 역까지 마중 나갔을 텐데."

할머니는 얼굴에 함박웃음을 지으며 우리를 맞이해 주었다.

나는 그날 바로 학교에 가고 싶었지만 어머니가 피곤했기 때문에 다음 날 가기로 했다. 아침부터 날씨가 흐렸지만 오후가 되자 비가 세차게 쏟아 내렸기 때문에 스스무의 집을 방문하는 것은 단념했다. 스스무가 찾아오지 않을까 은근히 기다렸지만 기대는 결국 어긋났다.

그날 밤 나는 어머니와 함께 베개를 나란히 하고 내 방으로 정해진 다다미 여섯 장짜리 방에서 잤다. 만주에서 죽은 게이사쿠 숙부가 만주에 갈 때까지 사용했던 공부방으로 숙부의 책상과 책장도 그대로 물려받게 되었다. 잠자리에 든 뒤에도 나는 좀처럼 잠을 이루지 못했다. 내일로 다가온 최초의 등교에 관해 머릿속이 꽉 차 신경이 날카로워진 건지, 저녁부터 내린 빗소리와 집 앞을 흐르는 시냇물 건너편에 있는 정미소의 물레방아 소리 때문이었는지 좀처럼 잠이 오지 않았다.

이튿날도 비는 멈추지 않았다. 비는 바람을 동반하고 있었다. 나는 아버지의 여동생인 나미 고모가 가져다준, 인근 현의 K시에서 하숙하며 공업전문학교를 다니고 있는 고모의 둘째아들인 도미지 형이 국민학생 때 사용했다고 하는 망토를 걸쳤다. 어머니도 큰어머니한테서 망토를 빌렸다. 눈이 많이 내리는 이 지방에서는 비가 내릴 때도, 특히 바람을 동반한 비가 내릴 때면 우산을 쓰지 않고 망토를 걸쳤다.

농번기라 바쁜 호리에 큰어머니를 대신해 나미 고모가 학교까지 데려다주기로 했다.

읍내까지의 길과 거의 평행으로 폭 4미터 정도의 현도縣道가 학교까지 뻗어 있었다. 그 길은 삼나무 가로수가 끝나는 하마미 입구를 지나자 논 가운데를 질러가는 일도 없이 똑바로 뻗어 있었다. 두 달 전 숙부의 마을장에 참례하기 위해 걸었을 때는 그 정도라고 느끼지 못했는데, 그 길이 지금은 무척 지루하게 느껴져 끝이 없는 것처럼 보였다. 하늘이 무겁게 내려앉은 것처럼 잔뜩 흐려 있었고, 강한 비바람이 정면으로 불어 걸음을 방해해 생각처럼 앞으로 나갈 수 없었던 탓일지도 몰랐다.

선로를 넘어서면 3킬로미터 가까이 되는 학교까지 정확히 3분의 2를 온 거라고 나미 고모가 힘겹게 걷고 있는 어머니와 나를 격려하듯이 말했다. 드디어 그 선로를 건넌 것과 동시에 목적지인 학교가 보여 우리는 조금은 힘이 났다. 학교는 논 가운데 일본 알프스와 마주해 세워져 있어, 바다 쪽에서 오면 뒷모습밖에는 보이지 않았다. 담이 없어서 강당은 논으로 삐져나와 세워져 있는 것처럼 보였다. 세차게 내리는 빗속으로 보이는 학교의 분위기는, 뒤쪽으로 나무가 적은 탓인지, 아니면 교사校舍의 색깔이 칙칙한 회색이라 그런지 상당히 음울하고 황량해 보였다.

학교 근처의 잡화상이 아는 집이라며 거기에서 쉬면서 기다리고 있겠다는 나미 고모와 헤어져 어머니와 나 두 사람은 담 대신 작은 내가 주위를 흐르고 있는 후네하라 국민학교로 들어갔다. 교무실을 방문하자 우리의 방문을 미리 연락받았는지 곧바로 교장실로 안내되었다. 매처럼 날카로운 눈의 비쩍 마른 교장선생님이 우리를 맞이했다. 교장선생님은 그해 4월부터 운수통신성의 항만국장이 된 '고향의 대선배'인 아버지의 근황을 물은 뒤 약간 불안한 표정을 하고 있는 어머니에게 자제분의 전학에 관해서 아무런 걱정도 하실 필요가 없습니다, 하고 단언하듯이 말했다.

학교로서는 소개 아동의 편입해 관해서는 만전의 준비를 갖추고, 교원과 학생 다 함께 충분히 마음을 쓰고 있다. 아직 실제로 소개해 온 학생은 5학년 여자반의 한 명과 3학년 남자반의 한 명에 지나지 않지만 이번 달 안으로 대부분의 학급에 한두 명 정도 소개 아동을 맞이할 예정이다. 10월 말에는 도쿄의 오모리 구에서 2백 명 정도 집단 소개 학동이 올 예정으로 마을에 있는 세 군데 절에 분산 수용하기로 되어 있다. 지역의 아이들도 원래 변화가 거의 없는 이곳에 소개 아동들의 편입을 무척 환영하고 있고, 이미 소개 아동을 받아들인 학급에서는 수업 시간에 학생들의 태도가 활발해지는 등 이런저런 유익한 변화가 일어나고 있다. 한편 소개 아동들도 이런 기회에 시골 생활을 접할 수 있게 된 것이 상당히 의미 있는 일이라고 생각한다.

그런 설명을 한 뒤에 교장선생님은 갑자기 나를 매서운 눈으로 쳐다보며 말했다.

"자네도 아버지가 자란 고향의 자연과 친해져 아버지처럼 훌륭한 인물이 되어 나라를 위해 전력을 다하지 않으면 안 된다."

마침 그때 수업이 끝났음을 알리는 종이 울려 주위가 소란스러워졌다. 교장선생님은 내가 편입될 학급의 담임선생을 불러 오겠다고 한 뒤 자리를 떴다.

이윽고 교장선생님과 함께 나타난 5학년 남자반 담임선생님은 교장선생님과 대조적으로 부드러운 눈매에 온화한 얼굴의 작은 체구였다. 아직 삼십대일 거라고 생각되었는데 빡빡 깎은 머리도 다박나룻도 회색을 띠고 있었다.

"마스다입니다."

선생님은 우리 앞으로 오더니 자기소개를 하고 공손히 인사를 한 뒤 약간은 딱딱한 자세로 교장선생님이 권하는 의자에 앉았다.

"전학 서류를 한번 보여주겠소?" 교장선생님이 말했다. 마스다 선생님이 가져온 전학 서류를 내밀자 그는 돋보기를 걸치고 서류를 천천히 읽기 시작했다.

"자제분의 성적이 상당히 뛰어나군요."

교장선생님은 서류에서 얼굴을 들고 어머니를 보며 여전히 엄숙한 어조로 말했다. 그러고는 옆에 있던 마스다 선생님을 쳐다보며,

"5학년 남자반에 다케시타 스스무가 있죠?" 하고 물었다.

"예." 마스다 선생님이 대답했다.

교장은 어머니에게 설명하듯이

"옆 마을 초등학교 선생님의 장남인데 상당히 뛰어난 아이로 5학년 남자반의 반장을 하고 있습니다. 집이 같은 하마미니까 자제분과는 분명 좋은 친구가 될 겁니다."

그때 수업 시작을 알리는 종이 울려, 내가 이미 스스무와 아는 사이라는 걸 밝힐 사이도 없었다. "그럼 어서 교실로 가자." 마스다 선생님이 나를 보며 일어섰다.

교실은 이층에 있었다. 아래층 교실에는 이미 선생님들이 교실로 들어와 있어 조용했는데 이층은 아직 소란스러웠다. 그러나 우리들의 발소리가 들리자 갑자기 조용해지는 교실이 있었다. 그것이 5학년 남자반의 교실이었다.

선생님이 유리로 된 문을 여는 것과 동시에 잘 들리는 목소리로 "기립" 하는 늠름한 호령이 들렸다. 그 호령과 그다지 어울리지 않는 소란스러움 속에서 반 아이들이 일어섰다.

"경례— 착석."

나는 선생님 옆에 서서 반 아이들을 향해 서서, 주눅 들지 않고 선생님의 소개를 들었다. 복도 측 맨 뒷자리에 스스무의 얼굴이 보여 미소를 보냈지만 스스무는 긴장해 있는지 딱딱한 표정을 한 채 내 미소에 답하지 않았다. 선생님의 이야기가 끝나 갈 무렵 교장선생님과 어머니가 뒷문으로 들어왔다. 오륙 명이 뒤를 돌아보았지만, 교장선생님의 엄한 얼굴과 마주치자 놀란 듯이 다시 앞으로 얼굴을 돌렸다.

어머니는 나한테 눈으로 살짝 미소를 보냈다. 그러고는 마스다 선생님한테 가볍게 인사를 하고 교장선생님을 따라 교실에서 나갔다. 교장선생님이 학교 안내를 하는 도중이었던 것 같았다. 어머니는 도쿄의 학교에 있을 때와 다르지 않은 나의 여유로운 태도를 보고 안심했을 거라고 나는 생각했다.

이야기를 마치자 마스다 선생님은 나를 창 쪽 가장 뒷줄의 빈자리에 데리고 가 앉게 했다.

선생님은 교단으로 돌아가더니 문득 생각났다는 듯이,

"스기무라 군, 국어 교과서 갖고 왔니?" 하고 물었다.

"네, 교과서는 전부 준비해 왔습니다" 하고 나는 대답했다.

수업이 시작되었다. 도쿄와 비교하면 진도는 많이 뒤처져 있었다. 도쿄에서는 여름방학 한참 전에 끝낸 곳을 수업하고 있었다.

"누구 읽을 사람?" 하고 선생님이 말했다. 나는 첫 수업인 만큼 나서지 않기로 하고 손을 들지 않았다. 하지만 손을 든 건 스스무밖에 없었다.

"다른 사람은 없나?" 선생님이 큰 소리로 말했다. 오륙 명의 얼굴이 나를 쳐다보았다. 나는 결심하고 손을 들었다. 첫 수업이라고 해서 굳이 자제할 필요는 없으리라.

선생님은 잠깐 생각하더니,

"그럼, 스기무라 군한테 부탁할까" 하고 말했다.

처음에는 약간 긴장되었지만 곧 안정을 되찾고 나는 제법 유창하게 그 과를 전부 읽었다. 자리에 앉자 수군거림이 일었다. 선생님의 호통으로 그 수군거림은 곧바로 사라졌지만, 내가 읽는 것에 감탄해 그런 수군거림이 일어난 것은 틀림없었다.

"누구 또 읽을 사람?" 하고 선생님이 말했다. 그러나 손을 든 건 역시 스스무 한 사람이었다. 선생님은 곧바로 스스무를 지명하지 않고 다른 누군가한테 읽히려 했지만 아무도 나서려 하지 않았다.

"그럼, 역시 스스무 군이 읽어 볼까" 하고 선생님은 포기한 듯이 말했다.

스스무의 읽기는 예상했던 것 이상으로 훌륭했다. 약간의 사투리 어투가 섞여 있는 걸 제외하면 완벽했다. 나는 감탄하지 않을 수 없었다.

스스무가 읽기를 끝내고 자리에 앉자 다시 수군거림이 일었으나 선생님의 눈짓으로 곧바로 사그라들었다. 수군거림이 가라앉자 선생님이 말했다.

"항상 다케시 군밖에는 열심히 예습해 오지 않아. 도쿄에서 온 스기무라 군한테 부끄럽지 않도록 다들 좀 더 공부해 오도록."

수업을 마치는 종이 울리고, 스스무의 호령으로 수업을 마치는 인사가 끝나자, 선생님은 교실을 나가기 전에 일부러 내 자리까지 와서, 다음 수업 시간에 쓸 서예 도구를 가지고 왔는지 확인한 뒤에, 스스무를 불러 소개시켜 주었다. 아이들이 주위를 둘러싸고 있었기 때문에 스스무도 나도 쑥스럽게 서로 인사만 나누었을 뿐, 둘 중 어느 한 사람도 선생님한테 이미 우리가 알고 있는 사이라는 말은 꺼내지 않았다.

종이를 가지러 가기 위해, 스스무가 선생님을 따라 나가자, 아이들도 내 곁을 떠났다. 잠시 뒤 나는 교실에 아무도 남아 있지 않다는 것을 깨달았다. 놀라서 복도로 나가 보니, 몇 명이 벼루에 물을 담아 흘리지 않게 조심조심 이쪽으로 걸어오는 모습이 보였다.

"어디서 물을 담아 오는 거야?" 하고 맨 앞의 아이한테 물으니, 그 아이는 "냇가야" 하고 차갑게 대답할 뿐이었다.

물은 교사校舍 동쪽에 흐르는 커다란 시내에서 각자 담아오는 모양이었다. 학교 운동장에서 냇가의 물을 담는 곳까지는 콘크리트 길이 나 있었다. 내가 거기에 도착했을 때는 이미 물을 담는 사람은 아무도 없었다. 이미 비는 갰지만, 전날부터 계속 내린 비로 냇물은 불어 있었고, 흙탕물에 물의 흐름도 거셌다.

교실로 돌아와 자리에 앉아, 나는 다른 아이들은 상관 않고 먹을 갈기 시작했다. 먹을 다 갈고는 준비해 온 종이에 연습을 좀 해볼까 하고 생각해, 옆자리의 남자아이한테 지금 어디를 연습하고 있냐고 물어보았다.

"난, 몰라."

그 아이는 부끄러운 듯 대답하고는, 그때까지보다도 더 힘을 주어 먹을 갈기 시작했다. 그 아이의 먹은 얼마 안 남아 손가락으로도 가려질 정도로 작았다. 그 때문에 먹을 가는 손가락까지 검게 물들어, 마치 손가락을 갈고 있는 것처럼 보였다. 보다 못해 "내 먹을 빌려 줄까?" 하고 나는 말했다.

그 아이는 약간 주저한 뒤에 내가 내민 먹을 받으며 말했다.

"도쿄 출신이라, 좋은 걸 쓰는구나. 이거라면 금방 다 갈 수 있을 거야."

종이를 펠트 천 위에 올려놓고 문진으로 위를 누른 뒤, 나는 연습할 글자를 정하기 위해 서예 견본을 펄럭펄럭 넘겨 보았다.

갑자기 옆의 아이가 먹을 갈던 것을 멈추고, 내 쪽으로 몸을 내밀며 말했다.

"거기에 신주神州 어쩌고 하는 게 있을 거야."

나는 고개를 끄덕이고 그 페이지를 찾아보았다.

"그거, 써봐. 다케시타는, 반장인 다케시타 말이야, 전에 그걸 써서 현 대회에서 일등을 했어. 너라면 그에 못지않게 쓸 수 있을 거 같아."

내 대답을 듣지도 않고 그 아이는 큰 소리로 외쳤다.

"다들 와봐. 도쿄 아이가 글씨를 쓴다."

금방 내 주위로 사람의 벽이 몇 겹으로 쳐졌다.

"제대로 쓰지 못하면 비웃을 거야" 하고 말하며 그 아이는 내 팔꿈치를 잡았다.

이제 쓰는 수밖에는 없었다. 1학년 때부터 학원에 다녔기 때문에 서예에는 자신이 있었다. 나는 붓에 먹물을 듬뿍 묻혀, 한 글자 한 글자 차분히 써나갔다.

〈신주불멸神州不滅〉

모두의 입에서 감탄의 소리가 나오는 것을 기분 좋게 들으며, 나는 그다음을 계속 썼다.

〈적국항복敵國降伏〉

다 쓴 것과 거의 동시에 종이 울렸다. 다들 흩어져 자기 자리로 가는 와중에 갑자기 누군가가 엉뚱한 소리를 했다.

"훌륭한데. 이 정도면, 다케시타도 열심히 하지 않으면 도쿄 아이한테 질지도 몰라."

"가와세, 너 뭔 소리를 하는 거야."

그런 비난의 소리가 여기저기서 나왔다. 그러나 가와세라고 불린 엉뚱한 소리의 주인공은 그에 질세라 반박했다.

"훌륭하잖아. 이 정도면, 다케시타, 반장으로 언제까지 있을 수 없을 거야~"

그런 소란 속에서 교무실에 갔던 스스무가 선생님의 서예 도구와 반 아이들에게 나눠 줄 종이를 갖고 왔다. 모든 아이들이 일제히 각자의 자리로 조용히 돌아갔다.

농번기여서 학생들이 집안일을 도울 수 있도록 수업은 오전만 하고 끝났다. 열흘 뒤에는 농번기 방학인 일주일간의 가을방학도 예정되어 있었다. 다들 도시락을 싸왔지만, 나는 도시락을 싸오지 않았기 때문에 선생님한테 허락을 구하고 먼저 집으로 가기로 했다.

어머니는 내가 돌아오기를 노심초사하며 기다리고 있었다. 어머니의 질문에 나는 이런저런 이야기를 떠들며 대답했다. 반장인 스스무는 생각했던 것보다 훨씬 더 뛰어났다. 경쟁 상대로 부족하기는커녕, 도쿄의 친구들 중 누구보다도 맞수가 될 수 있을 것 같다. 다른 동급생들과도 오늘 하루로 특별히 서로의 마음을 털어놓을 수는 없었지만, 금방 친해질 수 있을 것으로 생각한다. 옆자리의 아이하고는 벌써 말문을 텄다. 그 아이의 부추김으로 글씨를 썼더니, 다들 내가 쓴 것을 보고 놀랐다……

어머니는 다음 날 아침 기차로 도쿄로 돌아가기로 되어 있었는데, 내가 이별을 전혀 고통스럽게 생각하지 않는 것이 다소 서운한 것 같았다.

다음 날 아침 늦잠을 자서 나는 조금 늦게 집을 나섰다. 어머니와는 현관에서 작별을 나누었다. 학교 가는 길까지 배웅해 주겠다고 했으나 내가 사양했다.

학교에 도착했을 때는 이미 수업 시작종이 울린 뒤였는지 학교 안은 고요했다. 나는 놀라 교실로 서둘러 갔다. 이층으로 올라가 보니 다행히도 우리 반만 아직 선생님이 오지 않은 모양인지 소란스러웠다.

"선생님은?" 자리에 앉으며 나는 옆자리의 아이에게 물어보았다.

"조금 늦게 오신대."

"오실 때까지 자습이야?"

"응."

"네 이름은 뭐야?" 나는 갑자기 떠오른 질문을 했다. 친한 친구가 될 수 있을 것 같은데 이름도 모른다는 것은 이상하다고 생각했다.

"나 말이야, 가쓰야, 가쓰라고 해."

같은 성이 많은지 성보다는 이름을 서로 부르는 경우가 많은 것 같은 이 지역의 관습에 이미 익숙해져서 그 대답으로 만족했다.

그때 비로소 나는 처음으로 반 전체에 퍼진 이상한 웅성거림이 가쓰가 나와 이야기를 나눈 것에 대한 비난의 의미를 띠고 있다는 것을 깨닫고 놀랐다. 스스무만 아무것도 모르는 듯한 얼굴로 다음 시간인 국사 교과서를 읽고 있는 것을 빼면, 가쓰와 나를 제외한 전원이 그 웅성거림에 가담하고 있었다.

갑자기 가쓰가 생각났다는 듯이 난폭하게 일어서며 고함을 쳤다.

"너희들, 전부 조용히 하지 못해!"

털썩 앉더니, 그는 나를 향해 얼굴을 돌리고 쑥스러운 듯이 웃음을 보였지만, 그 웃음은 무척이나 힘이 없어 보였다. 그러나 반에서 가장 덩치가 큰 것 같은 가쓰가 일어서서 고함을 친 만큼, 기분 나쁜 웅성거림은 곧 사그라들었다. 웅성거림이 다시 일기 시작하려 할 때, 선생님이 들어왔다.

수업이 끝나고, 나는 스스무의 자리로 갔다. 다들 교실 밖으로 놀러 나갔는데, 스스무는 책상에 앉아 뭔가를 한창 쓰고 있었다.

"뭐하고 있니?"

"아, 너구나."

스스무는 얼굴을 들어 나를 보고는 말했다.

"학급일지야, 어제 거를 적고 있는 거야."

그리고 다시 학급일지를 적기 시작했다.

나는 자리를 뜨는 척하며, 스스무의 뒤로 살짝 가서 훔쳐보았다. 어제 일어난 일들을 적고 있는데 거의 끝나 가고 있었다.

1944년 9월 7일 목요일 강한 비바람

오늘 도쿄에서 스기무라 기요시 군이 우리 반에 왔다. 스기무라 군은 아버지의 고향인 우리 마을로 이번에 연고 소개를 온 것이다. 선생님은, 전쟁 때문에 부모님과 형제들과 떨어져 살게 된 스기무라 군이 외롭지 않도록, 모두 협력하지 않으면 안 된다고 하셨다. 우리는 스기무라 군으로부터 우리가 모르는 도쿄에 대해 이런저런 것들을 배우고, 스기무라 군에게도 우리의 농촌 생활에 대해 많은 것을 알려 주어, 앞으로 사이좋게 지내고 싶다. 그리고 우리 반은 스기무라 군의 편입으로, 장기 결석 중인 스도 군을 포함해 39명이 되었다.

결석 스도 노보루

지각 없음

조퇴 스기무라 기요시(도시락을 가져오지 않아서)

나는 자신에 관한 것들이 적혀져 있어 쑥스러웠지만, 스스무가 또박 또박한 글씨로 잘 정리한 문장을 쓰는 것에 감탄했다. 알아채지 못하 도록 살짝 스스무한테서 떠나려 하는데, 마침 그때 스스무가 일지를 갖고 일어서면서 뒤를 돌아다보았기 때문에 들키고 말았다.

나는 미안, 하고 말하듯이 목을 움츠리면서 자리로 돌아왔다. 자리 에 앉은 뒤 다시 스스무 쪽을 봤지만 일지를 선생님한테 제출하러 갔 는지 이미 보이지 않았다. 나는 그대로 교실에 남아 쉬는 시간을 보내 기로 했다. 가방에 넣어 온 『재규어의 눈』을 읽고 싶었기 때문이다. 이 번으로 벌써 세 번째지만 아직 읽지 않은 책은 없었기 때문에 어쩔 수 없었다.

종이 울린 뒤에도 아무도 교실로 들어오는 기색이 없었지만, 잠시 책 읽기에 몰두해 있어서 그것에 신경 쓰지 않고 있었다. 그러나 아무리 시간이 지나도 아무도 돌아오지 않는 것이 걱정되어 결국 책을 덮고 살펴보러 복도로 나갔다.

"너, 뭐하고 있어. 빨리 오지 못해."

"뭔 일 있어?"

"오늘은 조칙봉대일*이잖아."

"……"

강당으로 이어진 건물 사이의 복도를 나는 스스무의 뒤를 따라 서

---

* 大詔奉戴日. 태평양 전쟁 완수의 일환으로 1942년 1월부터 종전 때까지 매달 8일 실시된 국민운동. 전시 분위기 조성을 위해 국기 게양, 기미가요 제창, 궁성 요배, 조칙, 칙어의 봉독, 분열 행진 등이 실시되었다.

둘러 갔다. 약간 어두운 강당에 들어서자, 두 개의 원진圓陣이 앞과 뒤에 쳐져 있었다. 앞에 있는 원진은 5학년 여자반이었고 뒤에 만들어진 원진은 5학년 남자반이었다. 문득 여자반의 원진 가운데서, 이쪽을 보고 있는, 피부가 하얗고 눈매가 시원한 귀여운 여자아이의 얼굴을 발견하고, 갑자기 가슴이 뜨거워지는 것을 느꼈다. 그런 여자아이를 보면 늘 그런 식이 되어 버렸다. 도시 여자아이 같은 느낌이었다. 그뿐 아니라 유치원 때 좋아했던 여자아이와 어딘가 닮은 구석이 있었다.

마스다 선생님이 우리를 맞이해 주었다.

"다케시타 군, 수고했어"하고 스스무한테 말한 뒤에 선생은 나를 보았다.

"스기무라 군, 오늘 일에 대해 미리 설명해 주지 않아서 미안하다. 다케시타 군도 잊어버린 모양이야."

선생님은 나를 그때까지 자신이 앉아 있던 장소에 앉히고, 그 앞에 자신도 앉아 잽싸게 새끼줄 꼬는 법을 가르쳐 주었다. 조칙봉대일인 매달 8일에는 학교의 모든 생도들이 집에서 짚을 가져와 새끼를 꼬아 만들어진 것을 나라에 기부하고 있다. 따라서 이제부터 매달 8일에는 짚 한 다발을 가져오는 것을 잊지 말라고 했다. 5학년 학생은 3교시에 봉사하기로 되어 있다고 했다.

얼마간 선생님을 따라 하다 보니, 그럭저럭 나도 새끼를 꼴 수 있게 되었다. 내가 새끼를 꼬는 걸 끝까지 지켜보고 난 뒤 선생님은 모두에게 조용히 작업을 계속하고 선생님은 서예 채점을 하고 있을 테니 종이 울리면 뒷마무리를 깨끗이 하고 해산해도 좋다, 라는 말을 남기고 자리를 떴다.

나는 태어나서 처음으로 새끼 꼬는 일에 열중했다. 새끼줄이 만들어지는 것이 재미있어 보였다. 나는 집에 돌아가면 바로 새끼 꼰 일을 편지에 써서 도쿄에 알려야겠다고 생각했다. 집에만이 아니라 담임이었던 니시나 선생님께도 알리기로 마음먹었다.

문득 등이 간지러워 손을 등 뒤로 가져갔다. 그러자 이번에는 머리가 가려워졌다. 무심결에 손으로 머리를 털었더니 지푸라기가 닿았다. 뒤를 돌아보았더니 다들 요시오라고 부르는 덩치 작은 동급생이 눈으로 교활한 웃음을 지으며 지푸라기를 손에 쥐고 언제라도 도망칠 자세를 하고서 내 모습을 살펴보고 있었다.

"그만둬." 나는 정색한 얼굴로 그렇게 말하고 다시 새끼 꼬는 작업을 계속했다.

잠시 뒤에 나는 다시 머리에 이상한 기운을 느꼈다. 그리고 곧 어렸을 때 생긴 상처의 흉터를 지푸라기 끝으로 누군가 간질이고 있다는 것을 알았다. 조금 전과 마찬가지로 요시오의 짓이 틀림없다. 나는 모르는 척하고 새끼 꼬기를 계속 했다. 그러나 시간이 지나도 그만두지 않아 결국 참을 수가 없어 벌떡 일어나 요시오를 붙잡았다. 하지만 막상 붙잡고 보니 요시오는 작은 체구에 어울리지 않게 의외로 힘이 만만치 않았다. 자칫 잘못했다가는 거꾸로 내가 당할 것 같았다.

그때 등 뒤에서 스스무가 호통 치는 소리가 들렸다.

"두 사람 모두 그만두지 못해."

그 소리를 듣고 내가 흠칫한 순간, 요시오가 내 손아귀에서 잽싸게 빠져나갔다. 그리고 오륙 미터 앞으로 도망갔나 생각했더니, 갑자기 멈춰 서서 이쪽을 향하더니, 힛힛힛 웃음소리를 내면서, 와봐, 와봐 하고 손짓을 했다. 나는 더 이상 상대하지 않기로 마음먹고 다시 자리에 앉아 새끼를 꼬기 시작했지만, 요시오와 드잡이를 할 때부터 빨라진 심장의 고동이 좀처럼 가라앉지 않았다. 그것은 요시오가 의외로 강하다는 걸 발견하고서 생긴 것 같았다. 스스무가 그런 식으로 호통 치지 않았다면, 요시오한테 깔려 꼴사나운 모습을 보였을지도 모른다고 생각하니, 심장의 고동이 더 한층 격렬해졌다.

갑자기 내 옆에 누군가가 와서 섰다. 얼굴을 들어 보니, 반에서 가쓰 다음으로 키가 큰 노자와라는 아이였다.

"잠깐 새끼 꼰 것 좀 보자."

왜 보자는지 이유는 알 수 없었지만 새끼를 그 아이한테 내밀었다.

"너, 참 잘도 꼬았구나."

노자와는 새끼를 만지작거리며, 뱀 같은 눈으로 나를 쳐다보며 차가운 목소리로 말했다.

"이래서 팔 수 있겠어?"

나는 그 아이가 하는 말의 의미를 이해했지만, 애써 평정을 가장하고 말했다.

"오늘 처음이잖아."

"흥."

노자와는 콧방귀를 뀌더니, 새끼를 땅에 던져 발로 짓밟고는 자신의 자리로 돌아갔다. 순간 내 안색이 변했다. 모욕을 당하는 것도 정도가 있다고 생각했다. 그러나 보기에도 강해 보이는 노자와를 상대로는 잠자코 참는 것 외에는 방법이 없다고 생각하니, 굴욕감 때문에 정신이 아득해지는 것 같았다.

그러나 다행히 그 뒤로는 아무 일도 일어나지 않았다. 3교시 끝나는 종이 울렸을 때 나는 구원받은 느낌이었다. 다들 하는 대로, 양손을 펼쳐 새끼를 감고, 양손의 폭만큼의 원을 만들어 나간 뒤 내가 꼰새끼를 정리해 모아서 그것을 스스무가 있는 곳에 가지고 갔는데 내가제일 꼴찌였다.

그러고서 강당 한구석에 다들 모여 있는 것을 보고 가까이 다가갔을 때는, 이미 다들 편을 나누는 가위바위보를 끝내고 이긴 편과 진편으로 나뉜 뒤였다. 가쓰한테 부탁해 가위바위보 상대를 찾아 달라고 할까 생각했지만, 막 시작된 놀이에 가쓰는 열중해 있어서 내가 불러도 전혀 상대해 주지 않았다. 군함놀이와 비슷한 놀이 같았지만, 훨씬 단순하고 우악스러운 격투 놀이였다. 나는 어쩔 수 없이 강당 한가운데의 창가에 가서 구경을 했다. 그러자 스스무가 새끼 나르는 걸 도와준 야마다와 같이 돌아왔다. 나는 서둘러 스스무한테 달려가, 노는데 끼워 줄 수 없냐고 물어보았다.

"야마다랑 둘이 이긴 편 쪽으로 들어가면 돼."

스스무가 대답했다. 나는 서둘러 아이들의 놀이에 끼어들었다. 놀이에 끼긴 했지만 처음 얼마 동안은 뛰어다니기만 했다. 누군가와 붙어서 지기라도 한다면 창피할 거라고 생각했기 때문이었다. 좀 전에 요시오한테도 질 것 같았기 때문에 나는 신경이 곤두서 있었다.

그러나 4교시 수업 종이 울리기 직전에 결국 격투를 하지 않으면 안되는 상황에 처하게 되었다. 게다가 상대는 스스무였다. 스스무라면 나보다 키가 약간 작기 때문에, 적어도 엇비슷하게 싸울 수 있을 것 같았기 때문에 격투에 응했지만, 놀랍게도 스스무는 요시오 따위와는 비교도 안 될 정도로 힘이 셌다. 나는 눈 깜짝할 사이에 밑에 깔려, 마룻 바닥에 머리가 짓눌렸다.

"어때, 항복이지?" 하고 스스무는 승리를 과시하는 목소리로 말했다. 곧바로 대답이 안 나오자, 스스무는 약간 손을 늦췄으나, 내 머리를 두세 번 마룻바닥에 짓찧으며 "어때, 어때" 하고 되풀이했다. 가까스로 "졌어" 하고 말하자 스스무는 나를 놓아 주었다. 나는 아무렇지 않은 척하고 일어섰지만, 분해서 눈물이 솟는 것을 어찌할 수 없었다. 스스무한테 눈물을 보이지 않기 위해 바로 그 장소에서 벗어나 우리 편 진지 쪽으로 달려갔지만, 아까부터 억눌러 왔던 분함과 슬픔이 섞인 감정이 봇물 터지듯 터져 내 마음은 수습이 불가능할 정도로 혼란에 빠졌다. 그러나 종이 울려 교실로 돌아가는 도중에 평정을 유지하기 위해 있는 힘껏 노력했다. 아무것도 아니야, 하고 나는 스스로를 열심히 타일렀다. 기껏해야 놀이를 하다가 깔린 것뿐인데 뭐. 공부로는 지지 않아. 노자와가 한 행동도 트집을 잡은 것에 지나지 않아. 상대하지 않는 게 이기는 거야. 지금쯤은 노자와도 나한테 그렇게 행동한 것을 분명히 후회하고 있을 거야. 조만간 반 아이들의 선망의 대상이 되어 보이겠어. 도쿄에서 그랬듯이.

4교시 수업은 자신 있는 국사 시간이었다. 나는 계속 손을 들었다. 내 답은 언제나 스스무의 답보다 빈틈이 없었다. 내 마음은 다시 자신감을 되찾아 굴욕감으로부터 벗어났다. 일주일만 지나면 나는 반에서 아주 인기 있는 아이가 될 게 틀림없다.

4교시가 끝나자 선생님이 나한테 도시락을 가지고 교무실로 오라고 했다. 선생님의 책상에 마주앉아 도시락을 먹으며 선생님의 질문에 대답하고, 긴장한 상태에서 아버지에 관해서, 군인인 외할아버지에 관해서, 두 형에 대해 이야기했다. 그리고 도쿄에서의 학교생활에 관해, 장래 희망에 관해. 장래 희망에 관해서는, 대동아공영권의 지도자가 되겠다고 답해, 옆에서 듣고 있던 선생님들을 감탄하게 만들었다. 과연 스기무라 씨의 자식이야, 하고 어느 선생님이 말했다. 도시락을 다 먹고 나자 질문할 것도 다 떨어졌는지 선생님은 뭔가 힘든 일이 있으면 언제든지 자신을 찾아오라고, 또 반장인 다케시타 군과 상의하라고 하고 돌아가도 좋다고 했다.

교실로 돌아오자 가쓰 외에 오륙 명이 교실 청소를 하고 있었다.

"다케시타는 벌써 집에 갔어?" 나는 가쓰에게 물었다.

"으응" 하고 가쓰는 대답했는데, 기분 탓인지 무척 서먹서먹하게 느껴졌다.

학교에서 하마미로 가는 현도縣道의 3분의 1쯤에 있는 건널목을 건널 때, 오륙백 미터 앞에 스스무와 아이들이 길가에 앉아 나를 기다리고 있는 듯한 모습을 보았다.

나는 걸음을 빨리하면서 손을 흔들어 신호를 했다. 그러나 그에 답해 주는 아이는 아무도 없었다. 50미터 가까이 갔을 때, 갑자기 아이들이 노래를 부르기 시작했다.

기요페, 기요페 하고
잘난 체하지 마 기요페
기요페의 머리에는
땜통이 있다 땜통이 있어

나에 대한 노래라는 것을 바로 깨달았다. 나는 모욕감으로 얼굴이 창백해졌다. 반사적으로 강당에서 요시오가 지금 부르고 있는 내 머리의 땜통을 간질였던 일이 떠올랐다. 분명히 요시오의 짓이다. 요시오를 때려 주자. 그러나 곧 나는 요시오를 붙잡았을 때, 의외로 요시오의 힘이 세서 넘어뜨릴 수 없었던 것이 생각났다. 못해, 오히려 당하고 말 거야. 게다가 모든 아이들이 노래를 부르고 있고.

나는 아이들 앞에까지 가서 있는 용기를 다 내 말했다.

"그만둬, 그런 노래. 집에 안 가?"

아무도 내 말에 대답하려 하지 않았다. 스스무는 나를 연민의 눈으로 보고 있었다. 그러나 스스무만은 노래를 부르지 않고 있었다. 갑자기 다시 노래가 시작되었다. 같이 노래를 부르지 않는 건 스스무뿐이었다.

기요페 기요페 하고
잘난 체하지 마 기요페
긴 양말에는
땜통이 있다 땜통이 있어

어제 나는 반바지에 긴 양말을 신고 학교에 갔었다. 그 양말에 구멍이 나 있었는지도 모른다. 나는 노래의 내용에 약간은 여유를 되찾고 말했다.

"안 갈 거야? 안 갈 거면 나 혼자 갈게."

그러자 갑자기 아이들이 약속이라도 한 것처럼 일제히 일어나 나를 무시하고 걷기 시작했다. 노래를 처음부터 다시 부르면서. 나는 일부러 아이들보다 천천히 걸었다.

멀리서 기적 소리가 들려왔다. 나는 아침에 헤어진 어머니를 떠올렸다. 어머니는 지금 어디까지 갔을까. 갑자기 어머니가 그리워 참을 수가 없었다. 소개 따위 왜 한 거야, 다시 도쿄로 돌아갈 수 있을까. 그런 생각이 들자 눈물이 솟아올랐다. 나는 즐거운 소개 생활을 꿈꾼 나 자신을 저주했다.

현관에 들어섰을 때, 나는 될 수 있는 한 활달한 목소리로 "다녀왔습니다" 하고 말했다.

"기요시짱, 돌아왔구나" 하며 할머니가 주름이 자글자글한 얼굴에 미소를 가득 지으며 나왔다.

"학교는 어땠니?"

나는 처음으로 새끼를 꼰 것에 대해 말했다.

"새끼를 꼬았다고, 어이구 그랬구나, 힘들었겠다."

할머니는 감개무량하다는 듯이 그렇게 말하고는, 나무아미타불을 몇 번이고 입으로 외었다.

우물가에 가서 입을 헹구고, 손과 얼굴을 씻고 있는데 할머니가 생선 장국을 먹지 않겠냐고 물었다. 먹겠다고 하자 할머니는 기뻐하며 화덕에 불을 지피기 시작했다.

그날 아침 할머니가 직접 바닷가에 가서 사온 넙치로 만든 장국은 할머니가 자신 있는 음식이었던 만큼 맛있었다. 나는 세 그릇이나 먹어서 할머니를 기쁘게 했다. 그러자 모욕을 당하고 아무것도 할 수 없었던 자신에 대한 분노와 슬픔으로부터 희한하게 벗어나 마음이 가벼워지기 시작했다. 너무 크게 과장해서 생각한 것이다. 기껏 나를 살짝 비꼰 노래를 부르며 놀린 것에 지나지 않잖아. 내가 여기 아이들한테 신기하니까 그런 행동을 한 거야. 아이들과 좀 더 화합해 가면, 아이들과 친해지기만 하면 저절로 해결될 문제이다.

생선 장국을 다 먹은 뒤 공부를 하겠다고 내 방으로 들어왔을 때, 오늘 있었던 일은 이제 울 일이 아니라 도쿄에서 담임이었던 니시나 선생님한테 편지로 쓸 일이었다.

학교까지 3킬로미터는 걸어야 한다는 것, 이미 시작된 벼 베기에 관한 것, 농번기 방학이 곧 시작된다는 것 등 쓸 것은 엄청 많았다. 처음으로 새끼를 꼰 이야기도 물론 잊지 않았다. 끝으로, 빨리 전쟁에서 이겨 친구들과 다시 함께 공부하고 싶다는 말로 편지를 끝냈다. 쓴 것을 다시 읽어 보니 오늘 경험했던 몇 가지 기분 나쁜 일은 꿈속의 일로밖에 생각되지 않을 정도로, 내가 의욕이 철철 넘치는 것처럼 느껴졌다.

편지를 우체통에 넣으러 갔다가 오는 길에 스스무의 집에 놀러 가자는 생각이 들어 도쿄에서 가져온 두 권의 소설 중에 『천병동자天兵童子』를 갖고 일어섰다. 스스무도 책 읽기를 좋아할 게 틀림없기 때문에 빌려 주면 분명히 기뻐하리라고 생각했다.

할머니한테 스스무의 집이 어딘지 물었더니, 가는 방법을 이해하기 쉽게 잘 가르쳐 준 뒤에 "좋은 아이야, 스스무짱은. 그런 아이와 친하게 지내거라" 하고 말했다.

스스무의 집은 우리 집에서 백 미터 정도 떨어진 하마미의 동쪽에 있었다. 우리 집과 마찬가지로 농사를 지었지만, 할아버지가 어부였기 때문에 마루에는 그물을 말리고 있었고, 해초 냄새가 났다. 현관에 서서, 실례합니다, 하고 큰 목소리로 여러 번 불러 보았지만, 아무도 나오지 않았다. 포기하고 다음에 다시 올까 하고 생각하는데, 태어난 지 반 년 정도 되어 보이는 아기를 업은 조그만 할머니가 냇가에서 빨래를 하고 돌아온 모양인지, 세탁물이 들어 있는 양동이를 들고 왔다.

"아, 류타 씨네 도련님이군."

내가 인사를 하기도 전에 그녀는 말했다.

"혼자서 도쿄에서 소개해 오셨다고. 가엽기도 하지."

그녀는 우리 할머니와 마찬가지로 작은 목소리로 나무아미타불을 입 안으로 몇 번 외었다.

"스스무는 바닷가에 나갔는데, 곧 돌아올 테니, 올라와서 기다리렴."

그러나 나는 바닷가로 스스무를 찾아가기로 하고, 스스무가 있는 곳을 할머니한테 알려 달라고 했다.

바닷가로 향하는 도중, 내가 이곳의 말을 차츰 알아듣게 되었다는 것이 기분 좋게 느껴졌다.

늘어선 집들을 빠져나가 모랫길로 들어서니 파도소리가 들려왔다. 해초와 조수와 생선 냄새가 섞인 듯한 물가의 냄새가 코를 간질였다. 제방을 따라 서쪽으로 가니 배를 넣어 두는 창고가 나란히 있는 것이 보였다.

할머니가 가르쳐 준 대로 세 번째 창고에서 스스무의 모습이 보였다.

그물을 수선하고 있던 스스무의 할아버지가 바로 나를 알아보고 스스무를 불렀다.

"스스무짱, 기요시가 왔다."

스스무가 쑥스럽게 웃으며 나왔다.

"오늘 일을 끝내고 나도 너희 집에 놀러 갈까 생각하고 있었어. 오늘은 배가 안 나가거든."

스스무는 할아버지한테 한 번 더 확인하듯이 물어보았다.

"오늘은 이제 이것만 하면 되죠?"

"암. 기요시하고 놀다 오너라. 배를 띄우면 기요시도 태우고 나갈 수 있을 텐데 말이다."

그렇게 말하더니 할아버지는 나를 보고는,

"다음번에 한번 바다가 잔잔할 때 오너라. 배에 태워 줄 테니."

"네, 잘 부탁드릴게요." 나는 반색을 하며 대답했다.

한 가지 낙이 생긴 것을 기뻐하며 나는 스스무와 함께 창고 밖으로 나왔다. 스스무는 잠시 말없이 걷더니, 이윽고 비밀이라도 털어놓는 듯한 어조로 말했다.

"집에서 너에 대해 그때 이후로 줄곧 이야기했어. 나한테 좋은 친구가 생겨 가족들이 기뻐하고 있어. 이미 알겠지만, 이 녀석이나 저 녀석이나 다들 한심한 녀석들뿐이야."

나는 잠자코 아무런 대답도 하지 않았다. 스스무의 말투가 상당히 오만하게 들려서 싫었다. 스스무는 내가 아무 말도 않고 있자 이상하다는 듯한 얼굴을 하더니 잠시 뒤에 이렇게 물었다.

"너, 중학교에 갈 거지?"

"응, 갈 거야." 의아해하는 표정으로 대답하다가 곧바로 나는 시골은 도쿄와 달리 중학교에 가지 않는 게 일반적이라는 것을 알아차렸다.

"6학년이 되면 함께 공부하지 않을래?" 하고 스스무가 말했다.

"응, 좋아, 꼭 같이 하자."

"난 중학교에 들어가면 바로 소년 비행병이 될까 생각하고 있어" 하고 계속해서 내가 말했다.

"어째서?"

"왜냐하면 꾸물거리다가는 전쟁이 끝나 버릴 테니까."

"그렇게 빨리 전쟁에서 이길까?"

"응, 그렇게 빠르지 않을지도 모르지만."

"전쟁이 끝나면 넌 도쿄로 돌아갈 거지?"

너무 당연한 것을 물어봤기 때문에 어떻게 대답해야 할지 난감해하는데 스스무는 대답을 기다리지 않고 말했다.

"도쿄에 돌아가지 않고 여기에서 중학교를 가면 좋을 텐데."

"응." 나는 애매하게 대답했다. 전쟁에서 이기면 물론 곧바로 도쿄로 돌아갈 것이다. 그러나 그런 생각을 확실히 말한다면 스스무는 분명 실망할 것이다.

나는 화제를 바꾸기로 했다.

"반에서 중학교 시험은 어떤 애들이 보니?"

"노미의 가와무라하고 야마미의 가와세하고 나 세 명이야. 농업학교 시험을 보는 애들은 꽤 있지만."

"누구?"

"하마미의 야마다, 노미에는 스도하고 노자와, 그리고 하마미의 기스케가 공업학교, 히데가 상선학교를 지망하고 있어."

"너는 커서 뭐가 될 거야?"

"아직 확실히 정한 건 아니지만" 하고 스스무는 묘하게 신중해져서는 대답했다.

"대학에 갈 생각이야."

"군인은 안 될 거야?"

"해군에 들어가고 싶다는 생각도 있기는 해."

"해군도 좋지. 전쟁이 일찍 끝나지 않으면 나도 소년 비행병은 관두고 해군병 학교에 가는 것도 괜찮을 것 같아."

"이번 전쟁이 끝나도 다시 전쟁이 있겠지."

"응, 하지만 훨씬 뒤의 이야기일 거야. 그때 전쟁이 일어난다면 독일하고 할 거라고들 하던데."

나는 형한테서 들은 얘기를 했다.

"독일하고?" 스스무가 깜짝 놀라며 말했다.

"응, 이건 편끼리 붙는 거지. 하지만 그 전에 일본에는 대동아공영권 건설의 대사업이 남아 있으니까 그렇게 간단히 전쟁을 또 하지는 않겠지만."

부슬부슬 비가 내리기 시작했다. 하늘을 보니 어느새 비구름이 가득 펼쳐져 있었다.

"돌아갈까?" 내가 말했다.

"그래." 스스무는 아쉽다는 듯이 말했다.

스스무는 헤어질 때 나에게 다짐을 두었다.

"다음에 또 얘기하지 않을래?"

"응, 또 얘기하자."

그렇게 말하고 나자 나는 『천병동자』를 스스무에게 아직 빌려주지 않았다는 것을 깨달았다. "읽어 보지 않을래?" 하고 책을 건네니 스스무는 내 예상대로 기뻐했다.

갑자기 빗줄기가 굵어져서 우리는 동쪽과 서쪽으로 갈라져 뛰기 시작했다.

# 제2장

다음 날 아침 집을 나와, 집 앞의 작은 길에서 하마미 거리라고 불리는, 하마미 부락을 서쪽에서 동쪽으로 관통하고 있는 폭 3미터 정도의 시골길을 서둘러 갔더니 저 앞에 하마미의 5학년 남자반 아이들이 스스무를 가운데 둘러싸고 무리를 이루어 걸어가는 것이 보였다. 길이 꽉 차도록 옆으로 나란히 서서 걸어가고 있었다.

나는 뛰어서 아이들을 따라잡을까 생각했지만, 곧바로 단념했다. 따라잡더라도 내가 낄 여지가 없어 보였기 때문이다. 일렬횡대로 가는 아이들의 뒤에서 걸어갈 거라면 혼자서 천천히 느긋하게 걷는 편이 나을 것 같았다.

도중에 길가의 어떤 집에서 한 아이가 뛰어나와 무리에 합류했다.

어머니가 산파인 마쓰라는 아이로 하마미의 5학년 아이들 중에 가장 체격이 큰 아이였다. 마쓰가 일렬횡대의 가장자리에 합류했기 때문에 가운데 있던 한 아이가 뒤로 빠졌다. 코에 시퍼런 콧물을 항상 늘어뜨리고 다니는 이치로라는 아이였다.

잡화점이 있는 길모퉁이를 돌자 앞에 있던 아이들의 모습이 눈앞에서 사라졌지만, 내가 그 모퉁이를 돌아 나가자 다시 아이들의 모습이 전방 백 미터쯤에 보였다. 목욕탕 앞 광장에 접어들자마자 요시오가 뒤를 홱 돌아보고는 내가 오는 것을 알아차렸다. 이어서 아이들이 전부 하나씩 뒤를 돌아보았다. 하지만 기대와 달리 아이들의 무리는 걷는 속도를 조금도 늦춰 주지 않았다. 그러면서 이따금 누군가가 뒤로 고개를 돌려 내 쪽을 쳐다봤다. 마치 차례대로 내가 따라오는 것을 감시라도 하는 것처럼.

교차로에 도착하자 아이들은 거기에서 걸음을 멈추었다. 길가에 쌓아 놓은 목재 위에 걸터앉아서는, 내가 쫓아오는 것을 기다려 주는 것처럼 보였다.

목재 위에는 상급생 한 무리가 역시 누군가를 기다리고 있는 듯 진을 치고 있었다. 나는 스스무 앞으로 똑바로 걸어가 확인하기 위해 물어보았다.

"아직 누가 더 오니?"

"으응, 서쪽에서."

서쪽에서 라는 것은 니시西하마미라는 의미였다. 하마미는 니시하마미, 나카中하마미, 히가시東하마미 세 개의 마을로 나눠지는데, 각각 간단하게 니시, 나카, 히가시라고 부른다는 걸 나는 이미 알고 있었다.

그때 갑자기 생각지도 않은 일이 일어났다. 쌓아 놓은 목재 위에 앉아 있던 상급생 무리에서 나에 대한 노래가 일제히 터져나온 것이었다.

나도 모르게 그만 눈물이 흘러나오고 말았다. 눈물을 흘리면 안 된다는 의지를 무시하고 눈에서 넘쳐흘렀던 것이다. 그럴 때 아무렇지도 않은 얼굴을 하고 있는 게 가장 낫다는 걸 나는 알고 있었다. 그런데도 눈물을 참을 수가 없었다.

하지만 그 눈물은 노래를 멈추게 하는 효과가 있었다. 내가 우는 걸 가장 먼저 알아챈 요시오가 옆에 앉아 있는 6학년생 한 명에게 속삭였고, 그가 또 그것을 옆 사람에게 속삭이고, 그렇게 해서 모두에게 알려지자 노래는 멈추고 만 것이었다. 그리고 나의 눈물도 결국은 멈췄지만, 내 가슴은 울어 버린 것에 대한 분함으로 가득했다. 어째서 좀 더 의연하게 굴지 못했던 걸까. 칠칠맞지 못한 녀석! 노래를 부르기 시작했을 때 혼자서 출발했으면 됐을 것이다.

"이제 갠 것 같지?"

"홍수가 난 줄 알았어."

그렇게 소곤거리는 얘기를 들으면서 나는 입술만 깨물고 있을 뿐이었다. 이렇게 되어서는 뭘 하든 이미 늦었다. 계집애처럼 훌쩍거리는 걸 보이고야만 지금에 와서는.

그때, 아까 우리들이 왔던 히가시하마미 쪽의 길을 6학년생처럼 보이는 오륙 명이 스스무의 사촌형인 겐이치를 중심으로 함께 오는 것이 보였다. 그러자 이제까지 진을 치고 있던 상급생들이 전기에 감전이라도 된 것처럼 일어서더니, 그들 앞에서 멈추지도 않고 교차로를 돌아 학교로 가는 현도로 접어든 오륙 명 일행의 뒤를 따랐다. 순식간에 멀어져 가는 그들 가운데서 노래가 다시 들려왔을 때 나도 모르는 사이에 내 얼굴색이 변했지만 이번에는 나에 대한 노래가 아니었다. 마쓰라는 이름이 들린 것으로 봐서는 마쓰와 관계있는 노래인지도 몰랐다. 아니나 다를까 마쓰의 얼굴이 빨개졌다. 부어 있는 눈가까지 빨갛게 물들어 있었다. 나는 마쓰가 안됐다는 생각이 들었다.

노랫소리가 들리지 않을 정도로 멀어졌을 때 기다리고 있던 니시하마미의 두 아이가 왔다. 그러나 두 아이가 목재 앞으로 오기도 전에 아이들은 잽싸게도 출발해 버렸기 때문에 두 아이는 따라잡기 위해 있는 힘을 다해 달리지 않으면 안 되었다. 두 아이가 따라붙은 것은 하마미의 집들과 삼나무 가로수가 끝나고 길 양옆이 밭으로 변한 지점에서였다.

길의 폭은, 길옆의 풀 위를 걸으면 몰라도, 여섯 명이 나란히 서면 꽉 찰 정도였다. 그때까지 전부해서 여섯 명이 걷는 가운데 나만 약간 뒤처져 걷고 있었기 때문에, 두 아이가 스스무와 야마다를 가운데 놓고 옆으로 나란히 선 열에 가세한다고 하면 일곱 명이 되므로 누군가 한 명은 열에서 나올 수밖에 없었다. 열에서 밀려나는 건 뒤에서 쫓아온 두 아이 중 한 명이거나, 늘 시퍼런 콧물을 늘어뜨리고 있는 이치로일 것이라고 예상했으나 그런 나의 예상을 뒤엎고 열에서 탈락한 것은 마쓰였다. 그러나 마쓰는 뒤에 있던 나와 나란히 걷지 않았다. 마쓰는 오른쪽 길 옆 풀 위를 걷는 쪽을 택했다.

갑자기 노래가 시작되었다. 나는 또 얼굴이 달아오르려 했지만, 나에 관한 노래가 아니라 아까 마쓰의 얼굴을 새빨갛게 만들었던 노래였다.

츤츤레로레로 츤레~로
츠레로레샹 츠레로레샹

그런 구절로 시작해, 그게 뒤에도 되풀이되는 노래였다. 마쓰의 누나
와 쌀집에서 일하는 도쿠하루라는 젊은 남자에 대한 노래라는 건 알
았지만, 그 이상의 일에 대해서는 잘 알 수가 없었다. 잠시 뒤, 다른 아
이들보다 목소리를 높여 새로 가세한 노랫소리가 내 주의를 끌었다. 그
것이 마쓰의 목소리가 아니었나 하는 느낌이 들었기 때문이다. 얼마
안 있어 다른 아이들의 노랫소리는 멈추었고, 그 목소리만이 그 노래
를 부르고 있었다.

그것은 틀림없는 마쓰의 노랫소리였다. 아이들은 전부 마쓰에게 다
른 사람도 아닌 그의 누나에 대한 노래를 부르게 해서 기뻐하고 있는
것이다. 게다가 아마도 누나의 명예에 상처를 가하는 노래를. 노래를
부르는 녀석이나 그런 노래를 부르게 하는 녀석들이나……

어느새 마쓰의 노랫소리는 들리지 않았다. 마쓰는 노래를 부른 것
에 대한 보상인지 원래의 위치로 돌아갔고 그 대신 기스케가 열에서
뒤로 물러나 있었다. 나는 걸음을 늦춰 아이들과의 간격을 조금씩 벌
리며 걸으면서, 집단 소개를 단념하고 연고 소개를 하기로 결정했던 것
을 뼈저리게 후회했다. 친한 친구들 대부분이 연고지로 소개를 했기
때문에 집단 소개는 애초의 매력을 완전히 잃고 말았지만 그래도 이
런 일을 당할 거라면 집단 소개를 하는 편이 얼마나 나았을지 알 수
없다.

문득 정신을 차리고 보니 걷고 있는 것은 나 한 사람뿐이었다. 스스

무와 아이들은 이미 건널목을 건너간 모양인지 선로의 흙담에 가려 보이지 않았고 내 뒤에 오는 사람은 아무도 없었다. 나는 정신이 번쩍 들어 걸음을 서둘렀다.

학교에 도착하니 이미 수업이 시작되었는지 소리 하나 없이 고요했다. 지각이다.

나는 선생님이 지각한 이유를 대라고 할 때의 변명거리를 생각하면서 어느덧 교실 앞까지 와 있었지만 이상하게도 교실은 비어 있었다.

교실의 뒷벽에 붓글씨를 쓴 종이가 붙어 있는 것이 눈에 들어왔다. 전부 다섯 장으로 스스무와 내 것에 '우수' 표시가 붙어 있었다. 그 뒤로 세 장, 가와무라, 가와세, 야마다의 것이 '양호'였지만, 스스무와 나의 글씨는 현격히 다른 아이들과 차이가 났다. 도쿄에서 서예 학원을 다니면서 붓글씨를 익혔던 나와 비교해도 손색이 없을 정도로 스스무의 글씨는 뛰어났다. 나는 감탄하면서 스스무가 쓴 글씨를 들여다보았다.

복도에서 발소리가 들려와 나는 정신을 차리고 교실 밖으로 나가 보았다.

발소리의 주인은 스스무였다.

"너, 뭐하고 있어?" 스스무는 다가오면서 다정한 목소리로 물었다.

"천천히 걸어왔더니 늦어 버렸어. 다들 어디 간 거야?"

"1교시하고 2교시는 학교 농장에서 벼 베기야. 자, 가자."

스스무와 함께 걸으면서 나는 지금까지 항상 스스무만은 다른 아이들처럼 나에 관한 노래를 부르려 하지 않았던 것을 고마운 마음으로 떠올렸다.

교무실 앞에서, 걸개지도 만 것을 가지고 오는 여자아이 둘과 맞닥 뜨렸다. 그중 한 명이 어제 강당에서 보고 끌렸던 아이였기 때문에 나는 흠칫했다. 그녀는 묘하게도 스쳐 지나갈 때 가볍게 나에게 인사를 했다.

"지금 지나간 애들 누구야?" 나는 목소리를 낮춰 스스무한테 물었다.

"너, 몰랐어?" 스스무는 의외라는 듯이 말했다.

"니시의 촌장님 댁에 소개해 와 있는 애야. 너네하고 친척일걸."

촌장님 댁이라면 알고 있었다. 우리 집안의 본가에 해당되며 하마미에서 제일가는 지주 집안이라고 했다.

"언제 소개해 왔어?"

"지난 4월부터."

"너 쟤랑 잘 알아?"

"쟤네 어머니가 우리 어머니하고 소학교 다닐 때 친한 사이였대."

스스무는 약간 쑥스러워하면서 어른 같은 말투로 말했다.

학교에서 3백 미터 정도 떨어진 곳에 있는 농장에 도착했더니 전부들 벌써 벼를 베고 있었다. 선생님은 지각한 이유를 묻지도 않고 나한테 곧바로 벼를 베는 방법을 가르쳐 주었다. 그리고 내가 요령을 대강 익히자 재빨리 아이들 가운데로 끼게 해주었다. 선생님이 가르쳐 주었을 때는 간단하게 익힌 것처럼 보였던 낫 사용법은 실제로 해보니 상당히 어려웠다. 아무리 해도 벤 자리가 일정하지 않았고 베고 난 뒤에 줄기가 남아 있기도 했다. 게다가 10분쯤 지나자 허리가 아프기 시작했다. 도쿄에 있을 때 집 뒷마당의 텃밭에서 일손을 도운 것과는 전혀 달랐다. 가을방학 때 큰아버지한테 일을 도와드리겠다고 약속했던 일이 떠올라 일말의 불안감이 스치기도 했으나 언제까지고 그렇게 계속해서 익숙해지지 않은 채로 있지는 않으리라. 실제로 30분 정도 지나자 어느 정도는 벼를 그럭저럭 벨 수 있게 되었다.

선생님의 호각 소리를 신호로 작업을 마치고, 우리들은 스스무의 명령에 따라 정렬해 점호를 받은 뒤에 이열종대로 학교로 돌아갔다. 아이들은 평소처럼 강당으로 가지 않고 운동장에서 '군함 놀이'와 비슷한 그 난폭한 놀이를 시작했다. 스스무가 가위바위보의 상대가 되어주어서 나는 스스무와 다른 편이 되었다. 그러나 어제의 비참한 경험에 진절머리가 났기 때문에 뛰면서 돌기만 할 뿐 스스무는 물론이고 누구하고도 맞붙지는 않기로 했다.

그날은 하루 종일 유쾌했다. 3교시는 지리 수업이었는데 간토關東 지방에 관한 내용이어서 선생님은 나한테 도쿄에 관해 이런저런 설명을 구했다. 나는 선생님이 지시하는 대로 지하철과 백화점, 궁성, 우에노 공원 등에 간해 간단히 설명을 했다. 아이들은 다들 조용해져서 내 얘기에 귀를 기울였다.

다음 쉬는 시간도 운동장에서 아까 쉬는 시간에 했던 격투 놀이의 연장전이 행해졌다. 나는 여전히 격투를 피해 주변으로 돌고만 있었다. 4교시는 국어 시간이었다. 수업 중에 손을 든 것은 역시 스스무와 나 두 명뿐이었다. 수업이 끝난 뒤 도시락을 집에서 챙겨 오는 것을 잊어버렸다는 것을 알고 선생님한테 먼저 집에 돌아가겠다고 허락을 구했다.

먼 길을 나는 빠른 걸음으로 걸었다. 오늘은 분명히 소포가 도착해 있을 거라고 생각하니, 한시라도 빨리 집에 가고 싶은 마음을 진정시킬 수가 없었다.

집에 돌아오니 예상과는 달리 소포는 아직 도착해 있지 않았다. 그 대신 할머니가 생각지도 않았던 이야기를 들려주었다. 촌장님 댁의 아씨가 와서 나를 저녁 식사에 초대하고 싶다고 했다는 것이었다. 할머니의 설명에 의하면 그 아씨는 고베에서 여자아이 한 명을 데리고 소개해 온 촌장님 댁의 외동딸이었기 때문에 그날 교무실 앞에서 만난 예쁜 여자아이의 어머니가 틀림없었다. 그녀는 조금 전, 아직 나의 어머니가 돌아오지 않았다고 생각해 어머니와 나 두 사람을 저녁 식사에 초대하려고 들렀는데 어머니가 벌써 도쿄로 돌아갔다는 것을 알고, 그렇다면 나라도 와주었으면 좋겠다, 네 시쯤 데리러 오겠다고 하고 돌아갔다고 했다.

할머니는 내가 주저하는 건 아닐까 생각했던 모양인지, 바로 가겠다고 대답했더니 계속해서 "착한 아이야, 착한 아이야" 하고 말했다.

나는 은근히 호의를 품고 있던 여자아이와 친해질지도 모르는 기회가 생각지도 않게 빨리 온 것을 기뻐하면서 점심을 먹고서 내 방에 틀어박혔다. 읽다가 만 『재규어의 눈』을 읽으며 네 시까지 시간을 때워야겠다고 생각했다.

하지만 세 시가 되자 할머니가 마침 그 시간에 열린다는 목욕탕에 다녀오라고 권해서 가보기로 했다.

잡화점 앞을 지나는데 배급받은 간장 병을 들고 나오던 기스케와 딱 마주쳤다. 그 아이하고는 그날 농장에서의 벼 베기 때 처음으로 친하게 말을 주고받았다. 7월에 해변에서 몸을 말리고 있을 때 내 옆으로 왔던 남자아이들 중에 자신이 있었던 걸 기억하냐고 물어왔던 것이다. 그래서 나는 기억이 나지 않았음에도 그 아이를 실망시키지 않기 위해, 응, 기억하고 있어 하고 대답하자 무척이나 기쁜 얼굴을 했다.

"목욕하러 가?" 기스케는 다정한 웃음을 지으며 물었다.

"응, 같이 가지 않을래?"

"글쎄, 마침 거스름돈이 있으니까 갈까. 잠깐 이 간장 좀 맡기고 올게."

그렇게 말하고 그 아이는 가게 안으로 들어가 간장 병을 맡기고는 바로 나왔다.

잡화점에서 조금 떨어진 곳에 목욕을 하러 가는 것처럼 보이는 스무 살가량의 여자 둘이 서서 이야기를 나누고 있었다. 한 명은 내가 아는 얼굴이었다. 우리 집 앞집의 딸로 마을 관청에 다니고 있었다. 나는 이쪽으로 얼굴을 돌리면 인사를 해야지 생각하면서 가까이 다가가고 있었는데 그녀와 대화를 하고 있던 다른 한 명의 여자가 가슴이 두근거릴 만큼 미인이라는 것을 알아챘다. 길고 아름다운 검은 머리에 피부가 하얘서 무척이나 요염한 느낌이었다.

갑자기 옆에 있던 기스케가 휘파람을 불기 시작했다. 그날 아침 나에 관한 노래에 뒤이어 불려져 마쓰의 얼굴을 빨갛게 만들었던 노래의 곡조라는 것을 깨닫고 나는 완전히 당황하고 말았다. 혹시 이 아름다운 여자가 그 노래 속에 나오는 마쓰의 누나일지도 모른다는 생각이 들었던 것이다.

나는 입술을 꾹 다물고 걸음을 재촉해 그녀의 앞을 지나쳤다. 기스케와 어울려서 같이 휘파람을 분 것처럼 보이고 싶지는 않았기 때문이었다……

내가 성큼성큼 걸었기 때문에 기스케는 휘파람을 멈추고 내 뒤를 쫓아왔다. 나와 어깨를 나란히 하게 되자 기스케는 잠깐 장난꾸러기 같은 웃음을 보였다. 그의 웃는 얼굴에 내 마음속의 분만은 사라져 버렸다. 나는 아무 일도 없었다는 듯한 표정을 지었다.

목욕탕의 카운터에는 아기를 업은 할머니가 앉아 있었다. 나는 기스케가 하는 대로 그 할머니한테 할머니로부터 받은 돈을 건네고 기스케를 따라 왼쪽의 남자 탈의장으로 들어갔다. 그리고 또 기스케가 하는 대로 쌓여 있던 바구니를 하나 꺼내 거기에 벗은 옷들을 넣었다.

기스케의 뒤를 따라 목욕탕으로 들어가는데 느닷없이 크게 호통 치는 소리가 들렸다.

"문 닫고 들어오지 못해."

나한테 호통 친 거라는 걸 깨닫고 나는 허둥대면서 무심결에 열어 놓은 채로 내버려 둔 문을 닫았다.

나한테 호통을 친 사람은 어부풍의 중년 남자였는데 오랫동안 탕에 몸을 담그고 있었는지 얼굴이 삶은 문어처럼 빨갰다. 그 밖에 일흔가 량의 할아버지가 두 명 있었다.

탕에 들어가기 위해 먼저 손으로 물의 온도를 확인했는데 뜨거워서 바로 들어갈 수 있을 것 같지가 않았다. 나는 기스케를 따라서 우선 몸을 씻기로 했다.

기스케는 몸을 간단히 씻고서 탕의 뜨거운 온도에 얼굴을 찡그리긴 했지만 그래도 천천히 탕 속으로 목까지 몸을 집어넣었다.

"기스케, 넌 집안일도 안 돕고 이렇게 일찍 목욕하러 온 거냐?" 아까 나한테 호통을 쳤던 남자가 말했다.

"피차일반이죠." 기스케가 대답했다.

나는 기스케의 재치 있는 대답에 감탄했다.

"이런 게으름뱅이 녀석, 입만 살아 가지고는."

그런 다음 그는 아직 탕에 안 들어가고 있는 나를 향해 말했다.

"어이 꼬마, 빨리 안 들어와."

"아 예."

"뜨거워서 못 들어오는 거지?" 기스케가 말했다.

"응."

"찬물을 틀어 줄 테니까 그사이에 들어오면 괜찮아."

그렇게 말하고서 기스케는 잽싸게 수도꼭지를 열어 찬물을 틀어 주었다. 나는 찬물이 나오고 있는 부근에 발을 넣고 천천히 발부터 시작해서 몸을 담글 수 있게 되었다.

아니나 다를까 남자는 불평을 늘어놓았다.

"빨리 찬물 잠그지 못해."

기스케는 내가 목까지 담근 것을 확인하고는 일부러 천천히 수도꼭지를 잠궜다.

나는 뜨거운 물의 온도를 참을 수 없어 일어나 욕탕 가에 걸터앉았다.

남자는 으쌰 하고 크게 소리를 내면서 탕에서 나왔다. 그는 몸을 씻는 곳에서 물통으로 몇 번이나 머리에서부터 물을 끼얹었더니 타월을 꼭 짜고는 몸을 북북 밀기 시작했다.

"피부가 하얗구나." 그는 나를 보며 말했다.

"도쿄 아이니까 어쩔 수가 없죠." 기스케가 말했다.

"도쿄? 누구네 집 아이냐?"

"류타 씨네요."

"그러냐." 남자는 놀라며 말했다.

"아버지 건강하시니?"

그는 갑자기 말투를 부드럽게 하면서 나한테 물었다.

"예에."

"류타 씨라면 나하고 소학교 동창이었지. 엄청 친한 사이였단다. 집에도 놀러가고 했었지."

"출세하면 다들 어렸을 때 사이가 좋았다고 말하고 싶어지는 모양이야." 기스케가 문을 열고 탈의장으로 나간 남자의 뒤를 향해 빈정거렸다.

"지금 나간 사람 누구야?" 나는 기스케한테 물었다.

"하치로베 씨라고 안마사야."

나는 아까부터 신경 쓰였던 것 또 하나를 기스케한테 물었다.

"아까 목욕탕 앞에 서 있던 두 여자, 한 명은 우리 이웃 사람인데 또 한 사람은 누구야?"

"누구일 것 같아?"

"마쓰 누나야?"

기스케는 빙긋빙긋 웃으며 고개를 끄덕이고는 목소리를 죽여 속삭이듯이 말했다.

"나중에 상대 남자가 누군지 알려줄게."

"_____"

이윽고 우리는 목욕탕에서 나왔다. 시원한 바람이 푹 삶아진 듯한 몸에 쾌적한 서늘함을 선사했다.

사람을 태운 기묘한 차 한 대가 우리 쪽을 향해 느릿느릿 굴러왔다. 그 차는 한 손으로는 핸들을 돌리고 또 한 손으로는 차바퀴를 돌아가게 하는 장치로 되어 있었다. 자세히 보니 타고 있는 할아버지는 한쪽 다리가 허벅지부터 없었다.

가슴에 상이군인의 휘장을 본 나는 스쳐 지날 때 인사를 했다.

그러나 그 할아버지는 내 인사를 못 알아챈 것 같았다. 그는 주름으로 가득한 얼굴을 앞으로 향한 채 왼손으로 핸들을 잡고 오른손으로 차바퀴를 움직이는 장치를 열심히 돌리고 있었다. 차의 움직임은 매우 느려서 아장아장 아이가 걷는 정도의 속도였다.

"상이군인이구나." 나는 가슴이 뜨거워지는 것을 의식하면서 물었다. "어디에서 부상을 당한 거야?"

"러일전쟁 때래. 저 차는 메이지 천황님한테서 하사받은 거래."

나도 모르게 고개를 돌려 금방 전에 봤던 차를 다시 한 번 쳐다봤다. 메이지 천황님으로부터 하사받은 차!

"어디 사는 할아버지야?"

"목욕탕 집. 모르는데 인사한 거야?"

"그렇지만 상이군인이잖아."

"흐음." 기스케는 알 수 없다는 듯이 말했다.

목욕탕 앞의 광장을 가로질러 길로 나오니 이 시간에는 문을 닫은 두부가게 앞에서 마쓰와 요시오가 서서 무슨 얘기를 하고 있는 모습이 보였다. 반사적으로 내 가슴이 철렁했다. 뭔가 안 좋은 일이 일어날 것 같은 예감이 들었다.

내 예감은 맞았다. 십 미터 정도 앞에 왔을 때, 갑자기 두 아이가 나에 대한 노래를 부르기 시작했기 때문이다.

내 가슴은 분함으로 가득해졌다. 지금 노래 부르고 있는 것은 두 명뿐이다. 나한테 진정한 용기가 있었다면 당연히 그 아이들과 대결해야 했을 것이다. 그러나 마쓰는 강할 뿐만 아니라 흉포하기까지 했고, 요시오조차 상대하기 버거운데 두 아이를 상대로 해서 대항할 수 있을 리가 없었다. 상대하지 말자, 하고 나는 이를 악물고 스스로를 타일렀다. 묵살하는 거다.

"그만두지 못해." 기스케가 크게 소리쳤을 때 기스케에 대한 나의 고마움은 이루 말로 표현할 수 없을 정도였다. 그러나 기스케의 말에도 노래는 멈추지 않았다.

"빨리 가자." 기스케가 작은 소리로 말했다. 우리는 걸음을 빨리해 그들 앞을 지나쳤다.

잡화점 앞에서 아까 맡겨 놓았던 간장을 찾은 뒤 기스케는 "이쪽으로 해서 가자" 하고 왼쪽 길로 꺾어졌다. 오른쪽 길로 가는 것보다 돌아가는 셈이었지만 나는 기스케의 말에 따랐다. 이제 노래는 들리지 않았다.

"저런 노래는 대체 누가 만든 거야?" 나는 반쯤 울상을 지으면서 물었다.

"됐으니까" 하고 기스케가 말했다. "신경 쓰지 마. 아이들도 금방 물릴 거야."

"......"

갑자기 기스케가 걸음을 멈추고 나한테 뭔가를 속삭였다. 정미소 앞이어서 기계 소리가 시끄러워 내용을 잘 알아들을 수가 없었다.

"뭐라고?" 나는 되물었다.

기스케는 여전히 잘 알아듣기 어렵게 작은 목소리로 설명을 되풀이했다. 그리고 겨우 안에서 체질을 하고 있는 마른 체격의 젊은 남자가 마쓰 누나의 상대인 것 같다는 말을 알아들었다.

기스케가 가자고 허리를 쿡 찔러서 나는 다시 기스케와 함께 걷기 시작했다. 대체 마쓰의 누나와 방금 전의 젊은 남자가 무얼 했다는 것일까. 분명히 어딘가에서 친밀하게 말하고 있는 것을 누군가가 본 것이리라. 그것을 노래로 만들어 떠벌리며 기뻐하다니 전부 하나같이 싫은 짓들만 하는 녀석들이다.

하지만 나는 기스케에 대해서는 안 좋은 감정을 품지 않았다. 기스케만은 예외였다. 기스케는 방금 전에 나를 놀리는 노래를 부르는 걸 제지하려고 해주지 않았던가. 반장인 스스무조차 해주지 않았던 일이다.

어느새 우리는 정미소의 물레방아가 있는 작은 내를 건너 우리 집의 뒷문까지 와 있었다.

"너희 집은 어디야?" 나는 헤어질 때 기스케한테 물었다.

"바로 옆이야. 괜찮다면 안내해 줄게."

"그럼, 그렇게 할까."

기스케의 집은 우리 집에서 해안 쪽으로 백 미터 정도 되는 거리에 있었다. 기스케네 집에서 세 집만 지나면 바로 해변이었다.

"너희 집은 고기를 잡니?" 나는 집 앞에 널어놓은 그물을 보면서 물었다.

"응, 농사도 조금 짓지만, 집에서 먹을 것밖에는 안 해. 그렇지 않았으면 이맘때 이렇게 태평하지는 못하지. 다케시타 같은 애는 일을 무척 많이 하니까."

"스스무네는 고기 잡는 거하고 농사 중에 주로 하는 게 뭐야?"

"반반일 거야. 하긴 다케시타도 아버지가 선생님이니까 선생 수입이 주업일지도 모르지."

"선생 수입?"

"선생 장사 말이야."

"선생은 장사가 아니잖아."

"선생도 장사야."

"뭐 재미있는 책 갖고 있는 거 있어?" 나는 화제를 바꿔 기스케한테 물어보았다.

"책이라, 글쎄 잡지도 괜찮아?"

"괜찮아, 대환영이야. 가급적 오래되고 두꺼운 걸로."

나는 오래된 〈소년 구락부〉를 기대하고 말했다.

"잠깐 안 들어올래?"

"여기에서 기다리고 있을게. 네 시까지 돌아가지 않으면 안 돼."

"그래, 그럼 금방 찾아 갖고 올게."

얼마 안 있어 안에서 기스케가 꾸중을 듣는 소리가 들렸다. 간장을 사고 나서 바로 밭으로 오라고 했더니 어디서 꾸물거리다 이제 오는 거냐는 말이 들렸다. 나는 기스케한테 목욕하러 가자고 한 책임을 느끼고 몸이 움츠러들었다. 지금은 농번기라 아이들도 놀고 있을 때가 아니라는 사실을 비로소 깨달은 느낌이었다.

잠시 뒤에 기스케가 쑥스러운 듯 웃음을 지으며 나왔다.

"이거면 되겠어?" 그렇게 말하며 그는 표지가 뜯어진, 그러나 내가 기대했던 〈소년 구락부〉 예전 호를 두 권 내밀었다. 두 권 다 신년호로 한 권은 1935년 신년호, 또 한 권은 1936년 신년호였다. 다행히도 두 권 다 아직 내가 읽지 않은 것들이었다.

"고마워." 나는 기뻐서 다소 상기된 목소리로 말했다. 이걸로 내일 일요일 하루, 새로운 읽을거리를 읽을 수 있다는 낙이 생긴 셈이었다. 하지만 오래된 잡지의 가장 큰 결점은 재미있는 연재물의 이어지는 이야기가 보류된다는 점이었다. 그것도 대부분은 영원한 보류로서.

"이 잡지 다 갖고 있니?" 나는 혹시나 싶어서 물어보았다.

"응?"

"다른 건 더 없어?"

"없을걸. 반쯤 떨어져 나간 거라면 한두 권 더 있을지도 모르지만."

"그래도 괜찮아. 이거 다 읽고 나면 그것도 빌려줄래?"

"으응, 다음번에 찾아 놓을게."

집에 돌아오니 벌써 촌장님 댁 아씨가 맞이하러 와 있었는데 이로리가에서 할머니가 타준 묽은 차를 마시면서 이야기를 나누고 있었다.

그녀는 나를 보더니 "어머, 많이 컸구나" 하고 정겹다는 듯이 말했다.

잠시 뒤 나는 그녀와 함께 집을 나섰다. 가는 도중 내가 속으로 두려워하고 있던 일은 다행히 일어나지 않았다. 마쓰 일행과 마주쳐 나를 놀리는 노래를 부르면 어떻게 할까 걱정이 되었던 것이다. 가는 도중 나는 그녀로부터 예전에 우리 집이 오사카에 있을 때 몇 번인가 방문한 적이 있다는 얘기를 들었다.

촌장님 댁 저택은 대지주이니만큼 흙벽을 두른 대저택이었다.

나는 안쪽의 객실로 안내되어 도코노마 앞의 두툼한 방석 위에 앉게 되었다. 작은 체구의 기품 있는 할머니가 들어와 정중하게 인사를 했다. 그녀는 자식들이 우리 아버지한테 항상 큰 신세를 지고 있다고 하며 그 점에 대해 마음을 담은 인사를 늘어놓아 나를 당황하게 했다.

인사가 끝나자 그녀는 묽은 차와 뽀얀 가루로 덮인 곶감을 내왔다. 묽은 차는 써서 그다지 맛이 없었지만 곶감은 엄청 맛있었다.

그녀와 이런저런 잡담을 나누고 있는데 유카타를 입은 여자아이가 붉은 옻칠이 된 그릇을 들고 들어왔다. 내가 집을 나설 때부터 만나기를 기대했던 바로 5학년 여자반의 그 소녀였다. 그녀의 뒤에서 또 하나의 붉은 그릇을 가지고 그녀의 어머니가 나타났다.

어머니한테 미나코라고 불린 소녀는 그릇을 놓고 앉더니 공손하게 인사를 했다. 그녀가 나의 접대 상대인 모양이었다. 그것은 나로서는 더 이상 바랄 나위가 없는 일이었다.

할머니는 우리 어머니를 하루 차이로 초대하지 못한 것에 대해 계속해서 유감스러워했으며, 어머니의 몫까지 많이 먹기를 바란다고 말했다.

준비된 음식은 튀김이었다. 미나코의 어머니는 간격을 두고 조금씩 온갖 종류의 튀김을 가져다주었다. 튀김의 종류는 정말이지 다양했다. 새우, 공미리, 오징어, 모둠 튀김, 고구마…… 다시마 튀김을 먹은 건 그때가 처음이었다.

나는 미나코와 꽤 여러 가지 이야기를 나누었다. 미나코는 부끄러움을 타거나 하지 않고 시원시원하게 응수해서 마음에 들었다. 그녀가 사용하는 간사이 사투리가 귀에 새롭게 들렸고, 그 부드러운 말투는 매력적이었다.

그녀는 나한테도 뒤지지 않는 애국자였다. 병원선의 간호사가 되고 싶다고 했다. 나는 소년 비행병이나 해군에 들어가 특수잠수함을 타고 싶다고 말했다.

해가 완전히 지기 전에 나는 작별을 고했다. 선물로 이중 찬합에 가득 채운 튀김을 받았다.

길을 걸으면서 내 가슴은 행복으로 가득 찼다. 미나코와는 무척이나 마음이 맞는 것 같았다. 그녀가 오랫동안 알고 지내고 싶다고 생각했던 상상 속의 환상적인 소녀상과 너무도 딱 들어맞는다는 생각을 안 할 수 없었다. 학교 성적이 좋고(부반장을 하고 있다고 했으니 틀림없을 것이다) 까다롭게 새침을 떨지도 않고, 예쁜 얼굴에는 옅은 우수가 감돌았다. 정말로 환상 속의 소녀와 딱 맞았다. 이제부터 이따금 미나코한테 놀러 가면 좋겠다고 나는 생각했다. 그리고 좀 더 많은 대화를 나누고 싶다……

교차로까지 왔을 때 "기요시" 하고 내 이름을 부르는 소리가 들려 움찔하며 걸음을 멈췄다. 지난 이삼일간 그런 식으로 곧잘 움찔하게 된 적이 많았다. 소리가 난 곳은 그날 아침 아이들이 부르는 노래를 듣고 눈물을 흘리고 말았던 목재가 쌓여 있던 곳 부근이었다. 어둠이 내린 가운데 눈을 집중하니 동급생인 듯한 두 남자아이의 모습이 보였다. 가까이 다가가 보니 역시 동급생인 오자와하고 히데였다.

"아, 너희들이었구나."

"아, 너희들이었구나." 두 아이가 내가 한 말을 따라했다.

"뭐하고 있어?" 나는 화를 억누르며 물었다.

"아무것도." 히데가 대답했다. 딱히 뭘 하고 있는 건 아니라는 의미인 듯했다.

"그럼 또 보자, 잘 가."

그렇게 말하고 나는 그 아이들한테서 멀어졌다. 어째서 나를 이런 식으로 솔직하게 받아들여 주지 않는 걸까. 도쿄에서는 전학생이 오면 모두가 앞다퉈 친절하게 대하고 빨리 새로운 학교에 익숙해지도록 배려해 주는데……

"기요시" 하는 소리가 나를 다시 불러 세웠다. 히데의 목소리였다. 나는 걸음을 멈추고 뒤돌아보았다.

"너, 촌장님 댁에 갔었지?"

"응, 그런데?"

그러나 대꾸는 없었다. 잠시 대꾸가 나오길 기다렸으나 두 아이가 일부러 입을 다물고 있다는 것을 깨닫고 나는 아무 말도 않고 걷기 시작했다. 그러자 뒤쫓아오듯이 나를 놀리는 그 노랫소리가 들려왔다. 또다시 시작이다. 나는 입술을 깨물고 분한 마음을 억눌렀다. 싸움을 잘했더라면 저 녀석들을 패주었을 텐데 하고 생각했다. 그러나 당할 수 있을 것 같지가 않았다. 그렇다면 어떻게 하는 게 좋을 것인가. 그저 가만히 참고 견딜 수밖에 없는 건가.

노랫소리가 들리지 않도록 멀어지기 위해 나는 성큼성큼 서둘러 발걸음을 옮기기 시작했다.

다음 날인 일요일 오후부터 나는 큰아버지의 부탁으로 큰아버지와 큰어머니의 일손을 도와드렸다. 맨 처음 한 일은 헛간 앞의 볏단걸이에 걸려 있는 볏다발을 헛간 안으로 옮기는 일이었다. 그 일이 끝나자 다음 일이 기다리고 있었다. 큰아버지가 미싱처럼 발로 탈곡기를 돌렸고, 오른쪽에 있는 큰어머니가 건네는 볏다발을 탈곡하고, 탈곡한 볏다발은 왼쪽으로 던졌다. 그게 어느 정도 쌓이면 헛간 안에 잘 쌓아 놓는 게 내 일이었다.

세 시에 할머니가 차와 이중 찬합에 담은 주먹밥을 참으로 가져다주었다. 도쿄에서는 먹은 적이 없는 커다란 주먹밥이었다. 콩가루를 묻힌 것하고 실처럼 썬 다시마를 감은 것 두 종류였다. 나는 그것을 하나씩 다 비워서 할머니를 기쁘게 했다.

일을 마친 것은 해가 저물기 시작하는 여섯 시 무렵이었지만 그때까지 나는 힘차게 일손을 도왔다.

집에 돌아오니 큰아버지가 저녁을 먹기 전에 목욕탕에 가서 땀을 씻고 오자고 해 그러기로 했다. 나는 큰아버지와 나란히 걸으면서 만족감에 잠겨 있었다. 어엿한 한 사람 몫의 일을 했다는 느낌이었다. 걷는 도중 사람을 만나면 큰아버지와 그 사람들 간에는 "수고 많으셨군요"라든가 "일 많이 하셨군요" 하는 인사가 오갔는데 그런 인사말이 문자 그대로 나 자신의 경우에도 들어맞는다고 은밀히 마음속으로 느끼는 것은 기분 좋은 경험이었다.

목욕탕에 도착해 욕장으로 들어가니 전날과는 달리 엄청 사람들로 붐볐다. 나는 새삼 기스케와 아버지의 소학교 시절 동창이었다는 남자가 주고받았던 말을 떠올리지 않을 수 없었다. 그 시간에 목욕탕에 오는 것은 이제 일을 할 수 없는 노인을 제외하면 확실히 게으름뱅이라는 말을 들어도 어쩔 수 없는 일일지 모른다.

연료와 일손 부족으로 목욕탕은 일주일에 네 번밖에 열지 않기 때문에 탕 안은 그야말로 만원 전차 안처럼 사람들로 꽉 차 있었다. 한쪽 발부터 집어넣기 시작해 서서히 하반신을 담그고 겨우 목 아래까지 집어넣을 수 있었다.

"너, 지금 오줌 쌌지?" 옆에 있던 남자가 내 앞에 몸을 담그고 있던 남자아이한테 말했다.

"아뇨, 안 쌌어요." 남자아이가 시침 뚝 떼고 대답했다.

"분명히 쌌어." 남자가 말했다. "내 발에 닿았거든."

"아뇨, 안 쌌어요." 남자아이가 다시 한 번 시침 뚝 떼고 대답했다.

몇몇 어른들이 큰아버지한테 나에 대해 물었다. 과묵한 큰아버지는 그저 "도쿄 아이야" 하고 대답했는데 그때마다 "류타 씨 아이야?"라는 질문을 받았다. 그리고 내가 이 고장에서 가장 출세한 인물의 자식이라는 것을 알고는 다들 나한테 말을 걸고 아버지의 근황을 묻고 그리고 왠지 신경을 써주었다.

집에 돌아오자 큰어머니가 스스무가 왔었다고 알려주었다. 목욕하러 갔다고 했더니 나중에 다시 오겠다고 하고 돌아갔다고 했다.

배가 고팠기 때문에 저녁 식사는 맛있었다. 도쿄에 있을 때는 작은 공기로 한 공기밖에 밥을 안 먹었는데 세 공기나 먹었다.

저녁밥을 다 먹고 이로리 가에 물러나 있을 때 마당 앞에서 휘파람 부는 소리가 들렸다.

스스무다! 현관에 나가 보니 스스무가 서 있었다. 처음 왔을 때처럼 그 수줍은 듯한 미소를 띠고서. 책을 한 권 들고 있었다.

"이거 다 읽어서" 하고 말하며 스스무가 내민 책은 이틀 전 밤 해변에서 빌려줬던 『천병동자』였다. 받아 보니 상당히 더럽혀져 있었다. 그러나 스스무가 책이 더럽혀진 걸 신경 쓰고 있는 듯해서 나는 아무렇지도 않은 척했다.

"재미있었지?"

"응, 재미있었어. 하지만 읽을 짬이 없어서 오늘에야 겨우 다 읽었어."

"잠깐 들어오지 않을래" 하고 나는 스스무에게 권했다.

"들어오거라." 이로리 가에 있던 큰아버지가 말했다.

"오늘은 늦어서." 스스무는 사양하는 투로 말했다.

"상관없잖아."

스스무는 잠시 생각한 뒤에

"그것보다, 해변까지 잠시 걷지 않을래?"

"그럴까." 나는 스스무의 제안을 받아들였다. 밤에 해변을 걷는다는 것이 매력적으로 느껴졌다.

달밤이었다. 스스무는 대낮처럼 잰걸음으로 걸었다. 어두워서 발을 디디는 것에 다소 불안감을 느끼긴 했지만 나는 스스무한테 뒤처지지 않도록 따라갔다. 파도소리가 들리고 바다의 냄새가 났다. 길이 모래땅으로 바뀌고 이윽고 모래 속으로 사라졌다.

"저기 앉을까." 스스무가 제방 가를 가리키며 말했다.

우리는 거기에 나란히 걸터앉았다.

나는 바다를 보았다. 흰 파도가 달빛에 빛났고 물가에서 멀리 떨어진 곳에 나란히 서 있는 배의 그림자가 보였다. 규칙적으로 파도가 내는 소리가 들려왔다.

그렇게 잠시 있다가 내가 말을 꺼냈다.

"빨리 전쟁에서 이길 수 없을까."

스스무가 아무 말도 안 했기 때문에 나는 바로 다른 대화의 주제에 대해 생각하기 시작했다. 좋아하는 공상에 빠지기 시작했던 것이다.

……나는 해군의 군인이 되어 잠수함을 타고 있다. 막중한 임무를 띠고 이제부터 출항하지 않으면 안 된다. 임무는 비밀이다. 아버지에게도, 어머니에게도, 연인인 미나코에게도.

"너, 〈해군〉이라는 영화 본 적 있어?"

나는 혼자서 공상하는 것만으로는 참을 수 없었기 때문에 다시 스스무한테 말을 걸었다. 학교에서 그 영화를 보러 간 적이 있었다. 그 영화를 봤던 날로부터 몇 주 동안이나 우리들은 열병에 걸린 것처럼 잠수함에 동경을 품게 되었다. 친구인 동료 두 명이 열심히 공부해 중학교에서 해군병 학교에 지원한다. 그러나 두 명 중 한 명만이 합격한다. 근시 때문에 한 명은 떨어지고 만 것이다. 진주만 공격의 날, 해군병 학교에 못 갔던 예전의 그 소년은 가족과 함께 특수잠수정에 의한 진주만 공격 뉴스를 라디오로 듣는다. 그 승조원 중에 그의 친구가 있다……

"못 봤는데, 어떤 영화야?" 스스무가 물었다.

"진주만 공격의 아홉 군신 중 한 명을 주인공으로 한 영화야. 아주 좋은 영화였어. 너도 보면 좋을 텐데. 그 영화를 보면 해병 학교에도 가고 싶어질 거야."

"넌 육군에는 안 갈 거야?"

"지금으로서는 갈 생각이 없어. 그건 왜?"

"너희 할아버지는 육군의 장군이지?"

"응, 하지만 육군은 둘째형이 가기로 했으니까 괜찮아. 올해 유년학교 시험을 보기로 되어 있어."

"중학교에 들어가면?"

"응, 일 년만이지만. 일 년에 붙는 건 쉽지 않겠지만 시험 볼 자격은 있다는 것 같아."

"우리 마을에서는 지금까지 사관학교에 딱 한 명 들어갔어." 스스무가 말했다.

"우리 둘이 해병 학교 시험을 볼까?" 나는 힘주어 말했다.

"그럴까."

스스무는 그다지 미덥지 않은 대답을 했다. 조금 있다가 스스무가 물었다.

"그래서 넌 잠수함을 탈 거야?"

"응, 잠수함이 아닐 수도 있지만. 하지만 잠수함을 타는 것도 좋을 것 같아."

"그렇지만 잠수함을 타면 폐병에 걸린다던데."

"폐병?" 나는 반문했다.

"응, 가슴에 생기는 병이래. 학교 근처에 잡화점 있지. 정문 앞 신사 옆에. 그 집의 형이 잠수함을 탔었는데 폐병에 걸려서 돌아왔어."

"그거 안됐구나. 하지만 만약 전쟁이 계속된다면 분명히 우리들은 폐병에 걸릴 새도 없을 거야. 곧바로 죽게 되겠지."

"아아." 스스무는 애매한 대답을 했다.

그때 내 이름을 부르는 소리가 들렸다. 할머니의 목소리였다. 걱정이 되어 찾으러 온 것이다. 우리는 자리에서 일어났다. 스스무가 해변을 따라 가는 게 가깝다고 말해 거기에서 헤어졌다. 내 이름을 부르는 할머니의 목소리가 또다시 들려 나는 크게 대답하고서 뛰어갔다.

# 제3장

이튿날 아침 나는 간밤에 큰어머니가 만들어 준 짚신을 신고 집을 나섰다. 토요일까지 학교에 갈 때 신었던 운동화는 도쿄에서 신고 왔던 가죽 신발과 함께 신발장 속에 잘 모셔졌다. 운동화는 소풍용으로, 가죽 신발은 전쟁에서 이겨 도쿄로 돌아갈 때를 위해 소중히 모셔 놓는 게 좋겠다는 큰어머니의 말씀에 따른 것이다.

갓 만들어진 짚신의 감촉은 기분 좋았다. 이걸로 기요시짱도 어엿한 시골 아이가 되었다고 한 큰어머니의 말을 떠올리며 나는 씩씩하게 걸었다. 동급생 가운데 학교에 신발을 신고 오는 아이는 한 명도 없었다. 반 정도는 짚신이었고 나머지 반은 맨발이었다.

그러나 교차로에 가까이 오자 내 발걸음은 무거워졌다. 토요일 아침 거기에서 상급생들까지 나를 놀리는 노래를 부르는 걸 듣고 울음을 터뜨리고 만 일을 떠올리지 않을 수 없었다. 눈을 떴을 때는 행복했지만 그 행복을 위협하는 것이 내 앞에 기다리고 있다고 나는 생각했다. "금방 물릴 거야"라고 기스케는 말해 주었지만 아이들이 물릴 때까지 꾹 참고 기다리지 않으면 안 되는 걸까……

미나코가 지나갈 때에도 노래를 부르면 어떻게 하지 하는 걱정이 들었다. 굴욕적인 노래가 불리는데 아무것도 할 수 없는 나를 본다면 미나코는 어떻게 생각할까. 분명히 그녀는 그런 나를 겁쟁이라고 생각해 경멸할 게 틀림없다…… 미나코와 알게 된 것이 그런 식으로 오히려 나를 괴롭히리라는 건 전혀 생각지도 못했던 일이었다. 어떻게 그 노래를 막을 방법은 없는 걸까……

교차로에는 이미 아무도 없었다. 단 한 사람도 없었다. 대체 어떻게 된 일일까. 그러나 이렇게 되면 더 이상 노래를 듣지 않아도 된다는 걸 깨닫자 마음이 금방 가벼워졌고 씩씩한 걸음으로 학교까지 똑바로 이어진 3킬로미터 가까운 길을 걷기 시작했다.

하마미 마을의 집들을 지나 삼나무 가로수길에 접어들고 얼마 안 되어서 나는 길가의 전봇대에 분필로 미나코와 나의 이름이 나란히 쓰여 있는 것을 발견했다. 대체 누가 이런 장난을 친 걸까. 그렇다, 히데 하고 오자와다. 내가 촌장님 댁에 갔다는 걸 아는 것은 그 아이들밖에는 없다. 나는 화가 치미는 것을 느끼면서 그 전봇대로 달려가 손바닥으로 정신없이 문질러 그 낙서를 지워 버렸다. 하지만 몇 번째 전봇대인가에 또 똑같은 낙서가 적혀 있었다. 이번에는 우산 그림 밑에 미나코, 기요시라는 이름이 적혀 있어 마치 우산을 같이 쓰고 있는 것처럼 보였다. 나는 다시 달려가 그 낙서를 지웠다.

그 뒤로도 길 양쪽으로 50미터 정도의 간격을 두고 번갈아 세워져 있는 전봇대 세 개 중 한 개꼴로 같은 낙서가 있었다. 나는 손이 분필과 전봇대의 도료로 지저분해지는 것도 상관 않고 그 낙서들을 하나하나 지워 나갔지만, 그러다가 지치고 말았다. 지워도 또 낙서를 한다면 아무 소용이 없다. 중요한 것은 분명 신경 쓰지 않는 것이리라……

강당 뒤쪽으로 접어들자 강당에 학생들이 모여 있는 기척이 느껴졌다. 혹시 오늘이 월요일이라 조회가 있는지도 몰랐다. 그래서 수업 시작이 평소보다 약간 빠른 것일지도 모른다. 가까이 다가가니 강당 안에 학생들이 줄지어 있는 모습이 창문을 통해 보였다. 역시 내 짐작이 맞았다. 나는 뛰기로 했다. 그러나 현관에 도착했을 때는 이미 조회가 끝나고, 강당과 교사를 연결하는 복도로 학생들이 교실로 돌아오고 있었다.

나는 아이들보다 한 발 앞서 교실로 들어갔다. 잠시 뒤에 와자지껄 떠드는 소리와 함께 아이들이 교실로 들어왔다. 가쓰가 나를 보고는 "너, 어떻게 된 거야?" 하고 물었다.

"조회가 있는지 몰랐어. 월요일은 일찍 등교하는 거야?"

"응, 15분 일찍."

그때 그 기분 나쁜 비난의 소리, 우, 우, 우 하는 소리가 사방에서 들리고 교실 전체로 퍼져 갔다. 나는 잠시 동안 멍했다. 도대체 이건 또 뭔 일일까.

내가 다시 정신을 차렸을 때 "선생님 오신다" 하는 귀에 익은 목소리가 들렸다. 내가 붓글씨를 썼을 때 다케시타보다도 더 나은 것 같다는 의미의 말을 들으라는 듯이 외쳤던 익살꾼 가와세의 목소리였다. 그러자 기분 나쁜 비난 소리의 합창은 거짓말처럼 사라져 버렸다.

"기립." 스스무의 구령이 떨어졌다. 그때 처음으로 내 의식 속에 스스무의 존재가 커다랗게 떠올랐다. 스스무, 너는 반장이면서 왜 이런 상태를 방치하는 거냐, 하고 나는 마음속으로 스스무에게 물었다. 아니면 너는 제지할 힘을 사실상 갖고 있지 않은 장식물에 지나지 않는 거냐. 그것도 아니면 너도 다른 아이들의 편을 들고 있는 거냐.

1교시는 국사 시간이었다. 진도는 도쿄의 학교와 비슷했다. 선생님의 수업은 재미있었다. 선생님은 이따금 질문을 던졌다. 그때마다 손을 드는 것은 스스무와 나 둘뿐이었다. 그러나 역사책 읽기를 좋아하는 나는 스스무보다 훨씬 더 많은 것을 알고 있었다. 스스무가 틀린 답밖에는 댈 수 없었을 때도 나는 정확한 답을, 그것도 자세한 답을 말할 수 있었다. 그럴 때, 아이들 사이에서 가벼운 웅성거림이 일었다. 그러나 나는 스스무가 호적수라는 것을 절실히 느끼지 않을 수 없었다. 집안일을 도우면서도 그렇게 공부를 잘한다는 것은 대단하다고 생각했다.

수업이 끝나자 아이들은 빨리 놀러 나가기 위해 교실의 앞문과 뒷문으로 몰려갔다. 나는 쉬는 시간에 읽을 책을 갖고 오지 않았다는 것을 알고 아이들을 따라 강당으로 가보기로 했지만, 강당에 도착하니 편을 짜는 가위바위보가 방금 전에 끝난 참이었다. 아직 편을 짜지 않은 아이가 있나 찾아봤지만 이미 남은 사람은 아무도 없었다.

어쩔 수 없이 나는 창가에 서서 구경을 하기로 했다. 강당을 사용하고 있는 건 5학년과 6학년 남자반과 고등과의 남학생들뿐이었다. 군함 놀이와 비슷한 격투 놀이가 이곳에서 가장 인기 있는 놀이인 듯 다들 한데 섞여 제각각 놀이에 푹 빠져 있었다. 하급생이나 여자아이들은 어디에서 놀고 있을까 생각하다가 문득 나는 미나코를 떠올렸다. 그녀는 어디에서 놀고 있을까. 운동장에서 놀고 있을까. 미나코가 그 낙서를 봤을까. 만약 봤다면 어떤 기분이 들었을까……

이윽고 수업 시작을 알리는 종이 울렸다. 교사로 연결되는 복도에 왔더니 히데와 오자와가 약간 앞에서 걸어가는 게 보였다. 나는 걸음을 빨리해 따라잡고는 "너희들이지, 그런 낙서를 한 게" 하고 따져 물었다. 그러나 두 사람은 시치미 뗀 얼굴로 "너, 무슨 소리를 하는 거야" 하고 입을 모아 말하고는 내 곁을 빠져나가듯이 해 뛰어가 버렸다.

2교시 산수 수업이 끝난 뒤 나는 이번에는 편 가르기를 할 수 있도록 다른 아이들과 섞여 교실을 나와 강당으로 서둘러 갔다. 그러나 내 예상에 어긋나게 놀이는 아까 편을 나눈 그대로 계속되었다. 나는 이번에도 창가로 가 서 있었지만 이제 구경은 아까만큼 재미가 없었다.

수업 시작종이 울려 나는 누구보다도 먼저 교실로 향했다. 3교시는 내가 좋아하는 국어 수업이었던 것이다. 교실로 들어가 자리에 앉자 조금 뒤에 아이들이 우르르 교실로 들어왔다. 몇 명이서 뭔가에 대해 얘기하고 있었다. 그게 나에 관한 대화라는 걸 아는 순간 반사적으로 가슴이 철렁하면서도 나는 온몸의 신경을 귀에 집중시켰다. 그들은 들으라는 듯이 이런 대화를 주고받았다.

"아직도 울고 있나?"

"시시한 자식 아니야."

"뭐 사흘만 계속해 보지."

곧 선생님이 들어와 수업이 시작되었다. 수업은 여전히 스스무와 나 두 사람의 무대였다. 선생님이 나에게 두 번 읽기를 시켰다. 스스무도 두 번이었다.

수업이 끝나자 나는 다시 아이들을 따라 교실을 나와 뛰어서 강당으로 갔다. 이번에는 새로운 편 가르기가 행해졌다. 나는 잽싸게 이곳 아이들의 말투로 "짱껜-" 하면서 가위바위보 상대를 찾으려 했지만 결국 상대를 찾는 것에 실패하고 말았다. 내가 말을 건 아이들은 전부 진짜인지 거짓말인지 이미 편을 정했다며 내 상대가 되기를 거부했기 때문이었다.

이번에도 또 구경꾼이었다. 나는 수업이 시작되기 전에 들었던 대화를 떠올렸다. 뭔가 두려운 일이 벌어지는 게 아닐까 하는 예감이 들었다. 그러나 나는 그 예감에 사로잡히지 않으려 하면서 가능한 한 태연함을 유지하려고 노력했다.

4교시 시작종이 울리자 나는 가쓰를 붙잡고 사정을 물어보리라 결심하고 연결 복도 입구에 서둘러 가 기다렸고 맨 뒤에 오는 가쓰를 발견하고 가까이 다가갔다.

"가쓰." 나는 큰 소리로 불렀다.

그는 걸음을 멈추고 뒤를 돌아봤다. 근시인지 눈을 가늘게 뜨고 소리가 나는 쪽을 살폈다. 그리고 나라는 것을 알고는 약간 흠칫하는 것처럼 보였지만 곧바로 평소의 겸연쩍은 듯한 투로 "너구나"라고 했다.

"뭔 일이야?" 그는 내가 가까이 다가오는 것이 귀찮다는 듯이 기다리고 있었다.

"도대체 왜 아이들이 나를 놀이에 끼워 주지 않는 거야?"

가쓰는 주위에 아무도 없다는 것을 확인하고는 속삭이듯이 말했다.

"너, 왕따 당하고 있는 거야."

"왕따?" 나는 앵무새처럼 가쓰의 말을 되풀이 한 뒤 그 말의 의미를 깨달았다.

"친구로 안 끼워 주는 거구나. 하지만 대체 내가 뭘 어떻게 했다는 거야?"

"난, 몰라." 가쓰는 그렇게 말하고 나를 내버려 두고 먼저 가려고 했다.

"가쓰, 그런 말 하지 말고 가르쳐 줘. 왜 그러는 거야?"

가쓰는 걸음을 멈추고 내가 쫓아오기를 기다렸다가 비밀을 속삭이듯이 목소리를 죽여,

"네가 스스무의 기분을 상하게 했기 때문이야" 하고 말하더니 날 내버려 두고는 먼저 뛰어가 버렸다.

나는 멍한 채로 걷기 시작했다.

계단 있는 데서 교무실에서 나온 선생님과 마주쳤다.

"스기무라 군, 이제 웬만큼 익숙해졌나?"

"네."

"동급생들하고도 친해졌고?"

"네. 친해졌습니다." 나는 거짓말을 했다.

선생님과 나는 교실에 도착했다. 나는 뒷문, 선생님은 앞문으로 교실로 들어갔다. 스스무의 구령으로 자리에서 일어나 경례를 하면서 나는 따돌림 당하고 있다는 사실을 선생님이 절대로 알게 해서는 안 된다고 생각했다. 그런 사실이 선생님한테 알려지는 건 수치스럽다……

그날 수업이 끝나고 나는 하마미의 동급생들과 같이 집으로 향했다. 따돌림을 당하는 게 혹시 등교, 하교를 같이 하지 않아서인지도 모른다. 스스무의 기분을 상하게 했다는 것도 그 때문인지도 모른다고 생각했다.

기스케가 일이 있다며 마을을 도는 다른 길로 갔기 때문에 이치로도 일렬횡대의 끝에 끼었으므로 아이들의 뒤에서 걷는 건 나 한 사람뿐이었다. 아무렇지도 않은 척하면서 의기양양한 자세로 걷고 있었지만 마음은 너무도 괴로워서 할 수 있다면 엉엉 울어 버리고 싶었을 정도였다. 그날 하루 나한테 말을 걸어 준 사람은 가쓰를 제하면 누구 한 사람도 없었기 때문이었다. 그건 지금도 전혀 달라진 게 없었다. 나를 제외한 여섯 명은 나를 완전히 무시하고 그들만의 대화에 신이 나 있었다.

이따금 나는 걷는 속도를 늦춰 다른 아이들과 떨어져 갈까 하는 생각이 들었다. 그러나 우리들로부터 3백 미터쯤 뒤에서 오는 여자아이들 중에 미나코가 있는 게 아닐까 하는 생각이 들자 도저히 그렇게 할 수는 없었다.

갑자기 일렬횡대의 오른쪽 끝에 있던 히데가 크게 외쳤다.

"어라, 지워졌네."

"누가 지웠나 본데." 요시오가 말했다.

전봇대에 있던 낙서를 지운 걸 말하고 있다는 걸 나도 알 수 있었다.

"누가 지웠을까?" 스스무를 제외한 다섯 명이 합창을 했다.

"누가 지웠을까?" 다시 한 번 아이들의 목소리가 울려 퍼졌다.

그러자 오자와가 그 말에 답하듯이 말했다.

"뒤에서 말없이 쫓아오는 녀석이야."

"아무 말도 안 하고. 또 울고 있는 건 아닐까?" 요시오가 말했다.

"노래라도 부를까?" 야마다가 말했다.

아이들은 우선 나에 관한 노래를 부르기 시작했다. 그러나 그 노래가 한 번 끝났을 때 스스무가,

"마쓰네 누나의 노래를 부르자" 하고 말했다.

그 말이 나에게는 구원처럼 느껴졌다. 그렇게 스스무가 말을 꺼내지 않았다면 그러고도 몇 번이나 나에 관한 노래를 불렀을 게 틀림없었을 테니까.

마쓰도 아이들과 함께 누구보다도 큰 소리로 그 노래를 불렀다.

이번에는 가사의 의미를 나도 조금은 이해할 수 있었다. 하마미 고마치에 사는 요코가 하마미와 마을의 해안 경계에 있는 제방 그늘에서 쌀가게의 도쿠하루와 밤에 남몰래 만나 뭔가 남녀의 비밀을 주고받았다는 내용을 이 지방 말투로 노래한 것이었다.

집에 도착했을 때, 나는 금방이라도 축 늘어질 정도로 심신이 피곤했다. 그러나 최대한 있는 힘껏 활기찬 목소리로 "다녀왔습니다" 하고 말하며 집으로 들어섰다. 할머니는 기다리고 있었던 듯, 내가 눈이 빠지게 기다리고 있던 소포가 도착했다고 알려 주었다.

나는 활기를 되찾았다. 소포로 온 커다란 가죽 트렁크 속에는 온갖 즐거움을 약속해 주는 물건들이 들어 있는 것이다. 나는 내 방에 옮겨 놓은 트렁크를 보물 상자라도 되는 듯이 열어 보았다.

우선 옷들이 나왔다. 구루메가스리*로 만든 소매 없는 웃옷은 눈이 많이 오는 곳이라 겨울에는 추울 거라고 도쿄의 외할머니가 만들어

준 것이었다. 두 벌의 긴 바지는 소개하기 전에 시골 아이들의 복장을 편지로 물어본 뒤에 어머니가 준비해 준 것이었다. 천이 없어서 거실의 커튼을 뜯어 집에서 검은색으로 물들이고 어머니가 미싱을 밟아 직접 만들어 준 것이었다. 이 옷이면 다른 아이들과 같은 복장이 되겠구나, 하고 나는 바지를 꺼내면서 생각했다. 아이들과 복장이 같아지면 더 이상 따돌림 같은 건 당하지 않을지도 모른다…… 미쓰코 숙모가 자신의 스웨터를 풀어서 짜준 낙타색의 따뜻해 보이는 스웨터도 있었다.

옷들 밑에는 과자가 들어 있는 통이 두 개가 있었다. 한 통에는 비스킷, 다른 한 통에는 전병이 들어 있었다. 두 개 모두 할머니한테 맡기고 식구들과 먹으라고 온 과자였다. 그 대신 옛날 외국제 캔디가 들어 있던 작은 육각형의 예쁜 통에 넣은 과자는 가을 소풍용으로 내가 따로 챙겨 놓아도 되는 것이었다. 그 통 안에는 메이지 초콜릿 한 개, 모리나가 밀크 캐러멜 한 상자, 셀로판 봉투에 들어 있는 나카무라야의 가린토**가 들어 있었다. 그것들을 아버지가 가방에서 꺼내 나에게 주었을 때 나는 환성을 올렸었다. 그리고 위의 두 형은 약간 유감스럽다는 얼굴로, 소개를 간다는 이유로 그런 특전이 주어진 동생인 나를 부러워했었다……

그다음에는 온 가족의 선물들이 차례차례로 나왔다. 내가 무척 좋

---

* 久留米絣. 규슈 구루메 지방에서 나는 튼튼한 무명. 감색 바탕에 흰 점박이 무늬가 있음.
** 나카무라야中村屋는 1901년에 설립된 전통 과자점으로 현재 200여 개의 점포와 레스토랑을 운영하고 있고 가린토花林糖는 밀가루에 물엿을 타서 되게 반죽하여 말린 다음 기름에 튀겨 설탕을 묻힌 과자.

아하는 미쓰코 숙모가 보내준 샤프펜슬은 붉은색과 검은색 외에 파란색도 나오는 진기한 외국제 물건이었다.

외할아버지의 선물은 내가 예전에 존경했던 적이 있는, 그래서 지금도 존경하고 있을 거라고 외할아버지가 믿고 있는 니노미야 다카노리*의 전기였다. 나한테는 상당히 어려운 책이었지만 노력해서 읽을 생각이었다. 어머니가 그림 그리는 걸 좋아하는 나를 위해 어렵게 구해서 보내준 크레파스와 크레용과 도화지, 그리고 두 형이 애지중지하던 재산에서 나누어준 문구, 형으로부터 물려받은 책의 일부인 『쇼와 유격대』,『새로운 전함 다카치호高千穂』,『하늘을 나는 섬』,『괴걸 흑두건』,『적진 횡단 3백 리』 등도 들어 있었다. 이미 두세 번씩 읽은 것들이었지만 몇 번을 읽어도 질리지 않는 애독서들로 골라 놓은 것이었다.

나는 할머니한테 과자가 들어 있는 두 개의 통을 드리기 위해 일어섰다. 부엌에서 설거지를 하고 있던 할머니는 젖은 손을 앞치마에 닦은 뒤 방으로 와서 그 통들을 받았다. 할머니는 그 통들을 얼굴 위로 정성스럽게 들어올려 나무아미타불을 몇 번인가 외운 뒤에 불단 위에 올리러 갔다.

현관에 우편물이 배달되는 소리가 들렸다. 나는 서둘러 우편물을 받으러 갔다. 집에서 온 가족들이 쓴 편지가 들어 있었다.

가장 먼저 어머니의 편지를 읽었다. 기차가 엄청나게 혼잡했지만 무

---

* 二宮尊德(1787~1856). 에도 시대의 농정가, 사상가로 농촌 부흥 정책을 지도했다. 일본 각지의 초등학교에 땔감을 등에 지고서 책을 읽으며 걷고 있는 어린 니노미야의 동상이 많이 세워져 있다.

사히 도착했다는 것, 앞으로도 사정이 허락하는 한 들를 테니 외로워하지 말고 힘내서 열심히 공부하고, 또 큰아버지의 농사일도 도와드려서 시골 아이들한테 지지 말고 열심히 하라는 격려의 말 뒤에 의외의 소식이 적혀 있었다. 담임이었던 니시나 선생님이 학도 동원으로 공장에 가는 고등과 학생들의 책임자가 되어 공장에 근무하게 되었다고 했다. 도쿄에 도착한 날 아침 우연히 학교 앞에서 마주쳐 물어봤다는 것이었다. 친한 친구들 태반이 결국 연고지로 소개를 가게 되어 매력이 줄어든 집단 소개는 내가 너무도 좋아하는 니시나 선생님이 가지 않는다면 그 매력을 완전히 잃어버렸다고 해도 좋을 정도였다. 이제는 여기에 머무르는 것 외에는 방법이 없다. 그런 생각이 들자 눈물이 차올랐다. 한번 연고 소개를 한 뒤에 집단 소개로 바꾸는 것 따위는 불가능하다고 생각하고 있었지만 그럴 마음만 있다면 아직 불가능하지는 않을 거라고 마음 한구석에서 생각하고 있던 것도 사실이었다. 그러나 이제는 집단 소개로 바꾼다면 어떻게 될까 같은 생각을 한다는 것은 무의미해지고 말았다. 나는 스스로가 갇혀 버린 신세라는 느낌이 들었다. 어머니의 편지를 읽고 나서 나는 숙모와 형들의 편지를 읽었지만 어찌된 일인지 눈물이 그칠 줄 모르고 흘러내려 멈추지가 않았다.

그 뒤로도 농번기 방학에 들어갈 때까지 나는 계속해서 따돌림을 당했다. 나한테 말을 걸어 주는 사람은 아무도 없었다. 집에서 나와 집으로 돌아갈 때까지의 시간은 참기 힘들 정도로 길었다. 돌아오는 길은 특히 더 길었다. 하마미의 동급생들은 학교에서 하마미까지의 3킬로미터 가까운 길을 집에 돌아가 일손을 도와야 하는 시간을 조금이라도 늦추기 위해서 될 수 있는 한 느긋하게 시간을 허비하며 천천히 걸었고, 오는 동안 나를 놀림감으로 삼아 즐거워하는 게 늘상 벌어지는 일이었다. 스스무만이 항상 그런 아이들한테 가세하지 않는 것이 희한했다. 스스무는 제지하지는 않는 대신 절대로 행동을 같이하지는 않았다.

농번기 방학 전의 마지막 수업이 있던 토요일, 수업이 끝나면 도시락을 가지고 교무실로 오라고 선생님이 말했다.

교무실로 가는 도중, 혹시 선생님이 내가 아이들한테 따돌림 당하는 것을 눈치채고 그것을 확인하기 위해 불렀을지도 모른다는 생각이 들었다. 하지만 만약 꼬치꼬치 캐묻더라도 감연히 부정하기로 마음먹었다. 내가 못되게 군 게 아닌데도 따돌림 당하고 있다는 것을 선생님한테 어떻게 납득시킬 수 있단 말인가……

도시락을 먹으면서 선생님이 말을 꺼냈다.

"내일부터 드디어 가을방학이구나."

"네."

"스기무라의 큰아버지가 농사를 지으시니까 이곳 아이들한테 지지 않게 일을 도와드려 큰아버지를 깜짝 놀라게 해드리렴. 어제 아버님으로부터 편지가 도착했다. 도시에서 자란 아이는 어쨌든 허약하니까 튼실한 아이가 되도록 훈련시켜 달라고 쓰셨더구나."

그 말을 한 뒤 선생님은 잠시 입을 다물더니 바로 다시 말을 이어갔다.

"그러나 스기무라가 활기차게 생활해서 선생님도 감탄하고 있단다. 수업에도 활발하게 참여하고, 조금도 쓸쓸한 모습은 보이지 않아."

나는 하마터면 눈물이 흘러내리려는 것을 까까스로 참았다.

"어제 다케시타한테 너에 관해 물었더니 벌써 큰아버지의 농사일을 도와드리기 시작했다는 말을 듣고 놀랐단다. 다케시타도 너희 집에 놀러가서 좀 더 많은 이야기를 나누고 싶지만 농번기라 바빠서 생각만큼 못 간다며 유감스러워하더구나. 하지만 앞으로 조금 여유가 생기면 둘이서 같이 공부하기로 했다면서 기대하고 있는 것 같았다."

선생님과 나는 거의 동시에 도시락을 다 먹었다. 도시락을 다 먹고 나자 선생님은 돌아가도 좋다고 했다. 나는 조금은 활기를 되찾아 계단을 두 단씩 오르며 교실로 돌아갔다. 교실에 들어가자 청소를 하고 있는 중이었다. 그날은 야마미 아이들이 당번이었다.

내 얼굴을 보고는 가와세가 옆으로 다가와 작은 목소리로 물었다.

"선생님이 뭐라고 했어?"

가쓰가 내가 따돌림을 당하고 있는 거라고 가르쳐 준 날 뒤로 이런 식으로 누군가 내게 말을 건 것은 처음이었다.

"별거 아냐." 내가 대답했다. "가을방학 때 착실히 집안일을 도우라는 말씀뿐이었어."

가와세는 도저히 믿을 수 없다는 듯한 얼굴을 했다.

"다케시타 군이 기다렸어." 다른 누군가가 말했다.

"무슨 일로?"

"네가 쓴 붓글씨를 돌려주려 했던 모양이야. 오늘 토요일이잖아. 뒤에 붙여 놓았던 걸 떼어서 돌려주는 날이야."

"그랬는데 가버린 거야?"

"응, 이미 갔을걸."

나는 청소를 하고 있는 아이들에게 작별을 고하고 교실을 나왔다.

뭔가 변한 것은 사실이었다. 나는 스스무가 기다려 준 것에 대해 감사했다. 가쓰가 한 말은 거짓말이었다. 노자와라든가 요시오가 말을 꺼내 나를 따돌린 것이리라. 스스무는 반장이니까 그런 때도 장본인으로 지목받게 된 것이다.

현도縣道로 나오자 저 앞쪽으로 스스무 일행으로 보이는 아이들이 걸어가는 것이 보였다. 뛰어도 따라잡을 수 없을 것 같아서 나는 〈산의 삼나무의 아이〉 노래를 흥얼거리며 느긋하게 걸었다.

집에 도착하자 식사를 하러 집에 돌아와 있던 큰어머니가 "스스무 짱이" 하면서 나한테 붓글씨 쓴 것을 건네주었다. 빨간 글씨로 우수라고 적힌 '대동아공영권'이라고 쓴 붓글씨를.

농번기 방학에 들어가자 나는 곧바로 큰아버지와 큰어머니의 일을 돕기 시작했다. 큰아버지는 나에게 한 사람 분의 일을 곧장 맡겨 주었다. 그것은 나를 기쁘게 했다. 나는 시골 아이들 못지않게 일하는 모습을 보이고 싶었다. 특히 스스무한테는 뒤지고 싶지 않았다.

일은 산처럼 쌓여 있었고 거의 끝이 없는 게 아닌가 하는 생각까지 들었다. 벼 베기, 벼 널기, 수레 밀기, 탈곡 돕기…… 사흘이 지나자 나는 슬슬 환멸을 맛보기 시작했다. 도쿄의 집에서 어머니의 잡일을 돕는다거나 외할아버지네 집에 놀러가 할아버지의 취미인 원예 작업을 도울 때와 같은 손쉬운 일이 아니었다. 전기로 읽은 니노미야 다카노리라든가 노구치 히데요*의 소년 시절에 대해 내가 동경을 품고 상상했던 것과도 달랐다. 현실의 농사일은 뼈가 빠지게 힘들면서 단조로웠고, 꿈이 결여된 비영웅적인 것이었다.

그러나 나는 농번기 방학 8일 동안 열심히 일했다.

마지막 날인 일요일은 네 시쯤 일이 끝나게 되었다. 큰아버지와 큰어머니보다 한 발 앞서 집에 돌아오던 나는 도중에 스스무와 마주쳤다.

"지금 목욕탕에 가는 길이야." 스스무가 친근하게 말을 걸어 왔다.

"같이 갈래?"

"그럴까. 그럼 집에 가서 수건 갖고 올게."

"너희 집까지 같이 가줄게." 길을 걸으면서 스스무가 힘들게 말을 꺼내듯이 물었다. "너 말이야, 교실에서 전에 읽던 책 있지?"

"응,『재규어의 눈』 말이구나."

"맞아 그거야, 언제 나한테 빌려주지 않을래?"

"좋아." 나는 대답했다. "지난주에 소포가 도착했거든. 대여섯 권 정도 더 왔으니까 괜찮다면 그 책들도 빌려줄게."

"그 책들 지금 잠깐 보여줄 수 있어?"

"응, 좋아" 하고 나는 대답했다.

조심스러워하며 집 안으로 들어온 스스무는 내 방으로 들어와 내가 늘어놓은 책들을 보더니 눈을 빛내며 기뻐했다.

"좋은 책을 갖고 있구나. 나, 이런 책을 읽고 싶었어."

"너도 책을 좋아하는구나."

나는 가까운 곳에서 동지를 발견한 기쁨에 겨워 말했다.

---

* 野口英世(1876~1928). '일본의 슈바이처'로 추앙받는 세균학자. 어렸을 때 큰 화상으로 왼손이 불구가 되었으나 각고의 노력으로 노벨의학상 후보에 수차례 오르는 등 20세기 초반 일본을 대표하는 의학자가 되었다.

스스무는 이미 건성으로 내 말에 대꾸하면서 그 책들 하나하나를 손에 들고 바라보았다.

"두 권만 빌려 줄래?" 이윽고 스스무가 말했다.

내가 알겠다고 하자 스스무는 『재규어의 눈』과 『하늘을 나는 섬』을 골랐다.

"이런 책, 너도 갖고 있지 않아?" 마지막으로 내가 물어보았다. 그러나 한 권도 갖고 있지 않다는 게 스스무의 대답이었다.

시계가 다섯 시를 알린 것을 신호로 해서 우리들은 밖으로 나왔다.

잡화점 모퉁이를 돌았을 때 앞쪽에서 목욕을 마친 마쓰의 누나가 오는 것이 보였다. 하얀 얼굴이 발그레 물들어 있었다. 그녀는 우리는 신경 쓰지도 않은 채로 지나쳐 갔다. 화장품 냄새가 바람을 타고 날아와 나의 코를 기분 좋게 간질였다.

"저 사람, 알지?"

"응, 마쓰의 누나."

"하마미 고마치에 있는 탁아소에서 선생을 하고 있는데, 젊은 남자들의 가슴을 설레게 하는 여자야. 지금도 남자가 있고."

거기까지 얘기하다가 스스무는 입을 다물었다. 그의 할아버지가 왔기 때문이다. 스스무의 할아버지는 오랫동안 탕에 몸을 담그고 있었던 모양인지, 그렇지 않아도 햇볕에 탄 구릿빛 피부가 더욱더 검붉게 보였다. 스스무의 할아버지는 내가 인사를 하는 것을 보고는 근엄한 얼굴에 미소를 지으며 말했다.

"농사일을 잘 돕더구나. 배를 태워 줄 테니 한번 오거라."

"네" 하고 나는 대답했다.

할아버지와 헤어진 뒤 스스무는 잠시 아무 말도 없다가 이윽고 아까 하던 이야기를 계속했다.

"어제도 말이야, 히가시하마미 해안의 제방에서 만난 것 같아."

"애인하고?" 그렇게 말하면서 나는 얼굴이 붉어졌다. 사랑이라는 말도, 애인이라는 말도 이미 알고 있었지만 그 말을 입에 담은 것은 그때가 처음이었다.

"너, 그런 말을 잘도 알고 있구나."

"우연히 어른 책을 읽다가 알았어." 그렇게 대답하면서도 나는 그런 단어를 부주의하게 사용한 것을 내심 후회했다.

목욕탕은 아직 그다지 붐비지는 않았다. 스스무와 나 둘이서 탕에 들어가려 하자 먼저 들어와 있던 어른들이 전부 기꺼이 우리들이 들어갈 자리를 마련해 주었다. 다들 우리에 대해 알고 있어서, 탕에 몸을 담그고 있는 동안 우리에 관한 이야기가 화제의 중심이 되었다. 도쿄 아이와 하마미 최고의 우등생이 함께 공부하는 것은 좋은 일이다, 하고 말하는 사람이 있는가 하면, 도쿄 아이한테 지면 안 돼, 하고 말하는 사람도 있었고, 스스무는 안 질 거야, 하고 공공연히 스스무의 역성을 드는 사람도 있었다……

스스무가 어른들에게도 인정받고 있다는 것을 새삼스레 알게 된 나는 속으로 놀랐다. 나에 대해서도 다들 잘 알고 있었다. 내가 도쿄의 학교에서 1학년 때부터 연속해서 반장을 했었다는 것까지도 알고 있었다.

이튿날 아침 일찍 집을 나섰다. 아이들을 기다렸다가 함께 가려고 마음먹었던 것이다.

교차로에 도착했을 때는 목재 저장소에 아직 두세 아이가 기다리고 있을 뿐이었다. 5학년 남자반 아이는 아무도 없었다. 기다리는 사이 하나 둘씩 늘어나기는 했지만 전부 하급생들뿐이었다. 몇 번이나 혼자서 갈까 생각했지만 그때마다 단념했다. 함께 나란히 등교한다는 것은 위반해서는 안 되는 이곳의 규칙으로, 아무래도 그 규칙을 어겼기 때문에 따돌림 당했을지도 모른다는 생각이 들었기 때문이다.

문득 정신을 차리니 아이들한테 둘러싸인 스스무의 웃는 얼굴이 내 눈앞에 있었다.

"기요시, 자 가자" 하고 스스무가 말했다.

나한테 스스무의 옆자리가 주어졌다. 역시 규칙을 존중한 게 좋았다고 나는 생각했다.

이걸로 이제 더 이상 따돌림 당하지 않고 지낼 수 있을 게 틀림없다……

"어제 책, 읽었어?" 나는 걸음을 내딛으면서 스스무한테 물었다.

"응, 조금."

그 대답은 약간 내 기대에 못 미쳤다. 나라면 그렇게 재미있는 책을 일단 펼친 뒤에는 도중에 멈출 수 없었을 것이다.

하마미의 집들과 삼나무 가로수가 끝나고 길 양쪽으로 논이 보이기 시작했을 때 갑자기 스스무가 말했다.

"기요시, 뭔가 이야기 좀 해줄래?"

"이야기라니?"

"어제 빌려준 책에 써 있는 것 같은 이야기 말이야. 너는 많은 책을 읽었으니까 많이 알 거 아냐."

"그야 알기는 하지만, 그래도 직접 책을 읽는 편이 재미있지 않아?"

"그런 말 하지 말고, 이야기해봐." 스스무는 약간은 고압적인 투로 말했다.

"그럼, 무슨 이야기를 할까?" 나는 불쾌한 감정을 억누르고서 말했다.

"뭐든 재미있는 거면 돼."

나는 잠시 생각하고 『철가면』을 이야기하기로 했다.

고단샤講談社의 세계 명작 이야기 중 한 권인 『철가면』은 내가 아주 좋아하는 소설이었다. 여러 번 읽었기 때문에 아이들에게 자세히 이야기를 들려줄 수 있으리라. 나는 스스무 외의 다른 동급생들한테도 들리도록 신경을 쓰면서 이야기를 했다. 하지만 이야기하는 도중 이따금 끝에 있던 아이들이 "좀 더 큰 소리로 얘기해 줘"라든가 "지금 말한 건 잘 못 들었어" 하는 불평이 나왔다. 그러자 스스무의 위압적인 목소리가 날아왔다.

"기요시는 너희들 때문에 이야기를 하는 게 아니야."

그럴 때마다 내 마음은 깊은 상처를 입었다. 내가 아무리 싫다고 해도 스스무의 의사대로 움직이고 있다는 사실을 인정하지 않을 수 없기 때문이었다.

철길을 건너면서 우리들의 발걸음은 빨라졌다. 조례 시간에 늦어질 것 같았기 때문이었다. 나는 이야기를 중단하게 되었다.

1교시가 끝나고 쉬는 시간이 되어 강당으로 갔는데 생각지도 않았던 변화가 나를 기다리고 있었다. 격투 놀이에서 편을 새로 짜고 있었는데 이 주 만에 아이들이 나를 편을 짜는 데 끼워 준 것이었다.

나는 마음껏 뛰고 달렸다. 이따금 나는 따돌림을 당해 벽 앞에 멍하니 서서 아이들이 뛰노는 것을 바라볼 수밖에 없었던 일주일 전까지의 일을 떠올리고는, 그게 과거의 일이 되어 버렸다는 사실에 기쁨을 금할 수 없었다.

2교시가 끝나고 난 뒤의 쉬는 시간도 사정은 변하지 않았다. 나는 이미 놀이에 끼지 못했던 괴로운 나날들을 완전히 잊어버린 것 같은 기분이 들었다. 아이들한테서 약간 짓궂은 괴롭힘을 당한 것에 지나지 않는다고 나는 생각했다. 사실은 전부 괜찮은 아이들이야……

5교시가 끝나고 나는 선생님의 호출로 교무실에 갔다. 선생님은 가을방학에 관해 이런저런 질문들을 했다.

교실로 돌아오자 이미 아이들은 모두 돌아간 뒤였다. 란도셀이 책상 위에 보이지 않았기 때문에 깜짝 놀랐지만 찾아보니 마루 위에 떨어져 있었다. 청소 시간에 책상을 움직이면서 떨어졌는데 제자리에 놓는 것을 깜빡 잊어버린 모양이라고 나는 애써 생각하기로 했다.

현도로 나서자 2백 미터쯤 앞에 스스무와 아이들이 내가 쫓아오기를 기다리고 있는 듯 아주 느릿느릿 걷고 있는 게 보였다. 나는 아이들을 따라붙기 위해 달리기 시작했다.

내가 따라붙었는데도 누구 하나 돌아보는 사람도 말을 걸어 주는 사람도 없었다. 스스무를 중심으로 길 양쪽까지 나란히 서서 걷고 있는 아이들은 심술궂은 벽처럼 내 앞을 가로막고 서 있었다. 나는 아이들한테 붙기 위해 뛰어왔던 걸 후회하면서 어쩔 수 없이, 여전히 푸른 콧물을 늘어뜨리고 아이들의 뒤를 풀이 죽은 모습으로 따라가는 이치로와 나란히 걸었다.

"뭐라고 떠들었을까?" 요시오의 목소리가 앞에서 들렸다.

"편애하는 놈한테." 야마다의 목소리가 대답했다.

"도쿄의 학교에서도 편애를 받았을까?" 오자와가 장단을 맞추었다.

"그렇지도 않대." 내 옆에 있던 이치로가 응수했다.

"다케시타 군, 집단 소개해 올 아이들 광덕사에 언제 온대?" 하고 기스케가 말했다. 화제를 바꿔주려 한 것이었다.

스스무가 언짢은 목소리로 대답했다.

"그런 거, 내가 알 게 뭐야."

"도쿄의 비실비실한 놈들이 오건 말건 대단할 건 없어." 야마다가 야유하듯이 말했다.

"뒤에서 누군가 오는데." 요시오가 쉰 목소리로 말했다.

"누굴까" 하고 스스무를 제외한 전원이 화답했다.

"집단 소개를 가는 편이 나았을 녀석이야."

"왜 따라오는 걸까?"

"빨리 가자."

야마다가 그렇게 말하자 아이들은 일제히 속도를 빨리해 걷기 시작했다.

나 혼자만 여태까지 걷던 속도대로 걸었다. 배가 아주 고플 때 느끼는 짜증 섞인 초조감으로 내 마음은 가득했다. 지금 나는 아무런 행동도 취하지 않음으로써 자신이 완전히 무력하고 칠칠맞지 못하다는 것을 증명하고 말았다. 그것은 경멸감에 가까웠다. 소개 생활에 동경을 품었던 나 자신을 저주했다. 내가 이런 꼴을 당하고 있으리라고는 도쿄에 있는 누구도 상상하지 못할 것이다. 도쿄에 있으면서 집단 소개나 연고 소개 갈 날을 아직 기다리고 있는 예전의 반 친구들한테서 편지가 온 건 이틀 전이었는데, 전부 내가 새끼를 꼬았다는 사실을 선생님한테서 듣고서 깜짝 놀랐다는 감상과 시골 아이들한테 지지 말고 열심히 지내라는 말이 적혀 있었다. 그랬는데 이 무슨 어처구니없는 경우를 당하고 있는 것인가……

바람을 타고 앞쪽에서 나를 놀리는 노랫소리가 들려왔다.

최대한 천천히 걸었지만 얼마 안 있어 아이들도 걷는 속도를 늦췄기 때문에 내가 바라는 아이들과의 거리는 좀처럼 벌어지지 않았고 앞에 있는 아이들의 모습도 물론 사라지지 않았다.

드디어 노래가 멈춘 건가 하는 생각이 들었는데, 전방에서 자전거를 탄 누군가가 이쪽으로 오는 게 보였다. 좀 더 가까워지자 큰아버지라는 걸 알 수 있었다.

나는 할 수만 있다면 그 자리에서 사라져 버리고 싶었다.

혼자서 터덜터덜 걸어오는 게 나라는 걸 알고 큰아버지는 브레이크를 밟아 자전거를 세우고 물었다.

"기요시, 왜 아이들하고 같이 안 가는 거니?"

"선생님이 할 얘기가 있다고 하셔서 학교에서 늦게 나왔어요."

큰아버지는 내 말에 납득이 된 것 같았다.

"집에 돌아가서 잠깐 쉰 다음에 헛간에 가서 큰어머니 일을 좀 도와드리렴."

그 말을 남기고 큰아버지는 다시 자전거의 페달을 밟으며 가버렸다.

따돌림 당하는 괴로움 말고도 그것을 남한테 보이는 괴로움이 있다는 것을 나는 그때 깨달았다. 그것은 따돌림 당하는 괴로움보다도 훨씬 더 큰 것이었다. 그 괴로움을 두 번 다시 맛보지 않기 위해 뭔가 하지 않으면 안 된다. 저 멀리 앞쪽으로 보이는 하마미의 집들을 바라보며 나는 생각했다……

집에는 아무도 없었다. 그러나 그게 오히려 고마웠다. 지금은 누구도 만나고 싶지 않았고, 아무하고도 말을 하고 싶지 않았다.

방에 들어가자 책상 위에는 니시나 선생님의 편지가 내가 돌아오기를 고대하고 있었던 것처럼 놓여 있었다. 편지는 단정한 펜글씨로 다음과 같은 내용이었다.

스기무라 기요시 군에게

경황없이 헤어져서 네가 아직도 시나노마치의 집에 살고 있는 것 같은 느낌이다. 그리고 학교에서도 네가 건강한 모습으로 불쑥 나타나 '선생님' 하고 불러 줄 것 같은 기분이 자주 든다.

스기무라, 잘 지내지. 네가 풀이 죽어 있는 모습 같은 건 나로서는 도저히 생각할 수가 없단다. 너는 정말로 활기찬 아이였다. 그 활기찬 태도로 최선을 다하는 모습이 나는 좋았다. 너는 산 넘고 바다 건너 먼 곳으로 가더라도 분명히 평소처럼 활기차게 열심히 생활하고 있을 거라고 나는 믿고 있다.

며칠 전에 어머니를 만났다. 어머니는 너에 대해 어머니로서의 걱정을 하고 계신 것 같았다.

"어머니, 스기무라 같은 아이는 어디에 가더라도 괜찮을 겁니다. 반드시 착실하게 생활하고 있을 겁니다" 하고 말했다.

　미국과 영국을 철저하게 쳐부술 때까지 우리는 어떠한 고생이라도 참지 않으면 안 된다. 너희들은 그런 날이 올 때까지 바다와 산으로 둘러싸인 시골의 대자연 속에서 착실히 공부하는 거다. 그런 좋은 풍경 속에서 소년 시절을 보낼 수 있는 너희들은 행복한 사람들이다. 벌써 새끼를 꼬는 법까지 배웠다고 들었다. 너는 어디에 가더라도 훌륭하게 생활할 수 있는 사람이다. 시골의 좋은 점을 차근차근 몸에 익히고 훌륭한 사람이 되기 위한 준비를 하는 거다.

　일본의 훌륭한 사람들도 대개는 너희들처럼 시골에서 자랐다. 그 바다를 보고, 그 하늘을 보고, 그 산을 보거라. 그 땅도, 그리고 그 땅을 흐르는 시냇물도, 노기 대장이나 야마모토 원수나 가토 군신*을 키운 것이다.

　그런 자연 속에서 크게 성장해 가는 너희들이야말로 행복한 사람들이 아니냐. 너희들은 조만간 대동아를 짊어지고 나갈 사람들이다. 아시아 십억 사람들을 지도할 사람이다. 그렇게 생각하면 시골에 있다고 해서 그저 멍하니 지내고 있어서는 안 된다. 해야 할 공부는 착실히 해라. 누구한테도 지지 마라. 조금 힘들다고 주저앉아서는 안 된다. 어른들의 일도 도와드려야 한다. 척척 해나가야 한다. 너는 분명히 몰라볼 정도로 훌륭하게 성장해 있을 것이라 생각한다.

---

* 노기 마레스케는 러일전쟁 때 여순 공방전을 지휘한 군인이고 야마모토 이소로쿠는 태평양전쟁 때 일본 연합함대 사령관, 가토 타테오는 태평양전쟁 때 일본을 대표하는 에이스 파일럿이었다.

선생님도 10월부터 근로동원을 나가는 고등과 생도들을 이끌고 공장에서 근무하게 되었다. 나라를 위해 열심히 할 생각이다. 너도 어떻게든 힘내주기를 바란다.

그럼 아무쪼록 몸 건강히 잘 있거라. 안녕.

1944년 9월 22일

# 제4장

이튿날 아침 나는 비장한 결의를 다지고 집을 나섰다. 만약 나를 모욕하는 녀석이 있으면 더 이상 참지 않을 것이다. 그 녀석을 혼내줄 것이다. 목숨을 걸고 싸운다면 지지 않을 것이다. 그런 결의를 나한테 촉구한 것은 전날 읽었던 니시나 선생님의 편지였다.

교차로가 가까워지면서 심장의 박동이 빨라졌고 얼굴에도 핏기가 가시는 게 느껴졌다. 목재 저장소에 진을 치고 있는 것은 5학년 남자반 아이들뿐이었다. 스스무의 얼굴이 보였다.

누군가가 나를 모욕하는 그 노래를 부른다고 하자. 나는 그 녀석이 있는 곳으로 달려가 멱살을 잡는 거다……

그러나 나의 예상을 뒤집고 아무도 노래를 부르지 않았다.

"자, 가자."

내가 아이들 앞에 다가서자 스스무가 말하며 일어섰다. 그러자 목재 위에 앉아 있던 아이들이 일제히 일어섰다. 나는 아이들 뒤에서 걷기 시작했는데 과도한 긴장감으로부터 해방되어서인지 잠시 멍한 방심 상태가 되어 버렸다.

"기요시, 이쪽으로 와" 하는 스스무의 목소리가 나를 방심 상태에서 깨웠다.

"빨리 이쪽으로 오라니까."

스스무와 야마다 사이에 내가 들어갈 수 있을 만큼의 공간이 생겼다. 그 대신 한 사람은 열에서 밀려나게 되었다. 밀려난 것은 요시오였는데 뒤로 물러나는 것이 싫었는지 아이들보다 한 발 앞으로 나가 걸었다.

"어제 하던 이야기를 계속 해주지 않을래?" 하고 스스무는 차분하게 말했다.

"『철가면』 말이야?"

"맞아, 그거, 묘지에서 철가면을 파내는 데까지 이야기했어."

아이들은 잠자코 내가 이야기를 시작하기를 기다리고 있었다. 나는 잠깐 머릿속을 정리한 뒤에 이야기를 시작했다.

건널목을 건너 학교 건물이 보이게 되었을 쯤에는 나의 이야기도 거의 끝나 가고 있었다. 그것을 눈치챈 듯 히데가 말했다.

"기요시, 가급적 천천히 이야기해 줘. 좀처럼 끝나지 않을 것처럼 말이야."

"투덜대지 말고 조용히 있어." 스스무가 말했다. "너희들한테 들려주려고 기요시는 이야기하는 게 아니야."

학교 옆까지 왔을 때 마침 나의 이야기는 끝났다.

"또 이야기해 줘, 기요시."

"이번 것처럼 재미있는 걸로."

"재미있었어."

아이들은 저마다 말했다.

그날 나는 따돌림을 당하지 않아도 되었다. 쉬는 시간에 강당에 가면 아이들은 놀이에도 어엿이 끼워 주었다.

그날부터 나는 통학길이면 항상 아이들한테 이야기를 해주게 되었다. 그리고 그것과 맞춘 듯이 학교에서도 쉬는 시간에 따돌림을 당하는 일도 없어졌다.

그런 변화가 있고 나흘이 지난 금요일의 일이었다. 그날 등굣길에 시작했던 『십오 소년 표류기』 이야기를 집에 가는 길에도 했지만 교차로에 도착할 때까지 끝이 나지 않았다. 교차로에서 히데와 오자와는 아쉽다는 듯이 헤어졌다. 나는 아이들이 전부 들을 수 있도록 다음 날 이야기를 계속하려고 했지만 그날따라 스스무는 자기네 집까지 걸으면서 끝까지 이야기를 해줄 것을 요구했다.

나는 치밀어 오르는 분노를 억누르며 스스무를 따라갔지만 나 자신이 스스무의 이야기꾼 부하가 되어 버렸다는 걸 이때만큼 뼈저리게 느낀 적은 없었다. 그때까지는 스스무한테만이 아니라 아이들에게도 이야기를 해준다는 생각이 나의 최소한의 자존심을 지켜주고 있었다.

나는 최대한 간략하게 이야기해서 스스무의 집에 도착하기 조금 전에 이야기를 끝내고 서둘러 집으로 돌아갔다. 오는 도중 나는 이제부터는 절대로 이런 굴욕적인 요구를 받아들이지 않겠다고 마음속으로 맹세했다.

저녁이 되어 할머니가 목욕하고 오라고 해서 나는 목욕탕으로 향했다. 농사일로 가장 바쁜 시기는 이제 지나갔기 때문에 일을 일찍 마치고 온 사람들로 이미 목욕탕은 상당히 혼잡했다. 탕 속에서 나는 낯선 사람한테서 여러 번 도쿄의 가족, 특히 아버지의 근황에 대한 질문을 받고 그것에 관해 대답하지 않으면 안 되었다. 수건을 손에 들고 목욕탕을 나온 뒤 나는 아버지의 여동생인 나미 고모의 집에 놀러갈까 순간 망설였지만 저녁 먹을 시간이 다 되었음을 생각하고 곧바로 집으로 돌아가기로 했다. 목욕 뒤의 상쾌함을 느끼면서 잡화점 모퉁이를 돌았을 때, 마쓰와 그의 누나가 산파 '다나베 미쓰'라는 간판이 걸려 있는 자기 집 앞을 흐르는 냇가에 걸린 작은 돌다리의 난간에 걸터앉아 저녁의 시원한 바람을 쐬고 있는 모습이 보였다.

두 사람의 모습이 눈에 들어온 순간 한심하게 나는 가슴이 철렁했다. 혹시 마쓰가 그의 누나 앞에서 나를 놀리는 노래를 부를지도 모른다는 불안감이 엄습했다. 가능한 한 살살 걸으며 두 사람에게 띄지 않고 지나가려고 했지만 날카로운 눈의 마쓰는 나를 발견했다.

"기요시, 잠깐 이리 좀 와봐."

과감하게 되돌아가 멀리 돌아가는 편이 나았다고 속으로 후회하면서 나는 아무렇지도 않은 척 가까이 갔다.

"무슨 일 있어?"

"도쿄의 류타 씨네 애야." 마쓰는 누나한테 자랑스럽게 나를 소개했다. "스스무 못지않게 공부를 잘해."

내가 인사를 하자 그녀는 고개를 약간 숙인 뒤 미소 띤 얼굴로 나를 바라보았다.

아름다운 사람이구나, 하고 새삼스럽게 나는 생각했다. 피부가 눈처럼 하얗고 새까만 머리카락이 피부와 대조적이었다. 검은 눈동자가 무척이나 가련하다는 인상을 주었다. 마쓰에게 이렇게 아름다운 누나가 있으리라고는 믿기 어려운 심정이었다. 아이들이 노래를 부르는 내용의 행동을 당신이 했으리라고는 믿지 않습니다, 하고 나는 마음속으로 중얼거렸다.

"너하고 같은 학년이니?" 그녀는 표준어에 가까운, 그러나 약간 콧소리 섞인 목소리로 마쓰한테 물었다.

"응, 나하고 같은 학년이야."

"요코" 하고 안에서 어머니인 듯한 사람의 목소리가 들렸다.

"네에." 그녀는 대답하면서 일어나 잠깐 내 쪽을 본 뒤 눈으로 인사를 하고는 가버렸다. 희미한 화장품의 향기가 다시 내 코를 간질였다.

"혼자서 목욕탕에 다녀온 거야?" 마쓰가 물었다.

"응."

"아까 한 얘기 제목이 뭐라고 했지?"

"『십오 소년 표류기』 말이야?"

"그래, 십오 소년인가 하는 거, 그 얘기 재미있었어."

"그랬구나."

"그 얘기, 그 뒤로 마지막까지 다 해버렸어?"

"응." 나는 미안한 마음으로 대답했다.

"그 뒤의 이야기 나한테도 지금 해주지 않을래?"

"하지만 오늘은 이미 늦어서."

"스스무한테는 해주고 나한테는 안 해준다는 거야." 마쓰는 위협하듯이 말했다.

"그런 뜻으로 말한 게 아니야."

"그럼 이야기해 줘."

"간단하게 해도 괜찮으면 할게."

나는 스스무한테 했을 때와 마찬가지로 마쓰가 듣지 못했던 부분의 대강의 줄거리만 이야기했다. 다 듣고 나더니 마쓰는 아니나 다를까 불만스럽다는 듯 말했다.

"뭐야. 그걸로 끝이야?"

"다음번에 다른 이야기를 해줄게." 나는 마쓰의 안색을 살피면서 말하고 돌아가려 했다. 덩치가 크고 화를 내면 무서운 마쓰가 두려운 존재로 느껴졌다.

"벌써 가려고?"

"응, 이미 늦었으니까."

"뭐 어때. 조금 더 있다 가."

나는 못 들은 척하고 일어나려 했다.

"기요시" 하는 마쓰의 강한 어조가 나를 멈춰 세웠다.

"왜?"

"너네 집하고 촌장님 댁하고 친척이라며?"

"응, 맞아."

"촌장님 댁에 소개해 온 애 있지, 미나코라고."

"응." 나는 마쓰가 미나코의 이름을 알고 있는 것에 놀라면서 불안감을 느끼며 대답했다.

"너하고 친하다며."

"그렇지 않아."

"그런 소문이 자자하던데."

"초대받아서 얘기를 한 적이 한 번 있을 뿐이야."

"봐, 내 말이 맞지."

갑자기 마쓰는 일어서서 나한테 다가오더니 목소리를 낮추어 말했다.

"모레 가을 축제 때 그 애를 데리고 오지 않을래?"

"싫어." 나는 단호히 거절했다.

"싫어?" 마쓰는 의외로 온화한 목소리로 말했다. "그렇다면 됐어."

그때 나를 부르는 소리가 들렸다. 목소리가 들린 쪽을 보니 기스케가 목욕을 마친 뒤 젖은 수건을 들고 빙긋빙긋 웃음을 지으며 서 있었다.

"돌아가는 길이니?" 나는 구원받은 듯한 느낌으로 물었다.

"응, 같이 집에 갈까?" 하고 기스케가 대답했다.

"그럼 또 보자." 마쓰에게 말하고 나는 서둘러 돌다리에서 내려와 기스케한테로 갔다.

"아까부터 무슨 얘기를 하고 있었어?" 잠시 뒤에 기스케가 물었다.

"『십오 소년 표류기』의 뒷부분을 얘기해 달라고 해서" 하고 대답하면서 나는 마쓰와 마지막으로 나눴던 대화를 떠올리고는 그것을 기스케한테 털어놓을지 말지 망설였다.

"그렇다면 괜찮지만," 하고 기스케는 안심했다는 듯이 말한 뒤에 목소리를 낮춰 말을 이었다.

"마쓰는 조심해야 돼."

"어째서?"

"불량한 녀석이거든."

"불량?!"

"그래, 다케시타한테 꽉 잡혀서 기를 못 펴고 있으니 지금이야 그다지 걱정 안 해도 되지만 말이야."

"스스무는 그렇게 강하니? 싸움을 하면 마쓰가 이길 것 같던데."

"진짜로 싸움을 하면 누가 이길지 알 수 없지만, 확실히 다케시타는 강하긴 강해."

잠시 기스케는 침묵을 지키고 있다가 이윽고 비밀을 속삭이듯이 작은 목소리로 말했다.

"내년에 겐이치가 졸업하면 스스무도 조금은 불안해질 거야."

"겐이치라면 스스무의 사촌이라는 6학년 반장 말이야?"

"응, 걔가 있으니까 스스무도 삐기고 다니는 거야."

"겐이치가 졸업하면 어떻게 되는데?"

"그거야 그렇게 되기 전에는 알 수 없지." 기스케는 넌지시 속을 떠보듯이 대답했다.


다음 날인 토요일 학교에서 돌아오는 길에 스스무는 평소처럼 그의 옆자리를 차지하고 있던 나한테 한마디도 말을 걸지 않았다. 마지막 수업인 산수 시간에 칠판으로 나가 문제를 풀 때 스스무는 답을 틀렸고 나는 맞혔다. 그 일 때문에 기분이 틀어진 것이 분명했다. 나도 제멋대로인 스스무의 기분에 화가 나 말을 하지 않았다.

아이들은 모두 민감하게 스스무의 기분을 살폈고 나한테 이야기를 재촉하는 아이는 아무도 없었다. 그날 아침부터 시작했던 『대동大東의 철인』 이야기는 학교에 도착하기 한참 전에, 나의 기억이 명확하지 않아서 중동무이로 끝난 상태였다.

"기요시의 이야기도 이제 물렸어 다케시타 군." 왼쪽 끝에 있던 히데가 스스무의 기분을 풀어 주려는 듯이 말했다.

스스무는 그 말에 직접 대답하지 않고

"축제 이야기라도 할까?" 하고 말했다.

하룻밤만 지나면 가을 축제였다. 우리 집에서도 할머니가 벌써 일주일 전부터 축제에 대해 이야기하고 있었다. 가을 축제의 저녁으로는 할머니가 채종과 교환해 구한 채종유로 튀김을 준비할 예정이었다. 얼마 안 되지만 떡도 할 예정이었다. 설탕이 들어간 팥 찰떡도 한 사람당 세 개씩은 돌아갈 거라고 할머니는 말했다.

"다케시타 군, 우리 집 감나무 올해 잘 익었어." 오자와가 말했다.

"너, 그런데 왜 빨리 안 가져오는 거야." 마쓰가 스스무를 대신해서 말했다.

"다케시타 군, 내일 가져다줄게" 하고 오자와가 말했다.

"나한테도 좀, 다케시타 군" 하고 마쓰가 말했다.

그 말에는 대답하지 않고 스스무가 드디어 입을 열었다.

"모레부터, 오자와, 그 감을 매일 아침 가지고 와."

"매일 아침?" 오자와는 약간 움츠러들며 말했다.

"응, 매일 아침이야. 그 대신 한 개면 돼. 너네 집 감은 특히 맛있으니까."

"응, 갖고 올게." 오자와는 이번에는 기쁜 듯이 대답했다.

"너네 집의 무화과 말이야, 히데" 하고 마쓰가 말했다.

"어제 너네 집 옆을 지나가다 보니 잘 익은 것 같더라."

마쓰를 무시하면서 히데가 대답했다.

"다케시타 군 미코시*가 나오는 거 보러 신사神社에 갈 거지?"

"으응."

"우리 집 무화과 중에서 가장 크고 잘 익은 걸 내일 미코시 나오기 전에 두 개 갖고 갈게."

"마쓰" 하고 스스무가 말했다. "넌, 다른 애들에 대해서만 말하고, 너는 뭘 갖고 올 거야?"

"콩엿 갖고 올게." 마쓰가 얼굴이 빨개지면서 대답했다. 마쓰는 금방 얼굴이 빨개지는 버릇이 있었다.

어느새 나는 아이들의 대열에서 뒤로 밀려나 있었다. 양옆에서 밀고 들어와 어쩔 수가 없었다. 내 옆에 있던 이치로가 시퍼런 콧물을 훌쩍이면서 앞에 있는 스스무를 느닷없이 불렀다.

"다케시타 군."

"뭐야" 하고 스스무 대신 야마다가 대꾸했다.

"어제 우리 집에 포도당인가 하는 게 어디서 들어왔다."

---

* 御輿. 축제나 제례 때 신위를 모시는 가마.

"너네 가족 중에 공장에 다니는 사람이 있으니까 때때로 좋은 게 들어오겠구나." 야마다가 뒤를 돌아보면서 말했다.

"이렇게 큰 덩어리야." 하면서 이치로는 손으로 모양을 그려 보였다.

"내일 그거 조금 가져와 봐." 스스무는 뒤도 안 돌아보고 말했다.

"응, 갖고 올게." 이치로는 만족스럽다는 듯 대답했다.

"다케시타 군, 말린 오징어 좋아하지?" 나를 밀어내고 대열의 오른쪽 끝에 가세할 수 있었던 요시오가 말했다.

"응."

"내일 축제 때 말이야 커다란 걸로 두 개 가져다줄게."

"너, 어디에서 훔쳐 오는 거 아니지?" 기스케가 요시오를 놀렸다.

"무슨 소리를 하는 거야." 요시오가 항의했다.

요시오의 항의를 지지라도 하려는 듯, 기스케와 나를 제외한 전원이 일제히 비난의 야유를 보냈다.

그런 소란스러움이 가라앉고 나자 잃어버린 위치를 회복하려는 듯이 기스케가 아양 섞인 목소리로 말했다.

"다케시타 군, 우리 집에서는 찰떡을 만든대."

"설탕 넣어서?"

"응, 엄청 달 거야."

"갖고 올래?"

"응, 두 개 갖고 올게."

"언제?"

"모레 아침 괜찮지?"

"응, 괜찮아."

그걸로 나를 제외한 모든 아이가 스스무한테 무언가를 갖다 바칠 것을 약속한 셈이 되었다. 나는 결코 그런 행동은 따라하지 않을 거야, 하고 나는 스스로를 타이르듯 마음속으로 다짐했다. 그런 비겁한 짓을 하느니 따돌림을 당하는 편이 낫다……

나는 어느덧 추억 속에 빠져 있었다. 도쿄의 집 가까이에 있던 하치만八幡 신을 모시는 화려한 축제의 추억에 잠겨 있었던 것이다. 호화로운 금란단자金襴緞子로 만든 옷을 입고, 가면을 쓰고 벌어지는 춤이 올해 가을에도 거행되겠지만 구경하는 사람은 아주 적을 게 틀림없다고 나는 생각했다. 무엇보다도 아이들의 반 이상이 도쿄를 떠났으니까. 집에서 군것질을 못하게 했던 나는 자유롭게 노점상들을 돌아다니며 군것질을 하는 같은 학교 아이들을 보고 얼마나 부러워했던가. 도쿄에도 이제 그런 노점상들은 축제 때도 못 보게 되었을까……

"누굴까?" 하는 요시오의 목소리가 돌연 나를 추억에서 깨어나게 했다.

"누굴까?" 스스무를 제외한 아이들 모두가 일제히 외쳤다.

"욕심쟁이 녀석이 있어" 하고 히데가 말했다.

"욕심쟁이 녀석이 있어" 하고 다시 한 번 스스무를 제외한 아이들 모두가 화답했다.

나를 말하고 있다는 사실을 깨닫자 니시나 선생님의 편지에 의해 일깨워졌던 결의가 다시 한 번 용솟음치는 것을 느꼈다. 더 이상 참을 수 없다. 한 번 더 그런 말을 해봐. 그 녀석을 때려눕혀 버리겠다. 그로 인해 뭇매를 맞는다고 해도 상관없다.

"어라, 누구지." 기스케가 말했다.

앞쪽에서 여자가 걸어오고 있었다.

"촌장님 댁 누나야." 야마다가 말했다.

그녀와 우리가 지나칠 때까지 얼마나 시간이 길게 느껴졌던가. 그러는 사이, 애써 불러일으켰던 결의는 더 이상 나하고는 상관없는 것이 되어 버렸다. 그것은 비눗방울처럼 덧없이 사라지고 말았다. 내가 원했던 것은 오직 한 가지, 그녀가 내가 있다는 것을 알아채지 못한 채로 지나쳐 주는 것뿐이었다.

다행히도 그녀는 스스무가 있는 것은 알아보고 말을 걸었지만 내가 있다는 것은 모르는 듯했다.

나는 죽다가 살아난 기분이었다. 이런 기분은 두 번 다시 맛보고 싶지 않다, 그러기 위해서는 스스무의 기분을 맞춰주지 않을 수 없다고 해도 어쩔 수가 없다. 나는 그렇게 생각했다. 나는 이제 무엇이든 한다, 이런 기분을 두 번 다시 맛보지 않을 수 있다면, 스스무에게 갖다 바치는 것이든 뭐든 하자……

학교에서 나온 뒤 누구하고도 단 한마디도 하지 않고 나는 집에 돌아왔다. 할머니가 어딘가에서 얻어온 약과를 간식으로 먹고 나서 내 방으로 들어가 몇 번이나 읽었는지 모르는 『닌자 이야기』를 읽었다.

그러나 내 마음은 딴 데 있어서 좀처럼 책의 세계 속으로 들어갈 수가 없었다. 내가 힘이 세지 않다는 것이 원통했다. 책 속의 닌자처럼 여러 가지 기술을 몸에 익히고 있다면 얼마나 좋을까.

마당 쪽에서 휘파람 소리가 들리더니, 조금 있다가 할머니가 부르는 소리가 들렸다.

"기요시짱, 세이사쿠 댁의 큰애가 왔다."

스스무가 온 것이다. 세이사쿠란 스스무네 집의 옥호屋號였다. 마을에는 어느 집에도 옥호란 게 있었다. 우리 집은 가쿠헤이라는 증조부 때에 분가를 했기 때문에 '가쿠헤이 댁'이었다.

나는 불쾌감과 기대가 섞인 마음으로 현관으로 나갔다.

현관 입구에 스스무가 맨발로 서 있었다.

"뭐 볼일 있어?"

나는 될 수 있는 대로 냉담함을 가장해 그렇게 말했다.

"지금 같이 배를 타러 가지 않을래?" 스스무가 약간 부끄럽다는 듯이 말했다.

"바다도 잔잔하니 오늘은 꼭 기요시짱을 배에 태워 주겠다고 우리 할아버지가 말씀하셨거든."

"고마워." 나는 마음이 약간 누그러졌다. 부드러운 웃음을 띤 스스무 할아버지의 구릿빛 얼굴이 떠올랐다.

"지금 바로 갈까?" 스스무는 내 기분을 맞춰 주려는 듯한 투로 말했다.

"응."

나는 할머니한테 말씀 드리러 일단 집 안으로 들어갔다. 그리고 "조심해야 한다" 하는 할머니의 말을 등 뒤로 들으면서 스스무와 같이 바닷가로 향했다.

"티니안하고 괌의 옥쇄*를 어떻게 생각해?" 잠깐 사이를 두고 내가 스스무한테 물었다.

"적에게도 꽤 손해를 입힌 것 같긴 하지만 일본군도 크게 당한 것 같아."

"전쟁이 점점 격렬해지는 것 같아. 이런 식이면 오래갈지도 모르겠어."

"오래갈까?"

"응."

"전쟁에서 이길 때까지 여기에 있을 거지?"

"공습의 위험이 계속된다면."

"6학년을 졸업하고도 있게 된다면 여기에서 중학교 시험을 볼 거지?"

"그건 아직 정해지지 않았어."

"그렇게 해. 도쿄에서 중학교에 들어간다고 해도 공습경보 등으로 마음 놓고 공부할 수 없을 거야."

"그야 그렇지만."

"너, 여전히 소년 비행병이 될 거야?"

"아마도 그러겠지. 전쟁이 끝나면 다시 생각해 보겠지만."

바닷가에는 스스무의 할아버지가 이미 배를 띄울 준비를 하고 있었다.

---

* 태평양 전쟁 시기인 1944년 6월에서 9월까지 마리아나 팔라우 제도에서 미군과 일본군 간에 대규모의 전투가 벌어졌다. 일본 군부는 연합군의 일본 본토 공습을 막기 위해 사이판, 괌, 티니안 섬 등이 있는 마리아나 제도 사수를 목표로 항공모함을 비롯해 5만 명 이상의 수비대를 파견했으나 생존자가 전체 병력의 10퍼센트에도 못 미치는 전멸에 가까운 괴멸적인 타격을 입었다. 미국과 일본의 전력 차이를 여실히 보여준 전투로 이후 일본 본토가 연합군의 공습 사정권에 들어가 무차별 폭격을 당하게 된다.

스스무의 할아버지는 내 얼굴을 보더니 "잘 왔다" 하고 환하게 웃음 지으며 말했다.

배를 띄우는 작업에 나도 일손을 거들 수 있었다. 그것은 가장 주의를 요하는 작업이었다. 그러나 스스무의 할아버지는 위험해 보일 때는 반드시 스스무와 나한테 주의를 당부하는 것을 잊지 않았다.

바다로 나서자 스스무가 노를 저었고, 할아버지는 곧바로 그물을 준비하기 시작했다. 그것은 모기장을 접는 것 같은 요령으로 그물을 접어 바다로 던질 준비를 하는 일이었다. 나는 한쪽 끝에 앉아 두 사람이 하는 일을 구경하면서 점점 멀어지는 해변을 바라보았다.

어느새 해변은 저 멀리로 멀어져 있었다. 나란히 늘어선 배 창고가 성냥갑 정도의 크기로 보였다. 사람은 콩알만 해 보였다. 스스무는 조금도 지친 모습을 보이지 않고 노를 계속해서 젓고 있었다. 바닷물은 짙은 푸른색으로 변해 끌려 들어갈 것 같은 느낌을 주었다. 뒤를 돌아보자 노토 반도가 희미하게 그림자처럼 보였다.

이윽고 할아버지의 지시로 스스무는 노 젓기를 멈췄다. 노가 들리고 닻이 내려지자 그물을 펴는 작업이 시작되었다. 스스무가 건네는 그물을 한 마디 한 마디 할아버지가 바다 속으로 내렸다. 마지막으로 표지 역할을 하는 유리구슬이 던져졌다.

그 그물은 스스무 할아버지의 설명에 의하면 새벽 다섯 시에 다시 두 사람에 의해 올려진다고 했다. 나는 마음속으로 감탄하지 않을 수 없었다. 그렇다면 학교에 갈 때의 스스무는 항상 고기잡이를 일단 끝낸 뒤라는 사실을 알았기 때문이었다.

닻이 다시 올라오고, 배는 이번에는 그날 아침에 쳐놓은 그물을 올리러 갔다. 이번에는 스스무의 할아버지가 노를 저었다.

"기요시의 아버지도 예전에 농사일 사이에 틈틈이 고기잡이도 도우러 바다로 나왔단다" 하고 스스무의 할아버지는 우리 두 사람한테 들려주었다.

아버지가 시골을 떠나 고학을 하러 도쿄에 온 커다란 동기 중 하나는 배를 타면 멀미가 나서 고기잡이를 돕는 게 괴로웠기 때문이었다는 말을 아버지한테서 직접 들은 적이 있었다. 스스무 할아버지의 말을 들으니 그 말이 떠올랐다.

"두 사람 다 열심히 공부해서 기요시의 아버지처럼 훌륭한 사람이 되거라" 하고 스스무의 할아버지가 말했다.

그물 걷는 일은 나도 도울 수 있었다. 한 번 걷을 때마다 최소한 한 마리는 그물에 걸려 있었다. 가자미, 게르치, 쥐치, 넙치 하고 할아버지는 물고기 하나하나의 이름을 가르쳐 주었다. 마지막으로 그물을 걷을 때는 물고기 대신 큰 소라가 하나 걸려 있었다. 그러자 할아버지는 그 소라의 속살을 식칼 끝으로 교묘하게 꺼낸 뒤 바닷물에 헹구고는 얇게 썰어 스스무와 나한테 나누어 주었다. 바닷물로 알맞게 간이 된 딱딱한 살은 씹는 느낌도 좋고 맛있었다.

돌아올 때는 약간 파도가 높게 일었다. 파도를 타고 오르락내리락하면서 해변으로 향해 가는 배의 흔들림에 몸을 맡기며 나는 파도의 리듬을 상쾌하게 느꼈다.

하지만 배가 해안에 도착해 육지에 내려섰을 때는 약간 뱃멀미를 한 탓인지 가벼운 현기증을 느꼈고 발이 휘청휘청했다. 내 안색이 안 좋은 것을 본 할아버지는 내가 배를 올리는 작업을 도우려는 것을 제지하고 넙치 한 마리를 선물로 주면서 저녁 찬거리 준비하는 데 맞춰서 일찍 돌아가라고 말했다.

나는 할아버지와 스스무한테 작별을 고하고 집으로 향했다. 해가 서서히 저물고 있었고 벌써 어둠이 주위를 감싸려 하고 있었다.

할머니가 얘기해서 큰어머니는 넙치에 대한 답례로 그날 만든 튀김을 접시에 담아 가지고 갔다. 다녀온 큰어머니는 스스무는 아직 돌아오지 않았다고 했다.

다음 날은 가을 축제였다. 뱃멀미 탓인지 머리가 약간 무겁게 느껴졌지만 나는 일찍 일어났다. 아침에 떡을 찧는 것을 보고 싶어서였다.

떡을 두 되밖에는 찧지 않았기 때문에 싱거울 정도로 짧은 시간에 끝나 버렸다. 예전 축제 때는 서너 말은 떡을 만들어 도쿄 집, 조선 집, 만주의 삼촌한테도 보냈었는데, 하고 할머니는 탄식했다. 도쿄 집이란 우리 집, 조선 집이란 조선의 농사 시험장에서 기사로 일하고 있는 아버지의 막내동생 료조 숙부네, 만주의 삼촌이란 만주에서 현지 소집되어 전쟁에 나갔다가 병사한 게이사쿠 숙부를 의미했다.

전쟁이 시작된 뒤부터 매년 조금 조금씩 떡 만드는 게 초라해졌다, 이대로라면 내년 가을 축제 때는 떡조차 만들지 못할지도 모르겠다고 할머니는 다시 푸념을 늘어놓았고, 큰아버지는 할머니의 말을 나무랐다.

"전쟁에서 이기면 한 가마 두 가마라도 만들 수 있게 될 거예요." 나는 어른스럽게 할머니를 위로했다.

나는 설탕이 들어간 찰떡을 다섯 개 받았다. 두 개만 먹고 나머지는 간식용으로 남겨두기로 했다. 그때 스스무한테 가져다줄까 하는 생각이 마음속을 스쳤다. 그러나 곧바로 나는 그것을 엄청난 타락, 나 자신에 대한 용서하기 힘든 배신이라고 생각했다. 하지만 어제까지 며칠 동안 나는 스스무의 요구를 받들어 이야기를 해서 기분을 맞춰 주려 하지 않았던가. 그것은 공물을 가져다바치는 것과 본질적으로 차이가 없는 게 아닌가 하고 생각하자 내 마음은 말할 수 없이 혼란스러워졌다.

큰아버지가 편지를 부치고 오라고 부탁해서 나는 겨우 마음속의 갈등으로부터 도피할 수 있었다.

우체통에 편지를 넣고 돌아오려 하는데 기스케가 저 앞쪽에서 오고 있는 게 보였다.

"지독한 일을 당했어" 하면서 기스케가 다가왔다.

"무슨 일이야?"

"두부 한 모를 뺏겨 버렸어."

"누구한테?"

"마쓰한테."

기스케가 들고 있는 대접에는 아직 두부 두 모가 물에 잠겨 있었지만 뺏긴 두부를 손으로 우악스럽게 집어갔는지 두부의 작은 파편들이 둥둥 떠 있었다.

"두부를 가져가서 어떻게 했는데?"

"먹는 거야, 생으로 내 눈앞에서 먹어 치우더라."

"그냥 생것을?"

"그렇다니까."

"맛있을까?"

"마쓰한테 물어봐."

나는 두부를 아무것도 더하지 않고 생것으로 먹으면 어떤 맛이 날까 생각했지만 상상이 가지 않았다.

"잠자코 있었어?"

"그 자식이 요즘 난폭해져서 어설프게 손을 쓸 수가 없어."

우리는 함께 걷기 시작했다.

두부는 요새 좀처럼 얻기 힘든 물건이었다. 축제라서 콩하고 교환해 특별히 사갖고 가는 것이었다. 우리 집에서도 큰어머니가 두부를 막 사온 참이었다. 나는 기스케를 동정했다.

"어머니한테 야단을 듣겠구나."

"떨어뜨렸다고 해야지."

"축제는 가봤어?"

"아니, 해가 지기 전에 가면 시시하거든. 너도 갈 거야?"

"어떻게 할지 생각 중이야."

"같이 가자."

"데려가 줄래?"

"저녁 먹고 나서 부르러 갈게."

"그럼, 기다리고 있을게."

마침 우리 집 앞까지 와서, 나는 기스케와 헤어졌다.

저녁이 되자 하늘이 수상해지기 시작했다. 해가 완전히 떨어졌을 때는 비가 내리기 시작했다.

"저런, 모처럼의 축제날에 무슨 일이라냐?" 할머니가 개탄했다.

금세 비가 억수처럼 쏟아졌다. 미코시 행렬도 춤 행렬도 다 틀려 버렸다. 나는 저녁을 먹고 난 뒤 남겨 두었던 찰떡 한 개를 먹고 잠시 책을 읽다가 졸음이 쏟아져 책상 위에 그대로 엎드렸다. 떡 찧는 걸 보려고 일찍 일어났기 때문에 졸렸다. 눈을 감자 비에 젖은 미코시가 눈앞에 떠올랐다.

# 제5장

이튿날 아침에도 비는 그치지 않았다. 나는 얼굴도 못 본 사촌형한 테서 물려받은 오래된 망토를 입고 집을 나섰다.

교차로의 목재 저장소에는 마치 박쥐의 무리처럼 보이는 검은 망토 의 집단이 있었다. 두건을 쓰고 있어서 누가 누군지 잘 구분이 되지 않았다. 나는 기스케의 얼굴을 발견하고 마음이 겨우 놓였다.

"어제는 비 때문에 다 망쳐 버렸네." 나는 기스케한테 다가가며 말 했다.

"아, 아쉬워." 기스케가 웃음 지으면서 말했다.

"너, 다케시타 군네 배에 탔다며." 기스케 옆에 있던 검은 망토가 존 경스럽다는 듯이 말했다. 히데였다.

"어떻게 알았어?"

"어제 다케시타 군이 말했으니까."

"그랬구나." 히데 옆에 있던 오자와가 나에게 존경심을 담은 눈으로 바라봤다.

"다케시타 군네 배에 탄 건 네가 처음이야." 히데가 말했다.

얼마 안 있어 히가시하마미에 사는 5학년 남자아이들의 모습이 보였지만 정작 중요한 스스무의 모습은 보이지 않았다.

"다케시타 군은 오늘 일이 있어서 읍내에 갔대."

우리들 앞에 멈춰 서더니 설명하듯이 야마다가 말했다.

"그럼 갈까" 하고 기스케가 말했다.

"아직 마쓰가 안 왔어." 기스케를 꾸짖듯이 히데가 끼어들었다.

"됐으니까 가자고." 기스케가 말했다.

"마쓰도 다케시타 군하고 같이 갔대." 야마다가 뒤늦게 설명을 덧붙였다.

우리는 삼삼오오 출발했다. 아무도 스스무가 있을 때처럼 길 가득히 횡대를 지어 걸어가려 하지 않았다. 나는 기스케하고 같이 갔는데 어느새 야마다가 옆에 가세했다.

"기요시, 그저께 다케시타 군네 배에 탔다며." 야마다가 아까 히데가 했던 말을 히데와 같은 말투로 말했다.

"정말 재미있었어."

"그랬겠지. 나도 한번 태워 달라고 했었는데."

"너 그렇게 다케시타 군네 배에 타고 싶냐?" 기스케가 물었다.

야마다는 불쾌하다는 듯 입을 다물어 버렸다.

학교에 도착하자 곧바로 조례가 시작되었지만 스스무는 아직 나타나지 않았다.

교장선생님은 티니안과 괌의 옥쇄에 대해 이야기했다. 전쟁이 점점 격렬해지고 있으므로 후방의 우리도 소국민으로서 더 한층 힘을 내지 않으면 안 된다는 내용의 훈화였다. 나는 그 훈화를 들으면서 당분간, 아니 이제 상당히 오랜 기간 도쿄에는 돌아갈 수 없게 되었다는 것을 느꼈다.

교실로 돌아가고 선생님이 왔는데도 스스무와 마쓰의 모습은 보이지 않았다. 야마다가 "다케시타 군은 용무가 있어서 읍내에 들렀다 오기 때문에 지각을 할 것 같다고 했습니다" 하고 선생님한테 보고했지만 마쓰에 관해서는 아무런 언급도 하지 않았다.

"스기무라 군." 선생님이 내 이름을 불렀다.

"부반장인 스도 군도 학교에 못 나오고 있으니 네가 호령을 붙이거라."

"네" 하고 대답은 했지만 잠시 나는 주저했다.

"빨리 해." 옆에 있던 가쓰가 부추기듯 말했다.

나는 마음을 가다듬고 일어서서 호령을 붙였다.

"기립, 경례―, 착석."

자리에 앉자 가쓰가 내 귀에 대고 속삭였다.

"다케시타보다 호령을 붙이는 게 더 낫다."

선생님은 마쓰가 결석했다는 것을 알고 말했다.

"다나베 스에마쓰 군은 결석인가?"

"네" 하고 나는 대답했다.

"또 게으름 피우는 버릇이 도진 건가." 선생님은 혼잣말처럼 중얼거렸다.

스스무가 설명을 할 거라고 생각했기 때문에 나는 사정을 설명하지 않기로 했다.

2교시가 되어서야 스스무가 나타났다. 마침 내가 호령 붙이는 걸 끝내고 자리에 앉았을 때였다. 스스무는 곧바로 선생님한테 가서 지각한 이유를 보고했지만 마쓰에 관해서는 아무 말도 하지 않았다.

수업이 끝나고 선생님이 교실을 나가자 나는 자리에서 일어나 스스무한테로 갔다.

"토요일은 정말 고마웠어."

"으응."

스스무는 눈에 띄게 기분이 좋지 않아 보였다.

"마쓰는 어떻게 됐어? 아까 선생님이 물어보셨는데."

스스무는 그 질문에는 대답도 하지 않고는 지시를 내리듯이 큰 소리로 아이들을 향해 외쳤다.

"강당에 가서 놀지 않을래? 새로 편을 짤 거야!"

불길한 예감을 안고서 아이들과 함께 강당으로 서둘러 갔지만, 역시 그곳에서 나를 기다리고 있는 것은 두 번 다시 겪지 않게 해달라고 기도했던 그 따돌림의 괴로움이었다. 어떻게 아이들 사이에서 그런 합의가 철저히 지켜지는지는 알 수 없었지만, 나는 편짜기에서 누구도 상대를 해주지 않아서 놀이에서 철저하게 배제되고 말았다. 스스무가 오지 않았던 1교시와 2교시의 쉬는 시간에는 아이들과 함께 놀았던 것을 떠올리니 나를 그런 식으로 만든 장본인이 스스무라는 것은 이제

부정할 수 없었다. 나는 입을 굳게 다물고 스스무와 어떻게 대결하면 좋을지 생각에 잠겼다.

그날 집에 오는 길에 나는 굳이 스스무 일행과 같이 갔다. 마음속 깊숙이 준비하고 있는 게 있었다. 전에 니시나 선생님에 의해 일깨워진 결의를 오늘에야말로 행동으로 보여주자고 생각했던 것이다. 내가 한심하게 참고 또 참아왔기 때문에 스스무는 나를 얕보고 있는 것이다. 오늘만큼은 기회를 잡아 스스무와 대결을 벌여, 잘못을 인정하게 하고, 사죄를 받아내자. 경우에 따라서는 싸움도 사양하지 않는다. 분명히 지겠지만 승부는 문제가 되지 않는다. 어찌됐든 더 이상은 참을 수 없다는 것을 알리기만 하면 된다. 그렇게 하면 스스무도 반성할 것이다. 싸움이 벌어지면 마쓰가 스스무한테 가세할지도 모른다. 아니 마쓰만이 아니라 아이들 전부가 충성심을 보이기 위해 가세할 것이다. 기스케도 적어도 표면상으로는 스스무의 편을 들지도 모른다. 끝에 가서는 결국 아이들에게 몰매를 맞을지도 모른다. 그러나 그래도 상관없다. 어찌됐든, 이제 더 이상은 참을 수 없다는 것을 알리는 게 주안점이니까……

기운이 나의 온몸을 가득 채웠다. 코피 정도 난다고 해도 상관없다.

치고받는 싸움을 나는 아직 한 적이 없었다. 도쿄에 있을 때 반장으로서 딱 한 번 다니와 가토라는 반 친구의 싸움을 말린 적이 있었다. 다니가 코피를 흘렸기 때문에 가토가 겁을 먹은 사이 내가 끼어들어 두 아이를 떼어놓았다. 그래도 두 아이는 말을 듣지 않고 다시 싸움을 계속하려 했지만 나한테 가세해 준 친구들이 막아서 싸움은 중단되었다. 결국 두 아이는 나의 제안으로 악수를 하고 화해를 했다. 그러나 그 뒤에 두 아이는 오히려 사이가 좋아진 것 같았다. 다니는 시마네 현으로, 가토는 히로시마로 소개했다. 두 아이 모두 연고지로 소개를 한 것이다. 두 아이는 지금 행복할까. 나처럼 따돌림 당하고 있는 것은 아닐까……

나는 다가올 대결이 끝난 뒤, 스스무와 진정한 친구가 되는 걸 상상했다. 아이들도 스스무의 부하처럼 행동하는 것을 관두고 대등하고 밝은 관계를 맺는 것이다. 오늘 그 계기를 만드는 것이다. 나는 미담 소설의 주인공이 된 듯한 기분이 들었다.

비는 어느새 그쳐 있었다.

"다케시타 군, 갖고 왔는데." 오자와가 언짢은 얼굴로 입을 꾹 다물고 있는 스스무한테 조심조심 말을 걸었다.

"뭐야." 스스무가 귀찮다는 듯이 말했다.

"우리 집 감인데."

"빨리 내놓아 봐, 다른 애들은 전부 갖다 줬는데, 꾸물거리고 있는 건 너밖에 없어." 스스무는 매몰차게 말했다. 그리고 오자와가 검은 망토 밑에서 꺼낸 감을 보고는 잽싸게 손을 내밀어 잡았다.

"다케시타 군." 기스케가 한쪽 끝에서 목소리를 냈다.

"뭐야."

"찰떡을 가져다준다고 약속했었지."

"응, 너도 있었지, 빨리 갖고 와."

"그거에 관한 건데 말이야."

"뭐야, 빨리 말해 봐."

"어제 비가 왔잖아. 그래서 말이야, 오늘 아침 가지고 오려고 벽장 속에 넣어 두었거든. 근데 어떻게 된 일인지 밤중에 쥐새끼들이 가지고 가버렸어."

"됐어."

방금 손에 넣은 감을 먹으면서 스스무는 내뱉듯이 말했다.

"네가 먹다 남은 찰떡 따위 누가 먹고 싶대."

"용서해 줘." 기스케는 목을 움츠리며 말했다.

아직 스스무와 대결을 벌일 단계가 아닌 것 같았다. 내가 직접적인 괴롭힘의 대상이 되면 그때야말로 가만있지 않을 것이다.

"다케시타 군, 마쓰는 어디에 간 거야." 스스무 옆에 있던 야마다가 스스무의 비위를 맞추려는 듯 말했다.

"결국 오늘 학교에 안 왔네."

"으응." 스스무는 언짢다는 듯한 목소리로 대답할 뿐이었다.

"그래서 마쓰는 아무것도 안 하고 도망쳤어?" 야마다는 다시 한 번 스스무의 기분을 맞춰 주려는 듯 말했다.

이미 학교에서 했던 얘기인 듯했다.

"맞아" 하고 스스무가 대답했다.

"나만 남겨두고 도망쳐 버렸어. 읍내 녀석들 네댓 명을 앞에 두고 도망치다니 한심한 녀석이야."

"그래서 상대편 녀석들이 다케시타 군한테 덤볐어?" 히데가 호기심 가득한 목소리로 물었다. "덤비지 않았어" 하고 말하면서 스스무는 가방에서 자전거 체인 같은 것을 꺼냈다.

"이걸 휘두르면서 개들한테 달려들었지."

"다들 놀라서 도망쳤겠구나." 야마다가 무척 감탄하며 말했다.

"도망 안 가 보라지." 스스무가 자랑스럽다는 듯 말했다.

"이걸로 제대로 맞으면 얼굴에 지렁이가 달라붙은 것처럼 퉁퉁 부을 거야."

"귀에 정통으로 맞으면 귀머거리가 될지도 모르겠네, 다케시타 군" 하고 한쪽 끝에서 요시오가 목소리를 냈는가 싶더니, 힛힛힛 하는 기분 나쁜 웃음소리가 그 뒤를 따랐다.

내 마음은 공포로 차오르기 시작했다. 이 상황에서는 내가 생각했던 대로 일이 진행될 것 같지가 않았다. 도쿄처럼 무기를 들지 않고 공정하게 맨손으로 싸우는 것은 안 하는 것일까. 얻어맞아 코피를 흘리는 정도라면 참을 수 있다. 그러나 저 체인으로 얻어맞는다면 어떻게 될까……

건널목을 건넜을 때 기스케가 큰 소리를 냈다.

"다케시타 군, 저기 있는 거, 저거 마쓰 아닐까?"

3백 미터 정도 앞에 있는 전봇대 밑에 마쓰처럼 보이는 모습이 웅크리고 있는 게 보였다.

"맞아, 마쓰야." 요시오가 말했다.

"어떻게 된 걸까?" 요시오가 긴장한 목소리로 말했다.

스스무는 아무 말도 없었다.

마쓰인 것이 틀림없었다. 마쓰는 길 한가운데로 나와 우리들이 가까이 오기를 기다리고 있었다.

"다케시타 군, 용서해 줘" 하고 마쓰는 멀리에서 말했다.

"잠깐 이리로 와봐."

"용서해 줄 거지?"

"잠깐 이리로 오라고."

스스무는 자리에 선 채로 기분 나쁠 정도로 다정한 목소리로 말했다.

"용서해 줄 거지?"

"그러니까 잠깐 이리로 오라고 하잖아." 스스무는 같은 말을 되풀이했다.

마쓰는 쭈뼛쭈뼛 다가왔다. 그는 키가 자신의 어깨 정도밖에 안 되는 스스무한테 동정을 구하려 했다.

"두 대만 때리고 용서해 줘."

"응" 하고 스스무가 대답했는가 싶더니, 느닷없이 마쓰의 양쪽 뺨에 있는 힘껏 따귀를 갈겼다.

그 순간 마쓰의 눈에 살기가 스쳤다. 길 한쪽에 서서 사건의 경과를 보고 있던 나는 엇 하고 숨을 삼켰다. 스스무도 알아챈 것 같았다. 말은 안 했지만 싸움 자세를 제대로 잡았기 때문이었다. 그러나 그것은 순식간에 지나지 않았다. 마쓰가 울상을 지어 보이며 이렇게 말했기 때문이다.

"이걸로 용서해 줘."

"좋아, 용서해 줄게."

약간 창백한 얼굴로 스스무는 말했다. 그러고서 큰 소리로 지시를 내렸다.

"자 가자. 누군가한테도 같은 맛을 보여주고 싶은데."

모무들 일제히 걷기 시작했다.

"노래라도 부를까?" 야마다가 말했다.

갑자기 나를 놀리는 노래를 부르기 시작했다. 하지만 여느 때와는 가사가 조금 달랐다.

기요페 기요페 하고
잘난 체하지 마 기요페
어쩌다 구령을 붙였다고
잘난 체하지 마 기요페

기요페 기요페 하고
잘난 체하지 마 기요페
선생님이 편애하는 기요페
잘난 체하지 마 기요페

스스무와 대결을 해야 할 때가 드디어 온 것이다. 그러나 가장 중요한 용기는 이미 사라졌다. 내가 할 수 있는 거라고는 일부러 걷는 속도를 떨어뜨려 아이들로부터 떨어져 있는 것, 단지 그것뿐이었다.

이제 나는 구제불능이다, 하고 나는 생각했다.

나를 놀리는 노래가 바람을 타고 들려왔다. 그 노래는 몇 번이고 되풀이해 불렸다.

그러더니 노래가 바뀌었다. 마쓰 누나에 관한 노래였다. 마쓰도 스스무의 기분을 상하게 했기 때문에 그것은 놀랄 일도 아니었다. 마쓰의 목소리도 아이들의 노랫소리에 섞여 있었다.

그날 밤 나는 한기를 느끼고 일찍 잠들었다. 이튿날 아침 열을 재보니 39도나 되었다. 할머니는 놀라서 재빨리 물베개를 만들어 주고, 쉴 새 없이 차가운 우물물로 꼭 짠 손수건으로 내 이마의 열을 내려 주었다.

오후가 되어서도 열이 내려가지 않자 큰아버지가 자전거를 타고 읍내의 의사한테 왕진을 요청하러 출발했다. 저녁이 다 되어서야 할아버지인 의사가 왔다.

진단 결과는 감기였다. 열이 높은 것은 편도선에서 나는 열이기 때문에 걱정하지 않아도 된다, 이삼일 안으로 내려갈 것이다, 그때까지 얌전히 지금 상태대로 쉬면 된다는 의미의 말을 콧수염을 기른 나이 든 의사는 세면대에서 손을 씻으면서 웅얼웅얼하듯이 말했다.

다음 날은 열이 38도까지 내려갔지만 아직 머리가 띵했고, 변소에 가기 위해 일어나려고 하면 어질어질했다.

다시 열이 올라가면 좋을 텐데, 하고 나는 생각했다. 40도 가까이 열이 나면 좋을 텐데, 그러면 도쿄에 전보를 칠 것이다. 어머니가 놀라서 달려올 게 틀림없다. 쇠약해져 힘이 하나도 없는 나를 좀 더 나은 의사한테 진찰받게 하기 위해 도쿄로 데려갈 것이다. 그리고 도쿄에서 안정을 취하게 되고, 더 이상 이곳에는 돌아오지 않아도 된다……

그날 오후, 마당 쪽에서 휘파람 소리가 들렸다. 처음에는 비몽사몽간에 그 소리를 듣고 있었다. 이윽고 확실히 꿈에서 깨어났고, 그것이 지금까지 나를 찾아올 때 스스무가 꼭 불렀던 휘파람 소리라는 것을 알아차렸다.

아니나 다를까 할머니가 나한테 알려주러 왔다.

"스스무쨩이 왔는데 들어오라고 할까?"

잠깐 망설인 끝에 나는 고개를 끄덕였다.

정신을 차리고 보니 스스무가 베개맡에 앉아 있었다.

"나, 병문안하러 왔어."

스스무는 부끄러워하는 듯한 웃음을 짓고는 약간 우물거리듯이 말했다.

"고마워."

가급적 차갑게 말하려 했으나 잘 안 되었다.

"아직 열이 심해?"

"응, 어제보다 내려가긴 했지만."

"몸 조심해."

"응."

"선생님도 걱정하고 계셔" 하고 스스무는 말을 이어갔다.

"나도 어제 바로 병문안 오려고 했는데, 어제는 이런저런 일로 바빠서 오지 못했어. 오늘은 학교 끝나고 바로 온 거야."

나는 마음속으로 스스무한테 호소했다. 스스무! 지금의 너는 그렇게 다정해. 그러나 학교에서나 통학할 때의 나에 대한 너의 처사는 대체 뭐야. 그건 너의 거짓된 모습이냐……

눈 딱 감고 그것을 말하려 했지만 도저히 입에서 그런 말이 나오지를 않았다.

"언제부터 학교에 갈 수 있어?"

"의사 선생님이 이삼일은 꼭 누워 있으라고 말하긴 했는데."

"그럼 다음주부터는 갈 수 있겠구나?"

"응, 갈 수 있을 것 같아."

"다음주 일요일은 소풍이야. 어서 빨리 회복해야지."

스스무는 나를 격려하는 말을 계속했다.

"행선지도 정해졌으니까."

"어디로 정해졌어?"

"메다마目玉 산이야. 정상에 눈알 같은 두 개의 못이 있어. 산밤나무가 엄청나게 많은 재미있는 곳이야."

"그래. 가급적 소풍 때까지는 회복할 수 있도록 노력할게."

"그리고 지난번에 빌려 간 책 말인데, 조금 더 있다가 돌려줘도 될까. 가족들한테 들키면 야단을 맞기 때문에 몰래 조금씩 읽고 있거든."

"야단맞아?"

"공부하라고. 그런 책 읽을 때가 아니라고 말이지."

벽시계가 네 시를 치자 스스무는 배를 타야 한다며 아쉬운 듯 일어섰다.

스스무를 현관까지 배웅한 할머니는 내 베개맡으로 돌아와서는 감탄스럽다는 듯이 말했다.

"정말 믿음직한 아이야, 세이사쿠 댁의 큰애는. 일곱 형제 중 장남으로 동생들도 잘 돌보고, 집안일도 잘 돕고, 학교에서는 우등생이고, 마음씨도 다정하고 말이다. 저런 아이와 친하게 지내야 한다. 무슨 일이 있어도 산파네 마쓰 같은 애랑은 사귀면 안 돼."

그렇게 말하고서 할머니는 감개무량하다는 듯 계속해서 고개를 끄덕이면서 나무아미타불을 외웠다.

그다음 날 어머니한테서 나를 낙담케 만든 편지가 왔다. 10월 말에 숙모와 함께 나를 보러 오려던 여행을 취소할 수밖에 없게 된 사정을 전하는 편지였다.

외할머니가 9월에 폐렴에 걸린 뒤 아무래도 몸이 많이 쇠약해져서 병간호도 할 겸 세타가야 교외에 있는 외할아버지네 댁으로 이사를 가게 되었고 시나노의 집은 아버지의 부하인 부부가 들어와 살면서 봐 주기로 했다. 외할머니한테 차도가 좀 있으면 어떻게든 형편을 봐서 가고 싶지만 아무쪼록 그때까지 참고 기다리기를 바란다. 숙모도 9월부터 아버지가 힘을 써서 문부성에서 근무하게 되었기 때문에 당분간 갈 수 없을 것 같지만, 어떻게든 기회를 봐서 반드시 들를 테니 그날을 기다려 주기 바란다는 내용이었다.

나는 편지를 다 읽고 나서 잠시 천장을 멍하니 쳐다보았다. 여태까지 매일 아침 어머니와 숙모가 오기로 한 10월 말의 토요일까지 남은 날짜를 손가락을 꼽아 가며 기다리고 있었다. 이제 아무것도 기대하지 않는 거다, 하고 나는 스스로를 타일렀다. 그렇게 하면 실망하지 않아도 되니까—

토요일에 자리에서 일어났기 때문에 일주일 만인 월요일부터 나는 학교에 갔다.

교차로에 오자 목재 저장소에 진을 치고 있던 아이들 중에서 제일 먼저 스스무가 말을 걸었다.

"오늘은 올 거라고 생각했어."

"이제 다 나은 거야?" 하고 야마다가 물었다.

나는 약간 당혹감을 느끼면서 고개를 끄덕였다. 좀 더 차가운 환영을 받을 거라고 생각했기 때문이었다.

둘러보니 나를 제외한 하마미의 5학년 남자아이들이 모두 모여 있었다. 다들 나를 기다리고 있었던 것이다.

"일주일 동안이나 누워 있느라 힘들었지?" 하고 오자와가 말했다.

"아직도 약간 얼굴이 안 좋은데" 하고 마쓰가 말했다.

"자, 기요시, 슬슬 출발할까?" 하고 스스무가 말했다.

나한테는 바로 스스무의 옆자리가 주어졌다.

"지난번에는 고마웠어." 출발하고 나서 얼마 뒤에 나는 스스무한테 말했다.

스스무는 의아하다는 듯한 얼굴을 했다.

"병문안 와준 거."

스스무는 무슨 말인지 깨닫고는 쑥스러운 웃음을 지었다.

"별거 아냐."

"이제 곧 소풍이네."

"아아, 앞으로 일주일이다."

"그 메다마 산이라는 데, 멀어?"

"편도 세 시간이라고 하니까 삼십 리는 되겠지."

"거리가 꽤 되는구나."

"걸을 수 있겠어?" 야마다가 염려스럽다는 눈빛으로 물었다.

"괜찮아." 나는 약간 감격하여 대답했다.

조금 뒤 나는 스스무한테,

"소풍 때는 뭐든 가지고 가도 돼?" 하고 물었다.

"괜찮을 거야, 그건 왜?"

"아니, 도쿄에서는 작년 가을 소풍 때부터 도시락 외에는 과일이나 과자를 한 가지씩만 갖고 가야 했거든."

"여기는 그런 거 없어."

"그러면" 하고 나는 갑자기 생각난 게 있어서 말했다.

"이번 소풍 때, 너희들 전부한테 귀한 과자를 줄게."

"귀한 거라니 어떤 거?" 스스무 외에도 몇 명의 아이들이 입을 모아 물었다.

"가린토라고 하는 과잔데."

— 한 사람 당 두 개 정도는 나눠 줄 수 있을 것이라고 나는 생각했다. 초콜릿하고 캐러멜에 대해서는 말하지 말자. 나는 그것을 가쓰하고 기스케 두 사람하고만 나눠 먹을 생각이었다.

"모르겠는데" 하고 스스무는 말했다. 그리고 약간은 명령조로

"어떤 건지 얘기해 봐" 하고 말했다.

그 말투가 나에게는 거슬렸다. 잠자코 있을 걸 그랬다고 나는 뒤늦은 후회를 했다. 하지만 이미 후회해도 소용이 없다. 나는 불쾌한 마음을 억누르고 말했다.

"그게 말이야, 재미있게 생겼어. 뭐라고 해야 좋을까, 맞아, 개똥 같이 생겼어. 색깔도. 하지만 엄청 맛있어. 흑설탕의 달콤한 냄새에 단맛이 나거든, 먹어 보면 알 거야."

마쓰가 탄원하는 듯한 목소리로 말했다.

"기요시, 그거, 나한테도 좀."

"물론, 줄게."

그러자,

"나도."

"나도, 웅, 기요시"

하는 소리가 연이어 들렸다.

"모두에게 공평하게 분배할 거야" 하고 내가 말했을 때, 스스무가 큰 소리로 말했다.

"한심하게 굴지 말고 잠자코 있지 못해."

그리고 스스무는 겸연쩍은 듯 살짝 웃음을 짓고, 이번에는 보통 때의 목소리로 말했다.

"너 무슨 얘기를 하는 거야. 그렇게 다 주면 우리가 먹을 게 없어지잖아."

기분이 좋아진 듯 스스무는 내 어깨에 손을 걸쳤다.

"기요시, 또 이야기 해줘."

"웅." 나는 가까스로 평정을 가장하고서 대답했다.

"뭐로 할까?"

"탐정소설이 좋겠어. 에도가와 란포의 『괴인십이면상』이라도 해줄래?"

그 말투가 오늘만큼은 명령조가 아니라는 것이 나로서는 그나마 위안이 되었다.

"웅, 그럼, 그걸로 할게."

나는 애써 밝은 목소리로 말했다.

아이들은 모두 가린토에 대해서는 포기했다는 듯이 잠자코 내 이야기에 귀를 기울였다.

학교 바로 앞까지 왔을 때, 스스무는 갑자기 내 이야기를 중단시키고 아이들에게 말했다.

"기요시의 과자에 관해서, 아무한테도 이야기하면 안 돼."

"안 할 거야." 야마다가 제일 먼저 대답했다.

"나도." 다른 아이들도 계속해서 약속했다.

교실에 들어서자 아이들이 차례로 안부의 말을 나에게 건넸다. 아무도 말을 걸지 않았던 일주일 전의 일을 생각하면 믿을 수 없는 변화가 일어난 듯했다.

새끼를 꿀 때 못되게 굴었던 노자와조차도 별일도 없이 내 옆으로 일부러 지나가면서 "이제 좀 괜찮아졌어" 하고 말을 걸었을 정도였다. 가와세도, 씨름을 잘하는 히라오도, 나에게 말을 걸러 일부러 다가왔다. 가쓰만이 "도쿄 녀석들은 약해" 하고 야유하듯이 말했지만, 그것도 지극히 가쓰다운 위로의 말이라는 사실을 나는 알 수 있었다.

강당에서 벌어지는 놀이를 하러 다들 교실을 나가려 했을 때 종이 울리면서 선생님의 모습이 조금 있다가 복도에 보였다.

선생님은 평소와 달리 뒤쪽 출입문으로 들어와 내 자리로 왔다.

"이제 다 나았니?" 하고 선생님은 다정한 목소리로 물었다.

"네" 하고 대답하면서 나는 일어서서 전날 밤 큰아버지한테 부탁해 붓글씨로 써진 결석계가 들어 있는 봉투를 가방에서 서둘러 꺼내 선생님한테 제출했다. 선생님은 의아하다는 듯한 얼굴로 그것을 받아들었으나 봉투에 쓰여 있는 '결석계'라는 글자를 보자 가볍게 고개를 끄덕이고는 교단 쪽으로 걸어갔다.

그날은 즐거웠다. 쉬는 시간에는 아이들을 따라 강당에 가서 놀이에는 끼지 않고 구경만 했지만, 아직 회복기였고 놀이에 끼어 마구 뛰어다닐 만큼 체력에 자신이 없었기 때문이었다. 따돌림 당해서 빗자루처럼 서 있는 것과 지금의 상황은 얼마나 커다란 차이가 있는 것인가. 똑같이 서서 구경하는 것이라도 기분은 하늘과 땅 차이만큼이나 달랐다.

다음 날 통학길에도 나한테는 스스무의 바로 옆자리가 주어졌다. 하지만 여전히 이야기를 해주어야 했다. 『괴인십이면상』에 이어서 『대금괴』 이야기였다. 하지만 나는 애써 이렇게 생각하려 했다. 나는 스스무와 사이좋은 친구가 되었다. 사이좋은 친구로서 스스무한테 이야기를 해주고 있는 것이다. 스스무의 명령으로, 스스무의 기분을 상하지 않게 하기 위해 이야기를 하는 것은 결코 아니다……

그날 집에 돌아오는 길에 철길을 건너고 나서 얼마 뒤 나의 이야기는 끝이 났다.

"재미있었어."

스스무는 나의 노고를 위로하려는 듯이 말했다.

"그 아케치 탐정이란 녀석 대단한 녀석이지, 다케시타 군" 하고 야마다가 말했다.

"응, 그래."

"그 아케치 탐정 지금도 있을까, 다케시타 군." 히데가 물었다.

스스무는 어이가 없다는 듯이 말했다.

"너, 무슨 소리를 하는 거야, 소설이잖아."

히데는 살짝 토라져서 입을 다물어 버렸다.

"아케치 탐정 나오는 다른 이야기도 있어?" 스스무가 나한테 물었다.

"응, 아직 많이 있어."

"어떤 것들이야, 말해 봐."

"『소년 탐정단』이라든가 『요괴 박사』라든가."

"그 『소년 탐정단』이라는 거, 얘기해 주지 않을래?"

"언제부터?"

"지금부터."

"조금 피곤한데."

"그럼, 내일부터라도 괜찮아." 스스무는 약간 기분이 나쁘다는 듯 말했다.

"그럼 내일부터 해줄게."

잠시 동안 모두들 아무 말도 없이 계속 걸었다. 다행이었던 것은 이야기가 끝난 뒤에도 나에게는 스스무의 옆자리가 그대로 주어졌다는 사실이었다.

요시오가 침묵을 깼다.

"있잖아, 다케시타 군."

"뭐야." 스스무가 아직 언짢은 기운이 남아 있는 목소리로 말했다.

"기요시는 교무실에 자주 불려가는 것 같아."

그날 점심시간에 나는 교무실에 불려가 병으로 일주일이나 쉰 것을 걱정하는 선생님한테서 이런저런 질문과 주의할 점들을 듣고 왔다. 하지만 교무실에 불려간 것은 오늘까지 해서 세 번에 지나지 않았다.

"맞아" 하고 오자와가 말했다.

"편애하는 거야" 하고 히데가 말했다.

"편애하는 데야, 어쩔 수 없지" 하고 요시오가 말했다.

"그만두지 못해."

갑자기 스스무가 강한 목소리로 말했다.

요시오가 깜짝 놀라 스스무의 안색을 살폈다.

"교무실에 불려가는 게 그렇게 신경이 쓰여. 나는 싫든 좋든 매일 교무실에 가지 않으면 안 된다고."

스스무는 마지막 말을 농담처럼 흘리고는, 나를 향해 특유의 부끄러워하는 듯한 웃음을 지으며 말했다.

"아무래도 안 되겠다, 『소년 탐정단』인가 하는 얘기 해주지 않을래?"

"응." 나는 궁지에서 벗어난 듯한 기분으로 대답했다.

교차로에서 니시하마미에 사는 오자와 히데가 가버리자 그때까지 열에 끼지 못하고 아이들의 조금 앞에서 잰걸음으로 걷고 있던 요시오와 아이들 뒤에서 터벅터벅 걷고 있던 시퍼런 콧물을 줄줄 흘리지 않을 때가 없는 이치로가 열 끝으로 들어올 수 있었다. 도로를 꽉 채우고 스스무와 나를 중심으로 완전한 일렬횡대를 이루고 있었다.

이렇게 가면 누구를 만나도 창피하지 않겠다고 나는 생각했다. 교차로를 지나고 조금 뒤부터 스스무의 지시로 이야기는 중단되었지만 나는 여전히 스스무의 옆자리를 차지하고 있었다. 이러면 큰아버지를 만나든 미나코의 어머니를 만나든 창피할 일은 없다……

목욕탕 앞을 지나 잡화점을 막 돌았을 때 요시오가 낮은 목소리로,

"마쓰의 누나가 있다" 하고 말했다.

마쓰의 얼굴이 순식간에 빨개졌다.

마쓰의 누나는 집 앞의 돌다리 난간에 앉아 가만히 냇물이 흐르는 것을 바라보고 있었다. 하얗고 긴 목덜미가 눈부셨다. 누군가하고 닮

왔다고 나는 생각했다. 그리고 그 앞을 지나면서 그녀의 옆얼굴을 슬쩍 훔쳐봤을 때 성인용 소설인 『나팔꽃 일기』의 삽화에 들어 있던 연인의 얼굴과 닮았다는 것을 깨달았다. 도쿄에서 책에 굶주려 있던 나는 친구한테서 그 책을 빌려 읽었던 적이 있었다. 처음으로 사랑이라는 말을 알게 된 것도 그 책을 읽으면서였다. 그 책의 삽화에 있던 아사가오란 여자의 얼굴이 마쓰 누나의 얼굴과 쏙 빼닮았던 것이다. '아사가오' 하고 나는 마음속으로 마쓰 누나를 불러 보았다. 그 책의 아사가오에게 사랑을 느꼈던 것처럼 지금의 나는 바로 옆에 있는 아사가오에게도 어렴풋한 사랑의 설렘을 느꼈다……

스스무의 목소리가 나를 공상에서 깨웠다.

"내일, 조금이라도 괜찮으니까 가지고 와."

"뭐를?"

"몰라?" 하고 야마다가 말했다.

"아침에 네가 말했던 과자 말이야. 그렇지, 다케시타 군?"

스스무는 그 말에 대답하지 않고 겸연쩍은 웃음을 띠면서 되풀이했다.

"내일 조금만 가지고 와."

"아, 가린토 말하는 거야?"

스스무는 핑계를 대듯이 말했다.

"네가 한 설명만으로는 알 수가 없어. 조금 갖고 와서 진짜로 맛보게 해달라고."

"그렇겠구나, 그럼 조금 갖고 올게." 나는 스스무의 요구를 무리하지 않은 요구라고 애써 납득하려고 노력하면서 대답했다.

어느새 우리 집으로 꺾어지는 길모퉁이까지 왔다.

"잘 가" 하고 나는 말했지만 아이들은 아무도 그 말에 대답하지 않고 가버렸다.

"있잖아, 기요시."

오늘은 나와 함께 왔던 기스케가 목소리를 낮춰서 말했다. 기스케는 평소에는 대체로 지름길로 가기 위해 교차로에서 헤어졌지만, 오늘은 『소년 탐정단』의 이어지는 이야기를 듣고 싶어서 이쪽으로 돌아왔던 것이다. 애써 돌아왔는데 이야기가 중단되어 버려 기스케를 위해서는 안됐다고 생각했다.

"나한테도, 그 가린토라는 과자, 조금 맛보게 해주지 않을래?"

"물론이야." 내가 말했다.

"너한테는 물론 줄 생각이었어. 그것 말고도 소풍 때 너한테 주려고 생각한 것도 있어." 나는 아까는 말하지 않았던 초콜릿과 캐러멜을 생각하며 말했다.

"그랬어?"

기스케는 잠시 아무 말도 않더니 이윽고 입을 열었다.

"스스무한테 전부 뺏길 거야, 조심하지 않으면."

"어째서?" 나는 놀라서 반문했다.

"어째서 전부 빼앗긴다는 거야?"

"욕심이 이만저만한 놈이 아니거든." 기스케는 내뱉듯이 말했다.

"소풍 때 스스무 녀석은 맛있는 걸 전부 징발할 거야."

"정말이야?"

"정말이고말고. 뭐, 소풍날이 되면 알게 될 거야."

기스케는 내가 자신의 말을 진짜라고 받아들이지 않는 것이 불만인
듯 말했다.

"어째서, 다른 애들은 전부 그런 일을 당하고도 잠자코 있어?"

"따돌림 당하는 게 두려우니까."

"……"

나는 작정하고서 기스케한테 물었다.

"나를 따돌리게 한 것도 진짜로 스스무야?"

"그렇대도." 기스케는 어이가 없다는 듯 말했다.

"그렇다면, 그 노래를 만든 것도 스스무야?"

"그렇대도." 기스케는 강한 어조로 말했다.

"전부 스스무가 뒤에서 조종하는 거야."

가쓰가 가르쳐 주었던 것은 역시 사실이었구나. 새삼스럽게 그런 생
각을 하지 않을 수 없었다.

"그렇지만, 물건을 뺏기고도 잠자코 있어선 안 되잖아. 단결하면 스
스무 따위한테 지지 않을 텐데."

"그렇게 간단하지가 않아." 기스케는 약간 건성으로 대답했다.

"스스무는 말이야, 징발한 물건을 강한 녀석들한테 조금씩 나눠줘서
자기 부하로 만들고 있거든."

"강한 애들은 누구야?"

"마쓰라든가, 노자와라든가, 가와무라라든가, 가쓰라든가."

"가쓰도야?" 나는 놀라서 물었다.

"응, 가쓰도. 걔네들은 전부 스스무의 충실한 부하들이지. 소풍 때면
잘 알게 될 거야."

"야마다나 히데나 오자와도 물론 스스무의 부하인 거지?"

"그 녀석들은 약하니까, 부하건 아니건 두려울 게 없지. 게다가,"

기스케가 목소리를 낮춰 말했다.

"6학년 반장인 겐이치가 힘을 갖고 있는 동안은 아무도 스스무를 손볼 수 없을 거야."

"스스무의 사촌형이라는 애 말이야?"

"응, 맞아, 겐이치가 졸업하면 어떻게 될지 모르지만."

잠시 있다가 내가 말했다.

"그렇다면, 가린토에 대해서는 말하지 않는 게 나을 걸 그랬구나."

"다른 걸 갖고 오더라도 앞으로는 얘기하지 마."

"응, 그렇게 할게."

우리 집 앞에서 기스케와 헤어지고서 나는 무거운 마음을 안고 집으로 들어섰다.

기스케가 한 말이 사실이라면, 스스무를 혼내 주는 것은 불가능했다. 그리고 내가 선택할 수 있는 길은 두 가지밖에 없는 셈이었다. 스스무를 언짢게 하는 일이 없도록 매사에 신경을 쓰는 길과 어디까지나 나 자신에게 충실하게 행동하고 그 때문에 따돌림을 당하는 것도 감수하는 길이었다. 지금 어느 길을 택하려 하는지 나 스스로는 이미 알고 있었다.

방에서 잠시 우울한 기분에 잠긴 채로 생각에 골몰하고 있는데, 할머니가 오셔서 큰아버지와 큰어머니 두 분이서 헛간 더그매에 짚을 까는 작업을 하고 있으니 헛간에 가서 일을 좀 도와주라고 했다.

헛간에 도착하니 큰아버지가 입구 부근에서 바닥에 앉아 담배를 한 대 태워 물고 있었다. 큰어머니는 그 옆을 흐르는 냇가에서 흙투성이의 무를 씻고 있었다.

"마침 잘 왔구나" 하고 큰어머니는 표준어로 말하고는, 나한테 금방 씻은 무를 내밀었다.

"뭐예요, 그게?" 나는 놀라서 물었다.

"간식으로 먹는 거란다."

"어떻게요?"

큰어머니는 무의 이파리를 잡아 뜯더니, 뿌리 쪽의 푸른빛이 도는 부분에 엄지손톱을 찔러 넣고, 그 상태에서 무의 껍질을 벗기기 시작했다. 5밀리미터 정도의 두께로 껍질이 벗겨져 나갔다. 무의 껍질을 그런 식으로 벗길 수 있으리라고는 그때까지 상상도 하지 못했다.

"먹어 보거라."

큰어머니가 건네준 무를 베어 먹었더니 의외로 달았다.

"마치 과일을 먹는 것 같아요." 나는 감탄하면서 말했다.

"끝 쪽은 매울지도 모른다. 매운맛이 느껴지면 버리거라. 그게 오늘 간식이야."

도쿄에 있을 때 세 시에는 반드시 간식을 먹었다는 얘기를 엄마로부터 들은 큰어머니는 여기에서도 그것을 빼먹지 않도록 마음을 써주고 있었다. 도쿄에서 보내온 비스킷이나 전병이 다 떨어졌기 때문에 그 무는 큰어머니가 고심해서 생각해낸 간식임에 틀림없었다.

짚 다발 까는 작업을 마쳤을 때 나는 더그매에 그대로 남아 보기로 했다. 그 안은 박공의 들창으로 바깥의 빛이 조금 들어올 뿐이어서 어두침침했다. 쌓아 놓은 짚더미에 올라 앉아 들창으로 밖을 내다보니 석양으로 물든 하늘과 눈 덮인 일본 알프스의 산들이 보였다. 아까 간식으로 먹었던 무나, 지금 짚더미에 앉아 바라보는 일본 알프스나, 도쿄에서 멀리 떨어진 시골에 있다는 사실을 나로 하여금 뼈저리게 느끼게 했다. 앞으로 오랫동안 도쿄에는 돌아가지 못할지 모른다고 나는 생각했다. 만약 공습으로 아버지, 어머니, 형들이 전부 죽는다면 나는 천애고아가 되는 것이다. 갑자기 서글퍼지더니 눈물이 나올 것 같아서 나는 황급히 짚더미 위에서 내려왔다.

나는 잠시 낮게 쌓아놓은 짚더미 위에 누워 보기로 했다. 푹신푹신해서 기분이 좋았다. 잘 마른 짚의 냄새가 기분 좋게 코를 간질였다. 여기를 놀이터로 삼는다면 여러 가지 재미있는 걸 할 수 있겠다는 생각을 하다가, 문득 어렸을 때 몰두했던 적이 있는 그 비밀의 놀이, '의사 선생님 놀이'의 기억이 떠올랐다. 그 무렵 나는 친구들과 함께 누가 먼저랄 것도 없이 서로 작당을 해 그 놀이에 몰두했다. 아버지 서재의 커다란 책상 밑에 기어들기도 하고, 침대 밑, 헛간 안, 그리고 마당에 있는 연못의 바위 밑이나, 유치원의 놀이기구 안에 몸을 숨기고는 의사 선생님과 환자가 되어 비밀스러운 부위를 서로 보여주고, 진찰하거나, 진찰을 받는 그 금단의 놀이의 포로가 되었던 것이다. 그러나 결국 어머니한테 들켜서 나는 심한 꾸중을 들었다. 그 뒤로도 몇 번인가 어머니의 눈을 피해 그 놀이에 열중한 적이 있지만 언젠가부터 그 놀이로부터 멀어지게 되었던 것이다…… 그 무렵 이런 장소가 가까이에 있었다면 우리는 분명히 그곳을 방치하지 않았을 것이다. 분명 그곳을 진찰실로 정해 그 금단의 비밀스러운 쾌락에 몸을 맡겼을 것이다. 그런 생각을 하자 몸이 뜨거워지고, 오랫동안 잊고 있던 의사 선생님 놀이의 유혹이 지금이라도 힘을 발휘하려 했다. 혹시 마쓰의 누나도 의사 선생님 놀이에 빠져 있을지 모른다는 생각이 문득 들었다. 그것은 충분히 있을 수 있는 일이었다. 우리가 아무도 모르는 비밀의 장소를 찾아 헤맸던 것처럼 마쓰의 누나도 제방 밑이나 바닷가의 배 창고 안에서 숨을 장소를 찾았는지도 모른다……

"기요시, 돌아가자" 하고 큰아버지가 부르는 소리에 나는 현실로 돌아왔다.

"네" 하고 대답을 하고 나는 황급히 짚더미에서 몸을 일으켜 사다리를 타고 내려왔다.

그날 저녁 책상에 앉기 전에 나는 과자가 들어 있는 통을 열어 안에서 가린토를 다섯 개 꺼내 종이에 싸서는 막 벗어 놓은 상의 주머니에 넣어 놓았다. 그리고 그 이상 그 일에 관해서는 생각하지 않기로 하고 차가운 이불 속으로 기어들어 눈을 감고는 오로지 잠이 오기를 기다렸다.

다음 날 아침 나는 집을 나올 때 비로소 그 가린토를 싼 포장지가 주머니 안에 들어 있다는 것을 알고 우울한 기분에 빠졌다. 그저 순수한 호의로 그 과자를 스스무한테 주는 거라면 얼마나 좋을까 하는 생각이 들었다.

교차로에는 아직 기스케와 니시하마미의 히데와 오자와밖에는 와 있지 않았지만 잠시 기다리고 있으니 스스무가 야마다와 요시오를 오른쪽에, 마쓰와 이치로를 왼쪽에 거느리고서 왔다. 우리 앞에 와서도 걸음을 멈추려 하지 않았다.

"자 갈까" 하고 기스케가 말한 것을 신호로 우리는 후다닥 뛰어 앞으로 지나간 아이들을 쫓아갔다.

기스케가 야마다와 요시오 사이에 끼어들었고, 히데와 오자와가 마쓰의 옆으로 들어가자, 언제나처럼 이치로가 뒤로 밀려나 나와 나란히 섰다.

"기요시." 열의 중앙에서 스스무가 나를 불렀다. "어제 하던 이야기 계속 해줄래?"

스스무는 야마다를 오른쪽으로 밀어내고 내가 들어갈 만큼의 공간을 만들었다. 요시오가 뒤로 밀려났다.

내가 옆으로 오자 스스무는 내 귀에 대고 작은 소리로 속삭였다. "어제 얘기한 거 갖고 왔지?"

"응" 하고 나는 대답했다.

내가 상의 주머니에서 과자를 싼 종이를 꺼내 망토 앞으로 내밀자, 망토 안으로 스스무의 손이 들어와 잽싸게 그것을 잡아챘다.

"어제 이야기의 계속이야, 『소년 탐정단』이었지, 빨리 해줘." 야마다가 재촉했다.

"자 시작해" 하고 스스무가 말했을 때, 나는 이야기를 시작할 수밖에 없었다.

철길을 건너고 얼마 뒤 학교 강당이 보이기 시작했을 무렵 나는 스스무가 입을 우물거리고 있다는 것을 알았다. 내 이야기는 거의 끝나가고 있었다.

이야기가 끝나고 얼마 안 돼, 갑자기 야마다가 "다케시타 군, 나도" 하고 소리 죽여 말하는 소리가 들렸다.

마쓰한테 가린토 한 개를 주는 것을 야마다가 본 것이었다.

스스무는 말없이 먹고 있던 가린토를 야마다한테 건넸다. 그걸 알아차리지 않은 아이는 한 명도 없었다.

"이거, 맛있어, 다케시타 군." 야마다가 감사의 심정을 담아서, 그리고 그것을 먹을 수 있는 특권을 부여받았다는 사실을 모두에게 과시하려는 것처럼 말했다.

"다케시타 군, 나도" 하고 아이들이 일제히 소리를 냈다.

"이제 없어." 스스무는 엷은 웃음을 띠며 말했다.

아직 먹지 않았던 모양인지, 마쓰는 스스무한테서 받은 가린토를 보란 듯이 입에 집어넣고 일부러 소리를 내어 씹으면서 큰 소리로 말했다.

"맛있다, 정말 맛있어."

요시오가 침을 꿀꺽 삼키는 소리가 들렸다.

그날 집에 오는 길에 나한테는 다시 스스무의 옆자리가 주어졌고, 아침에 하던 이야기가 끝났기 때문에 새로운 이야기를 해야 했다. 『소년 탐정단』 종류의 이야기를 해달라는 요청을 해서 이번에는 『요괴 박사』 이야기를 했다.

헤어질 때 스스무는 또 작은 소리로 말했다.

"오늘 과자, 내일도 조금만 갖고 와."

"소풍 때 먹을 게 적어지는데 괜찮아?"

"괜찮아." 스스무는 아무런 문제도 안 된다는 듯이 내뱉었다.

기스케와 둘만 남자 우리는 둘 다 아무 말도 않고 있었다. 침묵의 답답함을 견디다 못해 내가 말했다.

"네 건 따로 챙겨줄게."

"괜찮아, 걱정하지 마." 기스케는 나를 위로하듯이 말했다.

"아직 다른 것도 있고."

"앞으로는 스스무한테는 말하지 마" 하고 기스케는 말했다.

이튿날 2교시 쉬는 시간에 강당으로 놀러 가기 위해 아이들과 함께 교실을 빠져나오는데 작은 목소리가 나를 불렀다.

"무슨 일이야" 하며 뒤를 돌아보니 노자와가 있었다.

"너, 맛있는 걸 갖고 있다며, 나한테도 좀 줄래." 노자와는 무겁고 낮은 목소리로 말했다.

"뭐?"

"다케시타한테 준 과자 말이야."

"이제 없어." 순간적으로 나는 거짓말을 했다.

"진짜야?"

"응, 없어."

"거짓말쟁이."

"거짓말 아니야."

"너, 다케시타만 주고 나한테는 속일 셈이야?"

그때 앞에 가던 스스무가 뒤돌아보며 "빨리 가지 못해" 하고 소리를 쳤기 때문에 노자와는 그 이상은 추궁하는 걸 포기하고 강당으로 뛰어갔다. 나는 혼자 뛰지 않고 걸어서 강당으로 갔다. 강당에 도착하니 이미 격투 놀이가 시작되었지만 나는 곧바로 아이들 놀이에 낄 수 있었다. 나는 노자와하고 한 이야기를 잊기 위해 열심히 뛰고 달렸지만 마음속에 거미줄처럼 쳐진 혐오감은 좀처럼 사라지지 않았다.

그날 돌아오는 길에, 가쓰가 나를 불렀다. 가쓰는 내 옆으로 다가오더니 힐난하는 투로, 그러나 아무한테도 들리지 않도록 이렇게 말했다.

"기요시, 너, 결국 다케시타의 부하가 되었다며."

"어째서?" 나는 모욕감을 느껴 약간 화난 목소리로 말했다. 할 수 있었다면 부하는 너희들이 아니냐고 말하고 싶었다.

"어쨌거나." 가쓰는 약간 움츠러들며 말했다.

"어째서인지 말해 봐."

"너, 다케시타한테 물건을 갖다 바친다던데."

"누가 그런 말을 해?" 나는 화를 냈다. "나는 스스무한테 뭘 갖다 바친 기억이 없어."

"그러냐." 가쓰는 마음 약해 보이는 눈을 계속해서 깜빡거리면서 말했다.

"마쓰가 그러던데."

실제로 나는 물건을 바친 게 아닐까. 혼자 있게 되자 나는 생각했다. 가린토는 스스무에게 바친 공물이 아닐까. 표면상으로는 스스무의 부탁을 들어주는 형식이었지만 그것은 공물이 틀림없는 게 아닐까. 가린토를 갖다 바쳐서 나는 스스무의 기분을 상하게 하지 않을 수 있었고, 따돌림도 당하지 않게 된 것이 아닐까. 스스무의 말에 따라 이야기를 하는 것도 그렇다. 형태야 다르지만 그것 또한 스스무에게 바치는 공물의 일종에 지나지 않는 게 아닐까.

가쓰의 비난은 의외로 깊숙이 내 마음을 파고 들어왔다. 나는 그날 집에 올 때까지 시간의 흐름과 더불어 그 아픔이 깊어지는 것을 의식하지 않을 수 없었다.

그날 집으로 오면서 스스무의 옆자리가 주어지고, 여느 때처럼 이야기를 해달라고 했을 때, 내 마음은 도저히 그것을 아무렇지도 않게 받아들일 수 없는 상태였다.

나는 불쾌한 목소리로 말했다.

"이제 얘깃거리가 다 떨어졌어."

"뭐 없는지 생각해 봐." 스스무는 거듭 재촉했다.

"바로 떠오르는 게 없어."

스스무는 약간 당혹스러워하는 듯했지만, 이윽고 나를 약간 비꼬는 듯한 투로 말했다.

"소풍 이야기라도 할까."

"기요시는 이제 얘깃거리가 없다네." 야마다가 말했다.

"기요시의 이야기도, 이제 물렸어, 다케시타 군." 요시오가 말했다.

가을 축제 전과 마찬가지로 그때부터 교차로에 올 때까지, 아이들은 소풍 때 가져갈 먹을 것의 일부 또는 대부분을 스스무한테 바칠 것을 약속했다. 마쓰의 찰떡, 야마다의 곶감, 이치로의 밤, 요시오의 말린 찰떡, 히데의 유부초밥, 오자와의 말린 오징어, 기스케의 말린 물고기.

교차로를 지나고 조금 있다가 스스무가 뒤를 돌아보며 나한테 말했다. 나는 어느새 열에서 뒤로 밀려나 있었다.

"기요시, 가린토는 이제 없다고 했지?"

"응."

"다른 건 없어?" 스스무는 상냥한 목소리로 물었다.

"이제 특별한 건 없어." 나는 차갑게 대답했다.

스스무는 더 이상 아무 말도 하지 않았다.

갑자기 아이들이 빠르게 걷기 시작했다. 그것은 마치 나를 떼어 놓고 가는 게 목적인 듯했다. 떼어 놓고 가도 상관없어. 나는 자포자기의 심정이 되어 마음속으로 중얼거렸다. 나는 그때까지의 속도대로 걸었기 때문에 점점 뒤처졌다. 얼마 안 있어 아이들의 모습은 내 시야에서 사라졌다.

이튿날인 토요일, 예상대로 나는 완전히 따돌림을 당했다. 교차로에 도착했을 때 아이들은 나를 두고 먼저 가버린 뒤였고, 학교에 도착하고 나서도 쉬는 시간의 놀이에 절대로 끼워 주지 않았다.

그날 혼자서 터벅터벅 3킬로미터 가까운 먼 길을 걸어 집에 도착하자 문 앞에 기스케가 서서 나를 기다리고 있었다. 한나절의 긴장감 때문에 굳어진 얼굴에 억지로 웃음을 지으며 금방이라도 울음이 터질 것 같은 기분을 가까스로 억누르며 나는 말했다.

"뭐 할 말 있어?"

"으응." 기스케는 특유의 웃음을 지으며 말했다.

"내일, 소풍에 대해선데."

"내일 소풍이 왜?"

"너 가지 않는 게 어떨까?"

"뭐 때문에?" 나는 놀라서 물었다.

"방금, 학교에서 오면서 계속 다케시타와 아이들이 너를 소풍 때 따돌릴 작전을 짰거든. 그것을 알면서 가봐야 재미없을 거야. 가지 마."

"고마워." 나는 애써 기운을 내 말했다.

"그래도 역시 난 가야겠어. 안 가면 아이들한테 지는 셈이니까."

"그래." 기스케는 말했다.

"네가 그런 생각이라면 상관없지만."

# 제6장

소풍 날, 큰어머니는 일찍 일어나 도시락을 정성껏 만들어 주셨다. 소중히 간직해 두었던 김을 사용해 박고지 김초밥, 할머니가 전날 아는 분한테서 얻어 온 계란으로 만든 계란말이와 가지부침, 큰어머니가 친척한테서 얻은 단감 세 개. 내가 짊어진 륙색에 들어 있는 것은 그것뿐이었다.

집을 나설 때 큰어머니가 확인을 하려는 듯 물었다.

"소풍 때 가져가라고 어머니가 말씀하신 가린토하고 초콜릿하고 캐러멜 챙기는 거 안 잊어버렸지?"

움찔했지만 나는 고개를 끄덕였다. 가린토는 이미 한 개도 남아 있지 않았다. 상당히 고민한 끝에 가져가기로 한 초콜릿 한 개와 캐러멜

한 갑은 류색이 아니라 안쪽 호주머니에 숨겼는데 마치 가슴에 폭탄을 안고 가는 듯한 기분이 들었다.

교차로에 도착하니 모두들 이미 출발한 뒤였다. 그 편이 오히려 나로서는 고마웠다. 따돌림을 할 테면 해라 하고 나는 마음속으로 말했다.

학교 가까이 왔을 때도 평소처럼 강당에서 아이들이 뛰어 노는 소리가 들리지 않았다. 벌써 출발한 걸까. 그럴 리는 없었다. 출발 시간인 여덟 시까지는 아직 시간이 많이 남아 있을 것이다.

가까이 갈수록 강당에는 아무도 없다는 사실이 확실해졌다. 혹시 천천히 걸어왔기 때문에 평소보다 훨씬 더 시간이 걸려서 여덟 시가 넘었는지도 모른다. 순간 그런 생각이 들어 나는 황급히 달리기 시작했다.

나의 의구심은 들어맞았다. 학교에 도착해 보니 전교 학생들이 운동장에서 정렬을 마치고 교장선생님의 훈시를 듣고 있는 중이었다. 나는 발소리를 죽여 5학년 남자반 열의 뒤로 가서, 키가 제일 큰 가쓰와 노자와의 뒤에 섰다.

가쓰가 뒤돌아보면서 작게 소리 내어 말했다.

"늦었구나, 다케시타가 화났어."

나는 알 바 아니라는 뜻을 얼굴에 나타냈다.

교장선생님의 이야기는 막 시작된 모양인 듯 좀처럼 끝나지 않았다. 비상시국임을 감안해, 소풍이라는 말은 이제 사용하지 않기로 한다. 오늘부터는 소풍을 전쟁 수행을 위해 소국민인 제군들의 신체를 연마하는 도보 훈련이라고 부른다. 군대에서 행진을 하는 기분으로 대오를 흐트러뜨리지 말고 질서 있게 걸을 것, 각 반에서는 반장이 선두에 서고 부반장이 맨 뒤에 서서, 명령의 전달, 대열의 정리에 힘쓰라는 내용의 이야기였다.

교장선생님이 단상에서 내려온 뒤, 교감선생님으로부터 2학년 단위로 목적지가 발표되었다. 그 말을 들으며 나는 그때까지 생각지도 않았던 어떤 중대한 사실을 깨달았다. 2학년 단위로 목적지가 같다는 말은 5학년 남자반과 여자반은 같은 장소로 간다는 것을 의미한다. 그렇다면 촌장님 댁의 미나코도 우리와 같이 메다마 산으로 가는 것이다. 그걸 깨달았을 때, 나는 기스케의 충고를 듣지 않고 이 소풍, 아니 도보 훈련에 참가한 것을 뼈저리게 후회했다. 아이들한테 끼지 못하고 따돌림 당하는 가련한 나의 모습을 미나코의 눈에 드러내지 않을 방법은 없을까. 나는 생각에 잠겼다.

드디어 상급반부터 출발하기 시작했다.

그때 노자와가 뒤돌아보더니 뱀처럼 차가운 눈으로 나를 보며 선생님이 나를 부른다고 말했다. 지각한 것 때문에 야단을 맞는 것은 아닐까 걱정하면서 나는 줄 사이사이를 지나 앞으로 나갔다.

선생님과 스스무가 나를 기다리고 있었다.

선생님은 내 예상과는 달리 지각에 대해서는 일절 언급하지 않았다. "스기무라 군도 아는 대로," 하고 선생님이 말했다. "1학기에 부반장으로 임명된 스도 노보루 군이 학교에 못 나오고 있는데 아직 당분간은 계속 학교에 오기 어려울 것 같고 나온다고 해도 무리하기는 힘드니까 이제 새로운 부반장을 뽑아야 할 것 같다. 스기무라 군은 도쿄에서도 1학년부터 반장을 해왔고 이제 이 학교에도 어느 정도 익숙해졌을 테니 부반장을 맡아 줄 수 있겠지?"

두 가지 이유에서 나는 선생님의 요청을 거절하기로 마음먹었다. 하나는 반장밖에는 한 적이 없는 나는 부반장 같은 건 하고 싶지 않다. 또 하나는 따돌림 당하고 있는 내가 그런 역할을 제대로 할 수 있을 리가 없었다.

대답을 망설이고 이는 나에게 선생님은 계속해서 말했다.

"도쿄의 학교에서 반장밖에는 한 적이 없는 스기무라 군에게 부반장을 맡아 달라고 하는 것은 다소 미안하지만, 언젠가 좀 더 이곳 생활에 익숙해지면 다케시타 군과 교체해 반장을 맡길 생각이다. 다케시타 군도 스기무라 군이 부반장을 맡아 준다면 큰 힘이 될 거라고 하고."

나는 무심코 스스무 쪽을 쳐다보았다. 그러자 스스무는 겸연쩍은 웃음을 짓고는 작은 목소리로 말했다.

"기요시, 맡아 주지 않을래?"

내 결심이 흔들렸다.

"맡아 줄 거지?"

"네." 나는 엉겁결에 그렇게 대답했다.

선생님은 스스무와 나를 나란히 세워 놓고, 큰 목소리로 나를 부반장으로 임명했다는 사실을 아이들한테 발표했다.

반장인 스스무가 선두에 서고, 부반장인 내가 뒤에서 따라오라고 선생님이 말했을 때, 한심하게도 나는 키가 큰 노자와나 가와무라한테 무슨 괴롭힘을 당하는 것은 아닐까 하는 불안감이 들었다.

이럭저럭 우리들의 출발 시간이 되었다. 스스무의 "출발, 앞으로 가" 하는 목소리와 함께 5학년 남자반은 걷기 시작했다. 잡담을 나누는 것은 일체 금지되었기 때문에 모두들 입을 꼭 다문 채로 발걸음을 맞춰 행진했다.

그러나 50분쯤 되어, 후네하라 마을을 지나 옆 마을인 가미테로 들어서자 긴장이 풀렸는지 대열이 흐트러지기 시작했다.

갑자기 륙색이 뒤로 잡아당겨져 나는 하마터면 넘어질 뻔했다.

"뭐야" 하고 화를 내며 뒤를 돌아봤더니 어느새 대열에서 빠져나와 내 뒤로 돌아간 요시오가 싱글거리며 서 있었다.

"이거 뭐야?" 하고 요시오는 다시 내 륙색을 잡아당겼다.

그때 처음으로 나는 나 말고는 아무도 륙색을 멘 아이가 없다는 것을 깨달았다. 다들 통학용의 즈크 가방을 소풍이라고 해서 어깨에 걸고 있었다. 불안감이 마음 한구석을 스쳤다. 이것을 소재로 해 분명히 또 새로운 놀림을 당할 게 틀림없다……

"륙색이라는 거야." 나는 애써 태연한 얼굴로 말했다.

"소풍용 가방이야."

"륙색?" 요시오는 앵무새처럼 되물었다.

"륙색이라고?" '색'이라는 말을 특별히 강조해 발음하더니 요시오는 요란하게 웃기 시작했다. 그러고는 자신의 자리로 돌아가기 위해 앞으로 뛰어갔다.

그것이 목적지에 도착할 때까지 나한테 누군가 말을 건 처음이자 마지막이었다.

산간 지역으로 들어서자 길은 차츰 오르막이었다. 논밭이 완전히 사라지고, 계단처럼 만들어진 밭들만 보였다. 길옆으로 멍석이 깔려 있고 그 위에 밤이나 피를 말리고 있었다. 나는 이미 상당히 지쳐 있었다. 다리가 무거웠다. 할 수 있다면 낙오해 버리고 싶었다. 그러나 선두를 걷는 스스무의 피곤을 모르는 듯한 씩씩한 걸음걸이가 계속해서 눈에 띄어 나에게 힘을 내게 했다. 여기에서 낙오한다면 나는 완전히 구제불능이 되어 버릴 것이다.

정상에 도착하기 전의 약 한 시간은 상당히 힘든 행군이어서 대열은 완전히 무너져 있었다. 선두 쪽의 키가 작은 아이들을 제치고 뒤쪽의 키 큰 아이들이 선두에 섰다. 스스무는 조금도 지친 모습을 보이지 않았다. 그는 마쓰와 야마다를 양쪽으로 끼고, 노자와, 가와무라, 가쓰, 가와세, 히라오 등에게 뒤를 따르게 하면서 선두에서 걷고 있었다. 나는 숨을 헐떡거리면서 급경사를 한 걸음 한 걸음 올라갔다.

정상은 생각보다도 훨씬 넓어서 학교 운동장의 두 배 정도는 되었다. 가운데에는 스스무가 말한 대로 눈알 같은 두 개의 못이 있었고, 못 주위에는 갈대가 우거져 있었다. 6학년 남자반과 여자반, 5학년 여자반과 함께 정렬해서 인원을 확인한 다음 우리는 해산했다. 해산으로 흐트러진 열 가운데서 나는 미나코의 모습을 엿볼 수 있었다. 그녀는 두세 명의 친구와 함께 못 쪽으로 달려가고 있었다.

그 뒤로 두 시간의 자유행동 시간은 영원으로 느껴질 만큼 길고 괴로웠다. 나는 아이들과 함께 숲에 앉아 도시락을 먹었는데 누구 한 사람 나한테 말을 걸지 않았다.

도시락을 다 먹고 나자 모든 아이들이 순식간에 사라져 버렸다. 잠시 뒤에 나는 용기를 내 일어나서, 주변을 둘러보기로 했다. 잠깐 볼일을 보러 간 사이에 아이들을 놓쳐서 찾는다는 식으로 나는 주변을 돌아다녔다. 어리석은 체면치레이고, 한심하기 짝이 없는 자격지심이었다. 그런 사실을 나는 스스로에게 정나미가 떨어질 정도로 잘 알고 있었다.

아이들이 있을 것 같지도 않은 곳을 걸어 다니면서 시간을 허비한 뒤에, 마지막으로 나는 아이들이 있을 것 같아 일부러 가지 않았던, 정상에서 약간 내려온 곳에 있는 작은 종유동굴로 내려가 보았다.

아무도 있지 않은 종유동굴을 혼자서 탐험한 뒤에 정상으로 돌아와 보니, 그사이에 집합 호루라기 소리가 울린 모양인지 아이들은 열을 만들기 시작하고 있었다. 부반장이나 되는 녀석이. ─ 나는 내 임무를 깨닫고 서둘러 달려갔다.

선생님은 나를 발견하고는 말했다.

"지금 찾으러 갈까 하던 참이다. 어디서 길이라도 잃어버렸니?"


돌아오는 길은 선생님의 지시로 내가 선두에 서고 스스무가 뒤쪽을 맡게 되었다.

갈 때와는 반대로 5학년 남자반부터 출발하게 되었다.

30분 정도 지났을 때였다. 나는 등을 쿡 찔려 무심코 뒤를 휙 돌아보았다. 그러자 반에서 가장 작아서 땅콩이라도 불리는 시게루가 내 손을 잡고서 뭔가를 쥐어주며 작은 소리로 말했다.

"빨리 먹어, 스스무가 보지 않게."

설탕을 버무려 볶은 콩이었다.

"고마워." 마음에서 저절로 그 말이 우러나왔다.

그로부터 얼마 안 되는 시간 동안, 나는 앞쪽에 있던 시게루나 아키오나 오야마 같은 아이들과 퍽 친해졌다. 아이들은 내가 스스무를 비롯한 아이들에 의해 불합리하게도 따돌림 당하는 것을 입을 모아 위로해 주었고, 스스무 일파의 징발을 피해 확보하는 데 성공한 감이나 밤이나 떡 같은 것을 나눠 주었다. 나도 그때까지 먹지 않고 있던 초콜릿과 캐러멜을 그 아이들한테 나눠 주었다. 공공연히 스스무 밑에 가세한 가쓰한테는 주고 싶은 마음이 사라졌기 때문에, 기스케한테 줄 것과, 내가 먹을 것만 약간 남겨 두고 세 아이한테 나눠 주자 아이들은 무척 기뻐하면서 먹더니, 이렇게 맛있는 건 지금까지 먹은 적이 없다고 입을 모아 얘기했다.

아키오는 내 귀에 입을 대고 이런 말까지 했다.

"스스무의 횡포가 언제까지고 계속되지는 않을 거야. 6학년인 젠이치가 졸업할 때까지 기다리면 돼. 반장도 사실은 스스무보다 공부를 잘하는 기요시가 하는 게 맞지."

학교에 도착할 때까지 나는 그 아이들 덕분에 상당히 기운을 되찾았다. 그러나 학교에서 해산하고 난 뒤, 나는 다시 하마미까지의 먼 길을 오는 동안 따돌림의 처벌을 감수해야 했다.

스스무와 아이들은 나보다 백 미터 전방에서 대오를 짜서 걸어갔다. 내가 그 백 미터를 좀 더 벌리려 해도 좀처럼 그 거리는 벌려지지 않았다. 내가 거리를 벌리려 하면 아이들은 내가 백 미터 정도 접근할 때까지 길 한쪽에 앉아서 기다렸기 때문이었다.

철길을 건넜을 때, 길가의 숲속에 진을 치고 있던 아이들 사이에서 나에 대한 새로운 노래가 들렸다.

기요페 기요페 하고

잘난 체하지 마 기요페

색을 등에 졌다고

잘난 체하지 마 기요페


색 색 하고

잘난 체하지 마 기요페

색을 멨다고

잘난 체하지 마 기요페


5백 미터 정도 뒤에서 미나코와 여자아이들이 오는 것을 나는 알고 있었다. 그 아이들한테도 이 노래가 들릴까. 미나코한테 이런 노래를 듣게 하고 싶지 않았다. 그러나 어떻게 해야 좋을까. 나는 늦췄던 발걸음을 서두르기 시작했다. 내가 백 미터 거리까지 다가가 아이들이 일어서면서 그 노래를 멈추기를 기대하면서……


예정대로 11월 중순에 오오모리 구에 있는 S국민학교의 3학년부터 5학년까지의 학생 2백 명이 집단 소개로 마을로 오게 되었다. 그날 마을의 학교에서는 집단 소개해 온 학생과 같은 학년에 해당하는 아이들 전원이 역에 그들을 환영하러 나갔다.

역에 도착할 때까지, 나는 아이들이 나를 잊어버렸기를, 나에 대해 신경 쓰지 않기를 기도했다. 지금 내가 고대하고 있는 것은 정월의 방학이었다. 우선 무엇보다도 학교에 안 가도 된다는 오직 그 한 가지 이유로. 10월 하순에 접어들면서부터 근로 봉사 시간이 줄어든 것이 그

나마의 위안이었다. 일을 하는 것은 그다지 괴롭지 않았다. 하지만 한 시간 내지 두 시간, 길 때는 한나절을 무방비 상태로 아이들 사이에 내던져진 것 같은 기분이었기 때문이다.

나는 이미 나에 대한 아이들의 괴롭힘의 대부분이 스스무의 기분을 맞추기 위함이라는 것을 알게 되었다. 그러나 당사자인 스스무가 공공연히 나를 괴롭힌 적은 거의 없었다. 통학길에 나를 소재로 한 노래가 불릴 때도 여전히 스스무는 거기에 끼지 않았다. 뭔가 나에 대한 대화가 벌어질 때도 스스무는 듣는 역할만 하고 그 대화에 끼지 않았다. 그런 행동으로 스스무가 나한테 호의를 보일 생각이었다면 나는 절대로 그런 호의를 인정할 수 없었다. 왜냐하면 스스무에게는 나에 대한 그런 괴롭힘을 멈추게 할 수 있는 힘이 있었기 때문에……

"기요시." 등 뒤에서 누군가 나를 불렀을 때, 나는 흠칫하며 몸이 굳었다. 그럴 때 내가 그런 식으로 반응하게 된 것은 꽤 오래된 일이었다. 돌아다보니 가와세였다.

나는 약간 안심했다. 가와세한테는 여태껏 짓궂은 괴롭힘을 당한 적이 한 번도 없었던 것이다. 가와세는 우스갯소리를 잘해서 그 때문에 아이들이 만만히 보는 측면도 있었지만, 그것은 가와세 나름의 자신을 지키는 유력한 기술이기도 하다는 것을 나는 깨닫고 있었다.

"기요시." 가와세는 돌아선 나를 향해 다시 한 번 내 이름을 불렀다.

"너, 기쁘지?"

"뭐가?"

"도쿄에서 아이들이 많이 와서."

무슨 말인지 의미를 깨닫고 나는 다급히 말했다.

"아냐, 나하고는 관계없어. 같은 학교에서 온 게 아니니까."

갑자기 나는 마음의 갈피를 잡을 수 없었다. 내가 도쿄와 시골 어디에도 속하지 않는 불안정한 존재, 비참하고 가련한 존재라는 사실을 새삼스럽게 느낄 수밖에 없었기 때문이었다.

이미 예전부터 나는 학교에서 이 고장 말을 사용하려고 노력해 왔다. 아이들의 마음을 열게 하기 위해 도쿄에서 벗어나 이 고장에 동화된 모습을 보여주려고 생각했기 때문이었다. 그러나 그런 노력에도 불구하고 나는 여전히 소개해 온 아이로, 타지 사람으로서 받아들여지고 있었다. 그렇게 될 거였다면 처음부터 도쿄 말투를 고집스럽게 계속 사용하는 편이 얼마나 더 나았을까…… 도쿄 말투를 버리고 이곳의 말투를 사용하기 시작한 처음 일주일 동안은 확실히 효과가 있었다. 아이들은 그런 나를 환영했기 때문이다. 그러나 그 시기가 지나가자 도로아미타불이었다. 그것뿐 아니라 내가 쓰는 희한한 말투는 요란한 반응을 불러일으키고, 웃음을 샀다. 게다가 이제는 다시 도쿄 말투로 돌아갈 수도 없었다. 때때로 나는 도쿄를 배신했다고 생각해, 도쿄는 이런 나를 용서해 주지 않을 게 틀림없다는 상념으로 괴로워했다.

늦어질 것 같았는지 마을로 접어들자 일제히 발걸음이 빨라지기 시작했다. 역 앞의 광장에는 이미 관청의 관계자, 재향군인이나 경방단警防團, 마을 부인회 사람들이 각자의 단체 깃발을 들고 모여 있었다. 우리들은 서둘러 정렬했다. 맞이하러 나간 학생들 중 최고 학년인 5학년의 반장으로서 스스무가 호령을 붙였다. 수많은 어른들을 앞에 두고 스스무는 주눅 든 기색도 없이 잘 들리는 커다란 목소리로 늠름하게 호령을 붙였다.

얼마 안 있어 기차가 역으로 들어왔다. 기차가 다시 출발하고 난 뒤 한참 지나서 집단 소개 학생들이 줄줄이 개찰구를 빠져 나왔다. 밤 기차 여행을 한 탓인지, 다들 안색에 활기가 없고 피곤한 얼굴을 하고 있었다. 인솔한 선생님들도 수척한 얼굴이었다. 추운 모양인지 온몸을 덜덜 떠는 아이도 있었다.

이미 정렬해 있는 우리와 마주 서서 그 아이들도 정렬을 했다. 맨 처음 소개 학생들 측의 대표가 열 중앙에 서서 인사말을 했다. 과연 그 아이는 대표로 뽑혔을 만큼 태도에 빈틈이 없었다. 인사말을 하는 목소리도 더할 나위 없이 좋았다. 나는 그것을 전에 나도 속해 있던 도쿄를 위해 기뻐하고 싶었다. 내가 지금 저 아이라면, 하고 나는 몽상에 잠겼다. 분명히 저 아이보다 낫거나 뒤지지 않는 태도로 당당하고 힘찬 목소리로 인사말을 해서 이곳 아이들의 감탄의 대상이 됐을 게 틀림없다. 그러나⋯⋯ 나는 다시 현실로 끌려 돌아오면서 생각했다. 지금의 나는 이곳 말투로 말하고, 쉴 새 없이 스스무의 기분을 살피는 가련한 존재로 전락해 있다. 나 역시 도쿄에서 소개해 왔다는 것, 그리고 도쿄에서는 반장까지 했던 존재라는 것을 너희들한테는 절대로 알리고 싶지 않다⋯⋯

이번에는 스스무가 인사말을 할 차례였다. 스스무는 무척 긴장한 얼굴로 열에서 한 걸음 앞으로 나와 중앙으로 걸어가, 도쿄 측 대표를 마주 보고 인사를 한 뒤에 인사말을 하기 시작했다. 커다란 목소리로 악센트가 약간 다르다는 점을 제외하면 정확한 표준어였다.

스스무의 인사말 중에, 선생님의 지시였는지, 아니면 스스무 혼자의 생각이었는지, 나에 대한 언급이 깜짝 놀랐다.

……올해 9월부터 이미 우리 반도 도쿄에서 연고 소개로 온 한 명의 학우를 맞아들였습니다. 이번 여러분들의 집단 소개로 인해 점점 도쿄의 친구들과 친해질 수 있게 되어 기쁜 마음입니다. 아무쪼록 우리가 모르는 것을 많이 알려주기 바랍니다. 여러분도 시골의 대자연을 접하면서 도쿄에서 배울 수 없었던 것들을 배우기 바랍니다. 여러분, 전쟁에서 이길 때까지 함께 손잡고 힘을 냅시다.

스스무는 인사를 하고 여전히 긴장한 얼굴로 제자리도 돌아갔다.


그날 집에 오는 길의 화제는 자연스럽게 집단 소개한 아이들을 맞이할 때의 일이었다.

"오늘 아침에 말이야" 하고 야마다가 말했다.

"다케시타 군의 이야기는 훌륭했어."

"그 글, 다케시타 군 혼자서 쓴 거야?" 하고 히데가 말했다.

"혼자서 쓴 거고말고." 야마다가 당연한 일을 묻는다는 듯이 말했다.

"오늘 아침 약간 일찍 일어나 생각한 거야." 스스무가 대답했다.

"기요시에 관해서도 적절히 집어넣었고, 다케시타 군." 마쓰가 말했다.

"으응" 하고 스스무가 말했다.

"우리들의 소중한 기요시인데 말이야." 요시오가 뒤에서 오는 나보고 들으라는 듯이 말했다.

다행히 오늘은 아무도 요시오의 도발에 대꾸하지 않았다.

"다케시타 군도 훌륭했지만, 도쿄 대표도 근사하던데." 기스케가 말했다.

"다케시타 군하고는 비교도 안 되지만" 하고 야마다가 말했다.

"그 애, 반장인가?" 히데가 말했다.

"그렇겠지, 기요시?" 하고 스스무는 말하며 뒤를 돌아보았다.

"너, 거기 그렇게 있지 말고 이쪽으로 와."

스스무의 오른쪽 옆으로 내가 들어갈 공간이 순식간에 만들어졌다. 오른쪽 끝에 있던 요시오가 열에서 밀려나게 되었지만, 요시오는 뒤로 가지 않고 언제나처럼 조금 앞으로 나가 걸었다.

"기요시가 도쿄의 대표였다면 더 근사하게 말했을지도 몰라." 야마다가 말했다.

"당연하지." 스스무가 말했다.

"기요시는 도쿄에서 1학년부터 4학년 때까지 반장을 했다니까." 마쓰가 말했다.

"다케시타 군, 다음번에 절에 놀러 갈까?" 야마다가 말했다.

"응" 하고 대답하고 스스무는 나를 향해 말했다.

"기요시도 광덕사에 가볼래?"

환영 행사를 마치고 학교로 돌아온 뒤, 교실에서 선생님으로부터 집단 소개한 학생들하고 사이좋게 지낼 것, 가까이 사는 사람은 한가할 때 놀러 가서 도쿄 이야기도 듣고, 이곳에 대해 이런저런 이야기들을 들려주라는 말이 있었다.

"그렇지만 광덕사는 4학년일걸" 하고 기스케가 말했다.

"그래? 너 누구한테 들었어?" 스스무가 물었다.

"우리 집에서 들었어. 5학년은 노미의 상륜사常倫寺로 갔대."

"그래" 하고 스스무는 실망스럽다는 듯이 말했다. "난, 5학년이 광덕사로 온다고 생각했는데."

나는 안도의 한숨을 쉬었다. 될 수 있으면 집단 소개해 온 아이들과는 일체 접촉을 하고 싶지 않았다.

그러나 그 뒤에도 줄곧 집단 소개해 온 학생들의 일은 통학길의 먼 길 동안 화제가 되지 않았다. 하마미의 광덕사에 수용된 학생들이 기스케가 말한 대로 4학년 학생들이어서 직접적으로 관계가 없는 것으로 간주된 것도 이유지만, 집단 소개한 학생들의 수업이 학교에서 이루어지지 않고 각 절의 큰방에서 행해졌기 때문에 일상에서 그 아이들과 접촉할 기회가 거의 없었기 때문이었다.

그렇긴 해도 그것은 나로서는 고마운 일이었다. 지금의 나는 가급적 이곳의 아이들 속에 녹아들어, 이곳 아이들이 외부인이라는 것을 의식하지 않기를 원했기 때문이었다.

추위가 매서워지면서 아이들 대부분이 등교할 때 두건이 붙은 망토를 입게 되었다. 그것은 마치 이 지방 아이라는 표시 같기도 했다. 왜냐하면 외지에서 온 사람, 즉 소개한 아이들 대부분은 대체로 오버나, 망토라도 여러 가지 색깔의 털 같은 것이 달린 것을 입었기 때문이었다. 내가 사촌형으로부터 물려받은 낡은 망토를 갖고 있다는 것은 다행이었다. 그것을 입고 나는 아이들 눈에 띄지 않을 수 있었고, 이 지방 사람이라는 표시만은 할 수 있었기 때문이었다—

학교를 오고 갈 때, 앞에서 스스무의 "기요시, 얘기 좀 해줄래" 하는 소리가 들리면, 나는 여전히 먹이가 주어진 개처럼 서둘러 스스무의 옆에 만들어진 자리로 끼지 않을 수 없었다. 그런 나는 항상 아이들 뒤에서 걸으면서, 스스무의 흥미를 끌 만한 화제가 나와 나한테 말을 걸지 않는 사태가 되기를 마음속으로 빌고 있었다.

스스무는 좀처럼 처음부터 자신의 옆자리를 나한테 주려고 하지는 않았다. 잠시 동안 나한테 아이들 뒤를 따라 걸어오는 고통을 맛보게 한 뒤에 "기요시, 얘기 좀 해줄래" 하고 나한테 말을 걸었다.

때로는 이틀, 사흘씩이나 나한테 그런 고통을 맛보게 하는 경우도 있었다. 마치 그렇게 해서 나한테 자신의 강대한 권력을 뼈저리게 느끼게 하려는 듯이.

11월 말에 나는 스스무의 기분을 상하게 해 다시 한 번 따돌림을 당하게 됐다. 그리고 앞에서 스스무가 나한테 말을 걸어온 것은 5일이나 지난 등교 때였다.

스스무의 옆자리를 차지하게 되었을 때, 나는 가까스로 5일에 걸친 지옥 같은 괴로움이 지나갔다는 것을 느끼면서 가급적 감정을 드러내지 않은 목소리로 말했다.

"무슨 얘기를 할까?"

"글쎄"

하고 스스무는 잠시 생각하고는 말했다.

"탐정소설도 물린 것 같아. 야담도 어느 정도 다 들은 것 같고."

"응" 하고 나는 말했다.

"뭔가 새로운 게 없을까?"

그러자 야마다가 말했다.

"다케시타 군, 오늘은 뭔가 슬픈 얘기를 해달라면 어떨까?"

"그게 좋겠다" 하고 히데가 말했다.

"너희들, 잠자코 있어."

그렇게 스스무는 험악하게 말했지만, 결국 야마다의 제안을 받아들여 나에게 말했다.

"뭐 슬픈 얘기, 알고 있어?"

"알고 있긴 하지만."

"그럼, 얘기해 봐" 하고 스스무는 말했다.

나는 『엄마 찾아 삼만 리』를 얘기하기로 마음먹었다.

그날의 이야기는 나 스스로도 감탄할 정도로 훌륭했다. 『엄마 찾아 삼만 리』는 좋아하는 이야기 중 하나라서 여러 번 읽어 줄거리를 자세히 알고 있기도 했지만, 5일 동안의 따돌림으로부터 구제받은 기쁨이 내 마음을 가득 채워, 나를 그렇게 만든 장본인이 스스무란 사실도 잊고 따돌림으로부터 해방시켜 준 것에 대한 감사의 기분을 나타내려고 열심히 이야기에 활력을 불어넣으려 한 것도 한몫했다.

아이들은 평소와 달리 숨죽여 내 얘기에 귀를 기울였다. 쭉 뻗은 길의 단조로움을 완전히 잊어버린 듯했다. 학교까지 이제 얼마 안 남은 곳까지 왔을 때, 자신들이 그렇게나 많이 왔다는 것을 깨닫고 깜짝 놀랐을 정도였다.

"벌써 학교에 다 왔네. 전혀 몰랐어."

"아 계속 듣고 싶은데."

"그다음 이야기가 어떻게 될지, 너무 궁금해."

아이들은 저마다 유감스러워했다.

마지막으로 스스무가 말했다.

"기요시, 그 이야기 오늘 집에 갈 때 마저 해줘."

그걸로 그날 집으로 오는 길은 스스무의 옆자리를 확보한 셈이었다. 스스무의 옆자리를 차지하고 이야기를 하고 있는 동안에는 결코 아이들의 변덕스러운 장난이나 괴롭힘의 대상이 될 일은 없으리라. 노래의 소재가 될 일도 없거니와, 비꼼의 대상이 될 일도 없다. 아이들이 나에 대한 악담을 하는 것을 꾹 참으면서 듣고 있을 필요도 없다. 게다가 무엇보다도 아이들의 뒤에서 터벅터벅 걷는 모습을 누군가 다른 사람, 큰아버지나 미나코나 미나코의 어머니한테 보이는 게 아닐까 하는 끊임없는 불안감에 시달릴 일도 없다. 그렇다면 다른 사람에게 어떻게 보일지에 대해 초연하지 못하는 한, 나는 영원히 스스무의 기분을 살피고, 스스무의 배려로 스스무의 옆자리를 차지하는 것 말고는 다른 방법이 없는 것일까. 그것을 어찌하지 못하는 나는 경멸받아 마땅하다고 속으로 생각하면서, 나는 스스무의 명령과 마찬가지인 말에 두 말 않고 따르는 자신을 무기력하게 느끼면서 노예처럼 가련하다고 생각하지 않을 수 없었다……

그날 집에 돌아올 때는 예상했던 대로 처음부터 스스무의 옆자리가 주어졌다. 출발하자 기다렸다는 듯이 스스무가 말했다.

"자 이야기해 봐."

나는 아침에 하던 이야기를 이어 갔다. 학교에 올 때와 마찬가지로 아이들은 조용히 귀를 기울였다. 뭔가 특별히 농밀한 공기가 주위에 자욱이 껴 우리들을 둘러싸고 있는 느낌이었다. 하마미에 도착할 때까지 이야기를 전부 듣고 싶다는 바람이 그렇게 시킨 것인지, 아이들의 발걸음은 점점 느릿느릿해졌다.

그렇게 해서 모두가 원하던 대로, 단조로운 먼 길이 하마미의 집들로 접어들었을 무렵, 내 이야기는 대단원에 도달했다. 아이들은 제각각 감동의 말을 쏟아냈고, 한동안 이야기의 세계에서 현실로 복귀하지 못하는 것처럼 보였다.

그러더니 갑자기 히데와 오자와가 소리쳤다.

"어라, 요시오가 운다."

하지만 아이들은 길가에서 걷고 있는 요시오를 힐끗 쳐다보고는 각자 자신의 감동 속으로 되돌아갔다.

교차로에서 니시하마미의 히데, 오자와와 헤어졌는데, 아무도 작별의 말을 두 아이에게 건네지 않았다.

잠시 뒤에 야마다가 입을 삐쭉 내밀며 말했다.

"요시오는 도망간 엄마가 생각나 울었는데, 두 녀석 다 인정머리가 없어, 다케시타 군."

스스무는 힐끗 요시오 쪽으로 눈을 돌렸지만 그 말에 대답은 하지 않았다. 요시오는 이제 울음을 멈추고 고개를 푹 숙이고 걷고 있었다. 요시오가 바닷가 근처의 오두막 같은 폐가에 반봉사인 아버지와 단둘이서 살고 있다는 사실은 기스케한테 들어서 알고 있었다. 요시오의 어머니한테 남자가 생겨서 도망갔다는 얘기도 알고 있었지만, 처음으로 나는 요시오한테 깊은 동정심을 느꼈다. 요시오가 나한테 곧잘 장난을 칠 때의 교활한 얼굴, 쉰 듯한 싫은 목소리가 떠올랐지만, 그런 요시오의 모든 면을 용서해 주고 싶은 마음이 들었다.

이튿날 아침에도 교차로를 출발할 때부터 나에게는 스스무의 옆자리가 주어졌다. 그런 일은 오랫동안 없던 일이었다. 출발하고 나서 바로 스스무는 이야기를 주문했다.

"뭔가 또 이야기 좀 해줄래?"

"어떤 이야기를 할까?" 나는 차분하게 말했다.

"슬픈 이야기는 하지 마." 기스케가 길가에서 장난스럽게 말했다. "요시오가 울기 시작하면 곤란하니까."

요시오가 힛힛 하고 묘한 소리를 내 웃더니 쉰 목소리로 말했다.

"한 번 더 울고 싶은데."

두 사람의 대화를 무시하듯이 스스무가 말했다.

"뭐든 상관없어. 재미있는 이야기로 해줘."

나는 준비했던 이야기를 시작했다. 재미있는 이야기는 이제 대부분 했다고 생각했지만 아직 안 했다는 게 떠오른 『솔로몬의 동굴』 이야기였다.

『솔로몬의 동굴』도 역시 호평을 받았다. 상당히 공을 들여 이야기했기 때문에 이틀에도 끝내지 못하고 사흘째에야 이야기가 끝났다. 그 뒤로도 나는 이야기에 공을 들여 좀처럼 끝을 내지 않도록 했다. 아직 안 한 이야기가 몇 개 안 남았기 때문에, 그렇게 하면 이야깃거리가 다 떨어질 때를 좀 더 뒤로 늦출 수 있을 터였다.

11월 말에 도쿄에 B-29에 의한 대공습이 있었다. 우리 집에는 피해가 없었지만, 공습은 당분간 도쿄에는 돌아갈 가능성이 없다는 느낌이 더 한층 강하게 들게 한 사건이었다.

12월 첫 주의 토요일 오후, 스스무가 우리 집에 놀러 왔다. 스스무가 놀러 온 것은 상당히 오랜만의 일이었다. 내가 고열로 누워 있을 때 병문안 온 이후로 처음이었다.

나는 스스무를 이로리 가로 안내했다. 할머니는 절에 가고 없었다. 큰아버지는 광에서 멍석을 짜고 있었다. 큰어머니는 부엌에서 조림 요리를 하고 있었다.

"아무도 안 계셔?" 스스무가 이로리 가에 앉으면서 물었다.

"으응."

"눈이 꽤 왔어."

"응, 앞으로 더 올 거야."

"얼마나?"

"3미터는 쌓일걸. 지붕에 쌓인 눈을 치우는 게 큰일이야."

"걸어 다니지도 못하는 거 아냐?"

"길 말고는 그렇지. 그것도 제설 작업을 한 다음에야."

"오늘은 말이야, 기요시," 스스무가 정색하고서 말했다.

"너한테 상의할 게 있어서 왔어."

"무슨 상의?"

"아무도 없지?" 스스무는 다시 한 번 물었다.

"응, 큰어머니 말고는. 큰어머니는 부엌에 계셔서 아무것도 못 들을 거야."

"그렇구나" 하고 스스무는 말했다.

"어제, 집에서 가족회의가 있었거든. 내가 중학교 가는 게 정식으로 결정됐어."

"그거 잘됐구나."

스스무가 할아버지의 어부 일을 도우면서, 그 수익의 일부를 받아 중학교 진학 비용을 위해 모으고 있다는 것은 하마미 사람들은 모두가 알고 있는 미담이었다.

"내가 저축한 돈이 3백 엔이 되었어." 스스무는 부끄럽다는 듯이 말했다.

"대단하다" 하고 나는 말했다. 정말로 대단하다고 생각했다. 어쨌든 그것은 스스무가 자신의 힘으로 일해서 만든 돈이었다.

"중학교에 들어가는 건 어려우니까, 웬만큼 공부해서는 합격할 수 없어." 스스무는 스스로에게 들려주듯이 말했다.

"너 정도도 힘들까?" 내가 농담처럼 말했다.

"응." 스스무는 쑥스럽다는 듯 웃음을 지으며 말했다.

"나도 쉽지 않을 거야."

"내년 4월부터는 고기 잡는 것도 동생이 하기로 했어. 나는 공부만 하면 되는 셈이지" 하고 스스무는 말을 이었다.

"그래, 그거 잘됐다."

"너도, 물론 중학교 시험 볼 거지."

"그야, 봐야지."

"나하고 같이 말이야" 하고 스스무는 약간 웅얼거리듯이 말했다. "내년 4월부터 계획을 세워 공부하지 않을래?"

"응, 괜찮긴 한데, 어떻게 해야 하지?" 나는 결정을 미루려는 듯이 말했다. 그 일로 스스무와의 관계가 지금까지와는 달라질지도 모른다고 기대하면서, 나에 대한 스스무의 태도가 지금과 다름없이 계속된다면 이 제안을 단호히 거부해야 한다고 생각했다.

"함께 계획을 세워서 계획대로 공부하는 거야. 서로 문제를 내는 것도 좋고, 한쪽이 모를 때는 한쪽이 가르쳐 줄 수도 있고, 같이 공부하다 보면 여러 가지 좋은 점이 있을 거라고 생각해."

"확실히 그럴지도 모르겠네."

"게다가 말이야" 하고 스스무는 말했다. "이번에 나 혼자서 방을 쓸 수 있게 되었어. 그러니 그 방에서 매일 둘이서 열심히 공부하지 않을래?"

"응" 하고 나는 말했다. "하지만 내 방하고 하루씩 번갈아 공부하는 것도 좋겠지."

스스무는 내 말에는 대답을 않고 다시 말했다.

"지금, 내 방을 보러 우리 집에 안 갈래?"

"그럼, 갈까."

"가자"

하고 말하며 스스무는 곧바로 일어섰다.

스스무가 사용하게 되었다는 방은 안채 안쪽에 있는 게 아니라, 마당 한쪽에 있는 헛간의 이층에 있었다.

이층은 두 개의 방으로 나누어져, 방 하나는 어구를 보관하는 장소였고, 광으로 사용되던 또 하나의 방이 스스무의 공부방으로 바뀌어 있었다. 아직 잡다한 물건이 한쪽 구석에 쌓여 있었지만, 지금까지 스스무가 복도 끝에 놓아두고 썼던 작은 책상과 귤 상자로 만든 나무 상자와 방석이 이미 옮겨져 있었다.

"앉을래?" 스스무는 자신의 방석을 나한테 권하고는

"아직 전부 다 정리되지는 않았어" 하고 말하며 한쪽에 쌓여 있던 물건들을 가리켰다.

"4월까지는 정리가 다 될 거야. 이 방은 지금이야 춥지만 우리 집에 서는 가장 볕이 잘 드는 방이야."

정말로 추웠다. 바닥에는 다다미가 아니라 멍석이 깔려 있는 만큼 앉아 있었더니 으슬으슬한 기운이 올라왔다.

"게다가, 안채는 아기가 울고 동생들이 다투는 소리 때문에 시끄러 워. 그런 점에서 여기는 조용해서 안성맞춤이야."

"응, 조용해서 좋네. 여기에서라면 분명히 차분하게 공부할 수 있을 거야."

"4월이 되면, 매일 여기에서 공부하지 않을래?"

"응, 좋아."

"중학교에 들어가서도 같이 공부하지 않을래?"

"응."

전쟁이 끝나면 다시 도쿄로 돌아갈 거지만, 하고 나는 내심 생각했 다. 그러나 그때까지는 너하고 진정한 친구가 되기를 간절히 바라고 있 어. 그렇게 된다면 지금까지의 일은 전부 다 잊어버릴 거야—

"중학교에 들어가면 그때는 난 유년 학교, 너는 병학교에 들어가기 위한 공부를 하지 않으면 안 돼."

"응" 하고 스스무는 말했다.

"너도 유년 학교에 갈 거야?"

"형도 올해 중학교 1학년인데 시험을 봐서 1차로 합격했으니까, 나도 가려고 마음먹고 있어." 꽤 오래전에 도쿄의 집에서 바로 위의 형이 유 년 학교에 1차로 합격했다는 사실을 알려 왔었다.

"그래?" 스스무는 놀라며 말했다. "중학교 1학년이 유년 학교 시험을 봤단 말이야?"

"1학년이 들어가는 건 상당히 힘들 일이긴 한 것 같지만."

"그렇구나." 스스무는 생각에 잠긴 듯 다시 말했다.

"스스무." 그때 밑에서 부르는 소리가 들렸다.

스스무는 대답을 하고 내려가더니 이윽고 시무룩한 얼굴로 올라
왔다.

"오늘은 배가 안 나갈 줄 알았는데 나간대. 나, 지금 나가 봐야겠다."

"그래, 그럼, 다음에 또 올게" 하고 나는 말했다.

추워서 온몸이 어는 것 같았다. 아까부터 온몸이 덜덜 떨렸는데 더
이상 참기가 어려웠다. 어서 집에 돌아가 이로리에 각로脚爐를 만들어
달라고 해 몸을 녹여야겠다고 생각하고 나는 일어섰다.

그 뒤에도 눈이 계속해서 내렸다. 얼마 안 있어 그 눈 때문에 학교까
지의 먼 통학길도 지금까지처럼 일렬횡대로 나란히 걸어갈 수 없게 되
었다.

온통 은세계 속에서, 사람이 밟아 다져진 가느다란 길, 어른은 한
명, 아이는 두 명이 걸을 수 있을 만큼의 가느다란 길이, 하마미부터 학
교까지의 먼 길이 되었다.

눈이 안 올 때는 스스무가 선두에 섰다. 눈이 내리고, 게다가 바람
때문에 눈을 정면으로 맞닥뜨리는 상황이 되면, 스스무는 마쓰와 히
데 두 사람을 선두에서 걷게 했다. 이 두 사람이 가장 키가 커서 눈보
라를 피하는 데 적당했기 때문이었다.

스스무의 옆자리는 야마다가 차지했지만, 이삼일에 한 번은 내가 그
자리로 불려가 여전히 얘기를 아이들한테 들려주었다. 그럴 때 야마다

는 정말 싫은 얼굴로 나한테 그 자리를 넘겨주었다.

나는 더 이상 어느 한때처럼 이야기를 재미있게 할 수 없었다. 이미 어슴푸레한 기억을 더듬어 할 수 있는 얘기밖에는 남아 있지 않았고, 야마다의 싫은 얼굴을 보고서 스스무의 옆자리를 차지하게 되면, 그런 식으로 스스무가 말하는 대로 따르고, 마치 스스무의 부하나 노예처럼 얘기를 들려줘야 하는 자신이 한심하기 짝이 없어, 도저히 신을 내며 얘기할 기분이 나지 않았다.

게다가 눈 덕분에, 스스무한테 이야기를 들려주지 않아도 내가 차지한 자리는 어차피 더 이상 눈에 띄지 않았다. 스스무한테 호출을 당하지 않는 한, 나는 열의 맨 뒤에서 걸었는데, 그것은 일렬횡대에서 밀려나 혼자서 터벅터벅 아이들 뒤를 따라갈 때만큼은 그다지 두드러지지 않았다.

스스무한테 호출을 당하지 않을 때, 나는 열의 맨 뒤에서 걸으며 대체로 공상에 잠겼다. 그러다 보니 나에게는 공상에 빠지는 게 더할 나위 없는 위안이 되었고 그러려고만 하면 언제든지 곧바로 공상의 세계에 잠길 수 있게 되었다. 몇 가지 공상이 자주 되풀이되었다.

— 배가 난파해 우리 가족과 미나코의 가족만 무인도에 표류한다, 무인도에서의 생활을 계속하는 사이에 나와 미나코는 서로 사랑하게 된다, 결국 모두의 축복 속에서 결혼한다, 그리고 얼마 안 있어 일본 군함에 의해 구조된다는 공상이라든가, 몰래 수련을 거듭해 소림 권법의 비법을 터득한 나는 도쿄에서 소개해 온 친구와 협력해(친구는 유도의 달인이다) 반의 대개혁을 꾀한다, 처음에는 세력이 적어 불리한 형세에 놓이지만, 마지막에는 우리 두 사람의 승리로 끝난다, 그 결과 반에는

밝은 공기가 넘치고 아이들은 활기로 가득 찬다, 전쟁에서 이기고 우리 두 사람은 모든 아이의 감사를 받으며 작별을 아쉬워하면서 도쿄로 돌아간다, 스스무도 마음을 고쳐먹고 선두에 서서 우리 두 사람을 역까지 배웅하러 나온다고 하는 공상 따위였다.

기다리고 기다리던 겨울방학이 드디어 왔다. 학교에 가지 않아도 된다는 단지 그 이유 하나만으로 하늘로부터의 구원처럼 애타게 기다렸던 겨울방학이.

방학에 들어간 첫날, 나는 방에 각로를 놓고 도쿄에 편지를 썼다. 성적표가 나오면 보고하기 바란다는 어머니의 편지가 온 지 얼마 안 되었기 때문에 우선 성적에 관해서 썼다. 성적은 도쿄에서와 마찬가지로 전 과목 수였다. 5학년의 대표인 스스무도 전 과목 수라는 건 틀림없었다. 나는 그 스스무하고 둘이서 4월부터 중학교 입시를 대비해 공부하기로 했다고 썼다. 그리고 처음으로 경험하는 북국의 겨울에 관해서, 눈보라가 치는데 망토를 쓰고 3킬로미터의 먼 길을 통학한다는 것과 보리밟기 근로 봉사나 제설 작업에 관해서도 썼다. 부모님이 읽으면 틀림없이 도쿄에 있을 때와 마찬가지로 활기차고 적극적인 나를 상상할 게 틀림없도록 허위의 편지를 썼다.

쓴 편지를 다시 읽고 있는데 현관 쪽에서 휘파람 소리가 들렸다. 스스무일지 모른다는 생각이 들어 나는 일어섰다.

예상했던 대로 현관에는 스스무가 서 있었다.

"오랜만이야" 하고 나는 말했다. "들어올래?"

"뭐하고 있었어?" 스스무가 물었다.

"잠깐 도쿄에 편지를 쓰고 있었어."

"저기, 우리 집에 안 갈래?"

"응, 가는 건 상관없지만."

"떡을 찧고 있거든, 먹으러 가자."

"떡 하는 거야, 좋겠다."

"너희 집은 아직이야?"

"모레 할 거라고 하시던데."

"자, 가자" 하고 스스무는 말했다.

나는 부엌에서 뭔가를 끓이고 있는 할머니한테 말씀드린 후에 스스무와 함께 바깥으로 나갔다.

스스무의 집에 도착하자, 현관의 봉당 안쪽에 깔려 있는 멍석 위에서 이미 떡 찧기가 시작되고 있었다. 봉당과 이로리가 있는 곳간 사이의 문턱이 전부 벗겨져, 곳간에서 떡을 찧는 봉당을 볼 수 있게 되어 있었다. 나는 이로리 옆으로 안내되었다. 거기에는 벌써 스스무의 동생들이 얌전히 앉아 있었다. 스스무의 동생들을 전부 다 본 것은 그때가 처음이었다. 숙모와 처음으로 시골에 와서 스스무와 만났을 때 스스무가 업고 있던 아이는 오늘은 스스무 바로 밑의 동생한테 업혀 있었다. 이로리 가에 앉아 있는 스스무의 동생들은 업혀 있는 아이까지 해서 전부 여섯 명이었다.

떡 찧기는 스스무의 할아버지하고 아버지 두 분이 하고 있었다. 두 분이 교대로 떡메를 내리쳤다. 그 내리치는 간격을 바느질하듯이 스스무의 할머니가 물로 적신 손으로 절구 안에 있는 떡을 찧기 좋은 형태로 정리했다. 혼연일체라고 할 정도로 호흡이 잘 맞았다. 누군가가 그 호흡을 흐트러뜨린다면 떡메끼리 부딪치거나 할머니의 손이 떡메에

박살 날 게 틀림없을 것 같았다.

찧는 게 끝나자, 완성된 떡살은 스스무의 할머니와 어머니에 의해 곧바로 곳간의 봉당 옆 마루 부분에 뒤집혀 놓여 있던 덧문짝으로 옮겨졌다.

"여러분들" 하고 할머니는 우리들을 향해 말했다. "착실한 아이가 되어 얌전하게 기다려야 한다. 첫 떡은 하느님과 부처님과 천신님의 떡이란다. 다음 절구부터 맛나고 맛난 떡을 만들어 줄 테니까."

떡살이 할머니의 손에 의해 다양한 크기로 잘라졌고, 그 크기에 따라 순식간에 각양각색의 공양 떡이 만들어지기 시작했다. 도쿄에서는 아주 예전부터 공양 떡은 도자기로 된 공양 떡을 사용했기 때문에 진짜 공양 떡은 보기 힘들어서, 한때 나는 공양 떡은 도자기 떡을 사용하는 거라고 믿었을 정도였다. 두 분이서 공양 떡을 매끈한 원 모양으로 만들어 가는 모습을 나는 그저 감탄하면서 보고 있었다.

절구에서 두 번째 떡 찧기가 시작되었다. 두 번째 떡 찧기가 끝났을 무렵 스스무가 팥소가 들어 있는 냄비를 갖고 나타났다.

"스스무짱, 먹었지?" 하고 스스무의 바로 아래 동생이 말했다.

"무슨 소리야, 먹다니" 하고 스스무가 말했다.

"여러분" 하고 스스무 할머니가 말했다. "얌전하게 가만히 앉아서 움직이면 안 된다. 일 년에 한 번뿐인 달고 맛있는 찰떡을 지금부터 만들어 줄 테니까."

절구 하나 분량의 떡살이 전부 팥 찰떡으로 만들어졌다. 마지막으로 만들어진 떡만이 특별히 팥이 듬뿍 묻어 있었다. 남은 팥 전부를 묻혔기 때문이었다. 한 접시에 두 개씩의 떡이 놓였다.

"스스무짱" 하고 할머니가 말했다.

"팥이 듬뿍 묻은 떡이 담긴 접시는 손님인 기요시짱한테 주거라."

스스무 동생들의 긴장감은 할머니의 그 말로 완전히 풀렸다. 그 접시가 과연 형제 중에 누구한테 건네지느냐고 관심의 표적이었던 것이다.

열 번째에서 떡 찧기는 모두 끝났다. 스스무 할아버지가 내 옆에 앉아 담뱃대로 담배를 태우기 시작했다. 나는 스스무의 할아버지가 좋았다. 바닷바람과 햇빛으로 인해 구릿빛으로 탄 할아버지는 체구는 작았지만 다부지고 강건한 몸집이었다. 이제 일흔에 가까운 나이였지만, 이 할아버지한테는 거북이처럼 장수가 약속되어 있을 듯한 기분이 들었다.

"많이 먹거라" 하고 할아버지는 말했다.

"네" 하고 나는 대답했다. 아까의 팥 찰떡에 추가로 콩떡과 깨떡과 다시마떡이 한 개씩 아이들과 마찬가지로 나에게도 주어졌다.

조금 있다가 할아버지가 말했다.

"스스무하고 함께 4월부터 중학교 수험 공부를 해주기로 했다고?"

"네" 하고 나는 대답하면서, 아직 확실치는 않은 약속이라고 생각했던 게 그런 식으로 벌써 스스무 할아버지한테까지 알려졌다는 것에 내심 놀랐다.

"잘 부탁한다" 하고 할아버지는 말했다. "네가 소개해 온 뒤로 우리 스스무도 의욕이 충만해 기뻐하고 있단다."

나로서는 잘 이해할 수가 없었다. 그렇다면 어째서 스스무는 나를 친구로서, 나에 대해 좀 더 친절하고 진솔하게 대해 주지 않는 걸까. 스스무와 좋은 친구가 되는 걸 그리며 소개해 왔는데, 소개 이후 스스무와의 관계는 내 기대를 철저하게 짓밟아 버린 게 아닐까. 그리고 오늘처럼 친절하게 초대해 주면서, 학교에서는 마치 사람이 달라진 것처럼 나를 대하는 것은 공연히 나를 혼란스럽게 하고 못 살게 구는 게 아닐까.

내가 떡을 다 먹었을 때 스스무가 불쑥 나한테 다가오더니 낮은 소리로 이렇게 말했다.

"내 방에 잠깐 가지 않을래?"

"응" 하고 나는 대답했다.

나는 스스무의 양친과 할아버지, 할머니한테 인사를 드리고 현관에서 기다리고 있는 스스무와 함께 갔다.

스스무의 방은 여전히 추웠지만, 오늘은 전에 왔을 때와 달리 각로가 놓여 있었다. 우리는 각로 안으로 들어갔다.

"그것 좀 줘봐." 스스무는 내 옆에 있던 통학용 즈크 가방을 가리켰다. 내가 팔을 뻗어 그것을 집어 스스무한테 건네자, 스스무는 가방 안을 뒤적뒤적하더니 이윽고 커다란 곶감 두 개를 꺼냈다.

"먹을래?" 하고 말하며 스스무는 그중 하나를 나한테 내밀었다.

그 곶감이 어떻게 스스무의 손에 들어왔는지 나는 알고 있었다. 전에 스스무는 그것을 노자와한테서 징발했다. 노자와는 또 그것을 땅콩이라는 별명의 시게루한테서 뺏은 것이었다. 아마도 노자와하고 같은 노미에 사는 시게루는 집의 처마에 매달려 있던 곶감을 본 노자와한테 졸림을 당해 거절하지 못했을 것이다. 거절하면 뭔가 보복이 있을 것이 틀림없었기 때문이다.

스스무는 그것을 전부 갈취한 듯, 노자와는 그날 하루 종일 부어 있다가 집에 갈 때 스스무가 한 개를 돌려줘서 겨우 기분을 풀었다. 그러나 그것을 스스무는 자신의 위신에 손상을 입힌 태도라고 생각했는지 다음 날 노자와는 스스무한테 사사건건 철저하게 냉대를 받았던 것도 내 눈으로 봐서 알고 있었다.

스스무가 징발한 곶감을 나는 먹고 싶지 않았다. 기스케가 말해 준 것처럼 스스무가 징발한 물건을 자신의 유력한 부하들한테 나눠주는 은혜를 베풀어 자신의 세력을 확고히 하는 수단으로 사용하고 있다는 것을 나는 이미 봐와서 알고 있었다.

그러나 눈앞에 놓인 하얀 가루로 덮인 곶감은 보기에 먹음직스러워 보였다. 스스무가 징발한 물건이라는 사실을 눈감으면, 지금 스스무가 권하는 것은 손님으로서의 나를 대접하기 위한 것으로 그것 외의 이유 때문은 아닌 것이 틀림없다. 나는 그렇게 생각하며 스스로를 납득시키고 그 곶감을 먹기로 했다.

곶감은 기대에 어긋나지 않게 맛있었다. 이런 커다란 곶감을 먹는 게 몇 년 만이었을까. 나는 한순간이었지만 그런 곶감을 징발할 수 있는 스스무의 권력을 부러워했다. 그리고 그때는 다섯 개 정도 있는 것 같았는데, 두 개만 남기고 나머지는 이미 먹어 버린 걸까, 좀 더 있는 건 아닐까 하는 생각 따위를 했다.

조금 있으니 어두워졌으므로 돌아가겠다고 했다. 그날 스스무는 나한테 지금까지 없었던 좋은 인상을 남겼다. 나는 스스무와 친한 친구가 될 수 있지 않을까 하는 희망을 다시 한 번 품기 시작했다.

우리 집에서 이틀 뒤에 벌어진 떡 찧기에는, 큰어머니의 권유로 이번에는 내가 스스무를 초대했다. 떡 찧기가 끝나고 내 방에서 각로에 들

어가 여러 가지 얘기를 나눴다. 스스무는 꽤 늦은 시간까지 있다가 갔
다. 스스무가 돌아간 뒤에 할머니는 내가 스스무와 다시 친하게 지내
기 시작한 것을 기뻐하면서 말했다.

"착한 아이야, 저런 아이하고 사이좋게 지내야 한다."

정월은 역시 즐거웠다. 무엇보다도 우선 평소에 먹을 수 없었던 여러
가지 음식을 먹을 수 있다는 게 기뻤다. 할머니가 어딘가에서 쌀과 교
환해 얻은 설탕이 들어 있는 단팥죽, 생선이 풍부하게 들어간 생선 조
림, 콩과 교환해 얻은 두부나 살짝 튀긴 두부 요리, 참기름으로 한 튀
김, 생선회, 연어, 연어알젓……

겨울방학 동안 스스무와 나는 그 뒤에도 여러 번 서로의 집을 오갔
다. 스스무가 우리 집으로 오기도 하고 내가 스스무의 집을 찾아가기
도 했다.

방학 동안의 스스무와의 관계는, 대부분의 경우, 나의 뜻에 맞았다.
스스무는 좀처럼 일방적인 모습을 보이지 않고 나를 친구로서 대했기
때문이었다. 스스무와는 이야기도 잘 통했고 함께 있으면 재미있었다.
그리고 어쩌면 스스무와 나는 진짜로 친구 사이가 아닐까 하고 생각
하고 싶은 적도 있었다.

# 제7장

겨울방학이 끝나고 개학한 지 이틀째 되는 날이었다. 수업 시작종이 울려 강당에서 돌아왔더니 교실에 본 적이 없는 얼굴이 있다는 것을 알았다.

"저 애 누구야?" 나는 옆 자리의 가쓰에게 작은 목소리로 물었다.

"스도야, 부반장이었어."

"아, 병 때문에 결석했다던." 내가 앉아 있는 자리가 원래 스도의 자리라는 것을 알아챘다. 그러고 보니 스도는 앉을 자리가 없는지 교실 뒤의 벽에 몸을 기대고 서 있었다.

얼마 안 있어 책상과 의자를 짊어진 스스무가 교실로 들어왔다.

"다케시타 군, 고마워" 하고 스도는 힘없는 소리로 말했다.

"아니야" 하고 스스무는 말하며 가지고 온 책상과 의자를 가운데 줄 맨 끝에 놓았다.

가쓰가 내 쪽으로 몸을 내밀며 소리를 낮춰 말했다.

"네가 스도의 자리를 차지해 버려서, 다케시타도 고생이야."

조금 있다가 선생님이 들어왔다. 선생님은 교단으로 가지 않고 곧바로 스도의 자리로 가서,

"이제 다 나았니?" 하고 다정하게 말을 걸었다.

스도는 일어서서 힘없이 인사를 했다.

수업을 시작하기 전에 선생님은 스도 군이 병이 나아서 다시 건강한 몸으로 공부를 할 수 있게 되었다, 그러나 아직 무리하면 안 되기 때문에 여러분이 잘 돌봐주기 바란다고 얘기했다.

쉬는 시간에 스도는 선생님이 교무실로 불러 강당에는 오지 않았다. 2교시는 서예 시간이었다. 선생님은 종이를 나누어 주고, 신문지에 충분히 연습을 한 뒤에 정서를 하라고 주의를 준 뒤에 교무실로 돌아갔다.

가쓰가 나눠준 눈으로 먹을 갈다가 문득 등 뒤에 사람의 기척이 느껴져 돌아다보았다. 스도가 뒤에 서 있었다.

"아 너구나" 하고 내가 말하자 스도는 창백한 얼굴에 표정의 변화 없이 말했다.

"네가 기요시야?"

"응" 하고 나는 대답하고

"이제 다 나았어?" 하고 물었다.

"응" 하고 스도는 대답하고는

188

"네가 글씨 쓰는 걸 보려고 왔어" 하고 해명하듯이 말했다.

내가 아무 말 않고 먹을 계속해 갈고 있었더니,

"빨리 써봐" 하고 스도가 재촉했다.

"으응." 나는 다소 기분이 상해 대답했다.

그런 내 심정을 알아차렸는지, 스도는 내 기분을 살피는 듯한 투로 말했다.

"너, 다케시타보다 잘 쓴다며."

나는 스도가 스스무를 다케시타라고 부르는 걸 의외라고 생각했다. 그때까지 스스무가 있는 곳에서 누가 스스무를 다케시타라고 부르는 건 거의 없는 일이었기 때문이었다.

이윽고 나는 먹 가는 것을 멈추고 붓에 먹물을 듬뿍 빨아들인 뒤에 신문지에 연습을 시작했다. 스도는 잠시 내가 글씨 연습을 하는 것을 보고 있다가 "잘 쓰는구나" 하는 말을 남기고 자신의 자리로 돌아갔다.

점심시간에 스스무와 나 두 사람은 선생님이 불러 교무실로 갔다. 교무실에 불려갈 때까지 스스무는 나한테 말을 걸지 않았다. 내가 말을 걸어도 대꾸가 없었다.

"너희들을 부른 건 다른 게 아니라" 하고 선생님은 웃음을 지으며 말했다. "이번에 스도 노보루 군, 스기무라 군 전에 부반장을 맡았던 스도 군이 맹장염 수술 뒤에 경과가 안 좋아져서 오랫동안 결석했었는데 무사히 회복되어서 학교에 올 수 있게 되었다. 다만 스도 군은 아직 완전히 회복된 게 아니기 때문에 너무 무리하지 않게 해주지 않으면 안 된다. 그래서 이번 학기도 스기무라 군에게 부반장을 맡기려고 한다. 스기무라 군은 도쿄에서 반장을 했는데 여기에서 부반장을 하는 것에 불만이 있을지도 모르겠다. 하지만 다케시타 군은 아무래도 이곳에서 자라 반의 사정도 잘 알고 있기 때문에 다케시타 군이 반장을 계속하는 것을 이해해 주었으면 한다. 그리고 다케시타 군의 좋은 협력자가 되어 주기 바란다. 다케시타 군도, 스기무라 군도, 성적 면에서 전혀 우열을 가릴 수 없고 누가 더 낫다고는 아무도 말할 수 없다. 두 사람 다 4월부터는 드디어 6학년이 되지만, 아무쪼록 열심히 공부해서 우수한 성적으로 중학교에 입학할 수 있기를 바란다."

그러고서 선생님은 내 쪽을 보고 말을 이어갔다.

"방학 동안 스기무라 군의 아버님이 편지를 보내셨는데, 전쟁이 계속되는 한 중학교도 이곳에서 보낼 생각이라고 하셨다. 스기무라 군도 부모님 곁을 떠나 있어 외로울지 모르지만, 나라를 위해 밤낮으로 힘을 내시는 아버님한테 지지 않게 열심히 해주기를 바란다. 다행히 친한 친구인 다케시타 군이 가까이 살고 있으니 둘이서 손을 맞잡고 열심히 공부해 주기 바란다."

그렇게 말하고 선생님은 작은 갱지에 등사판으로 인쇄된 임명장을 한 장씩 우리한테 건넸다.

갈 때와 마찬가지로 우리는 말없이 교실로 돌아왔다. 교실에서는 아이들이 강당에 놀러 가지 않고 스스무가 돌아오기를 기다리고 있었다. 교실에 들어오자 종이 울렸다.

그날 집에 오는 길에 나는 이열종대의 가장 뒤에 붙어 혼자서 걸었다. 눈이 내가 처해 있는 상황을 눈에 두드러지지 않게 해주었기 때문에, 그 위치가 그다지 괴롭지 않게 느껴지는 것을 나는 하늘이 나한테 베풀어 준 구원의 손길처럼 느꼈다.

"노보루 녀석, 아직 상당히 비실비실한 척하지, 다케시타 군"하고 야마다가 앞에서 말하는 소리가 들렸다.

스스무는 그 말에 대꾸하지 않았다.

"노보루는, 아프기 전에도 상당히 건방졌어"하고 마쓰가 말했다.

"병으로 쉬지 않았으면 혼내줬을 거지, 다케시타 군?"하고 히데가 말했다.

곧바로 그 말에 뒤이어 요시오가 말했다.

"노보루도 누구하고 똑같은 맛을 보여줄까?"

누구라는 것은 나를 말하는 게 틀림없었다.

"병에서 나은 지가 얼마 되지 않으니까 지금은 다케시타 군이 참고 있는 거야"하고 야마다가 말했다.

"자, 노래하자." 갑자기 마쓰가 말했다.

노보루에 대한 노래인가 생각했지만, 그 예측은 보기 좋게 빗나가서 터져 나온 노래는 나에 대한 노래였다.

기요페 기요페 하고
잘난 체하지 마 기요페
기계로 떡을 찧으면
쌀이 운다 쌀이 울어

부반장 부반장이라고
잘난 체하지 마 부반장

기계로 떡을 찧으면

떡이 운다 떡이 울어

나는 입술을 깨물었다. 그 노래를 누가 지었는지 굳이 생각할 필요
도 없었다. 스스무다, 스스무 이외의 어느 누구도 아니다. 우리 집에서
떡을 찧을 때 스스무를 초대했는데 그때 도쿄에서는 기계로 떡을 찧기
도 한다고 얘기한 것을 나는 기억하고 있었다. 나는 그 이야기를 스스
무 이외의 다른 누구에게도 한 적이 없었다.

이윽고 내 눈에서 눈물이 솟았다. 어째서 나는 이렇게 노래에 약할
까. 그날 청소당번으로 여러 가지 짓궂은 괴롭힘을 당했지만 꾹 잘 참
아내지 않았던가. 그러나, 한동안 참아왔던 긴장에도 이제 한계가 온
듯한 느낌이었다. 지금 여기에서 와 하고 울어 버릴 수 있다면 얼마나
좋을까 하고 나는 생각했다. 그리고 아이들이 도쿄에서 홀로 소개해
온 나를 둘러싸고 모여서 괴롭혔던 자신들의 잘못을 깨닫고 입을 모
아 사과해 준다면 얼마나 좋을까. 그러나 나는 내심 여기에서는 그런
일은 결코 일어나지 않으리라는 사실을, 울어 봐야 더 한층 재미있어
하고 나를 점점 더 놀림의 대상으로 삼을 뿐이라는 사실을, 진저리가
날 정도로 잘 알고 있었다.

노보루도 역시 따돌림을 당하고 있다는 것을 안 것은 그다음 날이
었다. 그때까지 나는 노보루가 쉬는 시간이 되어도 강당에 가지 않는
것은 회복기였기 때문에 아직 체력이 약해서 교실에 남아 의자에 앉
아 몸을 돌보기 때문이라고 생각했다. 확실히 노보루는 체육 시간에
는 선생님한테 얘기해서 실기에는 참여하지 않고 견학만 하는 게 보통

이었다. 그러나 그날 처음으로 노보루와 이야기를 하는 아이가 아무도 없다는 것을 알아챘다.

점심시간에 도시락을 먹고 난 뒤 격투 놀이를 하러 강당으로 가는 아이들의 무리를 따라 교실을 나가려는데 노보루가 다가왔다.

"너도 가는 거야?" 노보루는 무뚝뚝한 목소리로 말했다.

"응."

"가봐야 어차피 놀이에 끼워주지도 않을 텐데."

갑자기 내 눈에 눈물이 차올랐다. 그렇다, 분명히 그 말대로였다. 나는 강당에 가도 가급적 아이들 눈에 띄지 않도록 한쪽 구석에 서서 아이들이 재미있게 노는 것을 가만히 보고 있을 뿐이었던 것이다.

"이리로 와. 강당에서 빗자루처럼 구석에 서 있는 것도 재미없잖아."

따돌림을 당하고 난 뒤 처음으로 나는 강당에 가지 않고 교실에 남았다.

나는 가방 속에 소설 두 권을 넣어 두었다는 것을 떠올리고 그것을 꺼내 읽을 생각이 없는지 노보루에게 물어보았다. 노보루는 그중의 한 권 『아시아의 새벽』을 빌려갔지만 책에는 그다지 흥미가 없는 듯 바로 돌려주고는 창가로 가서 바깥의 설경을 가만히 바라보고 있을 뿐이었다.

나는 수업 시작종이 울릴 때까지 추위를 꾹 견디면서 다른 책 『아아 옥 술잔에 꽃을 꽂고』를 읽었다. 며칠 전 오랫동안 기다렸던 책의 일부가 도쿄에서 도착해서 그중 두 권을 골라 가방에 넣어 왔다.

그렇게 해서 보낸 30분의 쉬는 시간은 눈 깜짝할 사이에 지나가 버렸다. 이것은 새로운 발견이었다. 따돌림을 당하더라도 이런 식으로 교실에 남아 책을 읽으며 책의 세계에 잠긴다면, 추운 것 외에는 일체를 잊어버릴 수 있는 것이다.

아이들이 강당에서 돌아오는 야단스러운 발소리가 들렸다. 앞문과 뒷문 양쪽으로 우르르 단번에 들어왔다.

그러더니 돌연 모두가 서로 짠 듯이 그 어쩐지 불쾌한 속삭거림이 아이들 가운데서 일제히 들려왔다.

우우, 우우, 우우, 우우, 우우, 우우, 우우, 우우……

그것이 교실에 남은 노보루와 나를 향한 비난이라는 것은 명백했다.

우우, 우우, 우우, 우우, 우우…… 우우, 우우……

그것은 멍청하게도 내가 전혀 예상하지 못한 일이었다. 그런 기분 나쁜 반응이, 여느 때와는 비교도 되지 않을 정도로 신속하게 지나간 30분 뒤에 나를 기다리고 있을 줄은.

노보루를 보니 병의 기운이 아직 남아 있는 얼굴이 더 한층 창백해져 있었다. 그런 상황에서 지도를 들고 스스무가 교실로 들어왔다. 5교시는 지리 시간이었다.

"조용히 하지 못해." 스스무는 화난 듯이 커다랗게 소리쳤다.

"적당히 하고 관두지 못하겠어."

그러자 거짓말처럼 웅성거림이 그쳤다.

나는 책을 가방 속에 넣고 교과서와 공책과 필통을 꺼내 선생님이 오기를 기다렸다. 이제 한 시간만 참으면 된다. 그러고 나서 먼 길만 견디면 집에 돌아갈 수 있다. 그리고 오늘이라는 하루가 끝난다. 그러나 다시 내일이면 나는 틀림없이 여지까지와 마찬가지로 따돌림을 받을 것이다. 대체 언제쯤에야 일본이 전쟁에서 이겨 내가 도쿄에 돌아갈 수 있을까……

다음 날도 노보루와 나는 쉬는 시간에 교실에 남았다. 따돌림은 여전했기 때문에 그다음 날도 우리는 전날과 마찬가지로 교실에 남았다. 그리고 그다음 날도.

따돌림 당하고 딱 2주가 지났을 때의 점심시간이었다. 아이들이 강당에 가버리고 내가 바로 읽고 있던 『밀림의 왕자』를 가방에서 꺼내 읽으려는데 노보루가 말을 걸었다.

"기요시, 가지 않을래?"

"어디에?" 나는 놀라서 물었다.

"강당에 말이야."

"뭐하러?"

"놀러 가는 거지" 하고 노보루는 말했다. 나는 놀란 표정으로 노보루의 얼굴을 쳐다보았다. 단둘이서 뭘 하면서 놀려는 걸까. 나는 설명을 요구하려다가 관두고 잠자코 노보루의 권유에 따르기로 했다. 뭔가 의도가 있다는 게 느껴졌기 때문이었다.

강당에 도착하니 편짜기가 제대로 안 되었는지 아이들이 다시 편을 짜는 중이었다. 스스무는 편짜기가 자기 뜻대로 되지 않으면 곧잘 다시 편을 짜게 하고는 했다.

노보루는 스스무를 찾더니 가까이 다가가 목소리를 부드럽게 해 말했다.

"다케시타 군, 나하고 기요시 끼워주지 않을래?"

"응." 스스무는 무뚝뚝하게 대답한 뒤에 덧붙이듯이 말했다.

"이제 몸은 다 나은 거야?"

"괜찮아진 것 같아" 하고 노보루는 대답하고는 나를 향해 말했다.

"기요시, 가위바위보 할까?"

나는 노보루가 말한 대로 했다. 노보루가 보를 내고 나는 바위를 내서 내가 졌다. 나는 스스무의 상대편, 가쓰나 노자와가 있는 편이었다.

"가쓰," 나는 가쓰를 발견하고는 말을 걸었다.

"너네 편이 되었어."

따돌림을 당하던 2주 동안 이따금 말을 걸어 준 사람은 노보루를 제외하면 가쓰밖에 없었다. 나는 그런 가쓰한테 감사의 의미를 담아 말을 걸었던 것이다.

"너, 누구하고 편짰어?" 가쓰가 놀라며 물었다.

"노보루하고." 나는 말했다.

"노보루하고? 다케시타 군, 아무 말도 안 했어?" 하고 가쓰는 물었다.

"응" 하고 나는 대답했다.

종이 울려 교실로 돌아가자 야마다와 히데가 들으라는 듯이 말하는 소리가 들렸다.

"기요시를 끼워준 게 누구지, 아아, 아아, 누구지, 아아, 아아."

"나야" 하고 노보루가 약간 창백한 얼굴로 두 사람 쪽을 향해 말했다. 야마다와 히데는 깜짝 놀란 듯 입을 다물었다. 그러자 노보루는 다소 말투를 누그러뜨려 말했다.

"다케시타 군의 허락을 확실히 받았어."

그날 집에 오는 길에는 노보루가 화제가 되었다. 처음으로 노보루를 화제로 올린 것은 기스케였다.

학교를 나서고 얼마 안 있어 뒷줄에 있던 기스케가 앞줄에 있던 스스무를 향해 말한 것이었다.

"다케시타 군, 노보루는 공업학교 시험을 볼 거라는데."

"알고 있어." 스스무는 불쾌한 듯이 말했다.

"그러면, 중학교 시험을 보는 건 다케시타 군하고 가와무라뿐인가" 하고 야마다가 말했다.

"가와세도 본다는데 아니야?" 하고 히데가 말했다.

"가와세가 무슨 중학교 시험이야." 야마다가 화난 듯한 목소리로 말했다.

"가와세는 사범학교 시험을 볼 거라고 했어." 스무는 기분이 좋은 듯한 목소리로 말하고는

"너희들, 중요한 사람이 중학교 시험을 본다는 걸 잊은 거 아냐?"

"아아, 그렇지" 하고 요시오가 커다란 소리로 말했다.

"부반장인 기요시가 있었지."

"부반장인 기요시가 있었어" 하고 요시오는 커다란 소리로 반복해 말했다.

"그랬구나." 아이들이 큰 소리로 맞장구를 쳤다.

"기요시하고는, 올해 4월부터 함께 중학교 입시 공부를 하기로 했어. 잊어버리지 마" 하고 스스무가 말했다.

오늘 노보루와 함께 격투 놀이에 끼워준 게 그 전조였던 걸까. 지금 확실히 나는 스스무의 노여움이 걷히고, 내가 왕따 취급에서 벗어났다는 사실을 알았다.

"기요시" 하고 스스무가 부르는 소리가 났다.

"내 옆으로 오지 않을래?"

나는 감연히 거부했어야 하는 게 아닐까. 사실 나는 순간적으로 그렇게 생각했지만 실행하지는 못했다. 나는 부랴부랴, 맨 뒷줄에서, 아직 밟아서 딱딱해지지 않은 눈을 저벅저벅 밟으며 아이들 옆의 길 한쪽을 통과해 스스무가 있는 곳까지 나갔다. 따르기 싫다는 듯이 야마다가 투덜대며 뒷줄로 밀려났다.

"다케시타 군" 하고 세 번째 줄에서 마쓰의 목소리가 들렸다. "중학교 들어가는 거, 힘들겠지?"

"당연하지." 내 뒤에 있던 야마다가 말했다.

"농업학교나 공업학교랑은 상대가 안 되게 힘들지. 지금까지 두 명 이상 들어간 해가 손에 꼽을 정도라고 하더라."

"다케시타 군." 둘째 줄에 있던 기스케의 목소리가 들렸다.

"다케시타 군 사촌형인 겐이치 말고 지금 6학년 중에서 누가 중학교에 들어갈 수 있을까?"

"가즈오는 들어갈까?" 하고 히데가 말했다.

"모르지" 하고 야마다가 말했다. 가즈오란 스스무와 마찬가지로 선생님의 자제로 6학년 부반장을 맡고 있었다.

"미야지마도 시험 본다고 하던데" 하고 히데가 말했다.

"스님 집 아이는 스님 대학을 나오지 않으면 안 되지" 하고 기스케가 말했다. 미야지마는 광덕사에 딸린 작은 절집의 아이였다.

"미야지마는 그다지 공부를 못한다던데" 하고 오자와가 말했다.

"그래서 스님이 안절부절못하고 있대."

"사립에 갈 수 있으면 될 텐데." 처음으로 스스무가 대화에 끼었다.

"그러면 올해는 겐이치 한 사람뿐인가" 하고 기스케가 말했다.

"다케시타 군" 하고 야마다가 생각났다는 듯이 말했다.

"노보루는 약간 건방진 거 아니야?"

"오늘도 그렇고" 하고 히데가 말하자,

"나도야" 하고 마쓰도 뭔가 이야기를 하려고 했다.

두 사람이 동시에 뭔가를 하소연하려는 것을 막듯이 스스무가 말했다.

"노보루의 일은 나한테 맡겨 둬. 조금 지난 뒤에 뜨거운 맛을 보여 주려고 생각하고 있지만 병이 나은 지 얼마 안 되어서 내버려 두는 거야."

"그렇지, 나도 그렇게 생각하고 있었어." 야마다가 안심했다는 듯이 말했다.

"아프기 전에도 상당히 건방지게 군 적이 있었어, 다케시타 군" 하고 마쓰가 말했다.

"기스케하고" 하고 야마다가 내뱉듯이 말했다.

"나한테 맡겨 둬." 스스무는 차분한 목소리로 말하고는 "너희들 내가 좋은 거 줄게" 하고 주머니에서 부스럭부스럭 봉지를 꺼내더니 안에 든 것을 아이들에게 하나씩 나누어 주었다. 고구마를 쪄서 말린 것이었다.

"이건 말이야, 구워서 먹으면 더 맛있어" 하고 조금 있다가 스스무가 나에게 말했다.

"그렇구나" 하고 대꾸를 했지만 나는 굽지 않아도 맛있다고 생각했다. 지금까지 본 적은 있었지만 먹는 건 그게 처음이었다. 쌀의 공출량 관계로 큰아버지네는 고구마 농사를 짓지 않았다. 말린 고구마는 평소부터 내가 먹고 싶어 했던 것 중의 하나였다.

나는 속으로 은밀히 그런 것을 아이들한테 상납받아 먹을 수 있는 스스무를 부럽다고 생각하면서, 동시에 그렇게 생각하고 있는 자신이 부끄러웠다.

"맛있어, 다케시타 군, 이 말린 고구마." 평소에 반드시라고 해도 좋을 정도로 스스무가 받은 공물의 배분에 낀 적이 없는 이치로가 맨 뒷줄에서 감격해 말했다. 이런 식으로 스스무가 모두에게 공물을 나누어 준 것은 지금까지 없었던 일이었다.

"한 개씩 더 줄게" 하고 스스무는 말하더니 모두에게 말린 고구마를 한 개씩 더 나누어 주었다. 전부 크고 두툼한 잘 말린 고구마였다.

"다케시타 군" 하고 기스케가 말했다. "이 말린 고구마, 노보루가 갖고 온 거지?"

"그게 어쨌다는 거야." 스스무가 인상을 쓰며 말했다.

나는 그 말에 무척 낙담했다. 그때까지 노보루만이 스스무한테 대등한 태도를 취하려는 용기를 지닌 유일한 동급생일지 모른다고 생각했기 때문이었다. 나는 이런 꿈조차 그리고 있었다. 노보루와 나 둘이서 언젠가 협력해서 스스무의 전제적 폭군 자세를 고치게 하고, 스스무는 지난날의 잘못을 후회한다. 반의 공기는 완전히 바뀌고, 모든 아이들이 동등한 입장에서 사이좋고 격의 없이 사귈 수 있게 된다. 나는 유신을, 혁명을 꿈꾸고 있었다. 그 주요한 역할을 할 노보루가 탈락해 버린 것이었다.

"이제 앞으로 놀이에 끼워줄 거야?" 마쓰가 물었다.

"응, 하는 걸 보고." 스스무는 인상을 쓰며 대답했다.

나는 스스무에게 새삼스럽게 공포심을 느꼈다. 스스무가 가진 권력의 대단함을 똑똑히 알게 됐다는 생각이 들었다. 이제 더 이상은 일체 스스무한테 반항하는 걸 포기하자고 나는 생각했다. ―될 수 있는 대로 스스무의 기분을 상하지 않도록 노력해 스스무의 비호를 받자. 그것이 여기에 있는 동안, 전쟁에서 이길 때까지 여기에서 사는 동안, 나의 안전을 확보하는 유일한 길이다. 마음을 팔지 않아도 상관없다, 표면만이라도 그런 태도를 취하지 않으면 안 된다고 나는 스스로에게 말했다.

"기요시" 하고 스스무가 말했다. "너네 집에 새 책들이 도쿄에서 도착했다고 하던데 아니야?"

"응" 하고 나는 말했다. "지난번에 소포로 왔어."

"빌려 줄래?" 스스무는 상냥하게 말했다.

"알았어"

하고 나는 마음도 가벼이 말했다. 스스무의 뜻을 받들 수 있는 재료가 의외로 가까운 곳에 있다는 것이 기뻤다.

"오늘 가져갈까?"

"내가 너네 집에 갈게" 하고 스스무는 말했다.

그날 스스무는 약속했던 대로 우리 집에 왔다. 나는 스스무를 내 방으로 데리고 가, 큰어머니한테 부탁해 들여놓았던 고타쓰에 들어가라고 권했다.

스스무는 내가 보여준 책 하나하나에 눈을 빛냈다.

"도쿄에는 책이 더 많겠지?"

"부탁인데 더 보내 달라고 할 수 있겠어?"

"나 지금까지 집의 일손을 돕느라고 많이 읽지 못했어, 겨울이 되어서 겨우 읽을 시간이 생겼어."

"4월이 되면 중학교 입시 공부를 하지 않으면 안 되니까 책을 읽을 수도 없게 되겠지"

하고 스스무는 흥분한 듯이 쉬지 않고 말을 늘어놓았다.

도쿄에 두고 온 책을 몇 번에 걸쳐 소포로 보내 주었으면 좋겠다고 그날 편지를 띄워 부탁해 보겠다고 스스무한테 약속했더니, 스스무는 겨우 흥분을 가라앉히고 안심한 듯이 보였다.

그날 스스무는 『류진 호龍神丸』와 『포효하는 밀림』을 빌려갔다.

그리고 스스무와의 교유는 다시 부활해, 겨울방학 때와 비슷한 빈도로 서로의 집을 오갔다. 집에서의 스스무는 학교에서의 스스무와는 딴사람처럼 보였다. 스스무가 학교에서도 집에서 만날 때와 마찬가지로 대해 준다면 나는 스스무를 진정한 친구로서 소중하게 생각했을 게 틀림없다. 그러나 나는 집에서 나와 집에 돌아올 때까지의 스스무의 전횡적인 태도를 결코 잊어버릴 수 없었다. 스스무가 그런 나의 기분을 알아챘는지 어땠는지는 알 수 없었다. 그러나 어쩌됐든 우리는 단둘이 있을 때만은 마음이 통하고 이야깃거리도 끊이지 않았다. 화제는 전쟁의 전망이나, 공부 계획, 우리의 장래 같은 것들이었다.

예를 들어 장래의 꿈에 대해서 "전쟁이 오래 갈 것 같으면" 하고 스스무는 말했다. "나, 역시 해병 시험을 보기로 결정했어."

만약 전쟁이 끝나면 어떻게 할 거냐고 묻는 나의 질문에 스스무는 이렇게 대답했다.

"고등학교에 들어가고 제국대학에 가서 고등문관 시험을 봐 관리가 될 거야. 너네 집처럼."

스스무는 머릿속으로, 성공한 고향의 선배인 나의 아버지를 그리고 있는 게 틀림없었다. 그리고 스스무가 두려워하는 것은 전쟁이 일찍 끝나서 내가 도쿄에 조기에 돌아가 버려 함께 수험 공부도 못하게 되는 일인 듯했다. 그 증거로 스스무는 여러 번, "전쟁이 끝나도 6학년은 여기에서 마치고 가. 그리고 나서 도쿄의 중학에 들어가도 되잖아" 하고 내 생각을 확인했기 때문이었다. 물론 나는 그럴 생각이라고 거짓말을 했다.

우리는 이따금 목욕탕에도 함께 갔다. 목욕탕에서 만난 어른들은, 하마미에서 제일가는 소년과 가쿠헤이 댁의 도쿄 아이가 완전히 의기투합해서 친한 친구가 된 것을 축복해 주었다. 그러면 내 마음은 사람들이 나를 잘못 보고 있다는 불만과, 그런 식으로 오해받아도 어쩔 수 없게 행동하고 있는 자신에 대한 혐오감에 휩싸였다. 나는 항상 마음속 깊은 곳에서, 자신에게 충실하려면 집에 돌아온 뒤의 스스무와의 왕래를 지금 같은 형태로 지속하는 것을 거부하거나, 아니면 스스무 쪽에서 학교에서의 태도를 고쳐야 한다고 생각하고 있었다. 그 두 가지 대안이 둘 다 실현되지 않는 한, 자신에게 충실하지 못한 허위의 생활을 영위하는 거라고 생각했다. 그러나 현실의 나는 내심의 바람과는 완전히 반대로, 노보루의 공물 건 이래, 스스무의 권력의 힘을 뼈저리게 느끼고 있었고, 이제는 노보루하고 협력해 반을 개혁한다는 꿈도 꿀 수 없게 되었고, 되도록 스스무의 뜻에 부합하려고 행동하고 있을 따름이었다.

12월 들어 처음으로 눈이 내린 날, 큰어머니는 나한테 이야기했다.

"기요시짱, 드디어 진짜 겨울이구나. 이제 앞으로 3월까지 농가는 기나긴 겨울 칩거 생활로 접어든단다."

정말로 그 뒤로 줄곧 큰아버지와 큰어머니는 들에도 나가지 않고, 집에서도 잘 나가지 않았다. 큰어머니는 하루 종일 집안일에, 큰아버지는 오전 한나절과 어둠이 내리기까지의 오후 시간 동안 마당 한쪽에 있는 헛간에서 가마니와 멍석 만드는 일에 전념했다. 그러고 나서 말수가 적은 큰아버지는 이로리 가에서 배급받은 담배를 피우며 한 종류밖에 없는 지방신문을 몇 번이고 되풀이해서 읽었다. 저녁을 먹고 나면 잠시 저녁 먹기 전과 같은 자세로 앉아 있다가 회합이 있다거나 무슨 일이 있다며 외출했다. 그러면 할머니의 끝을 모르는 푸념이 시작되었다.

집안의 가장이 집에 잠시도 붙어 있지 않는다. 밤이 되면 꼭 나가 버린다. 쓸데없는 잡담이나 하러 나가지 말고 뭔가 좀 더 의미 있는 걸 하면 좋을 텐데. 그렇지 않아도 집이 휑하기 짝이 없는데. 지금은 그래도 기요시짱이 있으니까 참으로 다행이지만……

그럴 때, 아이를 못 낳고 앞으로도 아이를 가질 수 없는 큰어머니는 쓸쓸해 보이는 얼굴로 나를 바라보았다. 나는 할머니의 푸념이 더 이상 계속되는 것을 방지하기 위해 화제를 다른 쪽으로 돌리려고 노력했다.

"할머니, 오늘 일본 비행기가 미국 비행기를 세 대 떨어뜨렸대요."

"어디에서?"

"인도에서 그랬대요."

"인도라면 어디냐?"

"인도라는 곳은 석가님이 태어나신 저 남쪽 나라예요."

"가엾기도 하지, 부모도 있고 형제도 있을 텐데."

"할머니, 착각하시면 안 돼요. 떨어진 건 미국의 비행기라고요."

"그러냐, 그렇구나, 미국 쪽이라고, 미국 사람이라도 석가님 앞에서는 같은 인간이다. 적도 우리 편도 없어. 가엾기도 하지."

"그런 말씀을 하시면 할머니 비국민이 되는 거예요."

"비국민이든 뭐든 상관없다. 그 미국 사람에게도 아내하고 아이들이 있을지도 모르잖니. 나무아미타불, 나무아미타불……"

그러고 나면 할머니의 푸념은 이런 쪽으로 향했다.

오늘 간베에 댁에 드디어 입영통지서가 왔다는구나. 그 집에는 벌써 전사자가 한 명 있는데 말이다. 헤이키치 댁의 젊은이는 아무래도 전사한 것 같아. 어제 그 집 할머니가 울더구나. 언제쯤 전쟁이 끝날지……

그러고서 할머니는 나무아미타불을 외우면서 불단이 있는 방으로 가 불단 앞에 앉아서, 불단의 이중 삼중으로 된 커다란 문을 열어 등불을 여러 개 켜고, 전쟁터에서 병사한 게이사쿠 숙부를 위해 오랜 시간에 걸쳐 염불을 외웠다.


스스무는 그 뒤로 일주일에 두 권꼴로 책을 독파했고, 다음의 두 권을 빌려 갔다. 그런 속도로 읽어 나가면 2월 말이면 나한테는 스스무한테 빌려줄 책이 더 이상 없을 것 같았다. 그때까지 다음번 소포가 도착하기만을 나는 간절히 기도했다.

그러나 도쿄에서 답장이 왔는데, 남은 책은 석유 상자에 담아 못질을 해 외할아버지 댁 방공호에 다른 물건들과 함께 넣어 놓았고, 기회를 봐서 꺼내 주고 싶기는 하지만 요즘 우체국에서 소포 하나를 보내는 것도 점점 힘들어지고 있으니 아무쪼록 큰 기대는 하지 않기를 바란다, 오죽 책을 읽고 싶겠냐마는 전쟁에 이겨 도쿄에 돌아오면 느긋하게 원하는 만큼 충분히 읽을 수 있을 테니 그때까지는 꾹 참기 바란다는 내용이어서 나를 잠시 멍하게 만들었다.

어머니는 아무것도 모른다고 나는 생각했다. 지금의 나에게 있어 그 책이 어떤 의미를 지니고 있는지를. 하지만 그걸 어떻게 어머니에게 설명한단 말인가. 진짜 사정을 설명하는 편지는 결코 쓸 수 없었다. 나는 편지를 다시 한 번 읽은 뒤, 남은 책을 받아 보는 일은 거의 기대할 수 없다는 것을 깨달았다. 어떻게 이 사태에 대처해야 할까. 그날만 해도 나는 학교에서 책에 대해 스스무로부터 재촉을 받았다. 그래서 나는 이렇게 대답했다. "편지로 부탁했으니까 이제 곧 올 거야." 나는 이것이 원인이 되어 다시 또 스스무의 역정을 사는 건 아닐지 두려웠다. 그리고 다시 왕따가 되는 것을! 그것은 두려운 일이었다. 따돌림에서 해방되어 한 달을 무사히 지낸 지금에 와서 다시 왕따를 당한다는 것은 생각만으로도 두려웠다.

내가 마음을 단단히 먹고 스스무한테 더 이상 도쿄에서 남은 책을 보내 줄 수 없다는 것을 알린 것은 스스무가 아직 읽지 않은 마지막 두 권을 빌리러 온 2월의 마지막 주였다. 스스무의 얼굴에는 실망과 낙담의 빛이 역력했다……

다음 날은 두 벌이 배급 할당된 스키를 신청하는 마감일이었다. 희망자가 스스무와 가와무라와 나 세 명이라는 것을 알았을 때 나는 불길한 예감이 들었고, 마음속으로 내가 제비뽑기에서 떨어지기를 바랐다. 내가 당첨되고 스스무가 떨어지는 결과가 나올까 봐 두려웠던 것이다. 선생님은 이미 빔지로 제비를 만들어서 왔다. 끝이 붉은색으로 칠해진 빔지가 당첨이었다. 가와무라, 나, 스스무의 순서로 제비를 뽑았다. 낙첨 제비를 뽑은 것은 가와무라도 나도 아니고 스스무였다. 그날 스스무는 학교에서 지독하게 기분이 안 좋았다. 그날 집으로 오는 길에는 이미 합의가 있기라도 한 듯 나에 대한 온갖 험담이 지껄여졌다.

"이미 눈이 녹기 시작할 때인데 스키를 산 녀석도 바보야."

"아마도 진흙 위에서 타려고 하는 모양이지."

"이미 사버린 녀석 이야기를 하면 이번 스키는 엄청 안 좋은 스키래. 다케시타 군은 떨어져서 오히려 득을 본 거야."

"기요시가 소개해 오지 않았더라면 다케시타 군이 당첨되었을 텐데."

"선생님은 기요시를 편애하니까, 일부러 당첨 제비를 뽑게 한 게 아닐까?"

그날을 경계로 학교에서 돌아온 뒤의 스스무와의 왕래는 끊겨 버렸다. 일주일이 지났어도 스스무는 이미 다 읽었을 터인 책을 돌려주러 오지 않았고, 나 또한 스스무를 찾아가지 않았다.

실제 스키는 상당히 괜찮은 것이었다. 선생님한테서 받은 표를 가지고 일요일에 사러 간 읍내의 잡화점에서 우연히 가와무라하고 노보루를 만났을 때 노보루는 비아냥거리는 듯한 어조로 "이런 좋은 스키의 당첨에서 떨어지다니 다케시타 군도 안됐는데" 하고 말했다. 그리고 노보루는 초를 사서 스키의 밑면에 칠해 놓으면 잘 미끄러진다는 것을 나한테 가르쳐 주었다.

초를 칠하니 스키의 미끄러짐이 정말로 좋아졌다. 나는 집 마당에서 몇 번 시험해 본 뒤 절 앞의 공터로 나가 연습을 했는데 좀처럼 타기가 쉽지 않았다. 그 공터에는 지붕에 있던 눈을 지붕 밑에 쌓아 놓아 지붕의 경사와 맞춰서 만든 거대한 슬로프까지 있어서 몇몇 사람이 그 슬로프에서 교묘하게 활강하고 있었지만 나로서는 그 위에 올라가는 것만도 엄청 힘든 일이었다. 하지만 어느 날 결심을 하고 슬로프를 올라가 꼭대기에서 아래를 보았을 때 공포로 인한 현기증이 나를 덮쳤다. 이제 와서 타지 않고 그냥 내려오는 것도 창피하고 꼴사납다고 생각한 나는 눈 딱 감고 활강을 했다. 하지만 눈 깜짝할 사이에 앞으로 곤두박질쳐 엄청난 속도로 아래를 향해 굴러갔다······

놀랍게도 그날의 실패는 다음 날 반 전체에 알려져 있었다. 요시오 같은 아이는 아이들 앞에서 내가 얼마나 꼴사납게 굴렀는지를 연기해 보여 아이들의 갈채를 받았다.

이렇게 되면 내가 할 수 있는 건, 아이들의 비웃음을 농담으로 돌릴 정도의 실력을 갖지 못한 이상, 잠자코 비웃음을 견디고 그 사건을 아이들이 잊어버리기를 기다리는 수밖에 없었다. 그렇게 되기 위해서는 일주일은 꼬박 걸릴 것이다. 어쨌든 겨울은 이렇다 할 사건이 적어서 아이들은 하나의 사건에 관해 잊어버리려 하지 않았다.

겨우 그 사건에 대한 이야기가 시들해지던 어느 날이었다. 고타쓰에 들어가 책을 읽고 있는데 큰어머니가 현관에 친구가 왔다고 알려주었다. 나가 보니 기스케였다.

"목욕하러 안 갈래?" 하고 기스케는 말했다. 나는 반가워서 알았다고 하고 방에서 수건을 가지고 나와 기스케와 함께 집을 나섰다. 나오면서 기스케가 한쪽에 세워져 있던 스키를 흘깃 보고는 말했다.

"이 스키 때문에 꽤 곤욕을 치렀지."

"응" 하고 나는 대답했다.

잠시 있다가 기스케는 말했다.

"참아, 이제 조금만 견디면 돼."

"뭐가?" 나는 알고 있었지만 모르는 척하면서 물었다.

"너 말이야" 하고 기스케는 야간 화난 듯한 목소리로 말하고는 "다케시타도 앞으로 뻐기고 다닐 날이 얼마 안 남았어" 하고 덧붙였다.

"겐이치가 졸업하니까?" 하고 내가 말했다.

"스스무는 그래서 초조해하고 있어. 게다가 노보루가 병이 나아서 학교에 나오게 되었으니까."

"노보루가 그렇게 세니?"

"센 것도 센 거지만, 머리가 잘 돌아가" 하고 기스케는 말했다.

"노보루가 병 때문에 쉬기 전에는 다케시타가 그렇게 위세를 떨지 못했으니까. 그런데 네가 소개해 온 뒤부터 다케시타는 다시 더 한층 위세를 떨기 시작했어."

"내가 오고 난 뒤에?" 나는 기스케의 말에 놀라 말했다.

"그렇다니까. 너를 의식하는 거야. 전에는 그렇게 위세를 떨지 않았으니까" 하고 기스케는 말했다.

"너희들, 둘이서 사이좋게 무슨 이야기를 하고 있는 거야?" 앞에서 우리한테 말을 거는 사람이 있었다. 스스무였다.

기스케는 흠칫하는 듯했지만 곧바로 선웃음을 지으며 말했다.

"아무것도 아니야."

그러고는 비위를 맞추려는 듯 물었다.

"다케시타 군, 목욕하고 오는 거야?"

"응" 하고 스스무는 말했다.

"목욕 잘 했어?"

"응 좋았어" 하고 스스무는 대답하고는 나한테는 아무 말도 건네지 않고 가버렸다.

잠시 뒤에 기스케는 말했다.

"스스무 녀석, 기분이 안 좋은 모양인데."

"방금 한 얘기, 들었을까?"

"들었어도 상관없으니까 안심해. 따돌림 당하는 것도 길지는 않을 거야."

스키 건 이래로 나는 다시 왕따를 당하고 있었다. 내가 아무 말도 않자 기스케는 위로하려는 듯이 말했다.

"그래도 따돌림 당하는 거 괴롭지?"

"맞아." 갑자기 울음 섞인 목소리가 나왔다.

"나도 경험이 있어서 잘 알아."

그러고서 기스케는 내가 지금까지 알지 못했던 이야기를 해주었다.

미치오라는 기스케의 사촌형이 지금 6학년이었다. 미치오는 완력이 강한 데다 용감해서 한때는 겐이치에 이어서 하마미의 동급생 사이에서 세력을 갖고 있었고, 5학년 초에는 겐이치의 세력을 능가하려 했다. 그런데 겐이치의 음모로 어느 날 아이들한테 몰매를 맞고 일거에 세력을 잃고 말았다. 기스케는 스스무를 좋아하지 않아서 그 전부터 스스무한테 대든 적이 많았는데, 사촌형의 힘에 기댔던 것은 부정할 수 없다. 그런데 미치오가 실각하고 나서 며칠 뒤였다. 작업 시간에 보리밟기를 하고 있었는데 기스케는 노보루, 노자와, 마쓰 세 사람에 의해 숨이 막힐 정도로 눈 속에 얼굴을 처박혔다. 그때의 괴로움은 지금도 잊히지 않을 정도다. 그리고 그 뒤로 줄곧 돌림쟁이 취급을 받았다. 기스케가 대놓고 스스무한테 대들지 않게 된 것은 그 일이 있고 난 뒤부터였다. 세 명이 스스무의 지시에 따라 움직였다는 것은 틀림없었기 때문이었다. 스스무는 결코 겉으로 자신을 드러내지 않는다. 그게 녀석의 교활한 면모다. 미치오는 그러고서 오랫동안 돌림쟁이 취급을 받았다. 약 일 년 동안 아무도 말을 걸지도 않았고, 등하교 때도 완전히 외톨이였다.

"그것에 비하면 기요시가 당한 건 애들 장난 같은 거야. 그런 식으로 진짜 일 년 동안이나 따돌림을 당하면 어느 정도 기개가 있는 사람이라도 줏대 없는 사람이 돼 버려. 미치오가 그랬어. 지금의 미치오는 몰라보게 변했어. 예전에 겐이치하고 대적했던 사람이라고는 도저히 믿을 수가 없을 정도지. 이빨이 빠져 버린 호랑이라고 할까."

"넌 따돌림을 얼마 동안이나 당했어?"

"한 학기나 계속됐지." 기스케는 익살스럽게 말했다.

"벌써 다 잊어버렸어."

그날 기스케가 한 이야기는 나에게 오로지 공포만을 느끼게 해주었다. 지금까지 내가 당한 게 애들 장난 정도라면 본격적인 따돌림을 당하지 않게 해준 데 대해 스스무에게 감사해도 좋을 것 같다는 생각이 들었을 정도였다.

3월이 반쯤 지나가자 눈이 녹기 시작했고, 학교까지의 먼 길도 네 명 정도가 나란히 걸을 수 있을 정도가 되었다. 왕따가 되더라도 이제 더 이상 눈이 그것을 위장해 주지 못한다는 의식이, 스스무의 역정을 사 따돌림 당하지 않을까 하는 두려움을 점점 커지게 했다. 고맙게도 하루걸러 정도로 스스무가 나를 불러줘서 나는 스스무의 옆자리를 또 차지하게 되었다. 그리고 나는 스스무의 요구대로 이야기를 했다. 나는 열심히 기억의 실을 끌어당겨 이야깃거리를 찾아냈고, 기억이 정확하지 않은 대목은 상상력으로 보완해 이야기를 정리했지만 이제는 전처럼 나의 이야기가 아이들의 흥미를 불러일으키지 못했다. 나의 이야기가 전성기를 누린 것은 『엄마 찾아 삼만 리』를 해서 요시오를 울게 했던 그 무렵이었다. 그 무렵을 고비로 나의 이야깃거리는 점점 고갈되어 갔던 것이다. 이제 나의 이야기를 듣고 있는 건 스스무 한 사람에 지나지 않았다. 그 스스무도 점차로 흥미를 잃었고 그다지 나를 옆으로 부르는 일이 없게 되었다. 그러나 조금만 지나면 일주일간의 봄방학이 온다. 그것이 지금 내가 기다리는 모든 것이었다.

2월 말에 바로 위의 형이 유년학교에 합격했다는 통지가 왔다. 그러나 그 소식은 스스로도 뜻밖이라고 생각할 정도로 나에게 아무런 감격도 주지 않았다.

3월 중순경 이오지마에서의 옥쇄 소식이 들렸다. 나는 어슴푸레하게 도쿄로 돌아갈 날이 또다시 멀어져 가는 것을 느꼈다.

일본이 전쟁에서 이기기를 나는 열렬히 기도했지만, 지금의 나는 그렇게 되면 도쿄에 돌아갈 수 있다는 단지 그 이유만으로 그렇게 되기를 바라고 있었다. 그런 의미에서 나는 더 이상 진정한 애국자가 아니었다.

그리고 또한 전쟁에서 이긴 뒤에 닥칠 세계에서 내가 해야 할 역할에 관해서 품고 있던 몽상으로부터도 완전히 깨어 있었다. 이전의 나는, 니시나 선생님이 편지로 써 보낸 것처럼, 대동아를 짊어지고 일어서서 십억 아시아 사람들을 지도하는 사람이 되려 했었다. 그러한 사명은 하늘에서 주어진 것이라고까지 생각하고 있었다. 그런 꿈에서 완전히 깬 것이었다. 시골에서 동년배 소년들 사이에서 지금 같은 상태로 하루하루를 겨우 견디고 있는 내가 대체 무엇을 할 수 있단 말인가. 이 시골에서 자신이 납득할 수 있는 행동을 취하지 못하는 한, 장래에도 아무것도 할 수 없으리라는 느낌이 들었다. 나는 스스로에 대한 신뢰감을 잃어버렸다. 나의 자존심은 너덜너덜해져 있었다. 이렇게 구제불능이 되어 버린 자신을, 언젠가는 어떠한 방법으로든 회복시키지 않으면 안 되었다. 그것 없이는 난 아무것도 할 수 없는 것이다. 전쟁에서 일본이 이긴다 해도 그것을 기뻐할 자격조차 없는 것이다⋯⋯

3월 말 종업식 하루 전의 일이었다. 스스무가 우리 집에 왔다. 학교에서 돌아와 고타쓰에서 책을 읽고 있는데 마당에서 휘파람 소리가 들려왔다. 나가 보니 아기를 업은 스스무가 특유의 쑥스러운 웃음을 띠고 마당가에 서 있었다.

"들어올래?" 내가 물었다.

"으응" 하고 스스무는 말하더니 "아기가 있어서" 하면서 업혀 있는 아기를 뒤쪽으로 고개를 돌리며 가리켰다.

"깊이 잠들었네."

"지금 막 잠들었어" 하고 스스무는 말하더니,

"잠깐 너한테 할 얘기가 있어."

"아, 수험 공부 말이지."

"그건 좀 더 있어야 되고. 잠깐 밖으로 나갈까?"

나는 알겠다고 하고 장화를 신고 바깥으로 나갔다.

"우리 집 쪽으로 걷자." 우리는 잔설을 밟으며 천천히 스스무의 집 쪽으로 향했다.

"나 말이야" 하고 스스무는 말을 꺼내기 어렵다는 듯이 말했다.

"매 학년말에, 기념사진을 찍었거든. 1학년 때부터 찍어 왔어."

"그거 좋은 기념이 되겠구나."

"그래서 말이야, 올해도 찍으려고 하는데, 할아버지가 말이야 올해는 기요시하고 함께 찍으면 어떻겠냐고 하셔서."

나로서는 이해가 가지 않았다. 그렇게 나를 중요하게 생각하고 있다면, 어째서 평소에 좀 더 호의적으로 대해주지 않는 걸까. 그러나 나는 그런 내 마음속의 감정을 억누르고 말했다.

"좋아, 난 상관없어."

"잘됐다" 하고 스스무는 안심했다는 듯이 말했지만, 곧바로 무슨 생각이 들었는지 이렇게 말했다.

"집안 어른들한테 안 물어봐도 돼?"

"괜찮아."

스스무는 갑자기 정색을 하고서 말했다.

"그럼, 내일 학교 끝나면 읍내 사진관에 가자. 내일은 종업식만 하고 끝나니까."

"돈은 얼마 정도 가져가면 될까?"

"한 사람당 5엔이면 될 거야."

그렇게 말하고서 스스무는,

"그럼 난 갈게. 이제 또 바다로 나가야 되니까, 아기는 집에 데려다 놓고."

헤어질 때 스스무는 목소리를 낮추어서 말했다.

"그리고, 이 일에 대해서는 아이들한테 비밀로 해줄래?"

"응" 하고 나는 대답했다.

나한테 용기가 있었다면, 자신에게 충실했다면, 하고 나는 스스무와 헤어진 뒤에 생각했다. 나는 스스무의 요청을 거절했을 게 틀림없다……

이튿날 아침 나에게 지난 며칠간 주어지지 않았던 스스무의 옆자리가 주어졌다. 스스무는 여느 때와 달리 기분이 좋았다. 학교까지의 먼 길로 접어들자마자, 스스무는 나한테 4월부터 시작할 예정인 수험 공부 계획에 대해서 말을 걸었다. 스스무는 중학교 입시 공부를 나하고 함께 하기로 한 것을, 이미 우리 두 사람 사이에서 몇 번이고 얘기했던 사실을, 아이들한테 과시하듯이 말했다.

학교에 가까이 왔을 때 스스무는 모두에게 들으라는 듯이 말했다.

"기요시, 오늘 나하고 같이 읍내에 가지 않을래? 읍내에 볼일이 있어서 말이야."

"다케시타 군, 나도" 하고 마쓰와 야마다가 거의 동시에 말했다.

"너희들은 오늘은 없어도 돼" 하고 스스무는 으스대며 대답했다.

"학교 끝나고 바로 가?" 하고 내가 묻자,

"오늘 청소당번이었지." 스스무가 생각난 듯이 말했다.

"다케시타 군 괜찮아" 하고 야마다가 말했다.

"우리들이 해치울게."

그러자 모든 아이들이 한목소리로 말했다.

"우리가 해치울게."

그날 예정대로 스스무와 나 두 사람은 청소당번에서 빠져 읍내로 향했다. 학교 정문 앞에서 왼쪽으로 똑바로 뻗은 길을 쭉 가면 읍내였다. 읍내와 마을의 농촌 풍경의 경계에 있는 냇가로 접어들려 할 때 스스무는 나한테 "재미있는 거 보여줄까" 하고 말하더니 검은 철로 만든 칼의 날밑을 보여주었다.

"마쓰한테 빌려 왔어. 이걸로 얻어맞으면 대부분은 항복할 거야."

그렇게 말하더니 스스무는 날밑의 구멍에 손가락을 집어넣고는 마구 휘두르는 시늉을 했다.

"읍내에 가면 누가 시비를 걸어올지 모르니까 말이야."

나는 두려움을 느꼈다. 읍내와 마을 아이들의 사이가 나쁘다는 사실은 그때까지도 여러 번 들어 알고 있기는 했다. 그러나 두려움을 이렇게 실제로 느낀 적은 없었다. 읍내 아이들한테 붙잡히면 한두 대 얻어맞지 않고는 그냥 보내주지 않는다는 얘기를 어딘가에서 들은 게 문득 떠오르며 온몸으로 공포가 몰려오는 것이 느껴졌다.

시내를 건너자 스스무가 말했다.

"이제부터 읍내야, 서두르자."

우리는 뛰는 듯한 빠른 발걸음으로 걷기 시작했다. 10분쯤 걷자 길이 포장도로로 바뀌었다. 주위에는 점포가 들어선 집들뿐이었는데 다섯 군데 중 한 군데 꼴로밖에는 열려 있지 않았다. 가게를 연 곳은 수리 전문으로 바뀐 안경 시계방, 이발소, 지난번 스키를 사러 갔던 잡화점 정도였다.

"전쟁 전에는 여기가," 스스무는 달리고 있어 숨을 헐떡이면서 설명하듯이 말했다.

"대단히, 번화한, 거리, 였었는데 말이야, 과자 가게, 과일 가게, 생선 가게도, 있었고, 우동 가게, 메밀국수 집, 카레라이스를, 먹을 수 있는 곳도, 있었대. 단팥죽 같은 것도, 먹을 수 있는 곳이, 있었다고, 하고."

그러고서 스스무는 비밀을 털어놓듯이 말했다.

"지금도, 우뭇가사리를, 먹을 수 있는 곳이, 한 군데, 있어, 사진관, 약간, 앞쪽에. 사진 찍고서, 거기에 가자."

사진관은 역 앞의 대로에 있었다. 안내를 해달라고 하자 젊은 여자가 나왔다. 우리한테 슬리퍼를 신고 이층으로 올라가라고 했다. 이층의 대기실로 우리를 안내하고 여자는 안으로 들어가 버렸다.

꽤 기다려 우리 둘 다 겨우 가쁜 숨이 가라앉았을 무렵, 예순 정도로 보이는 노인이 나왔다. 우리는 그 노인을 따라 사진실인 방으로 들어갔다. 서서 찍을 건지, 앉아서 찍을 건지 물어서 우리는 잠시 얼굴을 마주 보고 생각한 뒤에 서서 찍기로 결정했다.

노인은 조명을 우리 쪽으로 향하게 한 뒤에 검은 천을 씌우고, 사진기를 통해 보면서 우리의 자세에 대해 몇 가지 주문을 한 뒤에, 빨간 고무공 같은 것을 눌렀다. 그러고서 혹시 모르니까 하고 말하면서 사진기의 건판을 교체하고는, 조금 전과 마찬가지의 주문을 되풀이한 뒤에 다시 빨간 고무공을 눌렀다.

사진이 완성되려면 석 달은 있어야 한다고 했다. 우리는 돈을 지불하고 밖으로 나왔다.

"잘 나왔으면 좋겠다" 하고 나는 말했다. 정말로 그렇게 생각했다.

"으응" 하고 스스무는 말했다. 그러고서 잠시 뒤에,

"젊은 사람이었으면 좀 더 잘 찍었을 텐데" 하고 아쉽다는 듯이 말했다.

"사진을 잘 찍는다고 소문이 났었거든. 사방으로 불려 다니면서 사진을 찍었는데, 군대에 끌려가서 전사했대."

갑자기 스스무가 걸음을 멈췄다.

"여기야."

우뭇가사리를 파는 가게 앞에 다 온 것이었다.

테이블과 둥근 의자가 몇 개 놓여 있을 뿐인 가게는 불기가 없이 썰렁했다. 우뭇가사리라고 쓰인 종이밖에는 벽에 붙어 있지 않은 것을 보니, 정말로 우뭇가사리밖에는 먹을 수 없을 것 같았다.

실로 된 곤약 모양을 한 우뭇가사리는 처음 먹어 보는 것이었는데, 초간장을 찍어 먹으니 의외로 맛있었다. 추워서 오들오들 떨면서도 우리는 세 그릇씩 먹었다.

다 먹고 나서 돈을 내고 곧바로 바깥으로 나왔다.

"서두를까" 하고 스스무는 말했다. 역 앞을 왼쪽으로 돌아 철길을 따라 두 블록을 가면 건널목이 나온다. 그 건널목을 건너면 거기부터는 마을이라 안심해도 된다. 거기까지 가는 동안이 위험하다고 스스무는 말했다.

철길을 따라 난 길을 한 블록 정도 왔을 때였다. 길모퉁이에서 키가 큰 소년이 나와서 우리 앞을 막아섰다. 고등과 2학년, 아니 좀 더 학년이 높을지도 모른다.

"너희들, 어느 학교 다니는 녀석들이야?" 하고 그는 낮고 무서운 목소리로 말했다.

"하마미야" 하고 스스무는 차분히 대답했지만, 얼굴은 긴장 때문인지 다소 창백해져 있었다.

"사진관에 뭐하러 간 거야?"

그렇다면 이 남자아이는 우리가 사진관에 들어간 것을 지켜봤다는 말인가, 하고 나는 생각했다.

"기념사진 찍으러 갔어" 하고 스스무는 대답했다.

"너도야?" 하고 남자아이는 내 쪽을 쳐다보며 물었다.

"네" 하고 나는 대답했다.

"넌, 이곳 애가 아니지?" 하고 그는 말했다.

"도쿄에서 소개해 왔어요" 하고 나는 대답했다.

"그러냐" 하더니 그는 나에 대한 심문을 멈추고는 스스무 쪽으로 고개를 돌려 말했다.

"군대에 가는 것도 아닐 텐데 무엇 때문에 기념사진 같은 걸 찍는 거야, 어디서 멋 부리는 거나 흉내 내고."

그렇게 말하더니 그는 느닷없이 스스무의 양쪽 뺨에 따귀를 갈겼다.

나도 맞겠구나 하고 순간 각오했지만 그의 손은 나한테는 날아오지 않았다.

"불만 있어?" 하고 그는 말했다. 나는 스스무가 칼의 날밑을 꺼내 손에 끼우고 그한테 대들지는 않을까 하고 기대하면서 스스무를 살짝 쳐다봤다. 스스무는 그러나 잠자코 분한 얼굴로 그의 얼굴을 노려보고만 있었다.

"이걸로 용서해 주지" 하고 그는 말하더니 커다란 뒷모습을 보이며 성큼성큼 큰 걸음으로 걸어 금세 눈앞에서 사라져 버렸다.

"한 번 더 때렸으면, 나, 덤비려고 생각했어." 스스무는 주머니에서 꺼낸 날밑을 손에 끼우며 말했다.

"저런 녀석, 상대할 필요도 없어." 나는 스스무를 위로하듯이 말했다. 스스무만 얻어맞고 나는 얻어맞지 않은 것이 왠지 꺼림칙하게 느껴졌다. 그와 동시에 스스무가 아무런 저항도 하지 않은 것이 뜻밖이라는 느낌이 들었다.

스스무는 대답을 하지 않았다. 화가 나서 입을 꾹 다물고 있을 뿐이었다.

읍내에서 하마미로 이어지는 현도는 학교에서 하마미로 이어지는 현도와 나란히 나 있었다. 그 먼 길을 우리 두 사람은 잠자코 걷기만 했다. 나는 스스무와 기념사진을 찍은 것을 무척 후회하고 있었다. 나는 자신에게 충실하지 않은 것이다. 그렇지 않았다면 이렇게 후회하지 않았을 게 틀림없다고 나는 생각했다. 스스무가 나에게 있어 내가 생각하는 것 같은 친구가 아닌 한, 스스무와 기념사진을 찍는다고 한들 그게 무슨 의미가 있는 건가. 스스무와 단둘이 있을 때, 그 짧은 시간,

스스무가 나의 진정한 친구인 것 같은 생각이 들 때가 있다는 것은 분명했다. 그러나 그것이 일상의 시간 동안 쭉 이어지지 않는 한, 나는 스스무를 친구로 간주할 수는 없는 것이다……

나는 새학기가 시작되면 얼마 동안 왕따가 되리라는 것을 이미 예감하고 있었다. 나는 그것을 감수할 생각이었다. 좀 더 강해지면 않으면 안 된다고 생각하면서 나는 발걸음을 옮기고 있었다.

# 제8장

다음 날 세 시쯤 기스케가 목욕하러 가자며 우리 집에 왔다.

집을 나서자 기스케는 말했다.

"어제 스스무하고 읍내에 뭐하러 갔었어?"

어떻게 대답하면 좋을까 생각하고 있었더니 기스케는 어쩔 수 없다는 듯이 이렇게 말했다.

"곤란하면 대답하지 않아도 괜찮아."

"스스무가 같이 사진 찍으러 가자고 해서 간 거야" 하고 나는 대답했다.

"스스무가 비밀로 해달라고 해서—"

"아무한테도 얘기하지 않을게." 기스케는 나를 안심시키려는 듯이 말했다.

"돌아올 때 뭔 일이 있었지?"

"어떻게 알았어?" 나는 놀라서 물었다.

"아니, 우리 형이 봤대."

기스케의 형은 역무원이었다. 읍내 아이가 스스무와 나를 불러 세운 장소가 역의 구내에서 잘 보이는 장소였을지도 몰랐다.

"스스무가 얻어맞았다고 하던데" 하고 기스케는 물었다.

"하지만 상대는 우리보다 훨씬 컸으니까" 하고 나는 말했다.

"그래도" 하고 기스케는 내뱉듯이 말했다.

"변변치 못한 녀석이야."

"너라면 어떻게 했을 거야?" 하고 나는 물었다.

"나라면 말이야?" 하고 기스케는 말했다.

"도망치지."

"그러다 잡히면."

"상대편이 한 명이라면, 싸우지" 하고 기스케는 잘라 말했다. "어제의 스스무처럼 날밑을 갖고 있었다면 더 말할 것도 없고."

목욕탕 옆의 골목에 마쓰와 요시오가 모르는 남자아이와 함께 있었다.

"기요시." 모르는 척하고 목욕탕으로 들어가려는데 나를 부르는 마쓰의 목소리가 들렸다.

"못 들은 척하고 들어가자" 하고 기스케가 말했다.

나는 기스케의 말을 따랐다.

아직 시간이 이른 모양인지 목욕탕 안에는 노인 두 분이 있을 뿐이었다.

"지금 마쓰와 요시오 말고 같이 있던 애는 누구야" 하고 나는 기스케한테 물었다.

"도쿄에서 소개해 온 녀석이야. 요시오의 친척인데 도쿄의 집이 불타서 가족 전체가 소개해 온 모양이야."

"어디에 살아?"

"하마미 가까이에 아무도 살지 않는 집이 있는데 그 집에 살고 있대."

그 집은 살던 사람이 몇 년 전에 야반도주한 이래 폐가로 남아 있었다. 지붕에는 잡초가 무성하고 다다미는 썩고 다 쓰러져 가는 집이어서 도저히 사람이 살 수 있을 것 같지 않은 곳이었다.

"그 집을 손보지 않고 사는 거야?"

"응, 다다미를 벗겨 거적을 깔고." 기스케가 말했다.

탕에 몸을 담그며 나는 기스케로부터 최신 뉴스를 듣게 되었다. 중학교 합격자 발표가 오늘 아침 있었는데, 스스무의 사촌형 겐이치하고 가즈오가 합격했다. 스님의 자식인 미야지마는 역시 떨어져서 일단 고등과에 등록하고 내년에 다시 한 번 보기로 했다. 그 밖에 공업학교에 한 명, 상업학교에 한 명, 농업학교에 세 명이 들어갔다고 했다.

"이제는 우리가 6학년이네."

"응" 하고 기스케는 말했다.

"재미있어질 거야."

"어째서?" 하고 나는 물었다.

"겐이치가 졸업하면, 스스무의 방패가 없어지니까 말이야" 하고 기스케는 느긋하게 말했다.

"무슨 일이 벌어질까?"

"뭐 지켜봐. 급할 거 없으니까."

목욕탕에서 나오니 마쓰의 집 앞에 아까의 세 명이 아직 있는 게 보였다. 마쓰가 곧 우리를 발견하고 말했다.

"기요시, 이쪽으로 잠깐 와봐. 기스케도."

이번에는 못 들은 척하기가 어려웠다. 나하고 기스케는 느릿느릿 아이들한테 다가갔다.

"기요시" 하고 마쓰는 항상 눈두덩이 빨갛게 부어 있는 얼굴로 나를 보며 말했다.

"아까도 불렀는데 왜 대답 안 했어?"

"아니야 못 들었어" 하고 기스케가 시침 뚝 떼면서 말했다.

"너, 어제 다케시타하고 읍내에 뭐하러 간 거야?" 하고 마쓰는 물었다. 마쓰가 스스무를 다케시타라고 부르는 걸 들은 건 그게 처음이었다.

"잠깐 볼일이 있어서" 하고 내가 말했다.

"잠깐 볼일이 있었다고만 하면 알 수가 없잖아." 마쓰는 위협적인 목소리로 말했다.

"말하지 못해."

"스스무가 말하지 말라고 했대" 하고 기스케가 말했다.

"기요시를 곤란하게 만들지 마."

기스케의 말이 효과가 있었는지 마쓰는 그 이상 추궁하는 것을 관두고 옆에 있던 남자아이의 머리를 툭 치며 말했다.

"요이치, 우리 반 부반장인 기요시야. 도쿄에서 소개해 왔는데 너처럼 공부 못하는 녀석이랑은 달라."

"그래" 하고 요이치라고 불린 남자아이는 내 쪽을 보더니 아직 입에 익숙하지 않은 이곳 말투로 물었다.

"도쿄 어디에 살았어?"

나는 그 아이가 벌써 이곳 말투를 쓰는 것에 환멸을 느꼈다.

"요쓰야 구, 너는?"

"난 후카가와야" 하고 요이치는 말했다.

"몇 학년이야?" 기스케가 물었다.

"6학년이야." 요시오가 요이치를 대신해 대답했다.

"자, 너네 집으로 가자." 마쓰는 요이치를 돌아보며 말했다.

그 기회를 틈 타 나하고 기스케는 그 아이들한테서 빠져나왔다.

"마쓰 녀석, 부하가 생긴 것처럼 잘난 척하기는." 기스케가 말했다.

우리 집 앞까지 왔을 때 기스케를 찾으러 온 기스케의 아버지와 마주쳤다.

"빨리 밭으로 가거라" 하고 기스케의 아버지는 말했다.

"아까부터 찾고 있었다."

기스케한테 밭일을 맡겼는데 기스케는 그 일에서 도망쳐 나한테 목욕을 가자고 한 모양이었다. 기스케와 헤어져 집에 들어왔는데 기스케가 아버지와 언쟁을 하는 소리가 들렸다. 이미 목욕을 다녀와서 일을 도울 수 없다는 말에 대해, 더러워지면 목욕을 다시 한 번 하면 된다고 하는 게 내용이었다.

그로부터 새학기가 시작되기까지 약 일주일간, 나는 큰아버지의 지시에 따라 하루걸러 밭에 퇴비 뿌리는 일을 도운 것 외에는 내 방에서 책을 읽으며 지냈다. 밭에 나가 일을 도운 날은 때를 씻어 내기 위해 목욕탕에 갔지만 동급생은 아무도 만나지 못했다. 4월이 되면 같이 중학교 수험 공부를 하자고 해놓고 스스무는 한 번도 모습을 보이지 않았다. 그러나 그것은 나로서는 오히려 환영이었다. 자신을 속이고 스스무와 친한 친구 사이처럼 책상을 나란히 하고 공부하는 것을 내심 바라고 있지 않았기 때문이다.

새학기가 시작된 날 아침, 나는 무거운 마음으로 집을 나섰다. 다시 왕따 취급을 받으리라는 것을 나는 예감하고 있었다.

교차로에 오니 아직 오지 않은 스스무를 기다리고 있는 하마미의 동급생이 대부분 모여 있었다. 아직 나타나지 않은 건 스스무 외에, 스스무를 맞으러 간 야마다와 마쓰뿐이었다. 그리고 지난번에 만났던 요이치라는 아이도 안 보였다. 나는 아이들 무리로 다가가면서, 아이들을 무시하고 이대로 혼자 걸어서 학교에 가버릴 수 있다면 얼마나 좋을까 하고 생각했지만, 그렇게 할 용기가 나한테는 없다는 것을 잘 알고 있었다.

내가 교차로에 도착한 지 얼마 안 되어 스스무와 야마다가 모습을 보였고, 마쓰를 기다리지 않고 출발하게 되었다.

예상했던 대로, 스스무의 옆자리는 나한테 주어지지 않았다. 나는 여느 때처럼 스스무를 중심으로 길 가득히 펼쳐져서 걷고 있는 아이들의 뒤에서 혼자 걸었다. 푸른 콧물을 늘어뜨리고 있는 이치로도 오늘은 앞줄의 한쪽 끝에 있었다. 밭에는 자운영이 흐드러지게 피어 있었지만 그 아름다움은 나하고는 아무런 상관이 없다는 생각이 들었다.

하마미의 집들을 지나칠 무렵,

"다케시타 군" 하고 기스케가 말했다.

"이번에 6학년에 도쿄에서 하마미로 소개해 온 애가 있는데 알고 있어?"

"요시오의 사촌이라는 애 말이지" 하고 스스무가 말했다.

"마쓰하고 같이 있는 걸 봤어. 비위에 거슬리는 녀석이야."

상당히 오랫동안 침묵이 이어졌다.

"다케시타 군" 하고 다시 기스케가 말했다. 아양을 떠는 듯한 부드러운 목소리로,

"지난번에 읍내에 갔었지?"

"언제 말이야?" 하고 스스무가 말했다.

"종업식 날 말이야."

"아, 그랬지" 하고 스스무가 말했다.

"읍내 애들하고 마주쳤다며?"

스스무는 약간 주저하더니,

"마주쳤어" 하고 말했다.

"역에서 약간 떨어진 곳이었지?" 하고 기스케가 물었다.

"너, 어떻게 알아?" 스스무는 다소 얼굴색이 변하며 물었다.

"집의 형이 역에서 다케시타 군이 엄청나게 키 큰 남자애하고 마주하고 있는 걸 봤다고 해서."

"그 녀석인가" 하고 오자와가 말했다. "나도 언젠가 부르기에 잽싸게 도망친 적 있어. 엄청 큰 녀석이지, 다케시타 군."

"응, 전봇대만 한 녀석이었어." 스스무가 말했다.

"자전거포의 큰아들이야. 공업학교를 세 번 시험 봤는데 세 번 다 떨

어진 놈이래, 다케시타 군." 히데가 말했다.

"어쩐지, 낯짝이 멍청해 보이더라." 스스무가 말했다.

"다케시타 군, 그래서 어떻게 됐어?" 야마다가 물었다.

"두세 대 먹여줬겠지." 기스케가 이어서 말했다.

"그러려고 했는데" 하고 스스무는 그다지 힘이 없는 목소리로 말했다.

"기요시가 있어서 참았어."

"기요시도 불렀던 거야?" 야마다가 물었다.

"으응, 내 옆에서 얼굴이 창백해져서 떨고 있었어. 같이 간 게 기요시가 아니었다면, 나 가만히 물러나지 않았을 거야."

나는 스스무를 비겁하다고 생각했다. 그것은 남자답지 못한 변명이라고 생각했다. 그 이상으로 내가 같이 있었다는 이유를 대며 발뺌할 작정이라면 사실을 아이들 앞에서 밝히자, 그렇게 나는 속으로 결심했지만, 그 결심의 여파를 생각하자 심장의 고동이 빨라지고 가슴이 답답해졌다.

"상대 녀석은 아무것도 안 하고 가버렸어?" 기스케가 시치미를 떼며 물었다.

나는 스스무가 어떻게 대답할지 온몸을 긴장시키며 기다렸다.

"다케시타 군한테 어떻게 할 수 있었겠어" 하고 야마다가 말했다.

"너한테 물은 게 아니야" 하고 기스케가 말했다.

"뭐하러 읍내에 왔냐고 하더라." 스스무가 말했다. "사진관에 사진을 찍으러 왔다고 대답했더니 뭐라고 중얼중얼하더니 결국 아무 일 없이 그냥 가버렸어."

나는 기스케가 그 이상 뭐라고 말할지 기다렸다. 그러나 기스케는 더 이상 아무 말도 하지 않았다.

"기요시하고 같이 사진 찍었어?" 야마다가 물었다.

"으응" 스스무가 대답했다.

"사진 언제 나온대?"

"6월 말이래."

"나오면 보여줘."

"으응, 보여줄게." 스스무는 겨우 기운을 다시 찾아 자비를 베푸는 것 같은 투로 말했다.

"노래라도 부를까?" 갑자기 스스무가 말했다.

맨 처음 〈산의 어린 삼나무〉를 불렀다. 그리고 〈월월화수목금금〉, 〈굉침轟沈〉, 〈라바울의 노래〉, 뒤이어 〈용감한 독수리의 노래〉, 그리고 마지막으로 나를 빗댄 노래를 몇 개 불렀다.

그것은 내가 왕따가 된다는 것을 알리는 예고 같은 것이다.

생각했던 대로 그날부터 나는 다시 왕따를 당했다.

쉬는 시간 나는 교실에 남아서 책을 읽었다. 강당에 꿰다 놓은 보릿자루처럼 서서 왕따로 놀림감이 되는 것보다 그 편이 얼마나 나은지 알 수 없었다. 전에는 노보루와 함께였지만, 지금은 나 혼자뿐이었다. 노보루는 체력의 회복과 함께 어느새 스스무를 호위하는 무장 중 한 명이 되어 있었다. 노보루는 노자와 가와무라 등과 동등하게 행세했지만, 나에 대해서는 확실히 호의를 보였다. 노자와 가와무라가 나한테 짓궂게 행동하면 그것을 제지하는 것도 노보루였다. 그러나 노보루라 하더라도 스스무한테서 나오는 게 틀림없는 나에 대한 따돌림의 지령을 해제할 힘은 없었다. 스스무의 세력은 기스케의 예언과는 반대로 전혀 수그러들 기미가 보이지 않았다. 겐이치는 여전히 기차 통학생 중에서 대장 격의 한 사람으로서 행동했고, 고등과에 진학한 예전의 동급생들에게도 은근히 위압적인 태도를 보이는 것 같았다.

새학기가 시작된 뒤 사흘째 되던 날 아침 요이치가 모습을 나타냈다.

요이치는 요시오를 발견하자 스스무가 오지 않아 아직 출발하지 않고 있는 하마미의 6학년 남자반 아이들 쪽으로 다가와 말했다.

"요시오, 가자."

"기다려" 하고 요시오는 말했다. "다 모이기 전에는 출발하면 안 돼."

"그래" 하고 요이치는 말하고, 아이들이 모인 앞에 섰다.

"네가 요이치냐?" 하고 히데가 물었다.

"응" 하고 요이치는 말했다. "넌, 누구야?"

"나 말이야" 하고 히데는 말했다. "히데야."

"넌 이름이 뭐야?" 요이치는 오자와를 향해 말했다.

"나 말이냐?" 오자와는 싱긋싱긋 웃으며 말했다.

"내가 누구든 상관 마."

요이치는 그 대답에 흠칫하는 것 같았다. 요이치는 오자와가 자신과 키가 비슷하다는 것을 확인한 뒤 자세를 고쳐 말했다.

"이름을 모르면 부를 수가 없잖아."

"오자와야" 기스케가 도와주었다.

"그렇구나." 요이치는 안도한 듯이 말했다.

"넌 이름이 뭐야?" 요이치는 퍼런 콧물의 이치로한테 마지막 질문을 했다.

"이치로야." 힘없는 여린 목소리로 이치로가 대답했다.

얼마 안 있어 스스무와 야마다가 나타났다. 스스무가 교차로에 접어들었을 때, 바로 출발할 거라고 생각한 아이들이 허둥지둥 달려가려 하자 스스무가 말했다.

"기다려, 마쓰가 지금 오니까."

그렇게 말하고 스스무는 뒤따르던 야마다와 함께 요이치 옆으로 천천히 다가갔다.

"네가 요이치냐?" 스스무가 물었다.

"응" 하고 요이치는 말했다. "넌, 누구야?"

"나 말이냐" 하고 스스무가 말했다.

"반장인 다케시타 군이야" 하고 야마다가 말했다. "잘 기억해 둬."

"반장이라" 하고 요이치는 말했다.

"넌, 누구야?" 요이치는 곧이어 야마다를 향해 물었다.

"야마다야." 야마다가 화를 꾹 참는 듯한 표정으로 대답했다.

마쓰가 길모퉁이를 돌아 나오는 게 보였다.

"빨리 와, 마쓰." 요이치가 큰 소리로 불렀다.

마쓰가 교차로까지 아직 안 왔을 때,

"가자" 하고 스스무가 지시를 내렸다.

"마쓰가 올 때까지 안 기다려?" 하고 요이치가 말했다.

"너, 뭔 얘기를 하는 거야" 하고 야마다가 말했다.

"기다리고 싶은 놈은 기다리라고 해" 하고 오자와가 말했다.

요이치는 비로소 스스무의 강한 힘을 깨달은 듯했다. 요이치도 결국 마쓰를 기다리지 않고 아이들과 함께 걷기 시작했다. 요이치는 일렬횡대의 오른쪽 끝에서 걸었다.

마쓰가 숨을 헐떡이면서 뛰어와 따라붙었다. 마쓰는 왼쪽 끝에서 걷고 있는 오자와의 자리를 빼앗으려 했지만 오자와의 저항에 뜻을 못 이루고 잠시 내 옆에 있었지만, 이윽고 요이치를 뒤로 억지로 밀어내고 그 자리를 차지했다.

"다케시타 군" 하고 마쓰는 잠시 있다가 말했다.

"읍내에서, 자전거포 큰아들이 불러 세웠다며."

"응." 스스무는 기분 나쁘다는 듯이 대답했다.

"나, 작년에, 그 자식한테 따귀를 얻어맞았는데, 언젠가 복수하지 않으면 안 되겠다고 생각하고 있었거든. 다케시타 군하고 함께라면, 나, 작년에 맞은 거 세 배는 돌려줬을 거야."

"그러냐" 하고 스스무는 약간 안심한 듯이 말했다.

"너하고 같이 있었으면, 나도 가만두지 않았을 텐데, 기요시하고 있어서 기요시를 생각해 가만히 참았던 거야. 도쿄에서 온 녀석들은 하나같이 겁쟁이들이니까."

나는 분노로 온몸이 딱딱하게 굳어지는 것을 느꼈다. 이 모욕을 묵과할 수는 없는 일이었다. 그러나 나는 이 사태를 어떻게 할 힘이 자신에게 없다는 것을 잘 알고 있었다. 요이치 쪽을 힐끗 보았더니 요이치는 완전히 기세에 눌린 듯 고개를 푹 숙이고 힘없이 걷고 있었다.

나는 화제가 그 사건에서 벗어나, 스스무를 비롯한 아이들의 관심이 나한테서 멀어지기를 간절히 기도했다. 당장 내가 할 수 있는 일이라고는 그런 식으로 기도하는 것 말고는 없었다.

다행히 이야기는 최근 마쓰가 만든 단도로 옮겨 갔다. 커다란 못을 철도의 선로에 올려놓고 기차 바퀴에 짜부라뜨려 납작하게 한 뒤에 날을 세우고, 거기에 손잡이와 칼집을 더한 것이었다. 그것을 마쓰가 보여주자 스스무는 잠시 동안 자세히 바라보더니, 이윽고

"마쓰, 이거 나 줘" 하고 말했다.

"다케시타 군, 그것만은 제발 참아 줘." 마쓰가 탄원하듯이 말했다.

"너, 달라고 했는데." 스스무는 자신의 위신에 상처를 입은 듯, 다소 말투가 거칠어졌다.

"똑같은 거 만들어 줄게" 하고 마쓰가 말했다.

"그걸 네가 가지면 되잖아" 하고 스스무가 말했다.

"다케시타 군, 돌려줘" 하고 마쓰는 말하더니, 스스무의 손에서 순식간에 그 단도를 빼앗더니 도망쳤다.

스스무가 쫓아가 마쓰를 붙잡고는, 마쓰의 양 어깨를 뒤로 꺾어 마쓰의 손에서 단도를 빼앗으려 했다. 마쓰는 얼굴이 새빨개지도록 저항했으나 결국 포기하고 스스무한테 단도를 넘겨주었다.

마쓰는 열의 오른쪽 끝으로 돌아가서는 가쁜 숨을 몰아쉬었다.

"마쓰, 잠시 빌리는 거야, 괜찮지?" 스스무는 약간 부드러운 목소리로 말했다.

"아, 알았어." 마쓰는 여전히 숨을 몰아쉬면서 말했다.

"너한테 줄게." 잠시 뒤에 마쓰는 말했다.

"난 하나 더 내 걸 만들면 되니까."

"마쓰" 하고 스스무는 말했다. "노미에 사는 녀석들한테는 만들어 주면 안 돼."

"응" 하고 마쓰가 말했다. "안 만들어 줄게."

"다케시타 군" 하고 잠시 뒤에 마쓰가 스스무의 기분을 맞춰 주려는 듯 말했다.

"노보루는 여전히 건방진 것 같아."

"응, 한번 따끔한 맛을 보여줘야 할 것 같아" 하고 스스무는 말했다.

"다케시타 군" 하고 야마다가 말했다.

"노보루는 있잖아, 다케시타 군이 없을 때는, 다케시타, 다케시타 하고 부른다."

스스무한테만은 다케시타 군이라는 경칭이 붙었다. 하마미에서 스스무가 없을 때, 스스무를 항상 다케시타라고 부르는 건 기스케 정도였다. 나는 아직 다케시타를 부를 때 군이라는 말을 붙인 적이 없었다. 그렇게 경칭을 붙이지 않아도 상관없도록, 될 수 있으면 스스무의 이름을 입에 담는 걸 피해 왔던 것이다. 그리고 스스무와 단둘이 있을 때는 스스무라고 불렀다. 학교에서도, 하마미 외의 아이들은 이따금 스스무가 없는 곳에서는 다케시타라고 불렀지만, 그것도 하마미 아이들이 없을 때만 그렇게 불렀다. 노보루처럼 대놓고 다케시타라고 부르는 아이는 지금까지 없었다.

"지난번에는 말이야, 다케시타 군" 하고 기스케가 말했다.

"다케시타가 으스대는 건, 겐이치가 졸업할 때까지라고 지껄였어."

스스무는 그 말에 대답을 하지 않았다. 스스무는 명백히 노보루가 대두하는 것에 대해 머릿속으로 고민하고 있는 것이다. 나는 그것을 마음속으로 은밀히 기뻐하고 있었다. 스스무의 부당한 횡포를 바로잡을 수 있는 건 노보루 말고는 없을 것 같았다.

그날 집에 오는 길에 이변이 일어났다. 의외로 전에 없이 빨리 나에 대한 따돌림이 해제된 것이었다. 학교를 나오고 난 뒤 곧바로 예의 스스무가 나를 부르는 소리가 들려, 아이들의 열 뒤에서 터벅터벅 걷는 모진 괴로움으로부터 구출되었다.

"4월부터 중학교 수험 공부를 하자고 했던 이야기 말이야, 조금 늦춰 주지 않을래" 하고 스스무가 말했다.

"봄에 바쁜 일이 많아서 말이야."

"나 대신 고기잡이 돕는 걸 맡기로 한 동생 녀석이 전혀 제 역할을 못하고 있어. 그래서 여름방학 때까지 내가 함께 고기잡이를 거들게 되었어. 그동안에 동생 녀석한테 충분히 일을 가르쳐서 여름방학부터는 내가 거들지 않아도 되게 하려고."

"그렇구나." 나는 무난한 대답을 했다.

"여름이 되면" 하고 잠시 뒤에 스스무가 말했다.

"바다 위에서 공부하자."

"바다 위에서?" 나는 놀라며 물었다.

"그래" 하고 스스무가 말했다.

"우리 집 배에 돛을 달고, 바다 위를 달리는 거야. 바람이 잘 통해 시원할 거야. 돛의 그늘에 있으면 일사병에 걸릴 염려도 없고."

"그거 괜찮겠네." 다소 즐거운 기분이 들어 나는 말했다.

"배가 고프면 바다에 뛰어들어 조개를 잡아서 먹어도 되고."

"멋지겠는데." 나는 나도 모르게 도쿄 말투로 말했다.

"조개라면 어떤 조개가 잡히는데?" 나는 다시 시골 말투로 돌아가 질문했다.

"굴하고 소라 같은 거."

아이들이 부러운 듯이 귀를 기울이고 있다는 것을 알았다.

"다케시타 군." 마쓰가 참기 힘들다는 듯이 끼어들었다.

"이다무라 곶 앞에 가면, 소라가 엄청 많대."

"알고 있어" 하고 스스무는 말했다. "기요시하고 이야기하고 있으니까 너는 잠자코 있어."

"낚싯줄을 준비해 가서 보리멸이나 오징어를 잡아 회로 먹는 것도 좋아."

"간장을 가져가지 않으면 안 되겠네."

"응, 그걸로 초밥도 만들어 먹고."

"그럼 수통도 가져가야겠구나."

"과일을 가져가면 좋은데. 참외라든가 토마토라든가 수박 같은 걸 가져가서 바닷물에 시원해지게 담가 놓았다가 먹는 거야."

그렇게 말하고 스스무는 자기의 권위를 확인이라도 하려는 듯이 말했다.

"마쓰, 너희 집에서 참외 심지. 조금 갖고 올 수 있어?"

"응, 가져올게." 마쓰가 대답했다.

"다케시타 군, 난 토마토 가져다줄게." 야마다가 말했다.

"기스케" 하고 스스무가 말했다. "너희 집의 자두도. 양동이로 하나 정도 가져와."

"응." 기스케가 말했다. "양동이 말고 들통으로 한 통 줄게."

"양동이 하나면 돼" 하고 스스무는 말했다.

이 계획은 스스무의 마음에 든 모양이었다. 스스무는 이 계획을 집에 오는 먼 길 동안 질리지도 않고 여러 번 화제로 삼았다. 스스무는 아이들의 마음을 끌어당기면서 또 아이들을 놀리듯이 말했다. 예를 들면 이런 식이었다.

"우리 배에 기요시 말고는 아무도 태워주지 않았어."

아이들은 잠자코 있다.

"공부하지 않을 때는 나도 태워주지 않을래" 하고 마쓰가 말한다.

"마쓰라" 하고 스스무는 말하고는

"참외를 많이 가지고 오면 가끔 태워줄 수도 있어."

"다케시타 군, 나도" 하고 야마다가 말한다.

"야마다라" 하고 스스무는 말한다. "어쩔 수 없지. 잠깐 태워줄게."

나머지 아이들은 말해 봐야 소용없다는 것을 터득한 것처럼 침묵만 지킬 뿐이었다.

그러다가 기스케가 말했다.

"다케시타 군, 노미 녀석들이 와도 절대로 태워주지 않을 거지?"

"누가 태워줄까 봐." 스스무는 적의를 드러내 보이면서 말했다.

노보루가 학교로 돌아온 뒤부터 노미 아이들한테 서서히 일어나고 있는 변화는 그 무렵 더 한층 뚜렷해져 있었다. 그 점에서 기스케의 예측은 정확했다. 아직 스스무에게는 결코 반항하지 않았지만, 지금까지 스스무의 위세를 빌려 실력 이상으로 행동했던 하마미 아이들, 특히 마쓰나 야마다 등에 대해서는 공공연히 맞서거나 일부러 시비를 걸기도 했다. 특히 노보루를 비롯해서 노자와, 가와무라, 히라오 등이 그런 태도를 드러냈다. 그것을 스스무가 자신의 권위에 대한 명백한 침해로 간주해 불쾌하게 생각하고 있다는 것은 확실했다. 그 격투 놀이를 할 때, 하마미 아이들과 노미 아이들이 양쪽으로 뚜렷이 나누어지는 일이 자주 있었다. 그럴 때도 스스무가 있는 편이 단연 사기가 높았는데 노보루가 등장하고 난 뒤부터는 예전 같지 않은 것처럼 보였다.

그리고 스스무는,

"여름이 되면, 하마미 아이들은 한 명도 빠짐없이 우리 배에 태워줄게" 하고 말했다.

"다케시타 군" 하고 요시오가 감격한 듯 말했다.

"그러면, 나 바다로 잠수해 커다란 소라를 많이 캐올게."

요시오는 잠수의 명인이었다.

"난 창으로 물고기를 잡아올 거야." 히데도 말했다.

"난 맛있는 걸 가지고 올게." 요이치가 말했다.

"다케시타 군" 하고 야마다가 말했다.

"요이치도 하마미 아이야?"

"요이치라" 하고 스스무는 말했다. "요이치는 아직 하마미 아이는 아니야. 이미 반년 이상 있었던 기요시하고는 다르지."

요이치는 입을 다물어 버렸다.

최초의 등교일로부터 요이치는 줄곧 거의 왕따와 다를 바 없는 대접을 받았다. 요이치는 상황 판단을 완전히 잘못해, 그 결과 영원히 풀리지 않을지도 모를 만큼 스스무의 노여움을 사고 말았던 것이다. 그러니까 얼핏 보기에는 위세가 좋아 보이는 마쓰 쪽이 스스무보다도 세력이 있을 것 같았기 때문에 진짜 세력이 어디에 있는지 잘못 판단해 마쓰의 부하가 되었고, 첫 등교일에 스스무에게 말대꾸하고 대들어서 스스무의 화를 부르고 말았다. 하지만 요이치에 대한 따돌림은 통학길에 국한된 것이어서 나보다는 나았다. 그러나 그런 요이치도 자주 내가 스스무의 역정을 사 완전히 왕따 당하는 것을 잼싸게 냄새 맡았는지 나하고는 결코 말을 나누려 하지 않았다. 같은 도쿄 출신이라는 친근함 때문에 내 쪽에서 요이치와 친해지려고 몇 번이나 말을 걸어 보았지만, 요이치는 그런 나를 환영하기는커녕 성가시게 생각하는 듯했다. 그래서 나는 요이치한테 걸었던 기대가 완벽하게 배신당해 요이치를 미워하게 되었다.

하마미에서 요이치는 마쓰의 부하로 상당히 운신의 폭을 넓히고 있었다. 젊은이들은 군대에 가 있거나 근로 동원이 되어서, 6학년이라고 해도 일 년 늦게 학교에 들어갔기 때문에 사실은 고등과 1학년이었고 체격으로 말하자면 그 이상으로 본다 해도 이상하지 않은 마쓰는 스스무가 없는 데에서는 두려움을 불러일으키는 존재였다. 그런 마쓰의 부하가 된 요이치는 당연히 마쓰의 위세를 빌릴 수 있었던 것이다.

모내기가 시작되는 5월에 접어들자, 메뚜기 알을 주워 오라는 명령에 이어 쑥을 채집한 뒤 말려서 제출하라는 명령이 전교생한테 내려졌다. 4학년 이상의 고학년은 말렸을 때의 무게가 한 관 이상이 되도록 채집하지 않으면 안 되었다. 말렸을 때의 무게가 한 관이 되려면 말리기 전에는 상당한 양이 필요했다. 쑥은 화약의 원료로 쓰인다고 했다. 전쟁을 위해서라면 싫든 좋든 채집하지 않으면 안 된다고 나는 생각했다.

그 명령이 떨어진 토요일, 나는 집에 돌아오자마자 곧바로 큰어머니한테 사정을 이야기하고 자루와 낫을 얻어 밖으로 나갔다.

나는 바닷가로 갔다. 제방 근처의 풀숲에 쑥이 있다는 것을 알고 있었다. 쑥을 뜯으면서 나는 제방을 따라 걸어갔다. 그러자 앞쪽에서 이틀 전부터 학교를 안 나온 마쓰가 오는 것이 보였다. 그것도 혼자가 아니었다. 본 적이 없는 여자아이와 같이 오고 있었다.

마쓰도 내가 오는 것을 알아차렸다. 마쓰의 얼굴이 빨개졌다.

"뭐하고 있어?" 마쓰가 물었다.

"쑥 채집이야" 하고 나는 말하며 그 이유에 대해 설명했다.

"나도 채집하지 않으면 안 되겠네." 다 듣고 나더니 마쓰는 귀찮게 됐다는 듯이 말했다. 그러고는 문득 깨달았다는 듯이 같이 온 여자아이를 돌아보며 말했다.

"얘는 가쿠헤이 댁의 기요시야."

잘 부탁한다는 뜻으로 나는 살짝 고개를 숙였다.

"얘가 도쿄에서 소개해 왔다는 그 아이?" 여자아이는 나를 가만히 쳐다보면서 물었다.

"맞아" 하고 마쓰는 자랑스럽게 말했다. "우리 반의 부반장인데 사실은 반장인 스스무보다도 공부를 잘할지 몰라. 책을 이렇게 많이 읽었어(하며 마쓰는 양팔을 벌려 보였다) 대단해."

마쓰의 말은 나의 자존심을 기분 좋게 자극했다.

"너네 친척이야?" 하고 나는 물었다.

"응" 하고 마쓰는 말했다. "도쿄에서 공습을 당해 피해 왔어."

나는 다시 한 번 여자아이를 쳐다보았다. 나보다도 키가 크고 살짝 화장도 해서 어엿한 여인으로 느껴졌다.

"언제 공습 당했어?" 하고 나는 물었다.

"3월에" 하고 여자아이가 말했다. 여자아이의 말투에 어딘가 왈가닥 같은 구석이 있어서 마음에 들지 않았다.

"그저께, 혼자서 우리 집으로 소개해 왔어. 그래서 나 학교에 못 가게 된 거야."

마쓰는 변명처럼 말했다.

"기요시는 말이야, 재미있는 이야기를 많이 알고 있어. 백 개도 넘을 걸." 마쓰는 여자아이한테 설명했다. 그러고서 나를 보면서,

"다음번에 게이코한테도 이야기를 들려줘."

"응" 하고 나는 대답했지만 속으로는 이런 여자아이한테 이야기를 하는 것은 정말 싫다고 생각했다.

"자, 게이코" 하고 마쓰는 다정한 목소리로 여자아이한테 말했다.

"집에 가서 점심 먹자."

놀랍게도 마쓰는 게이코의 손을 잡고서 저 앞으로 가버렸다.

월요일에도 마쓰는 학교에 오지 않았다.

그날 집에 오는 길에는 마쓰가 화제에 올랐다.

"마쓰 녀석, 뭐하는 거야" 하고 스스무가 말했다.

"뭐하고 있는 걸까" 하고 야마다가 말했다.

"또 3학년 때처럼 학교에 나오기 싫어진 게 아닐까?" 하고 오자와가 말했다.

"오늘 선생님한테 지시를 들었어, 마쓰한테 들러 보라고" 하고 스스무는 말하고는 힐문하듯이 요시오를 향해,

"너, 마쓰하고 친하지. 마쓰 매일 뭐하고 있어?"

"난 몰라" 하고 요시오는 말했다. "요즘 쑥 뜯으러 다니느라 바빠서

마쓰하고 만날 새도 없어."

"요이치, 너도 몰라?" 하고 스스무는 물었다.

"모르는디" 하고 요이치는 어설픈 사투리로 대답했다.

"쑥 아직도 많이 있어?" 하고 스스무가 말했다.

"그게 말이야, 다케시타 군" 하고 히데가 말했다. "이미 대부분 뜯어 가서 거의 없어. 난, 아직 반 정도밖에 못 뜯었는데 그거 뜯는데도 얼마나 힘이 들었는지 몰라."

"맞아, 맞아" 하고 기스케가 말했다. "이제 웬만큼 쑥이 있는 데는 다 뜯어가 버렸어."

나는 토요일에 학교에서 돌아온 뒤 바로 쑥을 뜯으러 가기를 잘했다고 생각했다.

"나는, 바빠서 아직 전혀 뜯지 못했는데" 하고 스스무가 말했다.

"다케시타 군, 뜯는 거 좀 도와줄까?" 하고 야마다가 말했다.

"좋아" 하고 스스무는 말했다.

"학교에 안 나온 벌로 마쓰한테 시킬까."

"다케시타 군" 하고 기스케가 말했다. "마쓰네 집에 도쿄에서 여자아이가 소개해 왔다던데 알고 있어?"

"몰라." 무뚝뚝하게 대답했지만 호기심이 일었는지 조금 있다가 이번에는 스스무가 물었다.

"몇 살이야?"

"여학교 1학년이라던데."

"언제 왔어?"

"잘은 모르겠어."

"누구 만나본 사람 있어?" 하고 스스무가 물었다.

아무도 대답하지 않았다.


다음 날 아침도 마쓰는 나오지 않았다. 하마미의 집들을 지나갈 무렵 기스케가 스스무한테 말했다.

"다케시타 군, 어제 마쓰네 집에 가봤어?"

"응" 하고 스스무는 말했다. "두 번 갔는데 두 번 다 아무도 없었어. 네가 말한 여자아이도 없었어. 기스케 어제 얘기 진짜야?"

"진짜야" 하고 기스케는 말했다. "우리 아버지가 목욕탕에서 마쓰네 아버지한테서 들었다고 했으니까."

"진짜야, 다케시타 군." 요시오가 웃음 띤 목소리로 말했다.

"마쓰 녀석, 게이코인가 하는 여자아이한테 홀딱 빠져서 사람이 없는 곳만 찾아다니면서 둘이서 손을 잡고 다녀. 어제도 말이지, 세타 숲에서 게이코랑 쑥을 뜯더라."

"쑥 뜯어야 한다는 건 알고 있었네" 하고 스스무는 말했다.

"세타 숲에는 쑥 아직도 있냐?" 하고 스스무는 요시오한테 말했다.

"아직 조금 남아 있어. 마쓰가 전부 뜯어가지 않았다면."

"다케시타 군" 하고 야마다가 말했다.

"쑥으로 만든 화약으로 일본이 빨리 이길까?"

"쑥으로 만든 화약으로 군함은 가라앉지 않잖아" 하고 스스무가 말하자 야마다는 입을 다물었다.

만약 스스무 외의 누군가가 똑같은 말을 했더라면, 하고 나는 속으로 생각했다. 그 사람에게 모든 아이들의 비난이 일제히 쏟아졌을 것이다. 여기에서 스스무는 절대자이다. 그 절대자의 권위에 조금이라도 반항하는 사람은 보복을 받지 않을 수 없다. 나는 이야기 책에서 읽었던 유이 쇼세쓰*에 대해 생각했다. 유이 쇼세쓰의 시도는 실패로 끝났지만, 쇼군에 반항한 유이 쇼세쓰는 분명히 놀라울 정도로 용기 있는 인물이었음에 틀림없다. 그러나 그의 앞길을 기다리고 있었던 것은 사죄死罪였던 것이다……

"다케시타 군" 하고 기스케가 말했다. "루스벨트가 죽어도 적들은 좀처럼 항복하지 않겠지?"

"다케시타 군" 하고 야마다가 말했다. "어째서 독일 녀석들은 항복해 버린 걸까?"

"몰라" 하고 스스무는 기분이 상한 듯 대답했다.

"누구한테 물어봐. 일본하고 독일이 이기고 마지막에는 일본하고 독일이 전쟁을 할 거라고 잘난 척하며 말했으니까."

"재미있는 이야기네." 오자와가 야유하듯이 말했다.

"그런 바보 같은 소리를 누가 했어?" 야마다가 물었다.

"기요시겠지" 하고 히데가 말했다.

"다케시타 군" 하고 기스케가 말했다.

"산골 마을의 무당이 그러는데, 오키나와에 미군을 불러들여 전멸시키고 올해 9월에는 일본이 전쟁에서 이긴다고 했대."

---

* 由井正雪(1605~1651). 일본의 군학자이자 병법가. 반역사건의 주모자로 계획이 새어나가 자살했으나 에도 막부가 이전의 무단 정책에서 문화 정책으로 전환하는 계기를 마련했다.

"산골 마을 무당이 하는 말은 잘 맞는데." 야마다가 보기 드물게 기스케의 편을 들었다.

기스케가 아이들의 관심을 나한테서 벗어나게 해준 것에 대해 나는 마음속으로 고맙게 생각했다.

"다케시타 군" 하고 요시오가 말했다.

"그 무당이 간베에 댁 아저씨가 바다에 빠져 죽었다는 걸, 통보가 오기 한 달도 더 전에 맞혔대."

"간베에 댁 아저씨라면 해군에 간 사람 말이야?" 스스무가 물었다.

"맞아 그 사람" 하고 요시오가 말했다. "정미소 남자하고 마쓰 누나를 두고 뺏으려고 했던 사람."

"마쓰 누나를 좋아했던 사람은 두 사람 말고도 엄청 많았어." 기스케가 말했다.

"어찌됐든 마쓰의 누나는, 오노노 고마치라고 하니까" 하고 스스무가 말했다.

"오노노 고마치라니, 다케시타 군 뭐야?" 하고 요시오가 말했다.

"오노노 고마치라는 건" 하고 스스무가 약간 뻐기듯이 말했다.

"헤이안 시대의 가인인데 절세미인이라고 했던 여자야. 잘 기억해 둬."

그날 집에 돌아와 보니 친정에 돌아가 있는 미쓰코 숙모로부터 편지가 와 있었다. 9월 이후 근무하고 있던 문부성에서 출장으로 이번 달에 이쪽으로 오게 되었으니 성묘도 겸해 들러서 오랜만에 이곳 가족들과도 만나고 싶다는 내용이었다. 나는 기다릴 즐거움이 하나 생겨서 기뻐했다.

　토요일 나는 기스케와 함께 세타 숲으로 최후의 쑥을 뜯으러 출발했다. 거기에서 우리는 자루를 둘러메고 쑥을 뜯으러 온 마쓰를 만났다.

"힘들지?" 하고 기스케가 말했다.

"다케시타 것도 뜯었어?"

"이거 전부 다케시타 거야." 마쓰는 약간 화난 목소리로 말했다. 나는 마쓰가 군이라는 경칭을 안 붙이고 다케시타를 부른 것에 또 한 번 놀랐다.

"다케시타가 지시했어?" 기스케가 물었다.

"응, 어제." 마쓰는 화를 내듯이 말했다.

　조금 있다가 기스케가 말했다.

"오늘은 혼자서 쓸쓸해 보이네."

"무슨 얘기야?" 마쓰는 말하면서도 점점 얼굴이 빨갛게 물들었다.

"게이코 얘기야." 기스케가 차분하게 말했다.

"게이코는" 하고 마쓰는 빨개진 얼굴을 하고서 말했다.

"다나미에 가버렸어."

"뭐하러?"

"여학교에 들어가려고."

"너희 집에 계속 있기로 했다며?"

"응" 하고 말하며 마쓰의 얼굴은 다시 빨개졌다.

"다나미에도 친척이 있어?"

"응" 하고 마쓰는 말했다. "게이코의 아저씨가 있어."

"그렇구나" 하고 기스케는 말했다.

잠시 뒤에 보니 마쓰의 모습이 사라졌다. 그러자 기스케는 주위를 둘러보더니 사람이 없다는 것을 확인하고는 속삭이듯이 말했다.

"마쓰가, 남자가 된 것 같아."

"뭐라고." 나는 놀랐다.

"게이코에 의해서."

"어떻게?"

"너는 아직 모르는구나." 기스케는 싱긋싱긋 웃으며 말했다.

"조만간 이해할 수 있게 되면 설명해 줄게."

나는 그 이상은 기스케한테 캐물으려 하지 않았다. 만약 물어본다면 기스케가 미주알고주알 자세하게 설명해 주리라는 것은 알고 있었다. 지금까지도 몇 번인가 기스케는 남자와 여자 간의 비밀스러운 행위에 대해 가르쳐 주려 한 적이 있었지만 내가 듣지 않겠다고 했다. 기스케는 나한테 한번은 말의 교미를 보여주겠다는 말까지도 했다.

그러나 나는 이미 학교까지의 먼 길을 오가면서 아이들이 주고받는 노골적인 이야기나, 작업 시간에 아이들이 소곤소곤하며 나누던 소문 이야기들을 통해 남녀의 비밀스러운 행위에 대해 상당히 알게 되었다. 다만 그것이 현실에서 실제로 있을 수 있다는 것을 마음속으로는 받아들이려 하지 않았을 뿐이었다.

지금도 기스케가 말한 것이 그 문제와 관계있는 게 틀림없다는 것은 알고 있었다. 내가 무엇보다도 두려워했던 것은, 내 마음이 언젠가는 그것들에 친숙해져 아이들이 떠드는 내용들을 차츰차츰 인정하게 되어 버리는 것은 아닌가 하는 것이었다. 기스케가 그런 것들을 믿고도 태연히 있을 수 있다는 것이 나로서는 신기했다. 그렇지만 않으면 기스케는 진짜로 좋은 녀석일 텐데 하고 나는 생각했다.

기스케 덕분에 나는 부족한 걸 충분히 보충할 만큼 많은 양의 쑥을 뜯을 수 있었다.

집에 돌아와 오늘 뜯어온 쑥을 지금까지 뜯었던 것과 한데 섞어 말리려고 헛간 앞으로 갔더니 쑥을 넣어놓았던 거적이 안 보였다. 대체 어떻게 된 걸까. 그만한 양의 쑥을 이제부터 새로 뜯는다는 것은 불가능했다.

집 안으로 들어가자 위패를 모신 방에 있던 할머니가 불렀다.

"기요시 왔니, 도쿄에서 내일 숙모가 온단다."

"정말이에요?" 나는 기뻐 소리를 질렀다.

"전보가 왔어요?"

"아까 왔다. 내일 아침 도착이라고."

"그래요."

그러고서 나는 중대한 일을 묻는 것을 잊고 있다는 게 생각났다.

"할머니" 하고 나는 말했다.

"제가 뜯어온 쑥 어디 있는지 모르세요?"

"쑥이라고" 하고 할머니는 말했다. "쑥이라면 헛간 앞에 말려 놓았던 쑥 말이냐?"

"맞아요, 그거요."

"오늘 말이다" 하고 할머니는 말했다. "떡쌀 다섯 되를 융통해 왔단다. 도쿄에서 숙모가 오시니 뭐라도 선물을 들려 보내지 않으면 안 될 것 같아서 말이야. 설탕도 작년에 얻어 놓은 게 아직 조금 남아 있고 말이다. 그래서 쑥떡이라도 만들어 주려고 생각했단다. 저세상으로 간 숙부가 쑥떡을 무척 좋아했거든."

"할머니" 하고 나는 거의 울 것 같은 목소리로 말했다.

"그래서 헛간 앞에 있던 쑥을 쓰신 거예요?"

"그래 맞다" 하고 할머니는 말했다.

"적당히 말라 있어서 말이다. 금방 괜찮은 것들을 골라서 찌고 있는 중이다."

"할머니" 하고 나는 말했다. "그건 학교에 갖고 가야 되는 쑥이에요. 월요일까지 학교에 가져가지 않으면 안 된다고요."

"저런, 그럼 어떻게 하지. 이 할미는 전혀 몰랐구나" 하고 할머니는 말했다.

나는 울음을 터뜨리고 말았다. 내가 우는 걸 본 적이 없는 할머니는 사태의 중대함을 알아차린 것 같았다.

"기요시짱, 울지 말거라" 하고 할머니가 말했다.

"할미가 반드시 뜯어 줄게."

"그렇지만 이제 어디에도 쑥이 없단 말이에요. 아이들이 전부 뜯어 갔다고요." 나는 울면서 말했다.

"안 울어도 된다, 안심해라. 할미가 쑥이 많이 있는 데를 아니까."

"어디예요?" 나는 반신반의하며 말했다.

"촌장님 댁 뒷마당에 많이 있다. 그 뒷마당은 울타리가 쳐져 있어서 아무도 캐가지 않았을 거다. 지금 잠깐 다녀오마."

그렇게 말하고서 할머니는 불경을 불단 서랍에 집어넣고 일어섰다.

할머니가 가고 나서 잠시 뒤에 나는 일어나 우물로 가서 얼굴을 씻었다. 할머니의 뒤를 따라 촌장님 댁으로 가야겠다는 생각이 들었던 것이다.

할머니의 예상은 맞았다. 촌장님 댁의 뒷마당에는 아직 쑥이 많이 있었다. 미나코의 어머니와 할머니 두 분도 도와주고 있었다.

쑥 캐는 일이 다 끝난 뒤 나와 할머니는 두 분의 권유로 객실에서 차를 마시고 가기로 했다.

"뜯어 놓은 쑥이 쑥떡이 되었구나" 하고 차를 권하면서 미나코의 어머니가 나한테 말했다.

"네" 하고 나는 대답했다.

"할머니가 깜짝 놀라셨던 모양이야."

"여기 와서, 쑥이 있는 걸 보고야 겨우 안심했지 뭡니까" 하고 할머니가 말했다.

"내일은 도쿄에서 숙모님이 오신다며?" 미나코의 어머니가 물었다.

"네."

"집에도 초대하고 싶은데 공교롭게도 미나코가 감기에 걸려 누워 있어서."

그랬구나. 나는 그제야 납득이 갔다. 벌써 오랫동안 미나코를 못 봤기 때문이었다. 나는 아까부터 미나코가 나타나기를 기다렸던 것이 공연한 기대였다는 것을 깨달았다.

"열이 있나요?" 하고 나는 물었다.

"이제 거의 다 나았단다." 미나코의 어머니가 대답했다.

"잘 돌봐 주세요" 하고 할머니가 말했다. "감기가 더치면 무서우니까요."

"순조롭게 회복하길 빌게요" 하고 나도 말했다. 그럴 수만 있다면 미나코의 머리맡에 앉아 미나코의 하얀 얼굴을 보면서 이야기하고 싶었다.

"기요시짱, 이제 학교생활은 완전히 익숙해졌지?"

"네" 하고 대답하면서, 순간 나는 그 자리에 미나코가 없는 것을 오히려 고맙게 생각했다. 미나코는 분명 내가 학교에서, 그리고 통학길에서 어떤 처지에 있는지 알고 있을 테니까.

"스스무짱하고 같은 학년이지?" 하고 미나코의 어머니는 계속해 말했다.

"스스무짱의 어머니하고는 소학교 시대 동급생이었단다. 기요시짱하고도 좋은 친구가 되었지?"

"네" 하고 나는 대답했다.

스스무가 어른들 사이에서 평판이 좋은 것에 나는 새삼스럽게 놀랐다. 어른들은 스스무의 진짜 모습을 모른다고 나는 생각했다.

얼마 뒤에 할머니와 나 두 사람은 촌장님 댁을 나왔다.


일요일 아침, 나는 자전거를 타고 숙모를 맞이하러 역까지 갔다.

기차가 도착하자마자 곧이어 개찰구에 구루메 가스리로 만든 몸뻬 차림의 숙모의 모습이 보였다. 가죽으로 된 작은 보스턴백과 커다란 트렁크를 들고 있었다. "기요시짱" 하고 개찰구를 빠져나오기도 전에 숙모는 그리운 목소리로 나를 불렀다. 숙모의 목소리는 여전히 청아하고 아름다웠다.

"어서 오세요" 하고 말하면서 나는 숙모한테서 트렁크를 받아 들었다.

"무거워."

"괜찮아요."

"많이 컸구나."

숙모는 내가 사랑하고 동경해 마지않는 도쿄에서 온 사자였다. 나는 그 숙모의 목소리, 모습, 향수 냄새를 놓치지 않고 빨아들였다.

자전거의 화물대에 트렁크를 올리고 끈으로 묶은 뒤, 나는 자전거를 밀면서 숙모와 함께 천천히 걸었다.

"이제 시골에 완전히 익숙해졌지, 기요시짱?" 하고 숙모는 말했다.

"네" 하고 말하는데 나도 모르게 눈물이 솟았다.

"집의 농사일도 도와드리고?"

"네."

"힘들지?"

"그렇지도 않아요" 하고 나는 말했다. 힘든 건 그런 일이 아니었다. 나는 속으로 그렇게 혼잣말을 했다.

"이제 슬슬 모내기가 시작될 거예요."

"기요시짱도 모내기를 해?"

"물론이죠" 하고 나는 말했다.

길을 걸으며 나는 이미 편지로 알고 있던 도쿄의 상황을 숙모로부터 직접 확인했다.

도쿄는 완전히 변해 버렸다는 것을 나는 숙모의 설명을 들으면서 새삼스럽게 납득했다. 식량은 아주 부족하고, 경계경보, 공습경보로 하루도 편안히 잠을 잘 수가 없다. 우리 집 주위는 아직 폭격으로 타지 않았지만 폭격 당하는 것은 시간문제다, 부모님도 비교적 안전한 외할아버지네 집으로 빨리 이사해 다행이라고 숙모는 말했다.

"기요시짱은 이렇게 안전한 곳에 소개해 와서 정말 다행이야. 기요시짱과 같은 학년인데 시즈오카로 집단 소개한 아이들은 다시 아오모리현 쪽으로 재소개한다는 것 같더구나. 기요시짱은 연고지로 오게 되어 정말로 잘됐어"

하고 숙모는 말했다. 아, 아무도 나의 괴로운 마음은 알지 못하는구나 하고 나는 생각했다.

제일 위의 형은 학도 동원으로 아비코我孫子 시의 해군 농장에서 근로봉사를 하고 있어 한 달에 한 번 정도밖에는 집에 오지 않는다. 그 밑의 형은 외할아버지의 고향과 가까운 구마모토 유년학교에 입학해 매일 긴장된 나날을 보내고 있다. 지난번에는 제복을 입은 모습의 사진을 보내와서 봤는데 이미 늠름한 청년 장교 같은 느낌이 들었다. 출정하기 전까지는 소위님이라고 부르지 않는 것이 마음에 안 든다고 하는 것 같았다. 외할머니는 아직 병석에서 완전히 벗어난 것은 아닌 생활을 하고 있지만 11월 초부터 어머니와 함께 생활하게 된 이후로 상당히 건강을 회복했다. 아버지는 여전히 무척 바쁘게 지내고 있다. 한번 어머니가 오고 싶어 하지만 지금은 도저히 집을 비울 수가 없는 상황이다.

그런 것들을 숙모는 아름다운 목소리와 멋진 여성의 말투로 나한테 이야기했다.

이미 편지를 통해 그런 사실들을 알고 있었지만 나는 그제야 처음으로 듣는 것 같은 느낌이 들었다. 그러나 그런 소식들이 어딘가 먼 세계에서 일어난 일들처럼 생각된다는 사실이 나를 놀라게 했다. 아버지도 어머니도, 형들도, 할아버지도, 할머니도, 나와 가깝고 내가 사랑하는 사람들이 왠지 먼 나라 사람들처럼 느껴졌다.

그날 밤 나는 숙모와 베개를 나란히 하고 잤다.

이튿날 아침, 스스무는 교차로에서 안절부절못하고 있었다. 마쓰를 기다리고 있었는데 좀처럼 오지 않는 것이었다. 아이들은 전부 쑥이 들어 있는 자루를 등에 지고 있었다. 자루를 메고 있지 않은 건 스스무 혼자였다.

"요시오" 하고 스스무가 말했다. "너, 분명히 마쓰가 쑥 뜯는 걸 봤지?"

"응, 봤어." 요시오가 대답했다. "다케시타 군한테 준다고 말하면서 뜯었어."

"다케시타 군, 나도 봤어" 하고 기스케가 말했다.

"그래." 스스무는 약간 안심한 듯 말했다.

"야마다." 스스무가 갑자기 명령을 내렸다.

"너 잠깐 뛰어가서 마쓰 데리고 와."

"응" 하고 대답하면서 야마다는 뛰어갔다.

"빨리 안 오면 학교에 지각할 거야" 하고 기스케가 말했다.

이윽고 마쓰가 야마다와 함께 왔다. 자루를 하나밖에는 갖고 있지 않았다.

"다케시타 군, 미안해" 하고 마쓰는 도착하자마자 말했다.

"됐어, 빨리 줘" 하고 스스무는 말했다.

"이거 한 사람 분도 안 될 것 같은데." 스스무는 자루를 손에 잡으며 말했다.

"난 오늘 학교에 안 가. 그거 전부 다케시타 군 거야" 하고 마쓰가 말했다.

"그래" 하고 스스무는 말했다. "너, 또 농땡이 부릴 생각이야?"

"내일부터 갈 거야" 하고 마쓰가 말했다.

나는 마음속으로 스스무의 부정을 질책하고 증오했다. 마쓰가 오늘부터 학교에 가지 못하는 것도, 쑥을 자기 것까지 뜯지 못했기 때문이 아닌가. 마쓰가 스스무한테 사과할 일은 전혀 아닌 것이다.

"내일부터 학교에 가는 거야" 하고 스스무는 마쓰에게 말하고는,

"자, 가자" 하고 아이들한테 지시했다. "꾸물대다가는 지각할 거야."

우리는 여느 때처럼 스스무를 가운데 둘러싸고 출발했다. 저번부터 줄곧 나에게는 스스무의 옆자리가 주어지고 있었다.

잠시 뒤에 스스무는 자루를 야마다한테 갖고 있게 했다.

"이게 한 관이 될까?"

"글쎄" 하고 야마다는 잠시 손으로 들어 본 뒤에,

"이거 한 관이 안 돼" 하고 말하며 자루를 스스무한테 돌려줬다.

"마쓰 녀석 농땡이 피웠군" 하고 기스케가 말했다.

"다케시타 군" 하고 야마다가 말했다.

"내 거, 한 관보다 더 되니까 조금 줄까?"

"응" 하고 스스무는 대답했다. "이리 줘봐."

대오가 정지했다. 야마다가 자루 입구를 열고 스스무는 한 손으로 야마다의 쑥을 꺼내 자신의 자루에 두 번이나 넣었다. 세 번째에,

"다케시타 군, 조금 많이 가져가는 것 같아" 하고 야마다가 쭈뼛쭈뼛 불평을 했지만,

"괜찮아" 하며 불평을 일축하고 한 번 더 쑥을 집었다.

"기스케, 네 것도 조금 줄래?" 하고 스스무가 말했다.

"난 한 관밖에 안 돼."

"알았어" 하고 스스무는 말했다. 다른 아이들도 전부 한 관밖에는 안 되는 모양인지, 야마다처럼 스스무한테 헌상하려는 사람은 없었다.

스스무는 가는 도중 계속 심기가 불편해 보였다. 스스무는 입을 꾹 다물고 있었다. 따라서 아무도 입을 여는 사람이 없었다.

학교에 도착하니 이미 시작종이 울린 뒤였다. 교실에 도착하니 아무도 없었다.

"강당이다" 하고 스스무는 말했고, 아이들한테 전부 자루를 들고 강당으로 가라고 지시했다.

강당에는 반 별로 줄을 지어 쑥 공출이 시작되고 있었다.

노자와가 무게 다는 일을, 노보루가 기록하는 일을 맡고 있었다. 스스무는 앞으로 나가 노보루의 역할을 자신이 맡았다.

노자와는 무게를 재면서 이따금 비평을 내렸다.

"넌, 한 관 3백 근이나 되네. 열심히 했어."

"뭐야, 완전 부스러기뿐이잖아."

"흙을 잘 털어야지. 이거 약간 덜 말렸어. 물을 일부러 뿌린 거 아냐?"

같은 식이었다.

내 앞이 야마다였다.

"넌, 부족해" 하고 노자와가 말했다. "뭐하느라 할당량도 못한 거야?"

야마다는 점점 얼굴이 빨개지더니 나중에는 귀까지 빨갛게 물들었다.

"노자와, 쓸데없는 말 하지 말고 무게나 말해"

하고 옆에서 스스무가 말했다.

"8백 근이야" 하고 노자와가 툭 던지듯이 대답했다.

1교시는 쑥 공출로 지나갔다. 2교시 수업의 서두에 선생님이 말했다.

"여러분들 수고해 주었다. 덕분에 우리 학교에 할당된 5백 관을 여유 있게 돌파했다. 우리 반만 해도 한 관 이상 뜯어온 사람이 상당히 많았던 덕분에 목표량을 일곱 관이나 상회했다."

그렇게 말하고서 선생님은,

"그렇지, 다케시타 군" 하고 스스무를 불러 확인했다.

"네" 하고 스스무는 자리에서 큰 소리로 대답했다.

"수고들 했다. 개중에는 한 관이 안 되는 사람도 있지만 앞으로 이런 일이 여러 번 있을 테니까 다음번부터는 열심히 해주기 바란다."

나와 같은 줄에 앉아 있는 야마다의 얼굴이 빨개지는 것이 내 자리에서도 보였다. 스스무가 어떤 표정을 하고 있는지는 알 수 없었다.

그날 체육 시간에도 야마다는 쑥 건으로 노자와한테 시비를 당했다. 무슨 일인가로 야마다가 노자와한테 불평했을 때, "8백 근밖에 뜯어오지 못하고서 무슨 말이 많아" 하는 말을 들었던 것이다. 야마다에 대한 말은 스스무의 위신에 대한 침해를 의미했다.

집에 오는 길에 스스무는 야마다에게 말했다.

"너, 그런 말을 듣고서 왜 아무 대꾸도 못하고 물러섰어."

"하지만 노자와는 나보다 힘이 센걸."

"내가 있잖아" 하고 스스무는 말했다.

"다음번에 그런 말을 또 들으면 그냥 물러서지 마. 내 체면이 걸린 일이니까."

"저기, 다케시타 군" 하고 요시오가 말했다.

"노미 녀석들, 한번 혼내주지 않아도 될까? 요즘 그 녀석들 상당히 건방을 떨어."

"응." 스스무는 분노를 억누르는 듯한 목소리로 말했다.

"기다려 봐. 적당한 때를 보고 있으니까."

잠시 뒤에 스스무가 덧붙였다.

"한 방씩 내 주먹이라도 먹이면 알게 될 거야."

"왕복으로 따귀를 두 대씩 올려붙이는 건 어떨까" 하고 요시오는 말하고는,

"아플 거야, 다케시타 군의 주먹은 여간 아픈 게 아니니까. 그러면 그 자식들도 얌전해질 거야" 하고 크게 웃었다. 그 웃음은 까마귀의 울음소리처럼 불길하게 울렸다. 나는 기스케의 예언을 떠올리고, 혹시 스스무는 기스케의 예언대로 몰락할지 모른다고 생각했다. 스스무가 몰락한다면 내가 수없이 그렸던 그 이상적인 학급이 만들어질지도 모른다. 모든 아이들이 평등하고, 서로 인정하며 사이좋게 지내는, 도쿄 학교에서의 우리 반이 그랬던 것 같은 학급이⋯⋯

어느새인가 야마다가 훌쩍훌쩍 울고 있었다.

"너, 우는 거야?" 하고 스스무가 말했다.

"뭐야 한심하게. 믿을 수가 없는 녀석이네. 이렇게 되면 여차할 경우

싸움이 일어나면 믿을 수 있는 건 마쓰 한 사람인가.'

"나도 힘이 되어 줄게" 하고 요시오가 말했다.

"너? 도움은 되겠다" 하고 스스무가 말했다.

"다케시타 군의 주먹으로 노자와도 노보루도 가와무라도 패줄 수 있을까?" 하고 요시오가 말했다.

"깨소금 맛일 거야. 다케시타 군의 주먹은 여간 아프지 않으니까."

그렇게 말하고 요시오는 다시 한 번 크게 웃었다.

"요시오는 잘 아는구나" 하고 기스케가 말했다.

스스무는 무슨 생각을 하는지 아무 말도 없었다.

잠시 뒤에 히데가 말했다.

"다케시타 군, 노미 녀석들 중에 진짜 센 건 누구야?"

"너의 의견을 말해 봐" 하고 스스무가 말했다. 스스무의 목소리에 진지함이 묻어났다.

"역시 노보루하고 노자와하고 가와무라 세 명이겠지. 가쓰는 힘이 세지만 얌전하니까."

"히라오도 세" 하고 어느새 울음을 그친 야마다가 말했다.

"그 자식은 씨름만 잘해" 하고 히데가 말했다.

"그 정도겠지" 하고 스스무는 말했다.

"걱정할 건 없어. 나하고 마쓰 둘이서 하나하나 혼내줄 테니까."

"나도 한두 명은 혼내줄 수 있어" 하고 오자와가 말했다.

"나도야" 하고 히데가 말했다.

"나도" 하고 야마다가 말했다.

"그 뒤에는 야마미 녀석들이 어디로 붙을 것인지가 문제네" 하고 기스케가 말했다.

"가와세는 그렇게 보여도 상당히 세니까 말이야."

"가와세라" 하고 스스무는 내뱉듯이 말했다.

"그런 녀석, 어느 쪽에 붙든 상관없어."

나는 조만간 분명히 뭔 일이 일어나리라는 것을 예감하면서 잠자코 걷고 있었다.

# 제9장

　다음 날 마쓰는 일주일 만에 등교했다. 마쓰가 교차로에 도착한 것과 동시에, 스스무를 중심으로 모여 있던 하마미의 6학년 아이들 사이에서 일제히 노래가 터져 나왔다. 그 노래는 마쓰와 게이코가 이시즈 해변의 물 빠진 토관 속에서 남녀의 비밀스러운 행위를 했다는 것을 교묘하게 가사로 만들어 넣은 노래였다. 그 노래가 터져 나오자 마쓰는 순식간에 얼굴이 새빨개졌지만, 눈은 술 취한 사람처럼 흐리멍덩해졌다.

　두 번째로 불렀던 노래가 끝나자,

　"자 가자" 하고 스스무가 말했다.

　모든 아이들이 걷기 시작한 다음 또 한 번 그 노래를 부르려 하자 스스무가 말했다.

"이제 그만해. 그렇게 몇 번이고 부르면 마쓰도 화를 낼 거야."

"그렇지, 마쓰" 하고 스스무는 말하며 뒤를 돌아보았다. 마쓰는 그날 앞 열에 끼지 못하고 뒤에서 이치로하고 요이치와 나란히 걸어오고 있었다.

"이리 와봐, 마쓰" 하고 스스무는 말했다. 그리고 스스무는 내 자리로 마쓰가 끼어들게 했다. 나는 열에서 뒤로 밀려났다.

"어제는 너 덕분에 지독한 일을 당했어." 스스무가 마쓰에게 말했다.

"용서해 줘. 다음번에는 엄청 뜯을 테니까."

"뭐 됐어" 하고 스스무는 관대하게 말했다.

"그런데 말이야" 하고 마쓰가 스스무의 기분을 띄워 주려는 듯이 물었다.

"오늘, 노보루 일당들 해치울 거야?"

"그렇게 서두르지 마. 적당한 때라는 게 있는 거야" 하고 스스무가 대답했다.

"오늘 안 하는 거야?" 마쓰는 실망한 듯이 말했다.

"난 오늘 할 거라고 생각해서 다다미 가게의 도쿠한테서 이걸 갖고 왔어."

그렇게 말하며 마쓰는 가방에서 날 길이가 9센티미터는 되어 보이는 단도를 꺼내 스스무한테 보여줬다.

스스무는 그것을 손에 들고 가만히 보고 있더니 이윽고,

"마쓰, 이거 나 줄래, 언젠가 돌려줄 테니까" 하고 말했다.

"이걸?" 마쓰가 당황한 듯이 말했다.

"안 돼, 줄 수 없어."

그렇게 말하며 마쓰는 지난번과 마찬가지로 스스무가 칼집에 넣은 단도를 홱 뺏어 도망가려고 했지만 바로 스스무한테 뒤에서 껴안기듯 이 붙잡히고 말았다. 이번에도 역시 스스무는 마쓰의 양팔을 뒤로 꺾 어 그 단도를 빼앗으려 했지만, 이번에는 마쓰가 아무리 해도 그것을 놓으려 하지 않았다. 스스무는 화가 나서 마쓰를 쓰러뜨리고 머리를 주먹으로 때렸다. 그렇다 해도 그 주먹은 그렇게 힘이 실리지는 않았 다. 마쓰는 새빨개져서 머리를 손으로 가리고 저항하지 않고 얻어맞고 있었다.

"내가 포기한다" 하고 스스무는 말하고는 마쓰의 목덜미를 잡고서 일으켜 세웠다.

그때 스스무를 올려다보는 마쓰의 눈매에 한순간이었지만 다시 한 번 살기의 빛이 스치는 걸 알아챈 나는 흠칫했다. 마쓰가 스스무를 단 도로 찌르는 게 아닐까 하는 생각이 들었던 것이다.

"마쓰," 스스무는 다시 원래처럼 마쓰와 어깨를 나란히 하고 걸으면 서 말했다.

"그 단도, 아무 때나 함부로 꺼내지 마."

"응." 마쓰는 어깨까지 숨을 몰아쉬며 대답했다.

"하지만, 항상 갖고 다녀. 만일의 경우 내가 말할 테니까 그걸로 녀석 들을 위협하는 거야."

그날 나는 다시 왕따를 당하게 되었다는 것을 알았다. 그 사실을 알 고 나는 쉬는 시간이 되어도 교실에 남아 미쓰코 숙모가 가져다준 책 을 읽었다. 숙모한테 내가 전부터 읽고 싶다고 했던 요시카와 에이지의

『신슈텐마협』*이었다.

긴 점심시간이 끝난 뒤 놀이를 끝낸 동급생들이 터벅터벅 교실로 들어왔다. 가쓰가 내가 있는 곳으로 다가와서는 이렇게 말했다.

"기요시, 젊은 여자가 선생님한테 왔어. 기요시의 숙모님이라고 하더라."

"엣" 하고 나는 놀라서 말했다. 숙모가 학교에 온다는 건 전혀 내가 예상하지 못한 일이었다.

"다케시타가 그래서 불려갔어." 가쓰는 뒤이어 말했다.

5분 정도 늦게 선생님이 스스무와 함께 교실로 왔다. 숙모가 수업을 참관이라도 하려고 온 게 아닌가 하고 걱정했지만 그런 것 같지는 않았다. 나는 일단 안심했다.

그날 집으로 오는 길에 내가 그때 가장 우려했던 일이 일어났다. 숙모가 집까지의 먼 길에 화제로 오른 것이었다.

건널목을 건너고 나서 얼마 안 있어 요시오가 이렇게 말했다.

"다케시타 군, 기요시의 도쿄에 사는 숙모 말이야, 뭐하러 학교에 온 걸까?"

"모르겠는데." 스스무가 말했다.

"기요시의 숙모님, 예쁘던데." 히데가 말했다.

"마쓰의 누나하고 누가 더 예쁠까?" 오자와가 말했다.

---

* 神州天馬俠. 요시카와 에이지가 초기에 발표한 소년 모험소설. 1925년부터 1928년까지 고단샤에서 펴낸 잡지 〈소년 구락부〉에 연재되어 많은 인기를 얻었다.

마쓰가 무슨 영문인지 순식간에 얼굴이 빨개졌다.

"다케시타 군" 하고 다시 요시오가 말했다.

"선생님이 환한 얼굴로 이야기를 하더라."

"선생님이 기요시의 숙모님 좋아하는 거 아닐까?" 히데가 말했다.

숙모가 아이들의 방자한 대화의 화젯거리가 되려 하고 있었다. 잠자코 팔짱만 낀 채 그것을 듣고 있어야만 하는 걸까.

"다케시타 군" 하고 요시오가 말했다.

"기요시의 숙모님, 왜 아기를 안 낳았을까?"

갑자기 스스무가 뒤돌아보며 나를 향해 말했다.

"기요시, 게이사쿠 아저씨가 결혼하고 반년 정도 있다가 돌아가셨지?"

"응" 하고 나는 대답했다.

"한 번 해도 아기는 생겨" 하고 요시오가 말했다.

"그거에 대해서는 마쓰가 가장 잘 알 거야." 기스케가 말했다.

"어머니가 산파니까."

"콘돔은 장가들면 괜찮겠지." 히데가 뭔가 안다는 듯이 말했다.

"결혼하고 콘돔을 쓰는 사람이 어디 있냐" 하고 스스무가 말했다.

숙모의 신성함이 아이들의 지저분한 말로 더럽혀지려 하고 있다고 생각하니 온몸이 굳어졌다. 나는 잠자코 그것을 참고 있기만 하면 되는 될까.

"밀크를 넣는 곳이 작지 않았어" 하고 요시오가 말했다.

"요시오" 하고 나는 말했다. 내 얼굴이 창백해져 있었다.

"적당히 해둬."

"기요시가 화났다." 요시오가 환성을 지르듯이 말했다.

"무섭다, 와, 무서워." 히데와 오자와가 화답하듯이 말했다.

"그 얘기, 그만해." 스스무가 말했다. 그러자 거짓말처럼 모든 아이들이 더 이상 그것에 대해 언급하려 하지 않았다.

눈물이 차올랐다. 결국 나는 숙모의 신성을 자신의 힘으로 지키지 못한 것이다. 나는 참으로 겁쟁이였다. 만약 그때 스스무가 제지하지 않았더라면 아이들은 나를 더 한층 자극하기 위해 그 화제를 둘러싼 방자한 이야기를 마구 지껄였을 것이다.

"기요시" 조금 있다가 스스무가 뒤돌아보며 말했다.

"너 오늘 무슨 희한한 책 읽고 있었지?"

"응" 하고 나는 말했다.

"잠깐 보여줘."

나는 그 책을 일부러 천천히 5일 정도에 걸쳐 읽을 생각이었다. 마음먹으면 하루에라도 다 읽을 수 있었지만 즐거움을 오랫동안 맛볼 수 있게 그렇게 계획하고 있었다.

"이거 『신슈텐마협』 아니야"

하고 스스무는 책을 내 손에서 뺏어 들더니 보물이라도 발견한 듯한 기쁨의 목소리로 외쳤다.

"너, 왜 잠자코 있었어."

나는 아무 말도 하지 않았다.

"이거, 나한테 빌려줄래?"

"아직 읽지 않았어" 하고 나는 말했다. "다 읽으면 빌려줄게."

"그러지 말고."

"싫어" 하고 말하며 나는 스스무의 손에서 책을 뺏으려 했다.

"너, 진짜야" 하고 스스무는 말하며 내 팔을 뒤로 꺾었다. 매일 노를 젓는 스스무의 팔은 강철처럼 단단했다. 나는 스스무의 적수가 될 수 없었다.

"저기 그러지 말고 이삼일 안에 돌려줄게."

"알았어" 하고 대답하는데 분해서 눈에 눈물이 차올랐다. 지금은 무엇보다도 나 자신의 무기력함이 분했다. 그리고 스스무에게 철저히 저항하지 못하는 자신의 한심한 꼬락서니가 원망스러웠다.

집에 돌아오자 미쓰코 숙모가 핫케이크를 만들어 놓고 나를 기다리고 있었다.

"기요시짱, 미안해." 숙모는 내 얼굴을 보고는 말했다.

"허락도 받지 않고 학교에 불쑥 찾아가서. 어머니께서 요새 기요시한테서 편지가 그다지 오지 않는다고 걱정하시면서 부탁을 하셨거든. 선생님한테 여러 가지 이야기를 듣고 안심했단다. 선생님이 기요시짱에 대해 엄청나게 칭찬을 많이 해주셨어. 부반장이라며. 여러 가지 사정으로 반장을 못 시키는 것에 대해 신경 쓰고 계시더구나. 반장인 다케시타 군하고도 만나게 해주셨어. 무척 착실하고 좋은 아이더라."

숙모가 만들어 준 핫케이크를 먹으며 아름다운 숙모의 얼굴을 쳐다보면서 나는 미쓰코 숙모가 아이들이 말했던 그런 짓을 했을 리가 없다고 마음속으로 되뇌었다.


숙모가 도쿄로 돌아간 뒤 일주일 정도 있다가 우리 집이 공습으로 불탔다는 소식을 어머니가 엽서로 알려 왔다. 5월 23일의 대공습으로 우리 집 주위가 완전히 불에 타버렸다고 했다. 다행히도 외할아버지의 집은 공습을 피해서, 10월부터 외할아버지의 집으로 이사해 있던 가족들은 전부 무사했다. 5월 26일에는 하마미에도 도쿄에서 일가족 전체가 옷도 제대로 챙겨 입지 못한 채로 피난을 왔다. 어린 아이가 두 명 있는 가족이었는데 불똥을 뒤집어써서 가족 전원이 가벼운 화상을 입고 있었다.

우리 집이 탔다는 소식에 나는 그다지 충격을 받지 않았다. 마음속에서 도쿄에 살고 있던 무렵의 나의 세계가 붕괴되어 버린 이상, 우리 집이 불타 버렸다든가, 내가 어렸을 적 놀던 동네가 이제는 존재하지 않는다든가 하는 사실은 이미 훨씬 전부터 예정되어 있었던 것처럼 생각되었다. 나 자신이 변해 버렸기 때문에, 가령 도쿄가 옛날 그대로 있다고 해도 나하고는 상관없다는 기분이 들었다.

집이 탔다는 어머니의 편지가 도착한 다음 날 모내기 할 모를 옮기는 작업을 끝내고 집에 돌아와 냇가에서 발을 씻고 있는데 등 뒤에서 휘파람 소리가 들렸다. 돌아다보니 아기를 업은 스스무가 서 있었다.

"뭐야, 너구나." 나는 차갑게 말했다.

나는 그로부터 사흘 뒤 스스무가 책을 돌려주러 왔을 때를 빼고는 계속 스스무와는 이야기를 않고 있었다. 폭력적으로 나의 즐거움의 양식을 빼앗아 간 스스무에 대해 강한 증오심을 품고 있었던 것이다.

"너네 도쿄 집, 불에 탔다며?"

"응, 누구한테 들었어?" 나는 일부러 도쿄 말투를 써서 물었다.

"너네 할머니한테서 들었어. 커다란 집이었다던데."

"응."

"슬프겠다."

"그렇지도 않아" 하고 대답하면서 지금의 내 기분은 도저히 너한테 설명해도 알 수 없을 거라고 나는 생각했다.

"지난번에는 책을 무리하게 빌려 달라고 해서 미안해" 하고 스스무가 말했다.

"……"

"집에서 책을 들켜서 엄청 혼나 결국 한 페이지도 읽지 못했어."

"왜 혼나?" 나는 놀라서 말했다.

"6학년이 되었으니 그런 책 읽지 말고 공부하지 않으면 안 된다고."

"그래" 하고 대꾸하면서 나는 자신이 중학교 수험 공부를 전혀 하지 않고 있다는 것을 깨달았다.

"그렇게 공부하지 않으면 안 되는 거야?"

"그야, 그렇지. 겐이치 형만 해도 6학년 때는 집에 돌아가자마자 바로 책상 앞에 앉았다고 하니까."

"그러면, 우리도 열심히 하지 않으면 안 되겠구나."

"맞아, 여름방학까지 기다리지 말고 보리 수확이 끝나고 한가해지면 같이 공부하자."

"글쎄." 나는 골똘히 생각하며 말했다.

"괜찮지?" 하고 스스무는 다짐을 두었다.

"생각해 볼게." 나는 애매하게 대답했다.

스스무에게 업혀 있던 아기가 깼는지 울었다. 스스무는 잠시 등을 흔들며 아이를 어르다가 이윽고,

"배가 고픈 모양이야" 하고는 돌아갔다.

스스무가 돌아간 뒤, 나는 스스무와 같이 공부하는 것에 관해 잠시 생각해 보았다. 학교에서의 스스무가 지금 같은 태도를 지속하는 한, 스스무와 함께 공부하는 것은 절대로 할 수 없었다. 수험 공부를 혼자 하는 것보다는 스스무와 같이 하는 편이 여러 가지 점에서 나으리라는 것은 확실했지만, 그 경우에도 대등한 입장에서 하는 게 아니라면 이야기할 가치도 없다고 생각했다. 하지만 스스무의 요청을 거부할 경우, 스스무가 어떻게 괴롭힐지는 알고 있었다. 그러나 왕따를 당하더라도 그것을 견딜 만한 힘이 조금씩 붙는 것 같은 생각도 들었다. 나는 이 문제에 관해 잠시 동안 결론을 유보하기로 했다.

할머니가 목욕을 다녀오라고 했다. 길 옆으로 나섰을 때 수건을 든 기스케를 만났다. 기스케는 내 얼굴을 보고는 안됐다는 얼굴을 하고 말했다.

"너도, 도쿄에는 바로 돌아갈 수 없게 되어 버렸구나."

"어째서?" 하고 나는 물었다.

"도쿄의 집이 타버렸다니 말이야."

"응, 하지만 집이 하나 더 있어."

"그렇구나, 그렇다면 다행이지만." 기스케는 안심했다는 듯 말했다.

"금방 다케시타 녀석 왔었지?"

"응" 하고 나는 대답했다.

"그 녀석 뭐하러 온 거야?"

"중학교 수험 공부를 같이 하자고."

"그래" 하고 기스케는 말했다.

"녀석도 정말 여간내기가 아냐." 조금 사이를 두었다가 기스케는 개탄하듯이 말했다.

"무슨 말이야?"

"좀처럼 세력이 기울지 않으니."

"하지만 노보루가 학교에 나온 뒤에 상당히 양상이 달라진 거 아
냐?"

"그야 그렇지" 하고 기스케는 내 말 뜻을 확인하겠다는 듯이 말했다.

"너도 그게 느껴져?"

"응" 하고 나는 말했다.

다음 날 수업은 2교시까지만 하고, 3교시부터 우리는 근로 봉사를
나갔다. 학교 농장 한쪽에 소나무가 베어져 있었다. 소나무 뿌리가 고
등과 학생들에 의해 뽑혀 있는 걸 정리해 밭으로 만드는 작업이었다.

지난 한 달 동안 거의 하루걸러 근로 봉사가 있었다. 메뚜기 알 줍
기, 출정 가족이 있는 집의 모내기와 보리 베기 돕기, 학교 농장의 보리
베기 등이었다. 대체로 몇 개의 반으로 나눠져 일을 했는데, 그 반 나
누기에 따라 내 운명이 결정되었다. 동료가 누가 되느냐에 따라 내가
당하는 괴로움의 종류도 다양하게 변했다.

그날의 작업은 전원 예정대로 두 시에 끝났다. 작업이 끝나자 각자
사용한 삽을 씻으러 강으로 갔다. 강은 농장 바로 앞쪽으로 흐르고 있
었다. 그때 무슨 일이 있었는지 스스무의 삽이 강으로 떨어지고 말았
다. 비가 내린 뒤여서 강물의 수량이 많고 흐름이 빨라서 삽은 눈 깜짝
할 사이에 시야에서 사라져 버렸다. 스스무의 안색이 변했다. 삽은 귀
중히 여기는 물건이었기 때문이다. 삽의 관리는 반장의 책임이고, 선생
님으로부터 열쇠를 받으면 작업 창고의 문을 열고 개수를 확인한 뒤

에 나눠주고, 보관할 때도 개수를 반드시 확인해야 하는 엄중한 취급 대상이었다.

스스무의 명령으로 전원이 수색에 나섰다. 삽은 흐르고 흐르다 강변 어딘가 수초에 걸려 있거나 물 밑에 가라앉아 있거나 둘 중 하나였지만, 공교롭게도 강물이 탁해서 잘 보이지가 않았다. 가장 좋은 방법은 강물로 들어가 발로 찾아보는 것이었다. 그러나 아직 강물이 차가워서 아무도 그렇게 하려는 사람이 없었다. 현실적인 최선의 방법은 강변에 배를 깔고 엎드려 강에 손을 집어넣고 강변의 수초 사이를 뒤지거나, 기다란 막대기를 구해 강바닥을 뒤지는 정도였다. 스스무에게 충실하다는 것을 보이기 위해 대부분의 아이들이 그렇게 수색을 했다. 노보루나 가와무라나 노자와도 예외는 아니었다.

그러는 사이에 비가 내리기 시작했다. 아이들은 차츰 수색 작업에 지쳐 갔다.

"배고프다" 하는 소리가 여기저기서 들렸다.

"조금만 더 하면 찾을 거야" 하고 하마미의 아이들이 대꾸했다.

"다케시타 군의 삽 아니었어?" 돌연 가와세가 말했다.

"지금 그 녀석은 아이들한테서 원망을 사 큰일일 거야."

느닷없이 스스무가 가와세한테 달려들어 멱살을 잡았다.

"투덜대지 말고 빨리 찾지 못해."

가와세의 몸이 앞뒤로 거칠게 흔들리다가 땅으로 패대기쳐졌다.

"너무 하는데."

가와세는 입에 들어간 흙을 퉤퉤 뱉으면서 그렇게 말하고는 일어섰다.

그리고 옷에 묻은 흙을 털어내려고도 않고 목을 움츠리면서 "아 무서워, 아 무서워" 하면서 스스무한테서 도망갔다.

스스무는 기다란 막대기로 강바닥을 뒤지고 있는 노보루한테 다가갔다.

"노보루, 그렇게 꾀부리지 말고 물에 들어가 봐."

"다케시타 군" 하고 노보루가 말했다.

"강물은 차가워."

"노자와." 강가에 엎드려 손을 강물 속으로 집어넣고 있는 노자와를 내려다보며 스스무는 말했다.

"너, 안 들어갈래?"

"다케시타 군" 하고 노자와는 몸을 일으키며 대답했다.

"강물이 어지간히 차가운 게 아냐."

"그건 알고 있어" 하고 스스무는 말했다.

"우물쭈물하지 말고 들어가."

스스무는 갑자기 노보루의 손에서 막대기를 뺏어 들고,

"빨리 내 말대로 안 하면 이걸로 때릴 거야" 하면서 그 막대기로 두 사람을 위협했다.

"들어갈게, 들어갈게" 하고 두 사람은 말하면서 바지를 걷어붙였다.

시간을 들여서 바짓가랑이를 무릎까지 걷어올리고서 두 사람은 결국 강물로 들어갔다. 잠시 바닥을 발로 수색하면서 걷다가 곧 참기 힘들어졌는지 올라왔다.

강에서 올라오자마자 노보루는 스스무가 들으라는 듯이 크게 말했다.

"아 춥다."

"아 추워." 노자와가 그 말에 맞장구를 쳤다.

"다케시타 다른 사람한테 들어가라고 하지 말고 자신이 들어가면 되잖아. 자기가 떨어뜨리고서는." 노보루가 말했다.

"뭐라고?" 스스무가 큰 소리로 말했다.

그때 누군가가 선생님이 온다는 것을 알렸다. 기다려도 좀처럼 돌아오지 않아 뭔 일인지 보러 온 듯했다.

스스무로부터 사정을 듣고 선생님은 솔선해서 강 아래쪽까지 삽을 찾으러 갔다. 노보루는 스스무한테 다가가 "다케시타 군, 금방 한 말 기분 나빴다면 용서해 줘" 하고 말했지만, 스스무는 대답을 않고 선생님의 뒤를 따랐다.

노보루는 창백한 얼굴을 하고서 힘이 없어 보였다. 노자와도 침울한 얼굴을 하고 있었다. 그사이에 야마다와 마쓰와 히데가 바짓가랑이를 걷어붙이고 강물로 들어갔다.

선생님과 스스무가 아래쪽에서 돌아왔다. 선생님은 이제부터 직원회의가 있어서 회의가 끝나면 다시 올 테니 그때까지 다케시타 군의 지시를 따라 삽을 찾으라고 지시를 하고서 떠났다.

"빨리 찾아" 하고 스스무는 모든 아이들을 질타했다.

강에 들어가 찾고 있는 야마다와 마쓰와 히데 세 사람을 잠자코 쳐다보고 있던 다른 아이들은 퍼뜩 정신을 차리고 움직이기 시작했지만 역시 강으로 들어가려는 사람은 아무도 없었다.

일단 개었던 비가 다시 오기 시작했다. 그러자 인내의 한계에 달했는지 야마다와 마쓰와 히데 세 사람이 강가로 올라왔다.

"이놈 저놈 할 것 없이 다들 시늉만 내고 제대로 안 찾고 있어" 하고 스스무는 말하고는 억지로 몇몇 아이들을 강 속으로 몰아넣었다.

이윽고 불평의 소리가 일기 시작했다. 처음에는 스스무가 없을 때만 그랬지만 이윽고 스스무가 들으라는 듯이 커다란 소리로 말하게 되었다.

"배고파, 배고파" 하는 불평으로 시작되었다가 이어서,

"차가워, 차가워, 손발이 얼 것 같아" 하는 불평으로 옮아갔는가 싶더니

곧이어

"다케시타 혼자서 찾으면 되잖아" 하고 가와세가 큰 소리로 말을 꺼냈다.

그러자 그때까지 기운이 없던 노보루와 노자와까지도 기운을 회복해서,

"다케시타는 아직 한 번도 강물로 들어가지 않았어" 하고 말했다.

그러자 그것에 불을 붙이듯이 가와무라가 말했다.

"스스무가 뭐가 무서워. 스스무 한 사람만 해치우면 나머지는 전부 피라미들이잖아."

빗줄기가 급격히 굵어지기 시작했다. 스스무는 결국 삽 찾는 것을 포기하고 해산을 선언했다.

학교에 돌아와 아이들은 교실로 들어가 늦은 도시락을 먹었다. 도시락을 먹는 동안은 모든 아이들이 얌전했다.

아이들이 도시락을 다 먹었을 때쯤 5교시 시작종이 울렸다.

그날 집에 오는 길에 스스무는 불편한 심기로 입을 꾹 다물고 있었

다. 스스무가 아무 말도 않고 있으니 누구도 감히 입을 열려 하지 않았다. 우리들은 벙어리 무리처럼 학교부터 하마미까지의 먼 길을 결국 말 한마디 나누지 않고 걸어왔다.

교차로에서 헤어질 때 스스무는 처음으로 입을 열었다. 마쓰한테 이렇게 말한 것이었다.

"마쓰, 내일 말이야, 그 단도 꼭 가지고 와."

"응, 드디어 붙는 거구나." 마쓰가 힘주어서 대답했다.

"붙을 거야." 스스무는 결의가 담긴 낮은 목소리로 말했다.

"다케시타 군, 나도 자전거 체인 가지고 올까?" 야마다가 물었다.

"응, 가지고 와." 스스무는 차갑게 말했다. 야마다 따위는 의지가 되지 않는다는 말투였다.

"나도 날밑 가지고 올까" 하고 요시오는 혼잣말처럼 말하더니,

"드디어 내일은, 노보루도 노자와도 다케시타 군의 주먹 맛을 보겠구나" 하더니 뭐가 우스운지 다시 요란하게 웃어댔다.

"마쓰" 마쓰와 헤어질 때 스스무는 다시 한 번 말했다.

"내일, 네 날밑 나한테 빌려줘."

"응, 갖고 올게." 마쓰는 싹싹하게 대답했다.


이튿날 학교까지의 먼 길 동안 스스무를 중심으로 한 대열에는 살기가 등등했다. 다들 무언가 무기를 준비해 왔다. 준비해 오지 않은 것은 나밖에 없었다. 교실에 들어가자 아무도 없었다. 이런 일은 여태껏 없었던 일이었다. 스스무와 아이들이 올 때까지 강당에 가지 않고 기다리고 있는 게 일상적인 관습이었기 때문이다.

스스무의 얼굴에 동요의 그림자가 스쳤다.

강당에 가보니 6학년 남자반 아이들은 아무 일도 없었다는 듯이 두 편으로 나뉘어 격투 놀이에 한창이었다. 스스무가 노보루를 붙잡아서 물어보니,

"기다렸는데, 늦어질 것 같아 시작해 버렸어" 하고 변명하듯이 말했다.

"노자와하고 잠깐 와봐" 하고 스스무가 말했다.

"나하고 노자와?" 노보루가 얼굴이 약간 창백해지면서 말했다.

"그래" 하고 스스무는 말했다.

그사이에 마쓰가 노자와의 팔을 꺾어 데리고 왔다.

"두 사람 다 이리로 와봐."

그렇게 말하고 스스무는 하마미 아이들한테 둘러싸여 강당 뒤쪽으로 통하는 출구로 나갔다.

그 뒤에서 노보루와 노자와가 마쓰와 함께 따라갔다.

이변이 일어난 것을 알아차렸는지 격투 놀이에 열중해 있던 아이들이 놀이를 멈췄다. "뭐야, 뭐야" 하면서 아이들은 재미있는 일이 생겼다는 듯이 따라갔다. 기스케와 나 둘만이 스스무를 둘러싸고 먼저 간 하마미 아이들한테서 떨어져 그 호기심 많은 구경꾼 안에 섞였다. 이것은 상당한 모험이었다. 하마미 아이들이 알아차린다면 어떤 복수를 당할지 알 수 없었다.

강당 뒤에는 자갈을 깔아놓은 곳이 있었다. 거기에 스스무를 가운데 둘러싸고, 나와 기스케를 제외한 하마미 아이들이 노보루와 노자와가 오는 것을 기다리고 있었다.

마쓰는 노보루와 노자와를 스스무 앞으로 거칠게 떠밀었다. 둘 다 사태의 중대성을 인식했는지 얼굴에는 핏기 하나 없었다.

스스무는 두 사람 앞을 막아서더니,

"너희 두 사람, 왜 여기 불려왔는지 알겠어?" 하고 천천히 말했다.

"모르겠는데." 노보루와 노자와가 떨리는 목소리로 말했다.

"모른다고?" 스스무는 강한 어조로 말했다.

"어제 너희 둘 다 나한테 뭐라고 했어?"

"난 아무 말도 안 했어" 하고 두 사람은 제각각 말했다.

"말했잖아. 내 귀로 똑똑히 들었는데 발뺌이야. 에이 이거나 먹어라."

그렇게 말했는가 싶더니 스스무의 주먹이 두 아이의 뺨으로 날아갔다. 두 아이는 좌우로 비틀거렸다. 평균보다도 키가 약간 작은 스스무가 반에서 가장 큰 편에 속하는 두 아이를 때리는 장면은 실로 기묘한 광경이었다.

"다케시타 군, 미안" 하고 노보루가 말하며 양손으로 얼굴을 막았다.

노자와는 눈물을 뚝뚝 흘리면서 고통으로 일그러진 얼굴을 했다.

"아직 끝나지 않았어" 하고 스스무는 말하더니 두 아이의 머리를 양손으로 붙잡고는 있는 힘껏 부딪치게 했다.

"아야." 두 아이는 머리를 움켜쥐고 주저앉았다.

"마쓰" 하고 스스무는 옆에 있던 마쓰를 쳐다보았다.

"너도 혼내 줄래?"

"응" 하고 마쓰는 쥐어짜는 듯한 목소리로 말하더니 두 사람의 목덜미를 잡고 일으켜 세웠다. 그러고는,

"덤볐지" 하고 크게 외치더니 얼굴이 붉게 상기되어서는 두 사람의

뺨을 갈겼다.

하지만 두 사람 다 얼굴을 바로 손으로 막았기 때문에 마쓰의 따귀는 보기보다는 두 사람에게 큰 고통은 주지 못한 것이 틀림없었다.

"가자" 하고 스스무는 여유 있게 말했다.

"오늘은 이 정도로 용서해 주겠어."

그렇게 말하고 스스무는 기스케와 나를 제외한 하마미의 부하들을 데리고 강당으로 가더니,

"자아 격투 놀이를 하자" 하고 지시를 내렸지만 어찌된 영문인지 하마미 아이들 말고는 반 정도밖에 모이지 않았다. 열 명 가까운 노미와 야마미의 아이들은 마치 스스무의 지시를 못 들은 것처럼 강당 한쪽에서 지금 막 스스무한테 얻어맞은 노보루와 노자와를 둘러싸고 무언가 수군수군 이야기를 하고 있었다.

그때 종이 울렸다. 뭔가 심상치 않은 사태가 벌어질지 모른다는 분위기가 나한테도 느껴졌다. 불온한 공기에 오싹함을 느끼면서 나는 기스케와 둘이서 교실로 이어지는 계단으로 올라갔다. 교실에 모든 아이들이 들어오자, 어디에선가 "건방지네, 저런 녀석은 해치워 버려" 하는 소리가 들려왔다. 스스무는 긴장 때문에 딱딱한 얼굴로 잠자코 있었다.

1교시는 산수 시간이었다. 스스무가 손을 들었지만 틀린 답을 말했다. 그러자 뒤쪽에서 "역시 기요시가 공부는 더 잘해" 하는 소리가 났다.

수업이 끝나자 스스무는 교무실의 칠판에 결석 인원을 쓰러 가야 했다. 스스무가 교실에서 나가자 내 옆의 가쓰가 노보루, 노자와, 가와

무라, 가와세가 모여 있는 교실 뒤쪽으로 불려갔다. 스스무가 교무실에 가 있는 동안, 가쓰는 긴장으로 얼굴이 백짓장처럼 하얗고 입술이 퍼래져서 다시 자리로 돌아왔다.

"무슨 일이야?" 하고 내가 물었다.

"다케시타를 해치운대." 가쓰는 목소리만은 평정을 유지하면서 속삭였다. 그러고는,

"하마미 녀석들 조심하지 않으면 다들 당할 거야" 하고 말했다.

"나도?" 가급적 차분해지려고 노력하면서 나는 물었다.

"넌 안심해. 넌 별도야" 하고 가쓰는 말했다.

"기스케는?" 나는 작은 소리로 물었다.

"기스케라" 가쓰는 잠깐 생각에 잠긴 뒤에 "녀석도 별도야" 하고 말했다.

하마미 아이들은 교실 한쪽에 모여 걱정스러운 얼굴로 스스무가 돌아오기를 기다리고 있었다. 마쓰만이 활력이 있었다.

나는 일부러 내 자리를 떠나지 않았다. 기스케도 자기 자리에 있었다. 혹시 스스무는 타도될지도 모른다고 나는 생각했다. 그렇게 되면 나는 더 이상 괴로움을 당하지 않아도 될지 모른다.

스스무가 학급일지를 손에 들고 교실로 들어왔다. 운동장 쪽 창가에 모여 낮은 목소리로 이야기하고 있던 노보루와 노자와를 중심으로 한 아이들이 흠칫하며 스스무 쪽을 쳐다봤다.

스스무의 얼굴이 창백했지만 기운을 잃지는 않고 있었다.

"너희들, 뭐하고 있어. 종이 곧 울리니까 빨리 자리에 가서 앉아" 하고 호통쳤다. 아이들은 놀란 듯이 움직였다. 얼마 안 있어 어디에선가,

"내버려 둬, 개도 이제 얼마 안 남았어" 하는 소리가 들렸다.

스스무가 말한 대로 종이 바로 울렸다. 선생님은 종소리가 끝나자마자 바로 교실로 들어왔다. 수업 시간을 조금이라도 더 가지려는 생각에서였으리라. 3교시와 4교시는 학교 농장에서 보리 베기 시간으로 할당되어 있었던 것이다.

2교시는 국어 시간이었다. 스스무가 지명받아 책을 읽었는데 아이들은 조용히 있지 않았다. 그런 일은 지금까지 없던 일이었다. "부반장이 더 잘 읽어" 하고 뒤에서 수군대는 소리가 났다.

나는 2교시 수업이 끝나는 것을 불안과 기대가 섞인 마음으로 의식하고 있었다. 혹시 오늘 중이라도, 스스무를 몰락으로 이끌 결정적인 사건이 일어날지 모른다는 생각이 들었다. 그러나 저 스스무가 세력을 잃고 몰락한다는 일이 있을 수 있을까. 그것은 실현 불가능한 꿈에 가까운 게 아닐까. 그것은 단지 나의 백일몽 안에서만 일어날 수 있는 일에 지나지 않는 게 아닐까.

2교시가 끝나자 우리는 뿔뿔이 보리를 벨 낫을 가지러 교정 한쪽에 있는 작업 창고를 향해 걸어갔다.

작업 창고 근처에서 이런 대화가 큰 소리로 나는 것을 듣고 나는 깜짝 놀랐다.

"어제, 다케시타가 잃어버린 삽 말이야, 제일 좋은 삽이었지."

"그 녀석은 항상 제일 좋은 건 자기가 가지니까."

"다케시타가 아니었다면 변상하라고 했을지도 몰라."

"자식, 선생님이 예뻐하니까."

"오늘도 제일 좋은 낫을 가져가겠지."

"뭐 오늘까지만 눈감아 줘. 걔도 오늘까지만이니까."

그런 대화는 선두에서 걷고 있던 스스무에게도 당연히 들렸을 것이다. 그러나 스스무는 묵살할 작정인지 돌아다보지도 않았다.

농장에서 보리를 베고 있는데 가쓰가 목소리를 죽여 나한테 "잠깐 이리로 와봐" 하고 말했다. 나는 순간 긴장했다. 그리고 별 수 없이 가쓰를 따라갔더니, 농장 한쪽 소나무 뿌리를 쌓아 놓은 뒤쪽에 노보루가 창백한 얼굴로 서서 나를 기다리고 있었다.

"노보루, 무슨 일이야?" 하고 나는 애써 태연한 척하고서 말을 걸었다.

"기요시" 하고 노보루는 매서운 눈으로 나를 보며 말했다.

"너, 지금까지 다케시타한테 제대로 왕따 당했지?"

나는 중대한 기로에 서 있다는 것을 느꼈다. 노보루는 나를 자기편으로 끌어들이려 하고 있다. 그러나 노보루 편의 아이들이 이겨서 스스무가 확실히 타도될지 어떨지는 아직 정해지지 않은 것이다.

"대답해 봐." 옆에 있던 가쓰가 속이 탄다는 듯 말했다.

"내가 왕따를 몇 번이나 당했는가 말이야?"

"맞아." 노보루가 맞장구를 쳤다. "그건 전부 스스무가 사주한 거야."

그 순간 나는 마음을 정하고 대답했다.

"응, 꽤 지독한 일들을 당했어. 나는 다케시타를 미워하고 있어."

그때 선생님이 농장을 감독하러 나타나는 게 보였다.

"그것만 알면 됐어" 하고 노보루는 나를 보면서 말했다. "자 가자."

이걸로 나의 운명은 두 개의 손 중 한쪽으로 넘겨지게 되었다고 생각했다. 스스무가 타도되면 나는 지금까지와는 완전히 다른 존재가 될지도 모른다. 다시 한 번 도쿄에 있을 때처럼 자유롭고 발랄하게 행동하고, 모든 아이들의 선망의 대상이 될지도 모른다. 그 대신 스스무 쪽이 이긴다면 그때는 왕따를 당하는 것 정도로 넘어가지는 않을 것이다. 공공연히 스스무를 배신했으니까. 아직 내 마음은 태풍을 만난 돛단배처럼 흔들리고 있었다.

보리 베기가 끝나자 아이들은 벤 보리 다발을 창고로 옮겼다. 그리고 낫을 씻어 작업 창고에 넣자, 학교 쪽에서 4교시 수업이 끝났음을 알리는 종소리가 들려 왔다. 아이들은 모두 스스무의 호령에 따라 창고 앞에 정렬했다. 그리고 스스무의 구령으로 선생님한테 경례를 하고 해산했다.

교실에 내가 들어가자, 이미 먼저 들어와서 도시락을 먹고 있던 하마미의 아이들이,

우우, 우우, 우우, 우우, 우우…….

하는 기분 나쁜 웅성거림이 일어 내 마음을 공포로 가득 채웠다. 그 웅성거림이, 작업 시간 중에 내가 가쓰를 따라 노보루한테 가서 뭔가 밀담을 나누고 온 행동 때문이라는 게 명백했다.

"그만두지 못해" 하고 노자와가 큰 소리로 외쳤다.

그러자 그 웅성거림은 노자와의 격렬한 어조에 압도된 듯 그쳐 버렸다.

작업 창고 열쇠를 교무실에 가져다 놓고서 스스무가 돌아왔다. 뒷문으로 스스무가 들어오자, 그때까지 운동장을 내려다보며 창가에 모여 있던 노보루, 노자와, 가와무라, 가쓰, 가와세, 히라오가 일제히 스스무 쪽으로 밀려닥치듯이 다가가 스스무를 에워쌌다.

"다케시타, 할 얘기가 있어. 우리하고 함께 가자" 하고 노보루가 말했다.

"뭐야?" 스스무가 말했다.

"할 이야기가 있으면 여기에서 해."

도시락을 먹고 있던 마쓰가 일어나 다가왔다.

"너희들, 뭔 얘기를 하는 거야."

"노보루, 빨리 한 방 먹여" 하고 노자와가 말했다.

"해볼 테냐" 하고 스스무는 말했다. 스스무는 비로소 쉽지 않은 사태에 빠진 것을 직감한 듯했다. 책상 덮개를 열어 안에서 필통을 꺼냈는데, 그 손은 떨리고 있었다.

그때 마쓰는 히라오와 가쓰 두 사람에 의해 완전히 진압되어 있었다. 스스무는 그런 사실을 아직 몰랐다.

스스무가 필통을 열어 꺼낸 것은, 지난번 마쓰한테서 뺏은 못으로 만든 작은 단도였다. 스스무는 그것을 손에 쥐고 싸움 자세를 취했다.

노보루의 얼굴에서 핏기가 사라졌다.

그러자 노자와가 한 걸음 앞으로 나가 말했다.

"너, 그런 걸로 사람을 찌를 생각이냐."

그렇게 말했는가 싶었는데 눈 깜짝할 사이에 옆에 있던 책상의 뚜껑을 들어 스스무의 손에서 그 단도를 떨어뜨렸다. 스스무는 얼굴을 찡그리며 울 것 같은 표정이었다.

"앗" 하고 가쓰가 외쳤다. "도망친다."

마쓰가 두 아이를 뿌리치고 도망친 것이었다.

"붙잡아" 하고 노보루가 명령했다. 가쓰와 히라오 두 사람이 마쓰의 뒤를 쫓았다. 그 뒤를 또 다섯 명 정도가 뒤따랐다.

"마쓰는 단도를 갖고 있어." 뒤에서 기스케가 큰 소리로 외쳤다.

이제 스스무는 완전히 전의를 상실해 버린 것처럼 보였다.

"우선 이것부터 먹여 주지."

그렇게 말하고 노보루가 주먹으로 스스무의 양쪽 뺨을 때렸다.

"나도." 노자와가 한 발 앞으로 나가 마찬가지로 주먹으로 스스무의 얼굴을 때렸다.

"붙잡았다" 하는 소리와 함께 마쓰가 가쓰 일행한테 붙잡혀 끌려왔다. 마쓰는 벌써 아이들한테 엄청 얻어맞았는지 얼굴이 시뻘겋게 부어 있었다.

"위험했어. 이 자식 이런 걸 갖고 있었다고."

그렇게 말하며 가쓰는 단도를 주머니에서 꺼내 보여줬다.

"잠깐 보여줘 봐" 하고 노자와는 그것을 가쓰한테서 받아서는, "가쓰, 이건 내가 맡아둘게" 하고 말하고는 바로 주머니에 집어넣었다.

"가쓰, 너도 다케시타를 때려" 하고 노보루가 말했다.

스스무는 이제 망연한 표정으로 서 있었다.

"나 말이야" 하고 가쓰는 큰 덩치에 어울리지 않게 힘없는 얼굴로 말했다.

"관두겠어. 너희들도 충분히 때렸잖아."

"가쓰, 너 다케시타 편을 들 셈이야." 노보루가 정색을 하고서 말했다.

"아니야" 하고 가쓰는 말했다. 가쓰는 나와 눈이 마주치자 힘없이 웃음 지었다. 그러고는,

"그럼 해볼까" 하고 돌연 말하더니, 성큼성큼 걸어서 스스무한테 다

가갔는가 싶더니 느닷없이 스스무의 뺨을 있는 힘껏 갈겼다. 스스무의 뺨에 가쓰의 손자국이 남았다.

그다음에 가와무라와 가와세가 스스무한테 왕복 세 차례씩 따귀를 갈겼다.

"강당으로 가자" 하고 노보루가 말했다.

아이들은 일제히 교실을 나왔다. 하마미 아이들도 스스무를 내버려 두고 교실을 나갔다. 그 아이들도 스스무를 저버린 것이었다.

강당에서 격투 놀이를 하고 교실로 돌아와 보니, 스스무는 아무 일도 없었다는 듯이 책상에 앉아 역사 교과서를 펴놓고 읽고 있었다. 아이들은 한결같이 안도의 한숨을 내쉬는 것 같았다. 스스무가 선생님한테 뭐라고 고자질하지 않을까 신경이 쓰였던 것이다.

5교시는 지리 시간이었다. 선생님이 들어오기 전에 노보루와 아이들은 잽싸게 아직 먹지 않은 도시락을 먹었다. 나도 아이들을 따라 그렇게 했다. 10분 정도 늦게 선생님이 교실로 들어왔다. 선생님은 아무것도 모르는 것처럼 보였다. 그리고 스스무는 평소와 다름없이 선생님한테 손을 들어 질문을 하고 선생님이 시키면 또박또박 대답을 했다.

그날 청소는 하마미 아이들 차례였다.

청소를 하는 내내 스스무는 시종 침묵을 지켰다. 오늘은 평소처럼 학급일지를 쓰지 않고 열심히 청소를 했다. 학급일지는 점심시간에 써 놓았는지도 몰랐다. 스스무뿐만이 아니라 다른 아이들도 한결같이 말이 없었다. 모두들 힘이 없어 보였다. 스스무한테 말을 거는 아이는 아무도 없었다. 스스무와 조금이라도 친한 듯한 모습을 보이는 것은 위험했다.

"기요시" 하고 문가에서 나를 부르는 소리가 났다. 나가 보니 가쓰였다.

"무슨 일이야?" 하고 나는 말했다.

"잠깐 와볼래?" 하고 가쓰가 말했다. "노보루가 불러."

"또야." 나는 태연한 척 말했다.

"응." 가쓰가 미안하다는 듯 말했다.

"무슨 일이지" 하면서 나는 바깥으로 나갔다.

복도 저쪽에 노보루가 서 있었다. 노보루는 침착성을 잃고 약간 떨고 있는 것처럼 보였다.

"기요시." 노보루가 불안한 목소리로 말했다.

"너, 우리가 한 행동 어떻게 생각해?"

"당연한 거지" 하고 나는 대답했다. "당한 걸 갚아 준 거 아냐. 특히 너하고 노자와는."

"그렇지." 노보루는 약간 안심한 듯이 말했다.

노자와가 다가왔다.

"뭐라고 그랬어?" 노자와가 노보루한테 물었다.

"당연한 거라고." 노보루가 말했다.

"우리 편이 되어 줄 거야?" 노보루가 물었다.

"난 중립이야." 순간 나는 명안을 떠올리고는 말했다. "어느 쪽에도 붙고 싶지 않아."

"뭐라고" 하며 노자와가 격앙하는 것을 노보루가 제지하며 말했다.

"스스무가 잘못했다고 생각하지, 기요시?"

"내가 여태까지 스스무한테 어떻게 당해 왔는지 너희들도 잘 알고

288

있잖아. 선생님한테 말해야 된다면 나도 그렇게 말할 거야."

"이걸로 됐어" 하고 노보루가 안심한 듯이 말했다. 노자와는 아직 안심이 되지 않는지 다짐을 두듯이 말했다.

"선생님한테 야단을 맞으면, 너도 선생님한테 얘기해 줘야 해."

"응" 하고 이번에는 비장한 사명감이 불타오르는 것을 느끼면서 나는 대답했다.

"그때는 전부 말할 거야."

교실로 돌아오자 야마다가 물었다.

"기요시, 너 노보루하고 무슨 이야기 했어?"

내가 대답하기 전에 기스케가 말했다.

"무슨 이야기를 했든 상관없잖아. 네가 상관할 바 아니야."

청소가 끝나자,

"기요시, 집에 가자" 하고 기스케가 말했다.

내가 대답을 주저하고 있었더니,

"너희들 둘이 먼저 가려고?" 하고 야마다가 말했다.

"응" 하고 기스케가 내뱉었다. "그러려고."

"다케시타 군 안 기다려?"

"왜 기다려야 되는데."

야마다는 입을 다물어 버렸다. 그러고 있는데 교무실로 청소가 끝났다는 것을 보고하러 갔던 스스무가 돌아왔다.

기스케와 나 두 사람은 시기를 놓쳐 아이들과 함께 스스무를 따라 교실을 나왔다.

현관을 나서자 놀랍게도 돌아간 줄로 알았던 노미와 야마미 아이들이 전부 현관 밖에서 기다리고 있었다. 스스무는 무슨 생각을 했는지 잠자코 혼자서 정문 쪽으로 발걸음을 서둘렀다. 그러자 아이들도 약간 뒤에서 줄지어 스스무의 뒤를 따라 갔다. 스스무는 마을 사무소에 용무가 있는지 읍내로 가는 길 도중에 있는 마을 사무소 건물 안으로 사라졌다. 잠시 뒤에 건물에서 나와 다시 원래의 길로 돌아왔다.

거기까지를, 나는 기스케와 함께 학교 정문 앞에 서서 보았다.

스스무는 성큼성큼 혼자서 걸어왔다. 스스무는 나와 기스케 옆을 눈길도 주지 않고 지나쳤다. 그러자, 스스무의 뒤를 쫓아왔던 6학년 남자반 아이의 반수가 운동장을 대각선으로 가로질러 스스무를 앞질러 갔다. 스스무는 그것을 모르는지 점점 발걸음을 빨리해 운동장 가를 따라 나 있는 길모퉁이를 돌았다.

나와 기스케는 길 쪽으로부터 가는 아이들의 뒤를 따랐다. 스스무가 가는 길을 앞질러 갔던 아이들이 기다리고 있었다. 노보루가 그 안에 있었다. 스스무는 그 아이들과 맞닥뜨리자 말없이 그 아이들을 돌파하려고 했다. 그러나 아이들은 비켜주지 않았다. 얼마 안 있어 나머지 절반의 아이들이 따라붙자, 아이들은 스스무를 겨우 지나가게 했다. 그리고 스스무의 뒤에서 걷기 시작했다.

스스무의 얼굴이 공포로 굳어 있었다. 눈썹이 이따금 움찔움찔 움직였다. 울고 있는지도 모른다고 나는 생각했다. 아이들은 말없이 계속해서 따라갔다. 건널목 근처까지 따라가려는 모양이라고 나는 생각했다. 스스무는 충분히 뼈저리게 후회하고 있으리라. 크게 반성도 하고 있으리라. 이걸로 스스무가 다시 원래처럼 부당한 권력을 쥐는 일은 없으리라.

그런데 철길까지 와서도 아이들은 스스무의 뒤를 따라가는 것을 멈추지 않았다. 내 옆에서 노보루가 "저 소나무 아래가 좋겠다"고 말하는 것이 들렸다.

건널목을 건너 백 미터 정도 가면 작은 내가 길을 질러 흘렀다. 그 냇가의 왼쪽으로 꺾어지면 소나무가 있었고 그 밑에 약간 움푹 들어간 곳이 있었다.

스스무가 그 내 위에 걸려 있는 다리를 건너려는 순간, 칠팔 명의 아이가 후다닥 뛰어와 스스무의 앞으로 돌아 길을 막았다. 스스무는 그 자리에서 멈추지 않을 수 없었다.

스스무는 각오한 듯이 보였다.

"덤빌 테냐" 하고 스스무는 말하며 가방을 어깨에서 길 위로 던지고 주머니에서 날밑을 꺼내 움켜쥐었다. 아이들이 주위를 둘러쌌다.

"덤빌 테냐" 하고 스스무가 말했다. 아이들은 아무 말도 없었다.

갑자기 스스무의 얼굴이 기묘하게 일그러졌다. 울음을 터뜨린 것이다. 꼴 좋다, 하고 나는 생각했다. 나는 너 때문에 셀 수 없이 울어야 했다.

갑자기 스스무가 쓰러졌다. 누군가가 뒤에서 발로 찬 것이었다. 스스무의 입으로 모래가 들어갔다. 스스무는 바로 일어섰다. 그러자 다시 등 뒤에서 발길질을 당해 쓰러졌다. 스스무는 울면서 일어서더니 도망치려 했다. 그러나 다시 스스무는 발에 얻어맞아 땅으로 쓰러졌다. 스스무는 울음을 멈췄다. 스스무는 일어서서 아이들의 동정심에 호소하려는 듯 아이들을 둘러보았다.

그때 노보루가 스스무의 정면으로 걸어 나가 창백한 얼굴로 스스무를 노려보더니, 느닷없이 스스무의 양쪽 뺨을 사정없이 갈겼다.

스스무는 그것을 잠자코 견뎠다. 스스무는 아예 체념한 것처럼 보였다.

"이번에는 너야" 하고 노보루는 말하며 노자와한테 신호를 보냈다.

노자와는 스스무의 머리를 주먹으로 때렸다. 스스무는 머리를 감싸 쥐며 방어했다. 노자와는 마지막으로 스스무의 발을 찼다. 스스무는 쓰러졌다. 곧바로 일어서려 하지 않았다.

가와무라가 앞으로 나와 스스무의 멱살을 잡고 일으켜 세웠다. 스스무는 체념한 듯이 일어섰다.

"이거나 먹어라" 하면서 가와무라는 노보루에 뒤지지 않게 사정없이 양쪽 뺨을 세 차례나 갈겼다. 스스무의 얼굴에 시뻘건 손자국이 남았다. 스스무의 뒤에 있던 한 아이가 스스무의 다리를 걸어찼다. 엎드린 자세로 땅에 쓰러진 스스무를 누군가가 걸어찼다. 스스무는 일어서서 아이들을 둘러보며, 진지한 목소리로 말했다.

"다들 합세해서 나를 죽일 생각이냐"

순간 아이들의 기가 죽은 것 같았다. 스스무한테 이전과 마찬가지의 힘이 돌아온 듯한 착각에 빠진 듯했다. 그때, "날 죽일 생각이냐, 죽일 생각이냐" 하고 누군가 익살스럽게 흉내를 냈다. 목소리가 난 쪽을 보니 가와세였다. 가와세의 그 말이 아이들을 스스무가 한 말의 심리적 속박에서 벗어나게 해주었다.

나는 좋은 기회를 놓치지 않겠다고 결심하고 용기를 내 말했다.

"이쯤에서 그만두는 게 어때."

나는 이미 스스무를 용서하고 있었다. 나는 그 한마디로 스스무를 돕고 싶은 마음이었다.

그 순간 노보루가 무서운 표정으로 나를 노려보았다.

"너, 무슨 소리를 하는 거야?"

나는 놀라서 해명하듯이 말했다.

"아직도 분이 안 풀린 거야?"

"안 풀렸지. 아직 시작에 불과해" 하고 말하는가 싶더니 노보루는 스스무를 발로 차 밭으로 떨어뜨렸다. 스스무는 잠시 움직이지 않았다. 기절한 게 아닐까 하고 나는 생각했다. 스스무는 진짜로 꼼짝도 안했다. 죽은 게 아닐까 하고 나는 생각했다. 나는 부반장이다. 선생님한테 어떻게 경위를 설명해야 좋을까.

"너, 속일 생각이야" 노자와가 밭으로 내려가 서더니 스스무의 얼굴에 침을 뱉었다. 스스무는 황급히 손으로 얼굴을 닦았다.

"그것 보라고" 하고 말하면서 노자와는 스스무를 일으켜 세웠다.

"너, 잘도 속이려고 했지" 하면서 노자와는 스스무를 주먹으로 마구 때렸다. 노보루와 가와무라가 거기에 가세했다.

이걸로 끝이다 하고 나는 스스로를 타일렀다.

노보루가 선언하듯이 말했다.

"지금까지 스스무한테 당했던 사람 전부 분풀이해."

아무도 나오지 않는 것을 보고 노보루는 가쓰를 향해 말했다.

"가쓰, 네가 먼저 나와."

"응" 하고 가쓰는 근시의 눈을 꿈벅거리면서 낮은 목소리로 말했다.

가쓰는 창백한 얼굴로 스스무 앞으로 가더니 있는 힘껏 펀치를 두 방 먹이고는,

"이걸로 그만할래" 하고는 어깨를 힘없이 축 늘어뜨리고는, 어느새 밭으로 내려와 스스무를 멀리 둘러싸고 있던 아이들 뒤로 갔다.

"빨리 다음 사람 나와서 때려." 노보루가 주위를 둘러보며 말했다.

다음으로 걸어 나온 것은 가와세였다. 스스무는 완전히 체념해 때리는 대로 맞고 있었다. 스스무의 뺨은 벌겋게 부풀어 올랐고, 손바닥의 흔적이 여러 겹으로 나 있었다.

"너, 나를 잘도 속였지" 하고 크게 소리치며 나온 것은 마쓰였다.

"마쓰" 하는 소리가 스스무의 입에서 흘러나왔지만 곧이어 스스무는 입을 다물었다.

"너, 잘도 나를 속여서 노보루하고 아이들을 때리게 했지" 하고 마쓰는 말하고 헉헉 숨을 몰아쉬면서 스스무를 때려 결국 스스무를 때려눕혀 버렸다. 그러나 이번에는 스스무 자신이 벌떡 일어나 그다음 구타에 대비하는 자세를 취했다.

히라오가 나와서, "잘도 나한테 별명을 붙였지. 항상 나를 이상한 별명으로 부르고" 하더니 스스무의 양 뺨에서 처절한 소리가 들릴 정도로 세 번 연거푸 따귀를 때렸다.

"하마미 아이들" 하고 노보루가 말했다. "너희들도 스스무한테 오랫동안 당한 게 많이 있을 텐데."

"야마다, 나와" 하고 노보루가 말했다.

야마다는 말없이 스스무의 앞으로 나섰다. 야마다는 아무 말도 않고 스스무의 얼굴에 세게 뺨을 두 번 갈겼다.

"야마다" 하고 노자와가 말했다. "좀 더 때려, 적당히 봐주면 가만 안 돼."

"잘도 내 쑥을 뺏어갔지" 하고 말하면서 야마다는 두 번 더 있는 힘껏 때렸다. 아이들이 박수갈채를 보냈다.

"이번에는 나야" 하고 오자와가 말하며 앞으로 나왔다. 그다음에는 요시오가, 그다음에는 히데가, 그다음에는 요이치가, 그다음에는 이치로가, 그다음에는 기스케가.

"기요시, 너도 때려." 노보루가 나를 쿡 찔렀다.

"나는," 나는 용기를 쥐어짜 떨리는 목소리로 말했다.

"나는 안 때릴 거야."

"너, 스스무의 편을 들 생각이야." 노보루가 나를 노려보며 말했다.

"때리지 못해." 가와무라가 말했다.

"너, 스스무가 무서우냐." 노자와가 나를 다그쳤다.

"난 스스무한테 괴롭힘을 당했지만 맞은 적은 없으니까" 하고 나는 띄엄띄엄 말했다.

"나는 스스무를 안 때려. 내가 스스무한테 하고 싶은 일은, 스스무가 나한테 했던 것처럼 따돌림 당하게 하는 거야."

그것은 갑자기 생각난 구실이었다. 사실 나는 두려웠던 것이다. 스스무든 누구든 사람을 때린다는 게 두려웠던 것이다. 하지만 그것만이 아니었다. 이미 스스무는 지나칠 정도로 충분히 죄의 대가를 치렀다고 생각했다. 그리고 아까부터 더 이상 스스무가 아이들한테 구타 당하는 것을 저지하지 못하고 있는 자신의 무력함을 부끄럽게 여기고 있었다. 스스무의 힘을 뺏는 일이 나의 예상과는 완전히 다른 길로 흘러가고 있는 것에 나는 일말의 책임감 같은 것을 느꼈고, 그런 의식 앞에서 전율을 느끼고 있었다. 다시 한 번 나 자신이 무력하다는 사실 앞에 나는 절망하고 있었다.

"그러냐" 하고 노보루는 나한테 동정을 보이려는 듯 말했다. "기요시는 안 때려도 괜찮아."

노보루의 그 말을 듣고, 노자와도 가와무라도 나한테 스스무를 때리게 하는 일은 포기한 것 같았다.

"자, 다른 사람들도 우물쭈물하지 말고 때려"

하고 노보루는 생각났다는 듯이 지시를 내렸다.

그러자 한 사람 한 사람 스스무 앞으로 나가 스스무를 때렸다. 한 대밖에 안 때린 아이가 있는가 하면, 여러 번 때리다 못해 발길질까지 하는 아이도 있었다. 나를 제외한 모든 사람들이 스스무를 때리는 것을 끝냈을 때 나는 안도의 한숨을 내쉬었다. 이걸로 끝이다 하고 생각했다. 스스무는 흐느껴 울면서 수건으로 얼굴의 흙을 닦고 있었다.

몇몇 아이들이 돌아갔다.

"기요시, 집에 가자" 하고 기스케가 말했다.

"응" 하고 나는 대답했다.

하마미 아이들 중에서 가장 살살 때린 사람은 기스케였다. 기스케한테는 좀 더 때릴 권리가 있었는데ㅡ. 나는 그 사실을 떠올리며 기스케한테 경의와 비슷한 감정을 느꼈다.

나는 기스케와 함께 하마미 쪽으로 걷기 시작했다. 그러자 뒤에서 먼저 돌아가는 우리를 비난하는 "우우, 우우, 우우" 하는 웅성거림이 쫓아왔다. 순간 나는 공포를 느끼고, 먼저 집에 가는 것을 단념할까 하고 생각했을 정도였다. 그러나 기스케는 그 웅성거림을 완전히 무시하고 "하마미 자식들" 하고 내뱉듯이 말했다. 웅성거림이 인 것은 아마다나 마쓰 같은 하마미 아이들 사이에서였던 것이다.

나와 기스케는 발걸음을 서둘렀다. 내 마음은 아직 악몽을 꾸고 있는 것 같은 느낌에 싸여 있었다.

"상당히 가혹하구나, 다들." 겨우 기운을 되찾은 나는 말했다.

"아직 시작인데 뭐." 기스케는 차분한 목소리로 말했다.

"엣" 하고 나는 놀라 말했다.

"아직, 저걸로 끝난 게 아냐?"

"응" 하고 기스케는 말하고 걸음을 멈췄다.

"뒤를 한번 볼래" 하고 기스케는 말했다. 뒤를 돌아보니 다리 옆에 아이들이 모여 환성을 올리고 있는 게 보였다.

"무슨 일이야?"

"모르겠어?"

"강에 빠뜨린 거야?"

"응." 기스케는 별로 놀랄 일도 아니라는 듯이 말했다.

"물에 빠져 익사하지는 않을까?" 나는 조바심을 내며 물었다.

"다케시타가 익사라고."

기스케는 나처럼 저 정도로 스스무를 용서하지 않고 있다는 것을 나는 느꼈다.

"가자."

멈춰선 채로 움직이지 않고 있는 나를 기스케가 쿡 찔렀다.

"정말로 죽지는 않겠지?"

"죽지 않아." 갑자기 기스케는 진지한 얼굴로 나의 걱정을 경멸하듯이 말했다.

"다케시타는 말이야, 전에 저 강에 누군가를 빠트린 적이 있어."

"누구를?"

"누구라고 생각해?" 기스케는 웃으면서 말했다.

"설마 너는 아니겠지?" 하고 나는 말했다.

"나였어."

나는 더 이상 뭐가 뭔지 알 수가 없게 되었다.

"그렇구나" 하고 나는 한숨을 내쉬면서, "빨리 돌아가자" 하고 말했다.

"빨리 가자."

# 제 10 장

다음 날 나는 기스케하고 우리 집 앞에서 만나 둘이서 학교로 출발했다. 더 이상 교차로에서 스스무가 오기를 기다렸다가 출발할 필요도 없었고, 스스무의 기분을 맞추기 위해 아이들이 나한테 가하는 온갖 괴롭힘을 꾹 참고 견딜 필요도 더 이상 없었던 것이다. 오늘 나 자신은 완전히 자유로 그 무엇에도 예속되어 있지 않다고 자랑스럽게 생각하면서 나는 학교까지의 3킬로미터 길을 한 번도 멀다고 느끼지 않고 걸었다.

교실에 들어가자 하마미 아이들을 제외한 전원이 있었다. 아이들은 교실의 앞과 뒤의 공간에 제각각 무리를 지어 뭔가 계속해서 협의를 하고 있는 듯했다.

가와세가 나를 제일 먼저 발견하고는 큰 소리로 말했다.

"기요시가 왔다."

그러자 기분 탓인지 그때까지 불안에 싸여 있던 교실에 생기가 도는 것처럼 보였다.

"기요시가 왔다"

"기요시가 왔다"

하고 다들 술렁거렸다.

교실 뒤쪽에 노보루를 중심으로 모인 아이들 가운에 가쓰의 모습을 발견하고 나는 가쓰한테 다가갔다.

나는 가쓰의 어깨를 두드리며 물었다.

"뭐하고 있어?"

"이번에는 너를 어떻게 해치울까 얘기하고 있었어." 가쓰는 근시인 눈을 가늘게 하며 대답했다.

"그만둬, 농담은." 순간 흠칫하면서 나는 말했다.

"기요시." 노보루가 말했다. "다케시타는 아직 안 와?"

"몰라. 기다리지 않아서."

"기요시, 선생님이 불러서 물어보면 잘 부탁해." 가와세가 끼어들어 말했다.

"무슨 이야기야?" 하고 나는 물었다.

"어제 말이야, 누가 우리를 본 모양이야." 노보루가 설명하듯이 말했다.

"엄청 화를 내면서 학교에 알리겠다고 협박했어."

"그건, 그냥 해본 말일 거야." 가와무라가 스스로를 안심시키려는 듯이 말했다.

"넌, 부반장이니까, 선생님이 이런저런 질문을 할지 몰라. 그때 잘 대답해 달라는 말이야." 가쓰가 알아듣기 쉽게 설명했다.

"내가 할 수 있는 만큼은 해볼게" 하고 나는 말했다.

"어떤 식으로 말할 건지 한번 해봐." 노보루가 내 기분이 상하지 않게 다정한 목소리로 말했다.

"우선 스스무가 너희들을 때렸다는 걸 말할게."

"그리고" 하고 노보루가 말했다.

"스스무가 지금까지 해왔던 잘못된 행동을 전부 말할게. 특히 나한테 했던 것을."

"그래, 기요시." 어느새 끼어든 반에서 키가 제일 작은 아키오가 말했다.

"선생님이 물어보면, 너, 전부 말해야 해. 네가 얼마나 여러 차례에 걸쳐 왕따를 당했는지 말이야. 그리고 소풍 때 아무도 너한테 말도 걸지 않은 것도. 그건 전부 스스무의 명령이었어. 하루 종일 아무하고도 말을 못하고 소풍에 참가한다는 게 얼마나 괴로운 일이었는지 너희들 아무도 모를 거야. 기요시가 안돼 보여서 나는 금지를 깨고 기요시하고 그때 이런저런 이야기를 했었어."

나는 새삼스럽게 아키오에 대해 고마운 마음이 들었다.

가와무라와 노자와는 자신들의 예전의 잘못된 행동이 까발려진 듯 시무룩한 얼굴을 하고 있었다. 생각하면 그들의 죄도 그렇게 가볍지는 않았다. 그들은 스스무의 유력한 부하로서 한껏 으스댔었다. 노보루는 다르다 해도, 가와무라나 노자와한테 스스무를 그렇게 규탄할 자격이 있는 걸까, 정말로 스스무를 단죄할 수 있는 사람은 그 아이들이 아니라 항상 박해받고, 괴로움 당하고, 징발 당했던 약한 아이들이 아닐까. 그런 생각이 마음속에 일어나며 선생님한테 노자와나 가와무라를 비호하는 행위의 정당성에 의구심이 들었다.

하마미 아이들이 교실에 들어왔다. 들어오자마자 요시오가 비난의 소리를 냈다.

"역시, 기요시하고 기스케 두 사람은 먼저 왔어."

나는 흠칫했다. 그런 식으로 비난당하면 흠칫하는 버릇은 하루 이틀에 없어질 것 같지 않았다.

"그게 어쨌단 말이야." 가쓰가 화를 내듯이 큰 소리로 말했다. 그러자 요시오는 놀란 듯이 입을 다물어 버렸다.

하마미 아이들 가운데 스스무의 모습은 보이지 않았다. 그것을 깨닫고 가와무라가 말했다.

"어이 하마미 일행, 다케시타는 어떻게 된 거야?"

"몰라." 야마다가 말했다.

"너희들, 안 기다렸어?" 가쓰가 빈정거렸다. 야마다는 창피한 듯이 고개를 푹 숙였다.

그때 수업 시작종이 울렸다.

"부탁한다, 기요시" 하고 가와세가 말했다.

선생님이 들어와서 나는 부반장으로 스스무를 대신해 "기립―, 경례―, 착석" 하고 호령을 붙였다. 아이들은 스스무가 할 때 이상으로 질서정연하게 내 호령에 따랐다.

"다케시타 군은 감기라도 걸린 건가." 선생님은 이상하다는 듯이 말했다.

아이들은 전부 안도의 한숨을 내쉬었다. 선생님은 아직 아무것도 모르고 있었다.

2교시가 되어도 스스무는 여전히 모습을 보이지 않았다.

2교시가 끝나고 쉬는 시간이 되어서야 아이들은 겨우 강당으로 가 격투 놀이를 할 생각이 든 것 같았다. 그때까지는 아무도 언제 어제 일이 발각될지 모른다는 불안감 때문에 놀이를 할 기운이 나지 않았던 것이다. 아직 그 불안감이 완전히 사라진 것은 아니어서 놀이를 하는 아이들의 분위기가 쾌활하지만은 않았지만, 그래도 아이들은 상당히 기운을 회복해 격투 놀이에 참가했다. 나는 지금까지 없던 활기에 가득 차 격투 놀이를 신나게 할 수 있었다. 나는 더 이상 결코 따돌림 같은 것은 당하지 않을 것이다. 그리고 두 번 다시 꿰다 놓은 보릿자루처럼 한쪽에 서서 괴로움을 맛보지 않아도 될 것이다. 나는 이제 아이들의 부탁을 받는 처지였다. 선생님 앞에서 스스무의 잘못을 규탄하고, 스스무를 때린 동급생들을 비호할 힘을 가진 것은 나 외에는 아무에게도 없었다. 그런 사실이 내 마음에 어떤 충일감을 느끼게 해주었다. 오랫동안 맛보지 못했던 고양된 감정을 나는 느꼈다.

격투 놀이에서 나는 상당한 활약을 했다. 나는 넘어져 깔리는 걸 두려워 않고 활약했다. 그랬더니 꽤 강해진 것 같았다.

놀랐던 것은 스스무가 그런 지경을 당한, 그러니까 어제까지만 해도 나보다 세다고 여겼던 야마다가 아주 힘이 약하다는 사실이었다. 야마다는 계속해서 밑에 깔리고, 아이들한테 들볶이고, 포로로 잡혔다. 그런 모습을 보고 나는 야마다가 호랑이의 위세를 등에 업은 여우에 지나지 않았다고 생각하지 않을 수 없었다.

3교시 수업 종이 울려 교실에 들어와 보니, 스스무가 새 옷을 입고 이미 자리에 앉아 있었다. 스스무를 본 순간 아이들은 전부 약간 움츠러들었다. 그리고 다음 순간, 스스무가 어제까지의 스스무가 아니라는 것을 깨닫고 두려워했다는 것을 부끄럽게 생각하는 것 같았다. 스스무는 몰락해서 지금 반의 어느 누구보다도 무력한 존재로 전락하고 만 것이었다. 그러나 노자와나 노보루나 가와무라 등 극히 소수를 제외하면 아이들은 모두 스스무를 피하려 하면서 얌전히 자리에 앉았다. 언제 주술의 속박이 풀려 스스무가 원래의 힘을 회복할지도 모른다고 두려워하는 듯이. 노자와나 노보루나 가와무라만이 일부러 스스무의 옆을 지나면서 의자에 걸어놓은 가방을 발로 차거나, 책상에 일부러 부딪치거나, 머리를 슬쩍 밀거나 했다. 스스무는 사람이 변한 듯 말없이 그런 행동을 참고 있었다.

스스무가 갈아입고 온 새 옷은 지금까지 딱 한 번 입고 온 적이 있었다. 5학년 종업식을 하던 날, 나하고 함께 사진을 찍으러 가기 위해 입고 온 옷이었다. 그날이 아마도 그 옷을 처음으로 입었던 날이었음에 틀림없었다. 이런 일이 벌어지리라고는 꿈에도 생각하지 못했을 것이라고 나는 그 옷을 입은 스스무를 보면서 생각했다.

유행성 이하선염에 걸린 듯 뺨이 부풀어 오른 것 외에 스스무의 모습에 눈에 띄는 변화는 없어 보였다. 그렇게 모든 아이들한테 지독하게 당했는데도 이렇다 할 상처도 없었다. 나는 안심했다. 스스무가 어떻게 된 건 아닐까 하고 걱정하고 있었기 때문이었다.

선생님이 교실에 들어왔다. 그러자 스스무는 일어서서 선생님한테 갔다. 아이들이 술렁거렸다. 나는 노보루 쪽을 보았다. 노보루는 창백한 얼굴로 웃고 있었다. 나도 미소로 답했다. 안심해, 선생님한테 혼날 염려는 없어, 스스무가 지금까지 어떤 횡포들을 저질렀는지 선생님한테 알려줄 뿐이야, 나는 그걸 위해 최선을 다하겠어, 그런 생각을 나는 미소에 담으려 했다. 나는 지금 이번 사건의 수습자였다. 수습의 열쇠를 쥐고 있는 것은 나다. 그런 생각에 기분이 좋아졌다. 스스무가 돌아오는데 가쓰가 스스무의 팔을 붙잡고 낮은 목소리로 물었다.

"다케시타, 너, 선생님한테 뭐라고 그랬어?"

어제까지였다면 이렇게 난폭하게 스스무한테 묻는 행동은 꿈도 꾸지 못했으리라. 그러나 이제 스스무는 얌전히 멈춰 서서 작게 입을 열어 대답했다.

"치과에 다녀오느라 지각했다고 말했어."

"너, 이가 어떻게 됐어?"

"응, 약간" 하고 말하며 스스무는 자신의 자리로 돌아갔다.

이 정보는 순식간에 아이들 사이로 퍼졌다. 스스무가 선생님한테 고자질한 건 아닐까 하는 생각 때문에 생긴 불안한 긴장감이 금방 풀어졌다. 풀어진 긴장감이 수런거림으로 변했다.

선생은 그 수런거림의 의미를 전혀 이해하지 못하고 호통을 쳤다.

"조용히들 못해!"

금방 교실이 정숙해졌다.

3교시 수업이 끝나자, 아이들은 안도감에 가슴을 쓸어내리고는 안심했다는 듯이 자리에서 일어나 삼삼오오 교실 뒤쪽에 모였다.

스스무는 자리에 그대로 앉아 있었다. 노자와가 스스무한테로 가서 신문하듯이 말했다.

"너, 치과의사한테 갔었다며."

"응" 하고 스스무는 작게 대답했다.

"어떻게 된 거야?"

"앞니가 흔들려서."

"그러냐" 하고 노자와는 말하고는 스스무 곁을 떴다.

점심시간에 아이들은 스스무만 교실에 남겨 놓고 격투 놀이를 하러 강당으로 갔다. 이번에는 2교시 뒤의 쉬는 시간과는 비교가 되지 않을 정도로 아이들의 기운이 넘쳤다. 모두가 자유롭고 쾌활해 보였다. 한 사람 한 사람이 자신의 힘, 어제 다케시타 스스무를 때린 자신의 힘에 자부심을 느끼며, 자유와 독립의 기쁨을 가슴에 품고 있는 듯했다. 나는 지금까지 꿈처럼 그렸던 일이 드디어 실현되었다고 생각했다. 이제 반에는 횡포를 휘두르는 권력자는 사라졌다. 누구나가 평등하고 모두가 스스럼없이 행동할 수 있게 된 것이다……

교실로 돌아오자 스스무는 산수 교과서를 펼쳐놓고 산수 문제를 풀고 있었다. 누군가 그 교과서와 노트를 쳐서 바닥에 떨어뜨렸지만, 스스무는 잠자코 그것을 주워서 다시 문제를 계속해서 풀었다.

그날 청소당번은 하마미였다. 노미와 야마미 아이들이 돌아가 버리자 하마미 아이들은 한결같이 불안한 표정이 되었다. 솔직히 말해 하마미 아이들 중에 일대일로 스스무와 맞붙어 싸울 수 있는 사람은 마쓰를 제외하고는 한 명도 없었다. 그 마쓰는 그날 결국 학교에 나타나지 않았다. 만약 스스무가 어제 일에 대한 복수를 하마미 아이들한테 한다면 지금이 적당한 때였다. 스스무가 작정하고 달려든다면 세 사람이 함께 싸운다고 해도 이길 수 없을지 모른다. 그렇게 된다면 어떻게 해야 좋을까. 그런 불안감이 한 사람 한 사람의 표정에 깃들어 있는 것을 나는 놓치지 않았다.

스스무는 그러나 그런 복수를 꿈에도 생각하지 않는 듯한 얼굴로 말없이 청소를 하고 있었다. 스스무는 지금까지처럼 학급일지를 적는다거나 하면서 청소를 빠지지 않고 묵묵히 솔선해서 청소를 했다. 그러나 그것은 오히려 스스무를 어쩐지 더 한층 으스스한 존재로 보이게 했다. 아이들은 모두 스스무를 멀리 피하면서 말도 별로 하지 않고 열심히 청소를 했다.

청소가 끝나자 스스무는 재빨리 집에 돌아갈 준비를 하고 선생님한테 청소가 끝났다는 보고를 하러 교무실에 들렀다가 그길로 바로 학교를 빠져나갔다.

남은 아이들은 함께 학교를 나섰다. 그러나 더 이상 지금까지처럼 일렬횡대를 짓거나 하지 않았다. 각각 몇 사람씩 짝이 되어 걸었다. 나는 기스케와 나란히 걸었다.

철길 건널목을 지나자, 약 2백 미터 앞에서 스스무가 혼자서 걸어가는 모습이 보였다.

갑자기 히데가 말했다.

"자, 노래하자."

"좋았어" 하고 요시오가 대답했다. 그러자 아이들 사이에서 일제히 내가 전혀 모르는 가사의, 하지만 나를 놀렸던 노래와 완전히 똑같은 노래가 불려졌다.

만두 만두 하고
잘난 체하지 마 만두
만두 가르면
눈물이 나온다 눈물이 나온다


한차례 노래가 끝나자 기스케가 혼잣말처럼 중얼거렸다.

"누가 만들었는지 모르겠지만, 꽤 잘 만든 노래인데."

"스스무에 대한 노래야?"

"그럼 누구에 관한 거겠어" 하고 기스케는 대답했다.

"뭔가 좀 더 재치 있는 걸로 네가 만들어 봐. 너를 소재로 한 노래는 전부 스스무가 앞장서서 만든 거니까."

나도 모르게 눈물이 고였다. 괴로웠던 지난날의 일들이 떠올랐던 것이다. 그러나 두 번 다시 그런 일은 당하지 않아도 된다고 생각하니 마음이 차츰 가볍고 환해졌다.

아이들은 잠시 쉬었다가 다시 그 노래를 부르기 시작했다. 만두라는 것은 스스무의 머리 모양이 세로로 짧고 가로로 길어서 만두의 형태와 비슷하다는 것을 빗댄 것이라는 생각이 들었다. 바람을 타고 그 노래는 확실히 스스무의 귀에 들렸을 것이 틀림없었다. 그러나 스스무가 나와 똑같은 꼴을 당하는 것을 나는 기쁘게 여기지 않았다. 오히려 나는 같은 행동을 되풀이하는 아이들의 행동에 은근히 증오심마저 들었다. 저 아이들은 예전에 모두 나에 대한 노래를 부르며 기뻐했던 녀석들과 똑같은 녀석들인 것이다. 나는 그런 감정을 그 노래를 따라 부르지 않는 것으로 표명했다.

"누군가 노래를 부르지 않는 사람이 있는데" 하고 느닷없이 요시오가 말했다.

나는 순간 움찔했다. 그러나 나는 그 요시오의 말을 무시하기로 했다. 다행히 요시오의 그 말에 상대한 사람은 아무도 없었다.

노래를 몇 번이나 되풀이해서 불러 더 이상 부르는 것도 싫증이 나자 아이들은 제각각 이야기를 하기 시작했다. 나는 기스케와 6월 18일의 관음제觀音祭에 관해 이야기했다. 그것은 5월의 절구節句를 연장해 모내기가 끝나는 것을 함께 축하하는 축제로, 올해는 본오도리*를 이 축제에서도 하기로 되어 있었다.

"너도 할래, 데리러 갈게" 하고 기스케가 말했다.

"응." 나는 다소 설레는 마음으로 대답했다.

"근데 어렵지는 않을까?"

"무슨 소리, 어려울 거 없어. 보고 따라하면 금방 배울 거야."

기스케가 보증한다는 듯이 말했기 때문에 나는 알겠다고 대답했다.

다음 날 기스케와 나는 말을 맞추어 우리 둘만 등교했다. 교실에는 아무도 없었다. 강당에 가니 이미 대부분의 아이들이 모여서 한창 격투 놀이를 하고 있었다. 기스케와 나는 다른 아이들을 제치고 먼저 왔다고 생각했는데, 하마미 아이들도 스스무를 제외하고 전원이 와 있었다. 어제 학교를 빼먹고 오지 않았던 마쓰의 모습을 아이들 속에서 발견했을 때, 나는 어떤 불길한 예감에 두려움이 일었다. 지금까지 마쓰

---

* 盆踊り. 백중날 밤에 남녀가 모여서 추는 윤무로 원래는 정령을 위로하기 위한 행사.

를 억누르고 있던 스스무라고 하는 무게가 없어진 것으로 인해, 무언
가 무척 성가신 존재로 성장해 가는 건 아닐까 하는 기분이 들었던 것
이다.

수업 시작종이 울려 강당에서 교실로 돌아가는 도중, 나는 마쓰가
노보루, 노자와, 가와무라 세 사람한테 커다란 못을 레일 위에 짜부라
뜨려서 작은 단도를 만들어 주겠다고 약속하는 것을 언뜻 들었다. 마
쓰는 잽싸게도 이들 세 사람의 비위를 맞추려 하고 있었다. 나는 불쾌
해지는 것과 동시에 불안감이 들었다. 이렇게 해서 세 사람이 스스무
를 대신해서 새로운 권력자로 성장하는 것은 아닐까 하는 기분이 들
었던 것이다.

그날도 스스무는 3교시가 되어서야 겨우 나타났다. 스스무는 다시
수업 시작 전에 선생님한테 성큼성큼 걸어가서 치과에 들렀다 오느라
늦었다는 취지의 보고를 했다. 그날 선생님은 보고를 받기만 하지 않
고 스스무한테 질문을 했다.

"다케시타 군, 충치라도 생긴 건가?"

"아닙니다." 스스무는 다소 얼굴이 창백해지며 대답했다.

교실이 일시에 물 끼얹은 듯 조용해졌다. 아이들은 마른 침을 삼키
며 스스무의 이어질 대답을 기다렸다.

"헛간의 사다리에서 떨어져서,"

스스무는 입을 작게 벌리고는 말했다. 그리고 교실 안의 반응을 확
인하려는 듯이 잠깐 쉬었다가 말을 이었다.

"탈곡기에 이가 부딪혀 앞니를 다쳤습니다."

"그랬구나" 하고 선생님은 말했다. "치료 잘 받도록 해라. 앞으로도

310

얼마 동안은 치과에 다녀야겠구나."

"네" 하고 스스무는 대답했다. "그래야 할 것 같습니다."

스스무가 돌아오자 아이들은 모두 가슴을 쓸어내리는 것 같았다. 스스무는 그것을 알고나 있는 듯이 약간 가슴을 펴면서 자리에 앉았다.

점심 도시락을 먹고 나서 아이들은 또 강당으로 격투 놀이를 하러 갔다. 격투 놀이에서는 이번에도 마쓰가 무척이나 힘이 넘쳤다. 어찌됐든 죄를 더 이상 묻지 않으리라는 것을 확신해, 불안으로부터 해방되어 의욕이 충만해진 것이었다. 기스케가 말했듯이 마쓰는 일 년을 낙제한 것도 작용해, 사실은 스스무한테도 완력으로는 대항할 수 있는 존재였다. 그런데 무슨 일이었는지 스스무 앞에서 머리를 들지 못하고, 지금까지 스스무의 분부대로 해왔던 것이다. 마쓰 스스로도 그런 사실을 불만스러워하고 있었음에 틀림없었다. 따라서 지금의 그는 눈 위의 혹을 떼어낸 것 같은 해방감을 맛보고 있을 터였다.

수업 시작종이 울려 교실로 돌아와 보니 스스무가 또 자리에 앉아서 산수 문제를 풀고 있었다. 그런 스스무의 모습에는 심기를 건드리는 구석이 있었다. 그것이 아이들을 자극한 것이 분명했다. 누구나가 스스무가 이제는 무력한 존재라는 것, 그런 식의 태도를 보이는 것은 용서할 수 없다는 것을 확인하고 싶었던 것이 틀림없다. 그런 공기를 누구보다도 먼저 냄새 맡고 행동으로 나타내려 한 것은 마쓰였다.

"다케시타를 또 때려 줄까" 하고 마쓰는 큰 소리로 말했다.

그 제안이 너무도 지나칠 정도로 확실했기 때문에 아이들은 약간 움츠러들었다.

잽싸게도 마쓰는 스스무한테 다가갔다. 마쓰는 스스무의 팔을 비틀어 올리면서,

"너, 일어서" 하고 말했다. 스스무가 저항의 몸짓을 하자 느닷없이 마쓰는 팔을 놓고 스스무한테 양쪽 따귀를 있는 힘껏 세게 때렸다. 그때까지의 긴장이 일시에 깨진 탓인지, 스스무의 얼굴이 울음을 참느라 일그러졌다. 공포와 불안으로 스스무의 얼굴은 무서울 정도로 일그러졌다.

"너, 잘도 날 꼬여서 노보루하고 노자와를 때리라고 했지."

그렇게 큰 소리로 말하더니 마쓰는 스스무의 멱살을 쥐고 이번에는 벽 쪽으로 끌고 갔다. 그리고 다시 한 번 스스무의 양쪽 따귀를 때리려나 싶었지만, 스스무를 바닥에 쓰러뜨리고 발로 찼다. 스스무는 맥이 풀린 듯 더 이상 아무런 저항의 몸짓도 보이지 않았다.

모두들 망연히 그 광경을 보고 있었다. 노보루와 노자와와 가와무라는 마쓰의 기세에 압도된 듯 잠자코 있었다.

"선생님 오신다" 하고 가와세가 말했다.

마쓰는 천천히 자기 자리로 돌아갔다.

5교시 수업이 끝나고, 스스무는 피에 굶주린 듯한 마쓰한테 다시 끌려가 교실 뒤의 벽에 서서 사정없이 구타를 당했다. 거기에 히데가 가세했다. 스스무는 묵묵히 두 사람의 구타에 몸을 맡기고 있었다. 그러더니 노자와도 가세해 양쪽 따귀를 두 대씩 갈겼다. 마지막으로 가와세가 스스무의 다리를 차 스스무를 쓰러뜨리고 발로 찼다. 스스무는 울면서 일어섰다.

그 모든 것을 나는 제지하지 못하고서 보고 있었다. 제지하지 않으

면 안 된다고 생각하면서 제지한다면 나까지 맞을지 모르는 분위기에 압도되었기 때문이었다. 그러나 확실한 것은 그럼에도 제지하려고 하는 용기가 나에게는 없었다는 사실이었다.

그날 기스케와 둘이 집으로 왔는데 나는 무력감으로 완전히 풀이 죽어 있었다. 길을 걸으면서 나는 애초에 스스무를 모든 아이들이 때릴 때, 나도 과감하게 스스무를 때렸어야 했다고 생각했다. 그때 스스무를 때렸더라면 나는 그 뒤에 스스무를 때리는 것을 제지할 수 있었을 것이다. 그때 내가 맞지 않았기 때문에 때리지 않겠다고 말한 것은 스스무를 때릴 용기가 없는 것을 호도하기 위한 비겁한 평계였음이 틀림없다고 생각했다.

다음 날 다시 기스케와 둘이서 학교에 늦게 도착하니, 모든 아이들이 교실 뒤에 핏기 없는 얼굴을 하고 모여 있었다. 내 얼굴을 보자 노보루가 말했다.

"기요시, 큰일났어."

"뭔 일 있어?" 나는 차분한 목소리로 물었다.

"기요시의 가족이 선생님을 만나러 온 것 같아."

"가족들한테 들킨 모양이야" 하고 가와무라가 말했다.

"너희들이 어제 그런 짓을 했으니까 그렇지." 시게루가 말했다.

가와무라와 노자와는 안색이 창백한 채로 아무런 대꾸도 못했다.

"마쓰는 뭐하고 있어?" 기스케가 물었다.

"아까 왔었는데, 집에 가버렸어" 하고 노보루가 대답했다.

"그놈은 비겁한 자식이야" 하고 아키오가 말했다. 반에서 가장 작고 힘없는 존재인 시게루와 아키오는 지금 정의를 대표하고 있었다.

"그 자식이 어제 처음으로 시작했어" 하고 노자와가 말했다.

"너, 약속한 거 알지." 노보루가 나한테 다가서면서 말했다. "선생님한테 스스무가 한 짓을 전부 말해야 돼."

나는 용기를 쥐어짜 말했다.

"그러나 어제 너희들의 행동은 지나쳤어. 그것까지 변호할 수는 없어."

"뭐라고" 하고 가와무라가 눈을 부릅뜨며 말했다.

"이러쿵저러쿵 잔소리하지 마. 넌, 약속한 대로 할 말만 하면 돼."

"배신하면 너도 스스무와 같은 꼴을 당하게 될 거야" 하고 노자와가 귀에 거슬리는 탁하고 낮은 목소리로 말했다.

그 한마디가 내게 공포를 불러일으켰다. 그 공포는 순식간에 내 마음속을 가득 채우면서 퍼져 갔다. 나 자신의 이가 전부 흔들리는 모습이 떠올랐다.

내가 선생님한테 가급적 잘 이야기하겠다고 노보루한테 약속한 것은 분명 사실이었다. 정의를 위해서가 아니라, 나 자신의 입장을 유리하게 하기 위해 그 약속을 했다는 것도. —나는, 방과 후에 스스무 한 사람을 반의 모든 아이들이 둘러싸고 밭 한가운데로 끌고 가 때린 것도 다소 지나친 점도 있긴 하지만 정당한 행위로서 인정하고 받아들이려 했다. 그러나 그 뒤에 내가 기스케와 함께 먼저 집으로 간 뒤에 일부 아이들이 다시 스스무한테 가한 잔혹할 정도의 폭행은 결코 인정하고 받아들일 수 없었다. 하지만 그 자리에 없었기 때문에 눈을 감고, 내가 같이 있었을 때까지는 책임을 지고, 거기까지는 정당한 행위로서

변호하자, 그것은 양심에 비추어도 허용되는 것이리라. 하지만 어제의 폭행까지 인정할 수는 없다고 생각하고 있었다.

나는 잠시 침묵한 뒤에 다시 결의를 다지며 말했다.

"내가 할 수 있는 건 할 거야. 그러나 더 이상 스스무를 때리는 것은 그만해. 그건 너무 지나친 행동이야."

"뭐라고" 하고 노자와가 다시 말했다.

"너는 다케시타를 안 때렸다 이거지." 가와무라가 빈정거림을 듬뿍 담아 말했다.

"너, 스스무의 편을 들 생각인 거냐" 하고 히라오가 말했다.

"스스무하고 똑같은 꼴을 당하고 싶은 모양이지." 가와무라가 조금 전과 같은 투로 말했다.

나는 아무런 말도 하지 않았다. 그렇게 나온다면 난 아무것도 안 할 거야, 하고 말할까 생각했지만, 목구멍에 걸려 있는 그 말을 입 밖에 낼 용기는 없었다.

"됐으니까" 하고 노보루가 수습하듯이 말했다.

"그 문제는 기요시가 이야기한 대로 하게 해."

수업 시작을 알리는 종이 울렸다. 자리로 돌아오려는 나를 불러 노보루가 말했다.

"기요시, 알았지, 부탁해."

그 한마디로 나는 마음을 정했다.

평소보다 훨씬 늦게 선생님의 발소리가 복도에서 들려왔다. 선생님이 들어왔다. 청죽靑竹을, 선생님의 키보다 큰 청죽을 들고 왔다. 선생님의 안색이 무척 창백했다. 선생님은 교단에 서자마자 청죽으로 바닥을 세게 내리치며 말했다.

"다케시타를 때린 사람 일어서—"

잠시 아무도 일어나려 하지 않았지만, 이윽고 노보루가 일어나는 것을 계기로 노자와, 가와세, 가와무라, 기스케, 가쓰, 히라오가 일어났고, 결국 나를 제외한 반의 모든 아이가 일어났다.

"스기무라, 너는 때리지 않았어?" 선생님이 말했다.

"네" 하고 나는 대답했다.

"모두 앉아!" 선생님은 말했다.

"스기무라, 일어서." 선생님이 이어 말했다.

"다케시타가 아이들한테 맞은 걸 너는 알고 있었어?"

"네, 알고 있었습니다" 하고 일어서면서 나는 대답했다.

"그러면 왜 제지하지 않았나. 너는 부반장으로서의 책임이 있는 거야."

"아이들한테 맞아도 어쩔 수 없다고 생각했기 때문입니다."

나는 아이들이 무언의 성원을 보내고 있는 것을 확실히 의식하면서 대답했다.

"스도" 하고 선생님은 말했다. "일어서."

노보루는 주눅 들지 않고 일어섰다.

"너는 다케시타를 몇 차례나 때렸나?"

노보루는 대답이 궁한 듯 잠시 말이 없더니, "세 번 때렸습니다" 하고 대답했다.

"왜 때렸나?"

"다케시타 군한테 이유도 없이 맞았기 때문입니다."

"스기무라하고 스도, 앞으로 나와" 하고 선생님이 말했다.

선생님은 교단의 의자에 앉았고 나와 노보루는 그 앞에 가서 섰다.

"스기무라" 하고 선생님은 목소리를 고치고 말했다.

"단 한 사람을 여럿이서 때려도 좋다고 생각하나?"

"경우에 따라서는 어쩔 수 없다고 생각합니다."

나는 아이들의 시선을 등 뒤로 느끼고 있었다. 나는 연극의 주역이었다.

"그럼, 왜 너는 때리지 않았나?"

"저는 다케시타 군한테서 여러 가지로 괴롭힘을 당했습니다만 맞은 적은 한 번도 없기 때문입니다."

"어떤 괴롭힘을 당했나?"

"셀 수 없을 정도로 많습니다" 하고 나는 말했다. 그 말을 하는데 눈에 눈물이 차오르는 것을 도저히 어떻게 할 수가 없었다.

"말해 봐."

"예를 들면 뭔가 다케시타 군의 기분을 상하게 한 일이 있으면, 계속해서 따돌림을 당했습니다. 그리고 저에 대한 노래를 만들어 아이들한테 부르게 했습니다."

"스도, 넌 어떻게 생각하나?"

"지금 스기무라 군이 말한 대로라고 생각합니다."

"그러냐" 하고 선생님은 놀란 듯이 말했다.

"스기무라" 하고 선생님은 잠시 있다가 다시 입을 열었다.

"네가 때리지 않은 것은 알겠는데, 다른 사람들은 다케시타한테 어떤 일을 당했다고 하면서 때렸지?"

"각자 다케시타를 때릴 만큼 심한 일을 당해왔다고 생각합니다."

"예를 들면 어떤 일이야?"

"예를 들면" 하고 나는 말했다. "소풍 때 맛있는 걸 징발한다거나, 다케시타 군이 당연히 하지 않으면 안 되는 일을 대신 시킨다거나, 다케시타 군이 말한 걸 듣지 않으면 때리거나. 여러 가지 일을 당해왔습니다. 따라서 다케시타 군은 맞아도 어쩔 수 없었다고 생각합니다."

"누가 맨 처음 다케시타를 때리자고 말했지?" 하고 선생님이 물었다. "스기무라, 너였나?"

"아닙니다."

"그럼, 누구야?"

나는 잠자코 있었다.

"스도, 너냐?"

"아닙니다" 하고 노보루는 대답했다. "자연스럽게 누가 말을 꺼낼 것도 없이 그렇게 되었다고 생각합니다."

"지금 스도가 한 말이 사실인가?" 선생님이 물었다.

"사실입니다." 나는 약간 망설인 끝에 대답했다.

"자리로 돌아가도 좋다" 하고 선생님은 한 번 더 바닥을 청죽으로 때리고 일어서서 교단 앞으로 나왔다.

"오늘 아침 다케시타 군의 아버님이 학교에 오셨다. 지난 이삼일 다케시타 군의 모습이 아무래도 이상해 이런저런 질문을 했지만 넘어져서 다쳤다며 사실을 말하지 않았다. 그런데 다케시타 군이 맞는 것을 목격한 사람이 어제 다케시타 군의 집에 찾아와서 사실을 알게 되었다고 하셨다. 다케시타 군도 어떤 일이 있었는지 결국 인정했다. 지금 스기무라 기요시 군과 스도 노보루 군한테 물어본 바로는 다케시타 군한테도 여러 가지 잘못이 있었던 것 같다. 그러나, 한 사람을 여럿이서 때리는 것은 절대로 있어서는 안 된다. 앞으로 다케시타 군을 때리는 사람은 선생님이 그냥 두지 않겠다."

그렇게 말하고서 선생님은 청죽으로 바닥을 있는 힘껏 내리쳤다.

"이 청죽으로, 그 사람의 머리를 사정없이 내리치겠다. 알겠지. 이해한 사람은 일어서!"

아이들이 줄줄이 일어섰다.


스스무는 이틀 연속 학교를 쉬었고, 일요일을 끼고 나흘째인 월요일에 모습을 나타냈다.

스스무의 앞니는 위아래 전부 은으로 씌어 있었다. 그 은니는 스스무의 표정에 어떤 부자연스러운 인상을 주었다. 스스무는 그 은니를 숨기고 싶은 듯, 입을 그다지 크게 벌리지 않으려 했다. 명령을 내릴 때도, 수업 중에 무슨 대답을 할 때도, 입을 가급적 조금만 벌리려고 했다.

선생님의 말은 스스무에게 그 이상의 폭력을 가하는 것을 막은 점에서 효과가 있었다. 선생님은 문제의 복잡함을 고려했는지 스스무한테 폭력을 가한 사람을 한 명도 처벌하지 않고 넘어갔다. 스스무가 등교한 주의 토요일에, 선생님은 스스무를 직원실로 불러 그 뒤의 상황을 물어, 더 이상 폭력이 스스무한테 가해지지 않았다는 것을 확인하고는, 그 사건을 불문에 부치기로 한 것 같았다.

스스무는 완전히 왕따가 되었다. 누구 하나 스스무와 말을 하려는 사람은 없었다. 놀이로부터도 완전히 배제되었다. 쉬는 시간에 스스무는 항상 교실에 남아, 산수 문제를 푸는 데 여념이 없었다.

스스무는 여전히 반장의 자리에 있었다. 그러나 스스무가 반장 직을 열의를 담아 수행하는 것 같지는 않았다. 게다가 누구도 더 이상 스스무의 말을 선선히 들으려 하지 않았다. 스스무는 그런 상태를 강한 인내심으로 견디고 있었다. 단지 이따금 생각났다는 듯이, 명령에 따르지 않는 사람한테 크게 호통치는 일이 있었다. 그럴 때 호통을 들은 사람은 한순간 움츠러들어 다소곳해졌다. 다른 사람들은 그럴 때만은, 스스무의 권력이 아직 건재하다고 착각하지 않을 수 없었다.

그러나 이윽고 스스무가 호통을 치는 일도 아예 없어져 버렸다.

선생님한테 스스무에 대해 말한 뒤로 나는 일종의 영웅이 되어 있었다.

가와세나 아키오가, 선생님한테 발각되었을 때 하얗게 질렸던 노자와나 가와무라의 겁먹은 모습과 비겁한 모습을 은근히 질책하듯 나를 칭찬해 주었기 때문이었다.

"기요시가 없었으면, 어떻게 되었을까" 하고 그 아이들은 말했다.

"노자와도, 가와무라도 하얗게 질린 채로 선생님한테 아무 말도 못했다면 그 청죽으로 얻어맞고 뻗었을 거야."

노자와도 가와무라도 노보루도, 이런 말을 하는 아이들한테 아무런 조처도 취하지 않고 있었다. 무슨 조처를 취하려 해도 효과가 없었다. 한 사람 한 사람이 자기의 힘에 자신감을 갖고, 권력에 반항해, 그들이 제멋대로 나오는 것을 결코 허용하지 않았기 때문이었다. ─반란이 성공한 것은, 노자와나 가와무라나 노보루의 힘이 스스무의 힘을 이겼기 때문이 아니었다. 만약 그랬다면 그들은 스스무가 자기편을 규합해서 진용을 새로이 해 언제 역습해 올지 끊임없이 두려워하지 않을 수 없었을 것이다. 반란이 성공을 거둔 것은, 반 전체의 뜻이 그 방향으로 움직였기 때문이었다. 그것을 노보루나 노자와나 가와무라는 본능적으로 깨닫고 있었다. 그래서 그들은, 자신들보다 훨씬 약한 아이들이 반항해도 아무런 조처를 취할 수 없었던 것이다.

일주일에 세 번 정도 있는 학교 농장에서의 근로 봉사나, 출정 병사가 있는 집의 일손을 돕는 작업도 지극히 한가롭고 평온한 것으로 바뀌었다. 작업의 능률은 조금도 오르지 않았지만, 그 대신 약한 아이들이 강한 아이들한테 괴롭힘을 당하고, 쓸데없는 일을 해야 했던 분위기는 이제 완전히 보이지 않게 되었다.

격투 놀이는 스스무의 몰락과 함께 서서히 황폐해져 갔다. 한 명도 빠지지 않고 모든 아이들이 격투 놀이에 참여했었다는 것이 거짓말처럼 느껴졌다. 간혹 누군가가 그 격투 놀이를 제안해 아이들이 그에 따르기도 했다. 그러나 그것은 두세 번 쉬는 시간에 하는 것으로 충분했고, 그 뒤에는 바로 해산되어 버렸다. 무언가가 빠져 있었다. 분명히 그 놀이의 매력을 유지시켜 주었던 긴장이 빠져 있었던 것이다. 그럴 때 누군가의 마음속에 스스무의 권력이 왕성했던 시절을 그리워하는 마음이 안 생겼다고는 말할 수 없을지 모른다……

그 뒤에도 하마미의 같은 학년 아이들이 대오를 지어서 등교하는 것은 완전히 없어져 버렸다. 그래도 아침에 무심코 교차로에서 같이 모이기도 했고, 청소 당번인 날은 집에 오는 길을 함께 모여서 걸어오기도

했다. 그러나 그럴 때도 삼삼오오 마음 편하게 걸을 뿐이었다. 스스무는 그러나 그런 때도 항상 혼자만 아이들보다 약간 뒤처져서 걸었다. 아이들은 이따금 스스무에 대한 노래를 부르며 뒤를 교대로 돌아보면서, 뒤에서 혼자서 걸어오는 스스무를 놀리며 즐거워했다. 그럴 때 스스무의 얼굴에는 역시 고민의 표정이 떠올랐다. 그러나 그것도 처음에만 그랬을 뿐이었다. 얼마 안 있어 스스무는 완전히 그것을 무시하기 시작했다. 스스무가 무시하자, 아이들은 재미가 없어져 그 노래를 부르는 것을 어느덧 관두게 되어 버렸다.

나는 스스무에 대한 노래를 한 번도 따라 부르지 않았다. 부르는 것이 싫었을뿐더러, 지금의 스스무와 똑같은 처지에 있었을 때의 기억이 되살아나서 곁에서 보고 있는 것조차도 마음이 무거웠다. 그러나 그런 짓은 관두라고 말을 꺼낼 용기 또한 나에게는 없었다. 만약 그런 말을 꺼냈다고 해도 분명히 역효과를 냈을 게 틀림없었다. 그러나 스스무가 그것을 완전히 무시하는 태도를 보인 것은 나를 감탄하게 했다. 나 자신도 어째서 저런 태도를 보이지 못했을까 하는 것이 새삼 후회스러웠다.

어느 날 체육 시간에 현의 씨름 대회에 보낼 선수를 선발하는 예선이 치러졌다. 토너먼트로 치러졌는데 나는 첫 판에서 졌다. 그때 스스무의 역투는 눈부셨다. 모든 아이들이 숨죽이고 쳐다볼 만큼 강렬한 모습을 보여줬다. 지금까지도 체육 시간에 이따금 치러졌던 씨름에서 스스무가 강하다는 사실은 알고 있었지만, 이번처럼 그 사실이 모든 아이들의 마음속에 깊은 인상을 심어 준 적은 없었다.

스스무는 노보루와 첫 판에서 붙었는데 노보루는 눈 깜짝할 사이에 내던져지고 말았다. 다음에는 노자와 붙었는데 노자와도 지고 말았다. 그다음은 가와무라하고 붙었는데, 스스무는 이미 두 사람을 상대해 상당히 지쳤을 텐데도 역시 가와무라를 굴복시켰다. 스스무를 누른 것은 그다음에 나온 히라오였다. 히라오는 악전고투 끝에 겨우 스스무를 씨름판 밖으로 밀어냈다. 히라오는 자랑스럽다는 듯이 혀를 낼름 내밀어 코밑을 핥았다. 그것은 히라오가 우쭐거릴 때면 나오는 버릇이었다. 히라오는 스스무를 이겨서 기세가 올랐는지, 당연히 마지막까지 이기고 남을 거라고 모두가 생각했던 가쓰를 쓰러뜨리고 6학년 대표로 뽑혔다.

그날 히라오는 영웅이 되었다. 스스무의 강한 면모가 다시 한 번 입증되었기 때문에, 그것을 조금이라도 느끼게 해주기 위해 아이들은 히라오를 칭찬했다. 그러나 한편 스스무는 씨름에서 시종 자신의 힘을 입증했던 사실을 일체 잊어버린 듯이 행동했다. 스스무는 그날도 필요할 때 외에는 누구하고도 일절 말을 하지 않았고, 쉬는 시간에는 여전히 교실에 남아 산수 문제를 푸는 데 몰두했다.

히라오의 별명은 헤이카였다. 대체로, 히라, 히라 하고 불렸지만 이따금 헤이카라고 불리기도 했다. 그러나 그렇게 부르는 것은 히라오보다 힘이 센 아이들로 한정되어 있었다. 스스무가 권력을 잡고 있을 때는 스스무와 그 밑의 유력한 아이들, 스스무가 몰락한 뒤에는 히라오보다 강하다고 인정되고 있는 노보루, 노자와, 가와무라, 가쓰 등이었다. 나는 그런 물정을 전혀 모르고 있었다. 씨름에서 끝까지 이긴 영웅이 되기 이삼일 전에 나는 히라오를 헤이카, 헤이카 하고 불러 히라오의 분

노를 사고 말았기 때문이었다.

헤이카가 폐하陛下를 의미한다는 것은 있을 수 없는 일이었다.* 그런 황송한 명칭이 불경스럽게 공인될 리가 없었다. 히라平를 음독하면 헤이이므로, 그 헤이에 무슨 변덕으로 '카'가 붙은 별명일 것이라고 나는 멋대로 해석하고 있었다. 그래서 나에게는 히라오가 헤이카라고 불려서 화를 낸 이유를 짐작도 할 수 없었다.

그날 집에 돌아오는 길에 나는 기스케한테 그것에 관해 물었다가, 헤이카라는 게 히이카**의 사투리라는 것을 알게 되었다. 과연. 그렇다면 히라오가 화를 낸 것도 무리가 아니었다. 말린 오징어라는 말은 어떻게 생각해도 그다지 명예로운 별명은 아닐 테니까, 그 별명을 붙인 것은 스스무라고 했다. 말린 오징어가 납작하니까 히라오의 히라에서 유래한 별명이냐고 나는 기스케한테 물어보았다.

기스케는 빙긋거리면서 말했다.

"그 녀석은 항상 두 가닥의 콧물 자국이 코밑에 나 있으니까. 그게 말린 오징어하고 꼭 닮았잖아."

나는 히라오의 얼굴을 떠올리고서 수긍이 갔다. 코밑의 콧물 자국은 확실히 말린 오징어의 바싹 마른 연골과 똑같았기 때문이었다. 생각해 보니 그 별명은 기발했다.

그리고 나는 돌연 히라오가 스스무를 때릴 때,

"잘도 나한테 별명을 붙였지. 항상 나를 이상한 별명으로 부르고" 하

---

* 폐하의 일본어 발음이 헤이카이다.
** 干烏賊. '말린 오징어'라는 뜻.

면서 외쳤던 것을 떠올렸다……

6월 18일의 관음제는 그 씨름 예선이 벌어진 날의 다음 날이었다. 축제다운 음식들이 차려진 저녁을 먹고 났더니 휘파람을 부는 소리가 들렸다.

나가 보니 휘파람의 주인공은 기스케였다. 약속대로 나를 축제에 데려가기 위해 온 것이었다.

"수건 하나 가지고 와" 하고 기스케가 말했다. 기스케 자신도 허리에 깨끗이 빤 수건을 늘어뜨리고 있었다.

"왜?"

"춤을 출 때, 수건을 머리에 푹 뒤집어쓰는 거야."

나는 집 안에 들어가 수건을 얻어 가지고 나왔다.

아직 해가 서산에 걸려 있었다. 축제는 니시하마미 외곽에 있는 신사에서 거행될 예정이었기 때문에 촌장님 댁 앞을 지나가게 되었다. 혹시 미나코와 마주치게 될지도 몰랐다. 나는 전에 학교의 복도에서 미나코와 마주쳤던 일을 떠올렸다. 그때 미나코는 병에서 회복 중이었던 탓인지 여느 때보다도 얼굴이 하얗고 연약해 보였다…… 미나코네 집의 담이 길 오른쪽에 보이기 시작하자 내 가슴이 두근거리기 시작했다. 미나코의 모습을 한 번 볼 수 있다면 얼마나 기쁠까.

"네가 좋아하는 사람이 있는데" 하고 기스케가 말했다.

"그만둬, 기스케." 나는 당황해 얼굴이 빨개졌다.

사실 기스케가 말한 대로였다. 미나코처럼 보이는 여자아이가 유카타 차림으로 어머니와 함께 문가에 서 있었다. 주위는 이미 꽤 어두웠다. 그쪽으로 얼굴을 돌리지 않으면 내가 누군지 알 수 없을 것이다.

"빨리 가자" 하고 나는 기스케한테 작은 목소리로 속삭였다.

"그렇게 서둘지 마, 기요시" 하고 기스케는 필요 이상으로 큰 소리를 내며 말했다.

기스케 이 자식, 하고 나는 속으로 혀를 찼다.

"기요시짱." 미나코의 어머니가 나를 불렀다.

나는 두 사람의 얼굴을 제대로 보지도 않고서 인사만 하고는 그 앞을 지나쳐 발걸음을 더욱 서둘렀다.

"기다려, 기요시" 하고 말하면서 기스케가 나를 따라붙었다.

"뭐, 그렇게 화내지 마. 좋아하는 사람은 잘 보이는 법이야."

기스케는 신이 나서 마구 떠들어댔다. 신사의 검은 숲이 보이고, 사람들이 왁자지껄하게 춤 노래를 부르는 소리가 들려왔다. 내 마음은 기대로 가득 찼다. 축제에서 춤을 추는 것은 태어나서 처음이었다. 거기에는 안 좋은 기억을 모두 잊어버릴 수 있게 해주는 무언가가 기다리고 있을 것 같았다.

"기스케, 어떤 식으로 수건을 써야 돼?" 하고 나는 기스케한테 물었다.

"기다려 봐" 하고 기스케는 초조한 듯이 말했다.

"저쪽에 도착하면 천천히 알려줄게."

그러고는 잠시 뒤에 기스케는 낮은 목소리로 내 귀에 대고 말했다.

"오늘 말이야, 기요시, 좋은 구경 시켜 줄게."

"뭔데?"

"나중에 알게 될 거야" 하고 기스케는 말했다. "누구한테도 비밀이야."

"응."

"쌀집의 형한테, 드디어 입영통지서가 왔거든, 모레 아침 출정한데."

"그래서" 하고 나는 말했다. "마쓰의 누나가 슬퍼하겠구나."

"너도 뭘 좀 아는구나" 하고 기스케는 말했다.

"이만저만 슬픈 게 아니겠지. 부모님 몰래 결혼을 맹세한 사이이니까."

"그렇겠구나" 하고 나는 말했다. 나는 마쓰 누나의 탐스러운 검은 머리, 크고 검은 눈동자, 우윳빛의 아름다운 얼굴을 떠올렸다. 그리고 목욕을 마치고 돌아가는 그녀와 스쳐 지나갈 때 들이마셨던 그녀의 몸에서 풍기던 은은한 향을 떠올렸다.

기스케는 주위를 둘러보고 사람이 없다는 것을 확인하고는 목소리를 더 한층 낮추며 말했다.

"오늘 두 사람이 말이야, 열 시에 바닷가의 마쓰네 배 창고에서 만나기로 했대."

"어떻게 알았어?"

"어떻게 알았든 그건 상관없잖아."

"그래서?"

"우리 둘이 보러 가자."

나는 대답을 하지 않았다. 두 사람이 마지막 이별을 위해 만나는데, 그것을 몰래 보러 간다는 것은 허용될 수 없는 행위라는 생각이 들었다. 그러나 동시에 호기심은 나한테 확실히 싫다고 말하지 못하게 했다. 기스케의 의도는 알고 있었다. 기스케는 두 사람이 그곳에서 마지막으로 헤어지면서, 남녀의 금지된 행위를 할 게 틀림없다고 예상하고서, 그것을 나한테 보여주려 하는 것이다.

아직 나는 최후의 보루를 지킬 심산으로 아이들이 주고받는 성에 관한 이야기를 사실이라고 믿으려 하지 않았다. 아이들이 그것을 화제로 떠드는 것을 들으면서도, 항상 그것은 거짓말이다, 그런 짓은 동물들한테나 벌어지는 일이고 인간에게는 있을 수 없다고 생각해 부정하려고 했다. 기스케는 그러한 나의 무지몽매함을 재미있어하면서, 나한테 움직일 수 없는 증거를 들이대려는 것일지도 몰랐다.

한편 나는 눈으로 증거를 보고, 지금까지 애써 지켜왔던 최후의 보루가 무너지는 것을 직접 경험해 보고 싶다는 자학적인 기대도 품고 있었다. 그러나 그렇다고 해도, 그런 장면을, 봐서는 안 되는 것을 들여다본다는 것이 엄격히 금지된 행위라는 것은 틀림없었다. 그런 짓을 한다면 나는 지옥으로 떨어져 버릴 것이다. 나 자신이 기로에 서 있다는 것을 느꼈다.

신사로 가는 참배로로 우리는 들어섰다. 참배로는 어두웠지만, 이윽고 입구가 보이는 곳까지 오자, 나무로 조립된 성루에 알전구들이 늘어뜨려져 있는 게 보였다. 이미 춤이 시작된 모양인지, 단조로운 리듬이 반복되는 노래가 들려왔다. 두 명의 노래꾼이 확성기에 대고 노래를 하고 있었다. 나는 왠지 가슴에서 치밀어 오르는 해방감을 억누르면서 발걸음을 서둘렀다.

유카타 차림의 남녀가 성루를 한 겹으로 둘러싸고 춤을 추고 있었다. 기스케가 말했듯이 모든 사람들이 수건을 뒤집어쓰고 있었다. 그중에는 활동사진에서 본 적이 있는 괴도怪盜처럼, 수건 끝을 입술 위에서 묶듯이 하고 뒤집어쓴 남자도 있었다.

그 안에서 나는 마쓰를 발견하고 흠칫했다. 마쓰는 요새 학교를 곧

잘 빼먹고 있었다. 그러나 곧 나는 마음을 새로이 했다. 이제는 마쓰를 더 이상 두려워하지 않아도 되는 게 아닐까……

"자, 기요시, 춤추자" 하고 기스케가 말했다.

"그렇지만, 어떻게 추는 건데."

"금방 배울 거야, 보고서 따라해 봐."

나는 기스케를 따라서 수건을 뺨 쪽으로 묶고는, 이제 막 생기려 하고 있는 두 번째 원진圓陣 속으로 들어갔다.

단순한 동작의 반복인 춤의 율동은 기스케가 말한 대로 금방 익힐 수 있었다.

춤을 추고 있는 사이에 나는 기묘한 도취감이 온몸으로 퍼져가는 것을 느꼈다. 너무도 단조로운 멜로디에 맞춰 손과 발을 움직이는 것만으로 그런 도취에 빠질 수 있다는 것이 신기했다. 무슨 마법에라도 걸린 게 아닌가 하는 기분조차 들었다.

그러는 사이에 몇 가지 추임새를 사람들이 일제히 넣기 시작했다. 나도 거기에 참여했다. 그러자 점점 더 도취감이 강해졌다. 나는 마치 꿈을 꾸는 것 같은 기분이었다. 내 마음속에서 일체의 공포, 불안, 굴욕의 기억이 녹아 내려 바깥으로 흘러나가 버리는 듯했다. 지금까지 나는 매일 얼마나 작은 일들로 불행해졌던가. 도쿄가 대체 뭐 그리 대단한가. 전쟁이 대체 뭐 어떻단 말인가. 나는 꿈속에서처럼 그런 생각을 했다. 도쿄도, 전쟁도 아주 저 멀리로 멀어져 가버린 듯했다.

어느새 나는 기스케를 놓치고 말았다. 그러나 그런 것쯤은 상관하지 않았다. 어느덧 주위를 보니 원진은 네 겹, 다섯 겹으로 늘어나 있었다. 춤은 최고조에 달해 있었다.

이윽고—

기스케가 나의 어깨를 두드려 나는 현실 속으로 돌아왔다.

"기요시, 기요시."

나는 춤을 멈추고, 꿈속에서 만난 듯 기스케를 쳐다봤다.

"자, 가자."

나는 암시에 걸린 것처럼, 춤의 바퀴에서 벗어나 기스케를 따라갔다.

기스케는 바닷가로 갈 계획인 듯, 어두운 신사의 뒷 숲으로 들어갔다. 숲을 벗어나자 얼마 안 있어 방파제에 부딪치는 파도 소리가 들려왔다.

달은 뜨지 않았지만 별이 밝았다. 바다는 조용했다. 우리는 콘크리트로 된 제방 위를 걸었다. 곧이어 자갈이 깔린 데를 건너 배 창고의 뒤쪽으로 통하는 작은 길로 돌았다. 평소 거의 사용되지 않는 그 길은 양쪽으로 갈대와 억새가 우거져 이따금 손으로 헤치면서 나가야 했다.

"올해도 억새 이삭을 모아야 한다면 여기에 오면 되겠다" 하고 나는 작년 가을 구명구救命具에 쓰이는 억새 이삭을 한 사람 당 한 관씩 모아야 했을 때 고생했던 일을 떠올리며 말했다. 그때 나는 할당량을 채우지 못해서 통학길에 아이들로부터 온갖 험담을 듣지 않으면 안 되었다.

"도쿄 아이는 편하군."

"할당량을 안 채워도 아무런 꾸중도 안 들으니까."

"기요시는 선생님이 편애하니까."

"기요시 덕분에 한 명이 바다에 빠져 죽을지도 몰라."……

그런 이야기를 아이들이 주고받는 걸 들어야 했다.

"쉿-" 하고 기스케가 말했다. 배 창고들이 있는 곳으로 접어든 것이다.

기스케는 내 귀에 입을 가까이 대고 속삭이듯이 말했다.

"조용히 해. 잠자코 내 뒤를 따라와."

끝에서 두 번째가 마쓰네 배 창고였다. 마쓰의 어머니는 산파였지만, 아버지는 어부였다.

우리 두 사람은 소리를 내지 않도록 주의하면서 무성한 갈대와 억새를 헤쳐 그 배 창고로 다가갔다. 그러나 길 쪽에서는 합판 때문에 안이 보이지 않았다. 기스케가 손으로 배 창고 사이로 가자고 신호를 보냈다.

그쪽 벽은 갈대로 엮여 있었다. 따라서 틈이 많았고, 혹시 필요하다면 손가락으로 틈을 벌릴 수도 있었다. 어느덧 하늘에 나와 있는 달이 창고 안을 희미하게 비추고 있었다. 배가 한 척 있었다.

내 심장은 아까부터 마구 고동치고 있었다. 만약 기스케가 말한 대로 배 창고 안에 마쓰의 누나와 정미소의 젊은 남자가 있다면, 내 심장의 고동 소리 때문에 들키지 않을까 하는 생각이 들 정도였다. 나는 두려운 마음이 들며 돌아가고 싶어져 기스케를 보았다.

기스케는 갈대 틈으로 얼굴을 바짝 붙이고 열심히 안을 훔쳐보고 있었다.

나도 기스케가 하는 대로 했다.

눈이 점점 어둠에 익숙해지자, 배 안에 남녀가 꼭 끌어안고 누워 있는 모습이 보였다.

나는 보면 안 되는 것을 봐버렸다는 기분이 들었다. 온몸이 덜덜 떨렸고, 목구멍이 바싹 말랐다. 내 안에서 피가 끓어오르면서 사납게 회오리쳤다.

남자가 자세를 바꾸어 여자를 위에서 끌어안았다.

두 사람이 속삭이는 소리가 들렸다.

"꼭 돌아와요."

"응, 반드시 돌아올 거야."

"죽으면, 나도 죽어요."

"안 죽어, 절대로 안 죽어."

나는 더 이상 거기에 머물러 있기가 힘들었다. 두 사람의 신성한 밀회를 모독하고 있다고 생각했다. 나는 어떤 감동을 느끼고 있었다.

돌연 배가 격렬하게 흔들리기 시작했다. 두 사람의 슬픔이 배로 전해져, 배가 그것을 견딜 수 없는 것처럼. 여자의 흐느끼는 듯한 소리가 새나왔다.

"가자, 기스케" 하고 나는 기스케의 귀에 입을 대고 말했다.

기스케는 잠자코 아무런 대답도 하지 않았다.

"가자, 기스케." 나는 다시 한 번 말했다.

결국 기스케는 갈대 벽에서 눈을 뗐다.

우리는 갈대와 억새 사이를 헤치고 길로 나오려 했다.

"두 사람이 끌어안고 자는 것밖에는 안 보였어." 기스케가 기대에 어긋났다는 듯 말했다.

그때 저쪽 우리가 있던 배 창고 사이에서,

"누구냐, 거기 있는 게" 하는 낮게 소리를 죽인 목소리가 들려왔다.

"도망가자." 기스케가 짧게 말했다. 먼저 길까지 나와 있던 내가 앞서고 우리는 잽싸게 줄행랑을 쳤다.

아무도 따라오지 않는 걸 확인한 것은, 우리가 그 길에서 왼쪽으로 꺾어져 작은 지장당* 옆으로 나왔을 때였다.

"누구지, 소리친 게" 하고 내가 말했다.

"마쓰야" 하고 기스케가 말했다.

"뭐" 하고 나는 놀라며 말했다. "어떻게 마쓰라는 걸 알아?"

"목소리로 알았지." 기스케가 대답했다.

"우리라는 걸 알았을까?" 나는 물었다.

"모르지" 하고 기스케가 말했다. "뭐, 아마 모를 거야."

우리는 잠시 말이 없었다.

"마쓰의 누나 울더라." 기스케가 말했다.

"응" 하고 나는 말했다. "불쌍하게도."

많이 늦었기 때문에 우리는 곧바로 집으로 돌아가기로 했다. 헤어질 때 기스케가 말했다.

"오늘 일 아무한테도 얘기하면 안 돼."

"물론이지" 하고 나는 말했다.

"마쓰가 물어도 오늘은 춤만 추고 그대로 집에 왔다고 우겨야 돼."

"응" 하고 나는 대답했다.

집에 돌아와서 나는 할머니한테 늦게 돌아온 것 때문에 꾸지람을 들었다. 큰아버지가 걱정이 되어 나를 찾으러 나간 모양이었다. 얼마

---

* 地藏堂. 지장보살을 모신 당으로 절의 경내나 길가에 세워져 있다.

안 있어 큰아버지가 돌아왔다. 큰아버지는 내가 무사히 돌아와 있는 것을 보고 아무런 꾸중도 하지 않았다. 나는 큰어머니가 펴놓은 이불 안으로 들어갔다.

이불에 들어가기 전에 나는 여느 때와 달리 작은 서랍장 위에 놓인 액자에 들어 있는 부모님의 사진에 인사를 하지 않았다. 저 깊은 곳에서 양심의 가책이 부모님의 얼굴을 쳐다보는 것을 막았다.

# 제 11 장

이튿날 학교에서 나는 마쓰가 오지 않은 것을 알고 일단 안심했다. 어제 일을 마쓰한테 들킨 건 아닐까 하고 그때까지 불안해하고 있었기 때문이었다. 마쓰는 스스무를 때린 게 선생님한테 발각되어 도망친 뒤부터 제대로 학교에 나오지 않고 있었다. 하루걸러 정도로 오기는 했지만, 지각을 하든가, 일찍 돌아가든가 했다. 선생님은 몇 번 부모님을 만나러 마쓰의 집까지 간 것 같았는데 요즘은 더 이상은 포기해 버린 듯했다.

그날 점심시간에, 스스무는 선생님의 호출로 교무실로 갔다가 한참 동안 돌아오지 않았다. 뭔 일인지 살펴러 갔던 아이의 이야기로는, 스스무가 뭔가 복잡하게 얽히고설킨 이야기를 선생님한테 하고 있는 것 같았다. 그것을 안 노보루와 노자와와 가와무라 세 명은 불안한 기색을 감추지 못했다. 거기에는 이유가 있었다. 3, 4교시의 작업 시간에 세 사람은 스스무를 때리지는 않았지만 강으로 빠뜨리려고 했기 때문이었다.

강물에 한쪽 발만 빠진 것으로 끝난 스스무가 젖은 바짓가랑이를 걷어올리고는 차분한 목소리로 세 사람한테 말했다.

"너희들, 이제 적당히 하고 그만둬."

괴롭힘은 그때까지도 여러 차례 있었다. 그러나 스스무는 그때까지 아무런 저항도, 아무런 말 대답도 않고 모든 것을 묵묵히 감수하고 있었다. 기분이 나쁠 정도로 철저한 무대응이었다……

세 사람은 스스무의 의외의 서슬에 놀란 것 같았다. 그리고 스스무의 기백에 압도된 듯이, "실수였다"든가 뭐라고 변명하면서 그 자리를 떴던 것이다.

가와무라가 말했다.

"고자질했다면 가만 안 놔두겠어."

노자와가 말했다.

"마스다 따위 두려울 게 뭐 있어. 요즘 다케시타 자식, 건방져. 한 번 또 혼내줄까."

노보루는 불안한 듯이 잠자코 있었다. 노보루는 다시 한 번 행동을 일으켜도 이번에는 아이들의 지지를 얻지 못할 것이라는 것을 알고 있었다.

"기요시, 선생님이 불러" 하고 누군가가 나한테 알리러 왔다.

"기요시, 부탁해" 하고 노자와가 말했다. 나는 못 들은 척했다.

선생님한테 갔더니, 기요시가 긴장한 얼굴로 서 있었다.

"스기무라 군" 하고 선생님이 말했다.

나는 어떠한 사태에도 대처할 수 있도록 결의를 품고서 선생님의 얼굴을 바라보았다.

"다케시타 군이 반장을 너한테 넘기고 싶다고 하는구나."

그것은 전혀 내가 예상하지 않은 일이었다. 스스무한테는 나에게는 없는 용기가 있다고 그때 나는 생각했다. 나는 그런 용기가 없었다. — 부반장으로 임명되고, 그리고 스스무에 의해 왕따를 당할 때, 나는 스스무처럼 같은 이야기를 선생님한테 했어야 했다. 나는 그 무렵 따돌림 당하는 것을 굴욕이라고 생각하고, 그 사실을 선생님한테 숨기는 데 노심초사했다. 그것은 나로서는 최후의 오기이기도 했다. 나의 괴로움은 전부 거기에서부터 발생한 것이다. 지금 나는 그 고통의 나날이 나에게 아무 의미도 없었던 건 아닐까 하는 의심에 사로잡혔다. 할 수 있다면, 그 자기 기만의 나날을 다시 한 번 다시 겪고 싶다, 그 오들오들 떨면서 보낸 시간을 다시 한 번 고치고 싶다, 스스무처럼 타협하지 않고 의연히 보내고 싶었다 —

"더 이상 통솔할 자신도 없고, 힘도 없다, 그래서 반장을 스기무라 군한테 맡기고 부반장으로는 스도 군을 추천하고 싶다는 이야기다."

나는 잠자코 있었다. 어떻게 대답을 해야 좋을지 알 수 없었다.

소개하러 도쿄를 떠날 때, 나는 시골에 가서도 제일인자가 되고, 반장이 되고, 아이들의 인망을 한 몸에 받는 존재가 되려 했었다. 그 반장이 될 기회가 이런 식으로 오리라는 건 전혀 예상도 하지 못한 일이었다.

내가 반장이 된다면, 내가 이상으로 삼고 있는, 자유롭고 편안한 분위기를 학급에 불어넣는 일이 혹시 가능할지도 모른다. 노보루가 협력해 준다면—. 그렇게 생각하면서도, 스스무와는 달리 좌고우면하면서, 한심하게, 패기 없이 지냈던, 그 왕따 당하던 나날을 다시 한 번 머릿속으로 떠올리지 않을 수 없었다. 그런 나날을 용기를 갖고 극복하지 못했던 내가 대체 지금부터 앞으로 무엇을 할 수 있다는 말인가. 나는 더 이상 아무것도 할 수 없다. 가령 반장이 된다고 해도, 그것은 덧없고 거짓된 제일인자가 되는 것에 지나지 않는다. 용기를 갖고 고난을 극복하지 못한 사람은 결국은 아무것도 할 수 없는 것이다.

"저도 자신이 없습니다" 하고 나는 말했다.

"그렇다면 저도 다케시타 군과 함께 그만두고 싶습니다."

선생님은 예상 밖의 나의 대답에 당혹스러워하는 것 같았다. 선생님은 잠시 생각에 잠기더니, 이윽고 다시 입을 열었다.

"이 문제는 잠시 유보해 두도록 하자. 선생님이 생각해 볼 테니까. 아무한테도 말하지 않도록 해라."

그렇게 말하고 선생님은 우리한테 돌아가도 좋다고 했다.

교실까지 우리 두 사람은 한마디도 하지 않았다.

교실에 들어오자 가와무라, 노자와, 노보루가 우리를 둘러쌌다.

"선생님, 무슨 얘기했어?" 하고 노자와가 물었다.

"아무것도 아냐" 하고 스스무는 차갑게 내뱉었다.

"너희하고는 상관없는 일이야" 하고 나는 말했다.

"그래도 뭔 얘기를 했잖아. 말해봐" 하고 노보루가 나를 채근했다. 순간적으로 거짓말이 떠올라 나는 말했다.

"중학교 시험에 관한 거야."

"그러냐" 하고 노보루가 납득했다.


그날 나는 스스무의 몰락 이후 처음으로 아이들의 놀림의 대상이 되었다.

오후 작업 시간에 선생님이 자리를 비웠을 때 이런 노래가 불려진 것이다.


기요페 기요페 하고

잘난 체하지 마 기요페

중학교 중학교 하고

잘난 체하지 마 기요페


은이빨의 스스무랑

칠칠맞지 못한 기요페

둘이서 사이좋게

사진을 찍는다 사진을 찍어


갑작스러운 일이고, 게다가 오랜만의 일이어서, 나는 이 돌연한 놀림을 각오하고 맞을 마음의 준비가 되어 있지 않았다. 나도 모르게 그만 눈물이 차올라 어떻게 대처해야 할지 알 수 없었다.

이것은, 앞으로 내가 다시 아이들의 괴롭힘의 대상이 되리라는 징후 같은 것이 틀림없다고 생각했다. 스스무가 권력을 쥐고 있을 때, 중학교에 간다는 것은 경의의 대상이었지, 그것을 이유로 놀림을 받을 일은 아니었다. 그러나 스스무의 몰락으로 인해 사정은 완전히 뒤바뀐 것이다.

중학교에 간다는 것이 아이들의 놀림의 대상이 되는 이유는 나도 상상할 수 있었다. 그러나 중학교에 가려고 하는 것은 나와 스스무만이 아니었다. 가와무라나 가와세도 중학교에 가려고 했다. 나는 그 아이들이 부러웠다. 그리고 왜 나만 이런 놀림의 대상으로 선택된 것인지 알 수가 없었다.

내가 이런 식으로 바로 반응을 보이니까 재미있어하는 것이라고 나는 생각했다. 극복해야 할 적은 혹시 내 안에 있을지도 모른다. 그 발견은 그러나 내 마음을 수습하기 어려운 혼란에 빠뜨릴 뿐이었다.

내가 그때 스스무를 때리지 않은 것은 나의 약점이었다. 아이들은 그런 나의 약점을 무서울 정도로 잘 알고 있는 것이다. 그날 작업 시간에 나에 대한 새로운 노래가 불려진 뒤에도, 이런 식의 대화가 들으라는 듯이 내 옆에서 오고 갔다.

"그때 스스무를 안 때린 건 기요시뿐이었지."

"기요시는 스스무하고 친해."

"친하다고? 뭐라고 해야 할까. 기요시는 스스무의 부하야."

"기요시는 스스무하고 사진을 찍었대. 중학교에 가는 기념이라는데."

"기요시뿐이었어 스스무를 안 때린 건. 대단한 부반장이야, 기요시는."

내가 아이들의 인망의 대상이 되려 한 것은 참으로 어리석은 나의 꿈에 지나지 않았다. 힘이 없는 '영웅'의 말로는 가련했다. 그것을 나는 깨달았다. 스스무처럼 나는 아이들을 무시하지 못했다. 그리고 또 자기 비하를 해 아이들의 비위를 맞추는 것도 나로서는 할 수 없었다. 그런 일은 절대로 싫었다.

지금 내가 할 수 있는 것은 오직 탈출을 꿈꾸는 것뿐이었다. 그러나 전쟁이 끝나지 않는 이상 현실에서는 이 마을에서, 그리고 이 학교에서도 벗어날 수는 없었다. 그리고 전쟁은 그리 간단하게 끝날 것 같지도 않았다. 당분간 확실하게 기대할 수 있는 것은 여름방학뿐이었다. 여름방학이 되면 학교에 가지 않아도 되고, 나는 고독하게 있을 수 있을 것이다……

그날 학교에서 돌아오는 길에 다시 한 번 나를 빗댄 노래, 엄밀히 말하면 스스무와 나에 대한 노래가 불려졌다. 기스케가 말해서, 하마미의 아이들은 세 번 부르고 그 노래를 멈췄지만 어쨌든 불려진 것은 사실이었다. 나는 집까지의 먼 길 동안 불행했다.

집에 와서 곧바로 나는 큰아버지의 부탁으로 감자 수확하는 걸 거들러 갔다. 저물녘이 되어 돌아오다가 목욕을 다녀오는 길인 기스케와 마주쳤다.

"늦었구나." 기스케는 싱글거리면서 말했다.

"아까, 도쿠하루의, 마쓰 누나의 애인 말이야, 출정식이 있어서 행렬이 지나갔어."

"오늘 떠난 거야?" 하고 나는 물었다.

"응, 마이즈루舞鶴로."

"너네 집의 아저씨도 행렬에 참가하셨어."

큰아버지가 들일을 하다가 집에 돌아와 옷을 갈아입고 나간 이유가 비로소 납득이 갔다. 큰아버지는 마쓰의 누나와 도쿠하루의 관계를 알고 있을까, 분명히 모르고 있을 게 틀림없다 하고 비밀을 아는 자의 우월감을 느끼며 나는 생각했다.

"마쓰네 누나는?"

"아마 집에서 울고 있겠지."

집에 돌아와 나는 곧바로 몸을 씻기 위해 목욕탕으로 갔다. 목욕탕에 가는 도중, 마쓰의 집 앞을 지났다. 귀를 기울여 보았지만 흐느낌 소리는 말할 것도 없고 아무런 소리도 들리지 않았다.

저 앞쪽에서 목욕을 마치고 돌아오는 스스무의 할아버지가 보였다. 스스무 할아버지는 수건을 목에 두르고 있었다. 오랫동안 탕에 들어가 있었는지, 온몸이 빨갰다. 나는 순간 돌아갈까 하고 생각했다. 그러나 이미 그렇게 할 수 없는 거리로 스스무의 할아버지가 가까이 와 있었다. 의지가 되는 것은 해가 졌다는 사실이었다. 저녁의 어둠이 스스무의 할아버지가 나를 알아보지 못하게 해줄지도 몰랐다. 그렇게 되기를 나는 간절히 바랐다.

스스무의 할아버지는 나를 염치도 모르는 녀석이라고 생각하고 있을 게 틀림없다고 나는 생각하면서 무거운 발걸음을 옮기고 있었다. 스스무 할아버지의 눈에는 스스무와 내가 분명히 사이좋은 두 사람으로 보였을 터이므로 나에 대해, 스스무가 힘든 상황에 빠졌을 때 무엇 하나 도와주려 하지 않았던, 친구라고 할 수도 없는, 용기도 없는, 부끄러움도 모르는 녀석이라고 생각하고 있을 게 틀림없다. 그렇게 된 것도 내가 스스로에게 충실하게 행동하지 않고, 스스무를 결코 친한 친구라고 생각하지 않으면서도, 친한 친구처럼 남들에게 자신을 보였기 때문이다. 나는 구제할 수 없을 정도로 스스로에게 불충실했던 것이다. 스스무가 아이들한테 린치를 당한 뒤의 행동도 전부. 이러한 나 자신을 어떻게 해서든 변화시키지 않으면 안 된다.

다행히도 스스무 할아버지는 길 한쪽에서 고개를 숙이고 걸어가고 있는 나를 알아채지 못한 것 같았다.

다음 날 나는 집으로 온 기스케와 둘이서 등교했는데, 학교까지의 먼 길을 걷는 동안 내 마음은 암울했다.

그러나 학교에 도착하니 내가 걱정했던 정도의 일은 일어나지 않았다. 그날은 작업 시간이 없었던 탓인지, 노자와나 가와무라의 태도 때문에 두세 가지 별로 유쾌하지 못한 기분을 맛봤던 것을 제외하면 대체로 무사히 지나갔다. 청소 당번은 하마미 아이들의 차례였는데 이것도 다행히 별일 없이 마쳤다. 스스무는 몰락 이래로 청소 당번이 되면 묵묵히 자신이 분담한 일만을 했다. 그리고 결코 그 이상은 하지 않으려 했다. 스스무는 그 점에서는 철저했다. 나는 그런 경우에도 항상 사람들의 생각을 살펴 왔다. 그런 나한테 스스무는 경외의 대상으로 비쳤다.

우리는 모여서 집으로 돌아왔지만 삼삼오오 뿔뿔이 걸었다. 나는 어제처럼 누군가가 나에 대한 노래를 부르는 걸 떠올리지 않을까 하는 것만을 우려하고 있었다. 그렇게 된다면 나는 그 불행을 참지 않으면 안 된다. 그 불행이 태풍처럼 통과할 때까지 참을성 있게 묵묵히 견디지 않으면 안 되는 것이다……

철길을 건넜을 무렵 우리 뒤에서 누군가가 오는 것이 보였다.

"저거, 마쓰 아니야." 히데가 말했다.

"그렇네" 하고 요시오가 말했다.

"두 명인데." 기스케가 말했다.

"요이치다" 하고 오자와가 말했다.

"녀석들, 학교는 팽개치고." 히데가 말했다.

선생님이 스스무의 일로 화를 낸 날, 마쓰는 혼자 도망쳤기 때문에, 노보루나 노자와나 가와무라한테서 신용을 잃었고, 학교에 가도 아이들이 모른 척했기 때문에 학교에 가는 게 재미가 없어진 듯했다. 오늘도 마쓰는 점심시간 이후로 모습을 감췄고 청소할 때도 없었다. 요이치는 청소를 할 때는 있었지만, 마쓰와 어딘가에서 만나기로 약속한 듯, 청소가 끝나자 모습을 감추었던 것이다.

그 아이들과의 거리가 가까워지자 누가 먼저랄 것도 없이, 우우, 우우, 우우, 하는 비난의 웅성거림이 일었다. 그 웅성거림에 참여하지 않은 것은 나하고, 약간의 거리를 두고 뒤에서 혼자 걸어오던 스스무뿐이었다.

마쓰는 큰 걸음으로 숨을 헐떡이면서 다가왔다. 마쓰의 뒤에서 요이치가 충성스러운 개처럼 따라왔다. 마쓰의 온몸에서 풍기는 험악한 공기를 아이들은 잽싸게 감지하고는 비난의 웅성거림을 멈추었다. 실제로 아이들은 최근 마쓰를 두려워하고 있었다. 고등과 2학년 두세 명이어느 날, 마쓰 누나에 대한 노래를 마쓰 앞에서 불렀을 때, 마쓰가 미친 듯이 화가 나 단도를 휘두르며 쫓은 일이 알려진 이후로 특히 아이들은 마쓰를 두려워하게 되었다.

마쓰는 요이치를 거느리고 우리 뒤를 따라붙자, 우리를 앞질러서는 가는 길을 막아섰다. 그때 갑자기 나는 이제까지 두려워하고 있던 것을 공포에 휩싸여 떠올렸다. 그날 밤 기스케와 훔쳐본 것을, 혹시 마쓰는 알고 있을지도 모른다……

아이들은 걸음을 멈췄다. 스스무만이 그냥 지나가려고 했다. 그러자 마쓰는 갑자기 스스무를 뒤쫓아가 스스무의 머리를 주먹으로 때리고 멱살을 잡아 데리고 오려고 했다. 나는 스스무가 저항하기를 기대했지만 스스무는 체념한 듯이 마쓰가 하는 대로 내버려 두고 아무런 저항 없이 다시 돌아왔다.

"지금 너희들 무슨 소리를 낸 거야?" 마쓰가 물었다.

아이들은 마쓰의 서슬에 얼어붙어 아무 말도 못했다.

"누구야, 그런 희한한 소리를 낸 게?"

그렇게 말하면서 마쓰는 느닷없이 한 명씩 뺨을 때리기 시작했다.

내 앞에 와 멈추더니 마쓰는 말했다.

"넌 안 불렀지?"

"응" 하고 나는 대답했다.

"넌 부반장이니까 봐준다."

그렇게 마쓰는 자비를 베풀 듯이 말했다.

스스무한테는, 다른 아이들한테는 한 대씩 때린 따귀를 세 대나 먹였다. 두 대째에 스스무는 한순간 얼굴색이 변했지만, 잠자코 그것을 참았다.

한차례 따귀 때리기를 끝내고 마쓰는 말했다.

"잘 들어, 앞으로 내 명령에 따르지 않는 사람은 이런 꼴을 당하게 될 거야, 잘 기억해 둬."

그러고서 요이치가 들고 있던 가방 안에서 단도를 집어 들고 칼집에서 칼을 꺼내며 말했다.

"난 말이야, 노자와나 가와무라나 노보루보다도 세. 지금도 노자와를 깔아 눕히고 이걸 되찾아 왔어. 녀석들을 이걸로 위협했더니 얼굴이 새파래지더라."

확실히 그것은 스스무가 몰락한 날 마쓰가 가쓰한테 뺏기고, 다시 노자와가 가져가 자기 것으로 하겠다고 한 단도였다. 그렇다면 정말로 마쓰는 지금 말한 대로 하고서 온 것이 틀림없다. 그리고 그 여세를 몰아 우리 뒤를 쫓아왔던 것이다.

마쓰는 그 단도를 바지 주머니에 집어넣었다. 그러고는 철로 된 칼의 날밑을 주머니에서 꺼내 손에 끼우면서 말했다.

"알겠지, 나한테 덤비는 사람은 이걸로 해치우게 될지도 몰라. 이걸로 맞으면 웬만한 녀석들도 항복할 거야."

그러고서 마쓰는 크게 숨을 들이쉬고 잠시 침묵한 뒤, 기스케를 향해 말했다.

"기스케, 잠깐 이리 와봐."

"뭔데" 하고 기스케는 말하고는 그 자리에서 움직이려 하지 않았다.

"오라면 잔말 말고 와." 마쓰가 소리쳤다. 스스무의 눈동자에 광포한 빛이 넘쳤다. 마쓰는 움직이려 하지 않는 기스케 옆으로 다가가 기스케의 오른팔을 비틀었다.

"아, 아파" 하고 기스케는 사태의 중대함을 깨달았는지 장난스럽게 말했다. 그러나 나는 알고 있었다. 이제부터 뭔가 무서운 일이 벌어지려 한다는 것을, 기스케가 마쓰의 광포함의 희생물로 바쳐지리라는 것을—

"얼마나 아픈지 보여주지" 하고 말하며 마쓰는 기스케의 등을 꽉 누르며 뒤로 꺾었다.

"여기를 때리면 무척 아플 거야."

그렇게 말하는가 싶더니, 마쓰는 갑자기 기스케의 등 가운데를 향해 그 날밑을 내리쳤다.

으윽 하고 기스케가 신음을 냈다.

"아프냐" 하고 마쓰가 말했다.

"아 아파— 아— 아— 야." 기스케가 숨도 제대로 쉬지 못하고 말했다.

"너, 나한테 왜 맞았는지 알아?"

잠시 대답을 못하고 있더니, 이윽고 벌레의 숨소리보다 작고 연약한 목소리로 기스케는 대답했다.

"몰라."

"모른다고?" 마쓰는 격앙해서는 말했다.

"모르겠어" 하고 기스케는 다소 기운을 차렸는지 등을 세우며 말했다.

"그렇다면 묻겠어" 하고 마쓰는 약간 당황한 듯 말했다.

"너, 축제 날 밤, 바닷가에 가서 뭐했어?"

"몰라, 난 축제 때 춤만 췄어. 누가 바닷가에서 나를 본 사람이라도 있대?"

"진짜야?" 하고 마쓰는 말했다.

"진짜야" 하고 기스케는 등을 문지르면서 말했다.

"진짜라니까." 그렇게 말하면서 기스케는 "아팠잖아" 하고 얼굴을 과장스럽게 찌푸렸다.

"진짜야, 마쓰" 하고 나는 용기를 내 말했다. "기스케는 나랑 같이 늦게까지 줄곧 춤췄어."

"그래?" 하고 마쓰는 말했다. "기요시가 그렇게 말한다면 사실이겠지."

마쓰는 나를 의미심장하게 흘겨보았다.

"내가 요새 학교에 잘 안 가는 이유를, 너희들은 알아?" 하고 마쓰는 말했다.

모두들 잠자코 마쓰의 부석부석한 눈꺼풀을 쳐다보았다.

"내가 농땡이를 피우고 있다고 생각한다면 큰 착각이야. 우리 누나가 목숨보다도 소중히 여기는 사람이 군대에 갔어. 그럴 때 학교에 갈 수 있겠냐. 너희들은 우리 누나에 대해 괴상한 노래를 불렀어. 지금이야말로 따끔한 맛을 보여주겠어."

그렇게 말하더니 마쓰는 다시 한 사람 한 사람에게 맹렬하게 따귀를 올려붙였다. 스스무한테는 한 대로 끝나지 않았다. 스스무의 얼굴이 일그러지는 게 아닐까 싶을 정도로 세게 몇 차례나 때렸다. 스스무는 그러나 다 맞고 나서는,

"이제 됐지?" 하고 차갑게 내뱉고는 뚜벅뚜벅 걸어갔다. 마쓰는 압도된 듯이 스스무를 그냥 가게 한 채로, 어떻게 해야 좋을지 모르는 것 같았다.

"저 자식은, 왕따야." 이윽고 마쓰는 스스무의 뒷모습을 바라보면서 말했다.

"다들 앞으로 저 자식하고는 말하지 마."

이번에도 나는 맞지 않았다.

마지막으로 마쓰는 아이들을 하나하나 노려보며 말했다.

"오늘부터 내가 하마미의 대장이야. 불만 있는 놈은 말해 봐."

누구도 아무 말도 하지 않았다.

"내일부터 난 학교에 갈 건데, 내가 있는 한, 갈 때와 올 때 뿔뿔이 흩어져 걷는 건 용서하지 않겠어. 잘 기억해 둬."

그렇게 말하고 마쓰는 걸어갔다. 아이들이 마쓰의 뒤를 따라 걷기 시작했다.

"빨리 내 주위로 와" 하고 마쓰는 말했다.

아이들이 후다닥 뛰어 마쓰의 옆으로 붙었다. 마쓰의 오른쪽에 요이치, 왼쪽에 요시오가 서고, 야마다와 히데, 오자와와 이치로가 제각각 옆으로 붙었다. 나는 기스케와 함께 그 뒤에서 걸었다. 모든 것은 한때의 꿈이었다, 하고 나는 지금 막 일어난 일을 공포와 함께 떠올리며 생각했다. 스스무가 세력을 쥐고 있을 때 이렇게 공공연한 폭력이 행사된 적은 없었다. 혹시 그때보다도 더 안 좋은 나날이 기다리고 있을지도 몰랐다.

아이들은 말없이 걷고 있었다. 마쓰의 행동은 모든 아이들에게 지울 수 없는 공포를 심어 준 것 같았다.

잠시 있다가 마쓰가 말했다.

"기요시, 내 옆으로 와."

나는 기껏 저항한다며 말했다.

"왜?"

"뭐, 그냥 오라고."

마쓰는 요시오를 밀어내고 내가 들어갈 틈을 만들었다. 대열 끝에 있던 이치로가 뒤로 밀려났다. 아까까지 앞에 보였던 스스무의 모습은 이제 보이지 않았다. 네거리를 돌아간 것일까. 나는 왕따를 당한 스스무에게 한없이 부러움을 느꼈다.

내가 옆에 나란히 선 것을 확인한 마쓰는,

"뭔가 재미있는 이야기 좀 해봐" 하고 조금 전까지하고는 완전히 다른 상냥한 목소리로 말했다.

"뭔가 재미있고 오싹오싹한 이야기 말이야. 다케시타한테 했었잖아. 괴인십이면상인가 하는 이야기, 그런 거 비슷한 걸로."

"응" 하고 나는 대답했다.

"어떤 이야기를 할까."

이렇게 되어 모든 것은 도로아미타불이 되었다. 혹시 전보다도 더 나빠진 건지도 모른다고 나는 생각했다.

"빨리 해봐" 하고 다소 거칠게 마쓰가 재촉했다.

"한 번 했던 이야기도 괜찮아?" 하고 나는 가급적 평정을 유지하려 하면서 말했다.

"괜찮아" 하고 마쓰는 말했다. "뭔가 빨리 해봐."

"그러면" 하고 나는 말했다. "『대금괴』 이야기라도 할게. 역시 에도가와 란포의 소설이야."

나는 이야기를 하기 시작했다. 모든 아이들이 귀를 기울였다. 네거리까지 왔을 때는 이야기가 아직 삼분의 일 정도밖에는 진행되지 않았다. 오자와하고 히데가 아쉽다는 듯이 헤어졌다.

마쓰의 집 앞까지 왔을 때 마쓰가 말했다.

"끝까지 다 이야기하고 가."

나머지는 내일 하겠다고 하고 거기에서 바로 집으로 오려고 생각했던 나는 예상이 어긋나 낙담했다. 거절한다면, 하는 생각이 순간 마음을 스쳤지만, 아까의 마쓰의 행동이 아직 생생하게 기억에 남아 있었다.

나는 될 수 있는 대로 줄거리를 간추려 빨리 이야기를 끝내기로 마음먹고 마쓰가 말한 대로 남기로 했다.

마쓰네 집 앞의 내에 걸려 있는 돌다리의 난간에 마쓰와 나란히 앉아서 나는 이야기를 계속했다. 다른 아이들도 남으려고 했으나 마쓰가 쫓아 버려서, 함께 이야기를 듣는 게 허락된 것은 마쓰의 부하인 요시오와 요이치뿐이었다. 나는 이야기를 하면서, 스스무의 시대에 비해 조금도 사태를 변화시키지 못한 자신에 대해 혐오와 연민의 정을 느꼈다.

이야기를 끝내자 마쓰는 크게 하품을 한 번 하고는 말했다.

"이제 끝이야. 그 이야기는 한 번 들은 적이 있어. 생각났어. 했던 이야기 말고 새로운 이야기는 없어?"

"생각해 볼게" 하고 나는 말했다. "그치만 오늘은 이만하고 돌아갈래. 집의 일을 돕지 않으면 안 되니까."

"벌써 가려고?" 하면서 마쓰는 험악한 얼굴을 했지만, 결국 차갑게 내뱉었다.

"알겠어, 가봐."

걷기 시작하는데, 내 뒤에서 세 명이 나에 대한 노래를 불렀다. 나는 분해서 입술을 깨물었다. 돌아서서 항의할 용기는 없었다. 나는 새로운 과제 앞에 세워졌다는 것을 알았다. 스스무처럼 의연히 행동할 수는 없을까, 하고 나는 생각했다. 그러나 그렇게 되기 위해서는, 스스무처럼 몇 번 마쓰한테 얻어맞고 그것을 꾹 견디는 용기를 갖고 있지 않으면 안 될 것이다. 그러나 맞는다는 것을 생각하니 공포로 눈앞이 캄캄해졌다. 마쓰를 해치울 수는 없는 걸까. 하지만 마쓰의 힘, 마쓰의 무기, 화났을 때 마쓰의 살기등등한 모습을 생각하니, 그것은 한낱 몽상에 지나지 않았다.

그날 집에 돌아오니 어머니로부터 편지가 와 있었다. 외할머니의 몸이 좋아져서 가을이 되면 무리를 해서라도 반드시 가겠다고 쓰여 있었다. 그리고 도쿄의 소식을 몇 가지 전한 뒤 이런 주의를 주었다.

'앞으로 안 좋은 병이 생길 거야. 역리疫痢나 티푸스나 적리赤痢에 걸리지 않도록 조심해라. 강물을 먹으면 안 돼. 음식물은 할머니 집이나, 나미 고모 집 말고 다른 데서는 가급적 먹지 말도록 해라. 그러면 사나흘 뒤에 다시 편지를 쓸게. 아무쪼록 몸조심해라. 이제 수영을 할 수 있을 것 같은데 충분히 파도에 주의하고 너무 멀리 나가지 않도록 해라.'

이 주의를 읽으면서 어머니는 나의 괴로움을 아무것도 모른다고 나는 생각했다. 나는 완전히 고독했다. 아무에게도 도움을 바랄 수가 없는 것이다. 이렇게 계속해서 괴로워할 거면 강물을 마시고 역리나 티푸스에 걸려 죽어 버리거나, 바다에서 익사해 죽는 게 나을 것 같았다……

다음 날 아침 교차로에 가보니, 스스무의 몰락 이전에 그랬던 것처럼 오자와하고 히데가 기다리고 있었다. 나는 어떻게 결단을 내려야 할지 고민했다. 두 사람이 어제 마쓰가 한 말을 따르고 있다는 것은 확실했다. 나도 마쓰의 말에 충실해 거기에서 기다려야 할까. 아니면 자기에게 충실해 그대로 거기를 지나쳐 뚜벅뚜벅 학교로 가야 할까.

내가 선택한 것은 기다리는 것이었다. 나는 오자와하고 히데한테 다가가, 더 이상 그 문제로 골치 아파하지 않기 위해 두 사람한테 말을 걸었다.

"이제 곧 방학이구나."

"아직 한 달은 남았어." 오자와가 말했다.

"방학이 되면 넌 공부 안 하면 안 되겠네" 하고 히데가 말했다.

"무슨 공부?" 하고 나는 말했다.

"중학교에 들어가는 공부 말이야."

"너도 상업학교에 들어가려면 공부해야 하잖아."

"뭐" 하고 히데는 빈정거림을 담아 말했다. "난, 고등과야. 기요시나 다케시타처럼 공부를 못하니까."

나는 입을 다물어 버렸다.

"기요시" 하고 오자와가 말했다.

"너, 다케시타 군하고 여름방학 때 같이 공부하기로 하지 않았어?"

그 순간 오랫동안 잊고 있던 스스무와의 약속이 홀연히 떠올랐다.

어느새 와 있던 기스케가 나 대신 대답을 해주었다.

"스스무 같은 녀석이랑 기요시가 뭐 때문에 같이 공부를 해. 기요시는 공부 안 해도 중학교에 들어갈 거야. 그리고 뭐가 다케시타 군이야. 너, 아직도 스스무의 부하야?"

"내가, 다케시타 군이라고 했어? 다케시타라고 말했는데." 오자와가 당황하면서 말했다.

"말했어" 하고 기스케는 태연하게 대답했다.

그때 저쪽에서 마쓰를 중심으로 한 아이들이 걸어왔다. 스스무가 마쓰로 바뀐 점을 제외하면 하나에서 열까지 똑같았다. 그 안에 없는 건 스스무뿐이었다.

마쓰는 양쪽으로 요시오와 요이치를 거느리고 의기양양해 보였다.

"가자" 하고 마쓰는 다가오면서 말했다.

아이들은 후다닥 뛰어 마쓰의 대오에 가세했다. 내가 할 수 있었던 저항이라고 해봐야 고작, 가급적 천천히 걸어서 그 대오의 뒤에 붙어 가는 것뿐이었다.

집들이 끝나고, 삼나무 가로수도 끝난 곳까지 왔을 때 마쓰가 뒤를 돌아보며 말했다.

"기요시, 내 옆으로 와."

아아, 모든 게 똑같은 반복이다 하고 새삼 나는 생각했다. 모든 게 변했다고 생각한 것은 얕은 지레짐작에 지나지 않았다.

나는 마쓰와 요이치 사이로 들어갔다.

"기요시 이야기 좀 해봐. 아직 한 번도 안 했고, 아주 재미있는 걸로."

"글쎄" 하고 나는 말했다. "잠깐 기다려 봐."

나는 생각하는 척했다. 그러나 사실은 적당한 이야기를 떠올리려 하지는 않고 있었다. 그렇게 그저 시간을 벌려는 것에 지나지 않았다.

"빨리 이야기해 봐." 마쓰가 답답한 듯 말했다. 나는 시간을 벌어 봐야 어쩔 도리가 없다는 것을 깨닫고, 뭔가 이야기를 떠올리려 했다. 그러나 아무리 생각해도 아직 하지 말하지 않은 이야기는 더 이상 생각나지 않았다. 내가 알고 있는 이야기는 전부 해버린 것이었다.

나는 이야기를 지어내기로 했다. 그러나 그 지어낸 이야기는 실패로 끝났다. 마쓰는 재미없다는 듯이 들으면서 몇 번이나 하품을 했다. 그리고 철길을 건넜을 때 내가 지어낸 이야기는 끝나 버렸지만, 더 이상 이야기를 해달라고 조르지 않았다.

집에 올 때, 마쓰는 다시 나를 옆으로 오게 했다.

"다음번에" 하고 마쓰는 상냥함이 가득 담긴 목소리로 말했다. "게이코가 올 때 말이야, 너를 부를 테니까, 게이코한테 뭔가 재미있는 이야기 하나 해줄래? 했던 이야기도 괜찮아."

"응" 하고 나는 대답했지만, 그렇게 대답할 수밖에 없는 자신의 무력함을 한없이 수치스럽게 생각하고 있었다.

마쓰는 묘하게 나만은 점잖게 대했다. 그 점잖은 태도는, 마쓰가 다른 아이들한테는 가혹하게, 때로는 잔인하게까지 행동했기 때문에 더 한층 두드러졌다. 마쓰는 나한테는 기분 나쁠 정도로 다정했다.

그날 저녁 목욕하러 가다가 나는 기스케를 만났다. 기스케한테 나는 일종의 마음의 부담을 느끼고 있었다. 마쓰한테 기스케가 얻어맞았던 것, 나도 기스케와 행동을 함께 했음에도 얻어맞지 않은 것에 대해서였다.

"목욕하러 가?" 하고 기스케가 물었다.

나는 고개를 끄덕였다.

"난, 지금 갔다가 오는 길이야" 하고 기스케는 싱긋싱긋 웃으면서 말했다. "마쓰랑 목욕탕에 같이 있어서 그 자식 물건을 확실히 봤지. 그 자식은 벌써 반은 어른이야."

"어째서?" 하고 나는 말했다.

"털도 수북하고, 반이나 벗겨졌더라고. 반이나 벗겨졌다는 건"

하고 기스케는 목소리를 작게 해 말했다.

"역시 여자를 이미 알았다는 거야."

기스케가 말하는 의미는 이미 알고 있었다. 이 고장에 소개해 왔을 때, 그렇게도 인정하지 않으려 했던 것을 그 무렵이 되어 조금씩 인정하게 되었던 것이다. 모든 아이들이 말하고 있는 게 진실에 가깝고, 내가 생각하고 있던 것은 환상이 틀림없다고 어느새 생각하게 된 것이었다. 남자와 여자가 어떤 행위를 한 결과, 아이가 생긴다는 것을 인정하지 않을 수 없게 된 것이다. 그리고 그것을 인정하는 과정에서, 자신 속에서 온갖 것들이 변해 버렸다는 것을 나는 느끼고 있었다. 나는 더 이상 천진난만한 아이가 아니었다. 오히려 너무도 많은 것을 알아 버렸다……

"지난번에 아프지 않았어?" 하고 나는 물었다.

"무슨 말이야?" 하고 기스케는 말했지만, 바로 내 말뜻을 이해한 듯했다.

"급소를 벗어난 곳이어서 그 정도는 아니었어. 일부러 아픈 것 같은 얼굴을 보이기는 했지만 말이야."

"그렇구나, 그랬다면 다행이지만." 안도하면서 나는 말했다.

갑자기 목소리를 낮추어 기스케는 말했다.

"마쓰가 말이야, 너도 그날 배 창고에 있었던 걸 알고 있을지도 몰라."

"어떻게?" 하고 나는 공포로 가슴이 크게 뛰는 것을 느끼면서 말했다.

"아니야, 신경 쓰지 마. 하지만 만약 물어봐도 절대로 모른다고 잡아

떼야 돼."

"잡아떼도 봤다고 하면?"

"지칠 때까지 모른다고 우기는 거야."

목욕탕에 가니 이미 마쓰는 목욕을 마쳤는지 안 보였다.

월요일에 마쓰는 학교에 오지 않았다. 우리는 마쓰가 올 때까지 공연히 기다렸다가 학교에 지각할 뻔했다. 그러나 그날 나는 오랜만에 해방된 듯한 느낌이었다. 그리고 앞으로도 계속 마쓰가 학교에 오지 않기를 마음속으로 몰래 빌었다. 마쓰가 없으면 적어도 등하교 길에는, 지배하는 사람도 예속되는 사람도 존재하지 않는다. 학교에 있는 동안은 여전히, 노자와나 가와무라나 노보루가 횡포를 거듭했지만 그것은 학교에 있을 때만이었고, 쉬는 시간에는 더 이상 모든 아이들이 참여하지 않으면 안 되는 격투 놀이는 없어졌기 때문에, 그 아이들을 피하는 것은 그다지 어려운 일은 아니었다. 게다가 앞으로 3주 정도만 있으면 여름방학에 돌입할 것이다.

그날 조례 시간에 우리는 교장선생님의 훈화를 들었다. 교장선생님은 엄한 얼굴로 두 가지를 우리한테 일렀다.

하나는 본토 상륙의 위험에 대비해 죽창 연습을 할 터이니 각자 죽창을 하나씩 준비해 오라는 것이고, 또 하나는 돌아오는 조칙봉대일에는 가증스러운 미국의 맥아더를 쳐부수기 위해, 솔방울*을 모아 불을 붙여 미영 격멸의 의지를 다시 한 번 강고히 하자는 것이었다. 조칙봉대일에 새끼를 꼬아 판 돈을 헌금하는 것은 4월부터 폐지되었기 때문에, 한동안 그것을 대체할 만한 것을 생각하고 있다가 드디어 그런 명안을 떠올린 것 같았다.

그 주부터 체육 시간에는 반드시 죽창 연습이 행해졌다. 그 외에도 때때로 재향군인회와 소방단과 국방부인회가 교정에서 죽창을 사용하는 연습을 했다.

죽창은 나한테 미나코와 만나는 기회를 만들어 주었다. 촌장님 댁에 있는 대나무를 얻으러 갔기 때문이었다. 미나코는 투베르쿨린 반응이 양성으로 전환되어서 의사의 권고로 7월 한 달을 휴학하게 되어 학교에는 전혀 나오지 않았다. 그런 사실을 나는 그날 처음 알았다. 지난 한 달여 미나코의 얼굴을 보고 싶어서 어딘가에서 미나코와 마주치기를 바라고 있었는데, 그것은 완전히 헛된 기대였다는 걸 알았다.

나는 마루에서 미나코와 잠시 이야기를 나누었다. 잠시 못 본 사이에 미나코는 상당히 어른스러워진 것 같은 느낌이 들었다. 긴 머리카락이 윤기가 흘러 아름다웠다. 그리고 나는 미나코가 학교에 오지 못해서 최근 나의 근황에 대해 모르고 있는 것을 고맙게 생각했다. 지금까지 마쓰가 말하는 대로 따르고 있는 나에 대해 안다면 미나코는 나를 경멸할 게 틀림없다고 생각했기 때문이었다.

나는 미나코와 함께 있는 것을 기분 좋게 생각하면서도, 그것이 시종 가슴에 품고 있던 기대에 충분히 답할 정도의 기쁨을 주지 못한다는 것을 느꼈다.

---

\* 松かさ. 맥아더의 일본어 표기인 맛카사와 솔방울의 일본어 표기 마쓰카사의 발음이 비슷하다.

"기요시짱도 이제 곧 중학 시험이구나." 미나코의 어머니가 문까지 나를 배웅하러 나와서 말했다.

"네."

"스스무짱하고 같이 공부하고 있니?"

"아니요, 아직 안 해요" 하고 나는 대답했다.

"우리 미나코도 일 년 늦지 않아도 된다면 가을부터 여학교 수험 공부를 시키려고 생각하고 있단다. 하지만 하마미에는 여학교 시험을 보는 동급생이 없어서 말이야. 또 와서 여러 가지 미나코한테 가르쳐 주렴."

촌장님 댁 문을 나와 얼마 안 있어 나는 앞쪽에서 요시오로 보이는 남자아이가 오는 것을 알았다. 순간적으로 나는 몸을 숨기려고 했다. 그러나 요시오는 잽싸게 어둠 속에서도 나를 알아보았다.

"기요시 아냐" 하고 요시오는 쉰 목소리로 말했다.

"촌장님 댁에 다녀왔어?"

나는 잠자코 대답을 안 했지만, 요시오의 뛰어난 직감에 놀랐다.

"숨지 않아도 돼" 하고 요시오는 말했다. "너 이거 만나려고 갔던 거지?"

그렇게 말하고 요시오는 새끼손가락을 세웠다.

"너하고는 상관없잖아." 나는 화가 나서 말했다. 미나코를 그런 식으로 말하는 것을 참을 수 없었기 때문이었다.

"상관없지 않아" 하고 요시오는 말하고는, 힛힛힛 하는 기분 나쁜 웃음소리를 흘리며 내 옆을 지나쳐 가버렸다.

솔방울 태우기는 7월 8일 조칙봉대일에 예정대로 교정에서 실시되었다. 한 사람이 스무 개씩 솔방울을 주워오기로 했는데 교정 한쪽에 솔방울의 산이 만들어졌다.

뜨거운 태양 아래에서 교장선생님의 조서 봉독에 뒤이어 언제나 똑같은 어조의 지루한 훈화가 있은 뒤에 솔방울 산에 불이 붙여졌다. 그러나 이삼일 비가 내린 뒤라 젖은 솔방울이 많아서인지 솔방울 산에는 좀처럼 불이 붙지 않았다. 교장선생님은 연기에 숨이 막혀 기침을 하기 시작했는데 그 기침이 좀처럼 멈추지 않아, 평소에도 불그스름한 얼굴이 빨간도깨비처럼 새빨개졌다. 교무실에 선생님 한 명이 달려가 종이를 한 움큼 집어왔지만 그래도 불은 안 붙었다. 다른 선생님이 수위실로 달려가 가랑잎 다발을 가지고 왔다. 그러자 겨우 불이 붙었다.

이윽고 솔방울 산은 탁탁 소리를 내면서 격렬하게 타기 시작했다.

정렬해 있던 아이들은 그 불을 앞에 두고 체육 선생님의 선창으로 일제히 노래를 부르기 시작했다.

덤벼라 니미츠 맥아더*
덤비면 지옥으로 곤두박질친다
덤비면 지옥으로 곤두박질친다

마쓰는 사흘에 한 번은 학교를 빼먹었다. 그러나 마쓰가 학교에 오

---

* 니미츠는 미국의 해군 원수로 2차 대전 때 태평양 함대 최고 사령관이었고 맥아더는 미국 육군의 원수로 태평양 전쟁 때 대일 작전을 지휘했다.

는 날이면 하마미의 아이들은 학교를 오가는 먼 길을, 스스무가 권력을 잡고 있을 때 그랬던 것과 똑같이 마쓰를 중심으로 걸으면서 마쓰의 기분을 맞추려고 했다. 마쓰는 모든 아이들이 반항하지 않는 한, 무척이나 기분이 좋았다. 그 대신 마쓰의 기분을 상하게 하면, 무서웠다. 마쓰는 자제력을 잃고 불에 기름을 끼얹은 듯이 마구 날뛰었다. 마쓰의 화가 미치지 않는 것은, 완전히 행동을 별개로 하고 그것을 인정받은 스스무뿐이었다.

어느 날 학교에서 돌아오는 길이었던 하마미 아이들은, 마쓰가 없었기 때문에 마음 편히 삼삼오오 무리를 이루어 걷고 있었다. 마쓰는 노보루를 비롯한 아이들과 어디로 갔기 때문에 우리는 먼저 온 것이었다.

"어이" 하고 뒤에서 부르는 소리가 났다. 돌아다보고, 그것이 마쓰라는 것을 알자 우리는 일제히 걸음을 멈추었다. 먼저 와서 마쓰가 화난 건 아닐까 하는 공포에 우리는 사로잡혔다.

마쓰의 뒤에서, 충실한 부하인 요이치가 따라왔다. 둘 다 참외를 먹고 있었다. 아직 노랗게 익지 않은 푸른빛이 도는 참외였다. 그것을 얻기 위해 마쓰는 노보루 일당을 따라갔던 모양이었다.

"마쓰, 맛있는 걸 먹나 보네." 야마다가 마쓰의 비위를 맞추듯이 말했다.

"응" 하고 마쓰는 말했다.

"기요시하고 너한테 한 입씩 줄게."

마쓰는 우선 나한테 먼저 맛보게 하기 위해 그 참외를 내밀었다. 남이 먹던 걸 먹는다는 게 싫었지만 나는 눈 딱 감고 마쓰가 먹지 않은 부분을 베어 물었다.

"더 크게 베어 먹어" 하고 마쓰가 말했다.

나는 될 수 있는 대로 크게 한 입 깨물고는 그 조각을 손에 들고 먹기 시작했다. 아직 노랗게 익지도 않았음에도 참외는 의외로 달고 맛있었다.

다음에는 야마다한테 그 참외를 건넸다.

오자와나 히데와 이치로는 요이치한테 한 입 달라고 졸랐다. 그러나 요이치는 깍쟁이였다. 요이치는 누구에게도 한 입도 주지 않으려 했다.

교차로까지 왔을 때, 마쓰는 나한테 작게 속삭였다.

"이따가 너네 집에 놀러갈 테니까, 나하고 바다에 가자."

"뭔 일 있어?"

마쓰는 무슨 일인지 대답하지 않았다. 나는 불안감 때문에 순간 아찔했다.

집에 돌아와 나는 내 방에 들어가, 왜 마쓰가 나를 불러 바다로 데려가려고 하는지 그 의미를 짐작해 보려 했다. 혹시 마쓰는 축제날 밤의 일에 대해 나를 추궁하려 할지도 모른다. 기스케가 충고한 대로, 끝까지 시치미를 뗄 수 있을까. 기스케처럼 등을 날밑으로 얻어맞더라도? 용기를 갖고 결연히 마쓰와 손을 끊거나, 마쓰의 비위를 맞추는데 급급해 이제부터도 계속 마쓰가 하자는 대로 하는 두 가지 길밖에는……

나는 책상의 서랍을 열어 괜찮은 물건이 없는지 찾았다. 내가 다른 사람한테 줄 수 있는 물건은 이제 거의 없었다. 괜찮은 물건은 대부분 스스무의 손에 넘어갔다.

혹시라도 마쓰한테 추궁 당할 때, 마쓰의 화가 풀어지게 하고 마쓰의 환심을 살 수 있을 만한 물건으로는 미쓰고 숙모한테서 받은 삼색 샤프펜슬밖에는 없었다. 그것은 내가 소중하게 간직하고 있던 물건 중 하나였다. 그러나 이번에 그걸 희생시키는 것도 어쩔 수 없는 것이다.

나는 만일의 경우를 대비해 그 샤프펜슬을 주머니에 넣었다.

마당 쪽에서 휘파람 소리가 났다. 나가 보니 마쓰가 서 있었다.

"바다에 가자."

"수영하러 가는 거야?" 하고 나는 물었다.

"아니야" 하고 마쓰는 화난 것처럼 말했다. "잠자코 따라와."

나는 짚으로 만든 조리를 신고 마쓰의 뒤를 따랐다. 할 수 있다면 뭔가 이유를 들어 안 가도 되었으면 싶었다. 그러나 지금 당장은 그걸로 모면한다고 해도, 내일이 또 기다리고 있는 것이다. 그리고 또 그다음 날도……

안 좋은 일은 빨리 결말을 짓는 게 낫다, 하고 나는 스스로를 타일렀다.

바닷가로 나오자, 마쓰는 자기 집 배 창고의 반대 방향으로 나를 데리고 갔다. 나는 주머니에 들어 있는 샤프펜슬을 만지작거리면서 따라갔다.

"어디 가는 거야?" 하는 나의 질문에 마쓰는 대답하려 하지 않았다.

마쓰는 배 목수의 창고 앞에서 걸음을 멈췄다. 입구를 통해 건조 중인 새 배가 보였다. 마쓰는 나를 재촉해 안으로 들어가더니 비로소 입을 열었다.

"이거, 우리 배야. 7월 말에는 완성될 거야. 완성되면 널 태워 줄게."

나는 스스무와의 약속을 떠올렸다. 우리는 여름방학부터 중학교 수험 공부를 하기로 했었다. 그리고 휴식으로 일주일에 한두 번 정도는 배에 돛을 달고 바다로 나가기로 했었다. 그 약속은 휴지조각이 되어 버렸구나 하고 나는 생각했다.

"다케시타네 고물 배하고는 다른 거야."

"응."

"너, 다케시타네 배 같은 건 안 탈 거지?"

"응."

"다케시타네 배 같은 데 탔다가는 무서운 일이 벌어질 거야"

하고 마쓰는 위협하듯이 말했다.

"기요시" 하고 돌연 마쓰는 목소리를 다정하게 하며 말했다.

"뭐야?"

"너 말이야, 비행기 모형 만들었다고 했지?"

"응." 마쓰가 나에 대해 자세히 알고 있는 것에 놀라며 나는 대답했다.

"그 모형에 색깔 칠하는 거 있잖아, 그거 아직 있어?"

"래커 말하는 거야?"

"그래, 에나멜 같은 거."

"갖고 있어" 하고 나는 대답했다. "빨강하고 노랑 두 가지 색밖에 없지만."

"그거면 돼, 그거 나한테 줄래?"

"뭐하려고?"

"이 배의 이물을 빨갛게 칠하려고."

"알겠어." 나는 안도하면서 대답했다.

"너, 칠하는 것도 잘하지. 칠하는 것도 도와줘."

"언제부터 할 건데?"

"지금 바로. 이물만 빨갛게 칠해 줘."

"그럼 집에 가서 가지고 올게."

"부탁할게" 하고 마쓰는 말했다.

나는 집으로 뛰어가면서 생각했다. 뭐야, 이런 일이었어. 용건이 이거였다면 그렇게 두려워할 필요도 없었다. 샤프펜슬은 괜히 가지고 왔다. 하지만, 하고 나는 곧바로 생각을 고쳤다. 마쓰는 그 일을 알고 있지만, 일부러 숨기고 말하지 않는지도 모른다. 이제부터 여러 가지 어려운 문제를 들고 와 내가 듣지 않을 경우를 위해, 일부러 말을 꺼내지 않고 있는지도 모른다……

집에 돌아와 방으로 들어가서, 비행기의 재료를 넣어 놓은 상자를 벽장에서 꺼내고, 상자 안에서 붉은 래커 병을 꺼냈다. 그 병 속에는 아직 래커가 반 정도 들어 있었다. 이 정도면 이물 전부를 칠할 수 있을 거라고 나는 생각했다. 그 대신, 앞으로 모형 비행기를 만들어도, 일장기를 그려 넣을 수 없게 되어 버리겠지만, 그것은 어쩔 수 없다……

"어디 나가려고?" 내가 집을 나서려 하는 것을 보고서 할머니가 말했다.

"에 예." 나는 애매하게 대답했다.

그때 휘파람 소리가 들렸다. 마쓰가 나를 맞이하러 온 것이었다.

"세이사쿠 댁의 스스무짱이니?" 할머니가 물었다.

"아니에요."

"기스케냐?"

나는 그 말에 대답하지 않고 집에서 나왔다. 그러나 붓하고 사포를 잊어버렸다는 것을 깨닫고 다시 돌아가지 않으면 안 되었다. 방에서 붓을 꺼내고 있는데 할머니가 들어왔다.

"기요시짱, 밖에 있는 건 산파 간베에 댁의 마쓰 아니냐?"

"에 예."

"저런, 어쩌려고 그러니" 하고 할머니는 말했다.

"쟤는 마을에서도 평판이 안 좋은 아이야. 저런 아이랑 사귀는 건, 이 할미의 부탁이니까 관두거라. 요새 스스무짱이 전혀 놀러 오지 않는데, 싸우기라도 한 거 아니니?"

"아니에요" 하고 나는 말했다.

"잠깐 다녀올게요. 이걸 잠깐 빌려 달라는 거니까 금방 돌아올 거예요."

그렇게 말하고 나는 할머니를 뿌리치듯이 밖으로 나갔다.

마쓰는 나를 보고는 다가왔다.

"이거야?"

마쓰는 내가 내민 래커 병을 쥐더니, 그것을 햇빛에 비춰 보면서 음미했다.

"이 정도 있으면 충분할까."

"충분할 거 같지만, 만약 충분하지 않으면 반은 노란색으로 칠하는 게 어때?" 나는 그 자리에서 떠올린 생각을 말했다.

"그거 정말 좋은 생각이다" 하고 마쓰는 말했다.

그날 나는 땅거미가 질 때까지, 이물을 붉은색과 노란색으로 칠했다. 칠하는 도중에 붉은색이 모자란다는 것을 알고 집에 돌아가 노란색 래커를 가지고 왔다. 마쓰도 칠하는 부분을 사포로 문지르며 옆에서 도와주었다.

마쓰는 너무나도 기쁜 듯했다.

"멋지다." 마쓰는 이물을 앞에서 요모조모 바라보면서 말했다.

"이렇게 예쁘게 이물을 칠한 배는 우리 집 배가 처음이야" 하고 마쓰는 말했다. "기요시는 색깔 칠하는 것도 역시 잘하는구나."

그날부터 마쓰의 좋은 기분은 계속 이어졌다. 나는 이대로 방학이 된다면 마쓰의 마수에서 벗어날 수 있겠다고 생각했다.

그 뒤에도 이따금 나는 마쓰한테 불려 갔다. 나는 온갖 구실을 대면서 마쓰의 호출에 응하지 않았지만, 그래도 세 번에 한 번 정도는 호출에 응하지 않을 수 없었다.

마쓰의 휘파람 소리는 잊을 만하면 마당에서 들려와 나를 위협했다.

학교에서는, 노보루, 가와무라, 노자와, 마쓰가 점점 횡포를 부리게 되었고, 그 아이들의 횡포는 나한테도 미치려 하고 있었다. 나를 포함한 약한 아이들은, 지금은 한 명의 주인 대신에, 네 명의 난폭한 전제 군주의 안색을 살피지 않으면 안 되었다. 한 사람의 기분을 맞추는 대신, 네다섯이나 되는 사람의 기분을 살피는 사태는, 생각에 따라서는 스스무가 지배하고 있던 때보다 훨씬 안 좋아진 것인지도 몰랐다. 스스무는 그것을 꿰뚫어보고 있는 듯, 약한 아이들의 곤란한 처지를 냉소하고 있는 것 같기도 했다.

군웅들은 자주 사이가 갈라졌다. 새로운 얼굴이 가세하고, 어제의 군웅이 오늘은 힘을 잃는 사태도 생겨났다.

예를 들어 가와세가 노보루와 손잡고 세력을 쥔 적이 있었다. 그러나 가와세의 세력은 삼일천하로 끝나고 말았다. 가와세는 다시 노보루가 가와무라, 노자와, 마쓰와 연합하면서 몰락하지 않을 수 없었다. 가와세는 일주일 동안 왕따를 당했고, 얼마 전까지 그렇게 위세가 좋았던 게 거짓말이었던 것처럼 풀이 죽고 말았다. 그러나 또 삼인조가 갈라져 가와무라가 왕따 당하는 새로운 사태가 벌어졌다. 가와무라는 하루 학교를 쉬었고, 이틀째부터는 아무도 말을 걸지 않았다. 그러나 일주일 뒤에는 다시 세력을 회복했다.

그런 식이었기 때문에, 약한 아이들은 세력이 실추된 사람에 대해서는 신중한 태도를 취하지 않을 수 없었다. 언제 다시 세력을 회복할지 알 수 없었기 때문이었다. 그리고 그때 몰락해 있던 동안 차갑게 대한 아이들은 지독한 보복을 각오하지 않으면 안 되었기 때문이었다. 그러나 스스무만은 이제 영구히 세력을 회복할 가망이 없어 보였다. 스스무가 세력을 회복하려 한다면, 가령 사이가 벌어졌다 해도 군웅들은 순식간에 일치단결할 것이 틀림없었다.

어찌됐든 스스무의 전제정치 몰락 뒤 반을 지배했던 자유와 평등의 상태는 한때의 꿈에 지나지 않았다는 사실을 이제는 누구나가 알게 되었다. 스스무의 몰락 뒤에 반에서 넘치던 반란의 흥분과 일체감과 자신의 힘에 대한 자각으로 고양된 기분은 이제 완전히 사라져 버렸다. 그것이 언제까지고, 영원히 계속되리라고 생각했던 것은 환상에 지나지 않았다. 대신에 지금 반을 지배하고 있는 것은 춘추전국시대 군웅 할거의 무질서였다.

마쓰는 그 뒤에도 나한테는 지극히 친절했다. 그러나 마쓰의 주위에는 뭔가 금지된 듯한 공기가 떠돌고 있었다. 그것은 안 좋은 냄새가 났다. 마쓰의 호출에 응해 세 번에 한 번은 마쓰가 있는 곳에 얼굴을 내밀었을 때, 대체로 나를 기다리고 있는 것은 두려운 계획의 협의였다. 예를 들면, 어느 집 계사에 몰래 들어가 계란을 훔쳐오는 계획이거나, 어디어디 밭의 고구마를 캐올 예비 계획이거나, 누구누구 집 마당의 살구를 바구니에 한 가득 담아오는 계획 따위였다. 나는 실행 단계가 되면 이유를 꾸며내 돌아와 버리는 게 상례였지만, 실행에 가담하지 않을 수 없는 지경에 처한 적도 몇 번 있었다. 가담하지 않는 게 비겁하고 겁쟁이에 기개가 없다는 말을 들으면 가담하지 않을 수가 없게 되어 버렸다.

게다가 실행에 참가해 보니 스릴이 있어 재미있었다. 일이 성공하면 각자의 몫을 받아, 평소에는 결코 먹을 수 없었던 것들을 먹을 수도 있었다.

이러한 일은 그 무렵 마쓰의 일파에 의해서뿐 아니라 다른 아이들에 의해서도 마을 전체에서 행해지고 있었다. 학교에는 빈번히 진정이 들어왔고, 어느 날은 월요일도 아닌데 전교 학생이 강당에 모여서 교장선생님으로부터 엄중하게 훈계를 들었다. 범인이 발견되는 즉시 경찰에 넘기겠다고 협박을 당했다.

그 훈계 이후 나는 마쓰의 꼬임을 거부하는 데 성공했다. 그 주의 일요일 오후 마당 쪽에서 휘파람 소리가 들려 나가 보니 마쓰가 요시오와 함께 있었다. 그리고 두 사람이 어디어디 집의 계사에서 계란을 훔치러 같이 가자고 하기 위해 왔다는 것을 알고, 나는 교장선생님의 훈계를 거론하면서, 부반장이기도 하고 앞으로는 자중하기로 했다는 취지의 말을, 마쓰의 안색을 살피면서 하고, 마쓰에게 그에 대한 보상의 의미로 아직 거의 사용하지 않은 색연필 세트를 내밀었다.

"너, 부반장이었지."

마쓰는 지금 비로소 그 사실을 떠올렸다는 듯이 말했다.

"네 말 잘 알겠어. 알겠으니까 빼줄게."

"앞으로는 안 해도, 기요시가 지금까지 한 것은 경찰에 불려 가면 말해야 할 거야" 하는 말을 요시오는 떠나면서 협박처럼 내뱉고는 마쓰와 돌아갔다—

그날부터 나는 매일 밤처럼 경찰에 불려 가는 꿈에 시달렸다. 대낮에도, 언제 어느 때 지금까지의 잘못된 행동이 발각되어 경찰에 넘겨질지 모르는 몸이라는 데 생각이 미치면 나는 완전히 불행에 젖고 말았다. 공포와 불안이 나를 괴롭혔다. 과거에 도둑질의 일원으로 가담했다는 점에서 나는 스스무나 기스케와 근본적으로 달랐다. 스스무는 그런 나의 사정을 알고 있는 듯 이따금 연민의 정을 품은 듯한 눈으로 나를 보고 있는 것 같은 생각조차 들기도 했다.

어느 날 기스케는 나한테 이런 경고를 은밀히 말했다.

"마쓰한테는 조심하지 않으면 안 돼. 쟤는 화가 나면 무슨 일을 저지를지 알 수 없거든. 게다가 칼을 항상 갖고 다니니까. 지금까지 마쓰가 얌전해 지낸 건 스스무가 제대로 억누르고 있었기 때문이야. 그러나 요즘의 마쓰라면, 예전의 스스무라고 하더라도 손을 쓸 수 없을 거야. 저 자식은 요즘 엄청나게 변했거든. 여자를 알게 되어 그런 거라고 다들 수군거려. 군대에 가기 전인 젊은 사람들도 마쓰는 무서워하니까."

나에게 세계는 다시 혼돈의 양상을 띠기 시작했다. 여자를 안다는 것이 어떤 것인지 나도 이제는 이해할 수 있게 된 것 같았다. 그렇지만 마쓰가 그것을 진짜로 체험했다는 것은 역시 믿기 힘든 무서운 일이었다.

오키나와의 지상 부대가 전멸해서, 본토 결전은 시간문제로 여겨졌다. 일에 따라서는 일본 전체가 전쟁터가 될지도 몰랐다. 유년학교에 가 있는 형은, 그때의 결의를 이미 여러 번 나에게 편지로 알려 주었다. 일본 전체가 전쟁터가 된다는 것, 그것은 내가 바라마지 않는 일이었다.

그렇게 된다면 나는 학교에 가지 않아도 될 것이다. 전쟁에 참가한 나는 적탄에 맞아 죽을 것이다. 그것이야말로 내가 바라는 것이었다……

7월 중순에 들어가자 수업은 반은 중지되었다. 현청 소재지가 있는 T시가 공습을 당해, T연대의 일부가 우리 학교를 막사로 사용하게 되었기 때문이었다. 군인들은 교실의 반과 강당에서 묵었다.

그러나 모든 병사들이 힘이 없어 보였다. 절반가량의 병사가 이질에 걸려 강당에 빈둥빈둥 누워 있었다. 병사 전용으로 할당된 변소는, 소화되지 않은 콩이 가득한 똥으로 지저분하기가 이루 말할 수 없다는 소문이었다. 콩이 대부분인 밥을 먹고 있기 때문이라고 했다. 병사들 중에 쓸 만한 총을 갖고 있는 사람은 거의 없었다. 단검은 전부 죽도였다.

고학년인 우리는 오전에 2교시 수업만 했다. 나머지는 뜨거운 햇볕 아래, 학교 농장에서 근로봉사를 했다.

스스무가 한 번 나에게 말을 건 적이 있었다. 청소 당번일 때 둘이서 양동이에 물을 길러 갔을 때였다.

"기요시, 사진이 나왔어." 스스무는 특유의 쑥스러운 듯한 웃음을 지으며 말했다.

"그래" 하고 나는 별 관심도 없이 말했다. "가지고 왔어?"

"응" 하고 스스무는 대답했다. "지난번에 읍내에 볼일이 있어서 갔었거든."

"어땠어?"

"잘 나왔더라" 하고 스스무는 말했다. "시간 있을 때 한번 가지러 와."

"응" 하고 나는 냉담하게 대답했다.

그때뿐이었다. 내가 스스무와 말을 한 것은.

마쓰는 어느덧 반에서 가장 두려운 존재가 되어 있었다. 마쓰가 단도를 항상 갖고 있다는 것을 알고 있어서, 아무도 마쓰한테 덤비지 못했다. 자유가 넘쳤던 그 화려한 나날은 이제 어딘가로 날아가 버렸다. 지금 반을 지배하고 있는 것은 나쁜 무정부 상태, 혼란과 무질서였다. 직접적인 폭력과 노골적인 공물이 행세를 했다. 스스무의 지배를 그리워하는 사람이 없다고는, 분명 아무도 말하지 못했을 것이다.

7월도 이제 하순으로 접어들었을 때였다. 마당에서 휘파람 소리가 들려 나가 보니, 마쓰가 서 있었다.

"너한테 용건이 있어서 왔어" 하고 마쓰는 말했다.

"무슨 일" 하고 나는 마음속의 공포를 애써 억누르면서 말했다.

"와봐" 하고 마쓰는 말했다.

"너, 우리 집 배 창고 알지?" 마쓰를 따라서 걷기 시작하고 얼마 안 있어 갑자기 마쓰가 물었다.

"아니." 나는 하마터면 알고 있다고 대답할 뻔했으나 가까스로 모면했다.

"몰라?"

"응."

"그렇구나" 하고 마쓰는 말하고 입을 다물었다. 나는 가슴이 콩닥콩닥 뛰는 것을 의식했다.

우리는 잠자코 걸었다. 나는 마쓰가 내게 거짓말을 한 것을 가차 없이 추궁해 사실을 말하면, 나를 기스케처럼 날밑으로 때리는 건 아닐까, 게다가 병신이 될 정도로 등을 때리는 것이 아닐까 하는 공포에 갑자기 사로잡혔다. 그 공포는 어떻게도 할 수 없을 정도로 컸다.

마쓰네 배 창고가 점점 가까워졌다. 그것이 사정없이 가까워졌다.

마쓰는 배 창고 정면의 문을 열었다. 안에는 두 척의 배가 있었다. 낡은 배와 새 배가 나란히 놓여 있었다. 새 배는 내가 빨간색과 노란색 래커로 이물을 칠한, 지난번까지 배 목수의 창고에 있었던 배라는 걸 알았다. 창고 안은 서늘했고 모래가 깔려 있었다.

지난번 기스케와 내가 훔쳐보았던 것 같은 틈 사이로 햇빛이 들어왔다. 마쓰의 누나가 남자의 품에 안겨서 울었던 것은 낡은 배였다.

마쓰를 따라 쭈뼛쭈뼛 창고 안으로 들어간 나는 각오하고 있었다. 이제 이렇게 된 바에야, 어떤 일이 있어도 기스케가 말한 대로 끝까지 잡아떼지 않으면 안 된다.

"저기 말이야" 하고 마쓰가 입을 열었다. 나는 마쓰의 입술을 쳐다보고 있었다.

"이 배에 이름을 붙이고 싶은데."

"이름을?" 나는 맥이 풀려 말했다.

"그리고, 이물 밑에 이름을 먹으로 썼으면 좋겠어."

"그런데, 어떤 이름을 붙일 건데."

"그거야" 하고 마쓰는 말했다.

"내가 배 이름을 짓는 걸 맡았어, 그래서 말인데,"

마쓰는 잠시 아무 말도 않고 있더니 이윽고 비밀을 털어놓듯이 말했다.

"게이코의 이름을 붙이고 싶어. 게이코마루惠子丸라는 이름 어때?"

"응, 글쎄" 하고 나는 잠시 생각한 뒤에 말했다.

"게이쇼마루惠松丸라는 이름은 어때?"

"게이쇼마루?" 하고 마쓰는 말했다. "어떤 글자를 쓰는 거야?"

"게이코의 게이가 한자로 惠가 맞지?"

"그런 글자였나" 하고 자신 없다는 듯한 말투로 마쓰가 말했다.

"그 게이惠라는 글자에 너의 이름 한자 쇼松를 결합한 이름이야.* 은총으로 가득한 소나무라는 의미도 되고 말이야."

"그렇게 해서 게이쇼라고 읽을 수 있는 거야?"

"그렇다니까."

"좋은 이름인데." 마쓰는 만족한 듯이 말했다.

"너, 역시 부반장이라 머리가 좋구나." 마쓰가 감탄했다는 듯이 말

---

* 마쓰의 한자인 松은 음독하면 '쇼'라고 읽을 수 있다.

했다.

"그거 써줄래?"

"지금?"

"내일도 괜찮아."

"먹하고 붓은 어떻게 해?"

"너, 좋은 거 갖고 있지?"

"응" 하고 나는 대답했다.

"그걸로 좀 써줘."

"내일 언제 쓸까?"

"학교 끝나고 이리로 와."

"오늘도 괜찮은데."

"오늘은 지금 어디 갈 데가 있거든."

가능하면 오늘 중으로 마무리해, 더 이상 마쓰와 얽히지 않고 싶지 않았기 때문에 나는 실망했다. 내일까지 나는 이 약속 때문에 확실히 우울할 것이다.

배 창고에서 나오니 7월의 태양이 눈부셨다. 어떻게 하면 마쓰한테서 벗어날 수 있을지 생각하면서 나는 자갈밭을 걸었다.

다음 날 집에 돌아와서, 나는 아무한테도 꾸중을 듣지 않도록, 몰래 먹물과 붓과 사포를 가지고 집을 나섰다. 마쓰의 배 창고로 갔더니 아직 마쓰는 와 있지 않았다. 나는 약간 맥이 풀리며 기운이 빠지는 느낌이었다. 먹물과 붓을 안에 놓고, 나는 바다를 바라보러 제방으로 나갔다.

제방에 서서 나는 지긋이 바다를 바라보았다. 바다는 한없이 파랬다. 그것은 나를 빨아들일 듯한 파란빛을 띠고 있었다. 저 멀리에 노토 반도가 안개에 가린 듯 어렴풋하게 보였다.

갑자기 뒤에서 내 이름을 부르는 소리가 들려 흠칫했다. 돌아다보니 스스무가 서 있었다.

"뭐야, 너구나" 하고 나는 말했다.

"뭐하고 있어?" 하고 스스무는 물었다. 특유의 그 수줍은 듯한 웃음을 띠고. 달라진 것은 입술 안으로 보이는 것이 전처럼 하얀 이가 아니라, 은니라는 것이었다.

"아니, 그냥 바다를 바라보고 있는 거야" 하고 나는 말하면서, 그 순간 마쓰가 나타나 내가 거기에 있는 진짜 이유가 스스무한테 발각되지 않을까 속으로 우려하고 있었다.

"중학교 시험 공부는 시작했어?" 하고 스스무는 물었다.

"아니 뭐 특별히" 하고 나는 대답했다. "너는?"

"뭐, 띄엄띄엄이지. 여름방학이 되면 본격적으로 시작하려고 생각하고 있어."

그렇게 말하고 스스무는 내가 뭔 말을 하기를 기다리는 것처럼 입을 다물었다. 나는 스스무가 예전에 나하고 했던 약속을 언급하고 싶어 한다는 것을 잘 알았다. 그러나 나는 고집스럽게 입을 다물고만 있었다. 그러나 마음속으로는 지금이야말로 스스무와 함께 공부할 수 있는 때가 아닐까 하는 생각이 든 것도 사실이었다.

"자 그럼 또 보자."

내가 아무 말도 하지 않자 결국 스스무는 그렇게 말하며 자리를 떴다. 나는 스스무의 뒷모습을 바라보면서, 항상 내가 자신에게 충실하게 행동하지 못한 것을 스스로에 대한 혐오와 함께 의식했다.

이제 슬슬 마쓰가 나타날 때가 되었는데, 하고 생각하면서 나는 다시 마쓰네 배 창고로 가보기로 했다.

아니나 다를까 마쓰는 와 있었다. 마쓰 말고 요시오도 있었다.

"늦었잖아" 하고 요시오가 말했다.

"일찍 왔는데, 아무도 없어서."

"너, 다케시타하고 무슨 이야기 했어?" 하고 마쓰가 물었다.

"별다른 건 없었어."

"다케시타는 왕따야" 하고 마쓰는 말했다. "왕따하고 이야기를 하면 안 된다는 것쯤은 알고 있겠지."

나는 잠자코 있었다. 예전에 나 자신이 같은 경우에 놓였던 일이 선명하게 떠올랐다. 나를 그렇게 만들었던 스스무에게 나는 새삼스레 미워하는 마음이 들었다.

"마쓰" 하고 갑자기 요시오가 말했다.

"저기에 보이는 틈이 꽤 큰데. 저 틈으로 기스케 일당이 들여다본 게 아닐까?"

나는 얼굴에 핏기가 가시는 것을 느꼈다.

"막아 버릴까" 하고 마쓰는 아무렇지도 않다는 듯이 말했다. "언제 한 번 더 기스케를 혼내 줘서 사실을 불게 만들지 않으면 안 되겠어."

이미 내 얼굴은 딱딱하게 굳어 있었다. 뭔가 말을 하지 않으면 아무래도 안 될 것 같았다.

"기스케가 어떻게 했는데?"

"넌 몰라도 돼." 마쓰는 무뚝뚝하게 대답했다.

"그날 밤 기스케는 너하고 같이 축제에 가서 춤췄다고 하는데, 사실이야 기요시?" 요시오가 물었다.

"사실이야" 하고 나는 말했다.

"축제 끝나고 뭐했어?"

"둘이 집으로 돌아왔어."

"요시오, 그만둬" 하고 마쓰가 말했다.

"자, 기요시 써줘"

"응."

나는 가져온 연필로 이물 양측에 커다랗게 게이쇼마루惠松丸이라고 써보았다.

"이 정도 크기면 되겠어?"

"됐어" 하고 마쓰는 말했다.

나는 사포질을 꼼꼼하게 한 다음에, 붓에 먹물을 듬뿍 묻히고 글씨를 썼다. 종이에 쓰는 것만큼 잘 써지지는 않았지만, 그래도 꽤 괜찮게 써진 것 같았다.

"멋진데" 하고 요시오가 말했다.

"이렇게 멋진 글씨에 이런 좋은 이름이 붙은 배는 하마미에서는 찾아도 없을 거야" 하고 마쓰가 맞장구를 쳤다.

"은총으로 가득 찬 소나무란 뜻인가?" 하고 요시오가 말했다.

"기요시, 여름방학이 되면 첫 시승을 할 테니까 너도 태워 줄게" 하고 마쓰는 말했다.

"응. 그럼 난 이만 돌아갈게" 하고 나는 말했다.

"벌써 가게." 마쓰는 불만인 듯 말했다.

"기요시는 공부를 하지 않으면 안 되는 몸이니" 하고 요시오가 말했다.

나는 말없이 창고 밖으로 나갔다.

# 제 12 장

7월 20일에 광덕사에 소개해 있던 아동 세 명의 탈주 사건이 일어
났다. 그때까지도 노미의 광천사光泉寺에 소개해 있던 학생의 탈주 사
건이 있었지만 그다음 날 곧바로 발견되었고, 하마미에서 일어난 사건
도 아니었기 때문에 그다지 내 관심을 끌지 않았었다. 그러나 이번에
는 이틀 동안이나 행방이 묘연했기 때문에 하마미에서도 그 일은 화제
가 되었다.

나는 마음속으로 몰래 그들 세 명이 무사히 소기의 목적을 달성해
도쿄까지 달아날 수 있기를 기도했다. 그러나 그런 일은 일어나지 않으
리라는 것도 알고 있었다. 역에서는 표를 팔지 않았고, 걸어서 간다면
도쿄까지 얼마나 걸릴지 짐작도 할 수 없었다.

탈주한 날과 그다음 날에 걸쳐, 하마미의 소방단원 전원이 분담해서 수색에 나섰지만 단서를 찾지 못했다.

7월 31일에 겨우 세 곳이나 떨어진 기차역 부근을 세 명이 밤에 터벅터벅 걷고 있는 게 발견되어, 하마미의 소방단원 세 명이 선생님과 함께 그들을 데리러 갔다. 큰아버지는 그 세 명의 소방단원 중 한 명이었다.

저녁 여덟 시쯤 큰아버지가 돌아왔다.

"어떻게 됐냐?" 할머니가 물었다.

"이렇다 저렇다 할 것도 없어요" 하고 큰아버지는 말했다.

"말도 못할 정도로 애들이 지쳐 있어서 가져간 주먹밥도 먹이지 못했어요. 위험하다고 선생님이 말렸거든요. 돌아오는 길에 읍내 의사한테 들려 진찰을 받게 하고 지금 막 광덕사에 데려다주고 오는 길이에요."

"그래서 주먹밥은 어떻게 했니?" 출발할 때 주먹밥을 만들어 큰아버지한테 가져가게 한 할머니가 물었다.

"놔두고 왔어요. 죽으로 만들어서 먹이라고 해놓았어요."

큰아버지의 말에 의하면, 세 명의 아이는 낮에는 농가의 헛간에 숨어 있다가 밤에 주로 이동해 발견된 장소까지 갔다. 만약 발견되지 않았다면 어디까지고 계속 걸어갈 생각이었다고 했다. 어째서 발견되어버렸을까, 하고 그날 밤 잠자리에 들면서 나는 생각했다. 어째서 도쿄까지 사람들 눈에 띄지 않고 잘 도착하지 못했을까.

다음 날인 8월 1일부터 송근유松根油의 원료가 되는 소나무 뿌리를 캐러 간 고등과 학생들을 제외하고는 방학이 시작되었다. 8월의 조직

봉대일에는 다시 솔방울을 모아서 학교에 가져가지 않으면 안 되었지만, 그때까지 학교와는 상관없이 지낼 수 있다는 것이 기뻤다.

방학이 되자 나는 오전에는 방에 틀어박혀 산수와 국어 공부를 했다. 중학교 수험 공부였다. 오후에는 바다로 나갔다. 대체로 혼자였고 가급적 사람이 없는 곳에서 알몸으로 수영을 했다. 이곳 아이들이 전부 그렇게 수영을 하기 때문에, 훈도시를 찬 것은 딱 한 번이었고, 그 뒤로는 알몸으로 수영을 하게 되었다. 홀로 바닷가에서 수영을 하는 것이 좋았다. 이따금 기스케가 함께 수영하러 가자고 오기도 했다. 그러면 나는 기스케와 함께 수영을 했다.

그 뒤로 마쓰의 호출은 드물어졌다. 어느 날 갑자기 마당에서 휘파람 소리가 들려오는 일이 없게 되었다. 처음에는 믿어지지 않았지만 시간이 지나자 그것이 영원히 이어지지 않을까 하는 생각이 들었다. 마쓰의 관심이 나한테서 멀어진 것이라는 생각이 들었다.

전쟁이 언제 끝날까 하는 일은 더 이상 생각하지 않게 되었다. 전쟁은 끝없이 계속될 것 같은 기분이 들었다. 그리고 기차로 두 시간도 걸리지 않는 현청 소재지인 T시가 공습으로 전소되어 버린 뒤에는, 이제 쉽사리 도쿄로는 돌아갈 수 없게 되었다는 생각이 더 강해졌다.

그 공습이 있던 날 밤 나는 나미 고모의 집 저녁 식사에 초대되어 가 있었다. 생선 반찬으로 식사를 대접받은 뒤 수박까지 먹어 배가 터질 지경이었다. 나는 요네구라 고모부의 권유로 하룻밤을 묵고 오게 되었다. 그날 밤 늦게 T시를 공습하기 위한 수많은 비행기 떼가 후네하라 마을 상공을 통과했던 것이다.

나는 고모부, 고모와 함께 부채를 들고서 마루에 있다가 마당으로 나가 하늘을 올려다보았다. 비행기의 모습은 보이지 않았지만 기분 나쁜 폭음만은 들렸다.

"기요시, 이제 도쿄에는 영원히 돌아갈 수 없게 되었구나" 하고 고모부는 그때 그렇게 말하면서 나를 놀렸다.

"이제 여기서 살아야겠다."

"그런 말 하지 마세요" 하고 고모가 고모부를 나무랐다.

나는 이미 요네구라 고모부의 짓궂은 말에는 익숙해졌기 때문에 아무렇지 않았지만, 그래도 정말로 이제는 도쿄에는 영원히 못 돌아간다고 생각하니 슬펐다.

그때 이후로 도쿄에 돌아갈 수 있을까 하고 생각하면, 내 귀에는 그 기분 나쁜 폭음이 들려오게 되었다.

아마도 본토 결전이 될 것이다. 본토 결전으로 일거에 승패가 정해지기까지 전쟁은 끝나지 않을 것이라고 나는 생각하고 있었다. 그러나 전쟁에서 이겨(진다는 것은 있을 수 없었다!) 도쿄에 돌아갈 수 있게 된다고 해도 나는 도쿄에 돌아갈 수 없을 것이다. 왜냐하면 나는 죽창으로 미국 병사와 용감하게 싸워, 그들을 몇 명 죽인 뒤에, 결국 총에 맞아 죽고 말았을 테니까.

8월 6일 오전에 기스케가 오랜만에 수영하러 가자며 왔다. 나는 기스케와 함께 바다 쪽으로 걸어갔다.

"쌀집의 형이 죽었대." 걷기 시작하고 나서 잠시 뒤에 기스케가 느닷없이 말했다.

"뭐? 쌀집 형이라면, 마쓰 누나의,"

"이거" 하고 말하며 기스케는 새끼손가락을 세워 보였다.

"정말로 죽은 거야?"

"미국의 비행기에 당했대. 마이즈루에서 무슨 작업을 하고 있을 때 그랬다나 봐."

"기총소사에 당한 거구나."

"그거야" 하고 기스케는 말했다. "기총소사를 당했대."

"안됐구나."

"응" 하고 기스케는 말했다.

"불쌍하게 되었지."

나는 그 하얀 얼굴의 청년이 마쓰와 길가에서 이야기를 하고 있던 모습을 떠올렸다. 그리고 얼굴은 제대로 보이지 않았지만, 그 축제날 밤, 배 창고에서 마쓰의 누나와 몰래 만나던 모습을 떠올렸다.

"언제 죽었어?"

"어제. 전보가 왔대, 쌀집으로. 다들 깜짝 놀랐나 봐."

제방에서 바닷가로 내려서자 우리는 바로 입고 있던 옷을 벗고 알몸이 되어 바다로 들어갔다.

우리는 잠시 수영을 한 뒤에 뭍으로 올라와서 자갈 위에 엎드려 일광욕을 했다.

"마쓰네 집에 게이코라는 여자애가 소개해 와서 잠시 있었던 거 너 알지?" 하고 기스케가 말했다.

"응."

"왜 안 보이는지 알아?"

"여학교에 다니기 위해서겠지."

"그 이유도 있지만, 마쓰하고 정을 통하는 것이 발각되었기 때문이라는 소문이 있어."

기스케가 말하는 것은 나도 이미 알고 있었다.

"마쓰는 이제 아이가 아니니까."

"그렇지." 나는 애매하게 대답했다.

"저번에 마쓰는 말이야, 마을에 남은 젊은 사람들하고 크기 경쟁을 했대."

"무슨?" 하고 나는 말했다.

"알 텐데." 기스케는 히쭉거리면서 말했다.

"약간 세워 봐. 네 것도 꽤 커지지 않아?"

나는 얼굴이 빨개졌다. 기스케가 말한 것은 정확했기 때문이었다.

"마쓰가 가장 컸대, 게다가 가장 멀리까지 날아갔대."

"뭐가?"

"조만간 알게 될 거야." 기스케는 여전히 히쭉거리면서 말했다.

"설명해 줘."

"안 듣는 게 좋아."

"자, 한 번 더 수영하러 가자" 하고 갑자기 말하면서 기스케는 몸을 일으켰다.

"응" 하고 나는 말하며 일어섰다. 온몸에 자갈 자국이 나 있었다.

"정말로 엄청 커졌지?"

그렇게 말하고 기스케는 내 아랫배를 쳐다봤다.

"관둬" 하고 말하면서 나는 그곳을 가렸다. 그것은 어떻게 영문인지, 아까부터 내 의지와는 상관없이 커지더니, 지금은 화난 것처럼 부풀어 있었다. 나는 그것을 숨기기 위해 서둘러 바닷물로 들어가 몸을 담 갔다.

바다에서 올라와 기스케가 말했다.

"오늘은 목욕탕 문 여는 날이지."

일손 부족과 연료 부족이 겹쳐 일주일에 네 번 열던 목욕탕이 6월 이후부터는 일주일에 고작 두 번만 열게 되었다.

"그렇네."

"갈까" 하고 기스케가 말했다.

"응, 가자" 하고 나는 대답했다.

우리는 집에 들러 수건하고 목욕비를 받아 왔다.

"조금 돌아가긴 하는데, 탁아소 마당 앞으로 해서 가자" 하고 기스 케가 말했다.

탁아소 마당에 들어갔을 때, 여름방학이 되어 탁아소는 열지 않았 을 텐데 오르간 소리가 들려왔다.

"마쓰 누나야." 기스케가 말했다. 나는 그제야 기스케가 돌아온 이 유를 알았다.

"오늘 아침부터 저렇게 오르간을 치고 있어."

마쓰 누나는 〈정원의 화초〉*를 치고 있었다.

"잠깐 들여다볼까?" 하고 기스케는 말했다.

"하지 마" 하고 나는 말했다. 그런 짓을 하는 것은 그녀의 슬픔에 대

---

* 庭の千草. 아일랜드의 민요 〈The Last Rose of Summer〉를 번안한 곡.

한 모독이라는 기분이 들었다.

"그래." 기스케는 재미없다는 듯이 말했다.

탁아소 마당을 나오자 기스케는,

"마쓰의 누나한테 아이가 생기지 않은 건 천만다행이야" 하고 말했다.

나는 기스케가 한 말의 의미를 이해했지만 잠자코 있기로 했다.

"어쨌든 두 사람은 결혼을 약속했던 사이니까" 하고 기스케는 말했다.


8월 8일 조칙봉대일에 우리는 모아 놓은 솔방울을 가지고 학교에 갔다. 나는 교차로에서 하마미의 동급생들과 합류해, 7월 말부터 학교에 나타나지 않았던 마쓰를 기다리지 않고, 삼삼오오 자유롭게 학교까지의 먼 길을 걸어갔다.

일정한 간격을 두고 서 있는 전봇대가 양쪽에 서 있을 뿐인 길은 단조로워서 길고 무더웠다. 8월의 태양은 뜨거워, 논의 벼들은 헐떡이고 있는 듯했고 길의 흙은 하얗게 말라 있었다.

학교에 도착한 뒤, 우리는 교정에 가지고 온 솔방울을 쌓아 놓고, 교장선생님이 봉독하는 조서詔書를 들은 뒤에 불을 붙였다. 지난번과는 다르게 이번에는 맑은 날씨가 계속되어 잘 마른 솔방울은 바로 타기 시작했다. 우리는 그 앞에 다시 정렬해서 "덤벼라, 니미츠, 맥아더" 하는 노래를 불렀다.

솔방울은 30분 동안 다 탔다. 그걸로 교장선생님이 생각해 낸 그 행사는 끝났다.

식이 종료된 뒤 우리들은 점심시간 전까지 학교 농장에서 풀베기를 했다. 고등과 학생들에 의해 파헤쳐진 듯한 커다란 소나무 뿌리가 두 개 입구 양측에 놓여 있었다.

"이걸로 진짜로 비행기가 날까?" 누군가가 말했다.

"못 날아." 가와무라가 의기양양한 얼굴로 대답했다.

"여기에서 기름을 뽑아낸대. 석유보다 백 배나 좋은 기름이라고 하던데."

그러자 그것에 대항하듯이,

"솔방울 태워 봐야, 맥아더 녀석 덥지도 춥지도 않을 거 아냐" 하고 가와세가 말했다. 하지만 아무도 그 말에 대답하는 사람은 없었다.

"이 고구마, 다 익으면 누가 먹는 걸까" 하고 요시오가 말했다.

"아마도, 선생분들이겠지" 하고 선생님을 일부러 선생분이라고 말하며 가와무라가 대답했다.

"우리한테는 먹게 해주지 않을 거야." 노자와가 말했다.

세 시간 동안 우리는 최대한 게으름을 피우면서 풀베기 작업을 했다.

"이걸로 9월까지는 학교에 안 가도 되겠지." 돌아오는 길에 기스케가 말했다.

"이렇게 더운 날 학교에 가는 거, 지겨워졌어." 야마다가 말했다.

우리는 얼토당토않은 얘기를 떠들면서 염천하의 먼 길을 걸었다. 스스무만이 한마디도 하지 않았다. 스스무는 묵묵히 걷고 있었다.


학교에 갔던 다음 날 마당에서 휘파람 소리가 들렸다. 스스무일지도 모른다. 그렇게 생각하고 나가 보니 마쓰가 서 있었다.

"무슨 일이야" 하고 나는 가까스로 평정을 유지하고, 가급적 쌀쌀맞게 말했다.

"응" 하고 마쓰는 대답했다.

"지난번 색연필 말인데, 한 개 더 없어?"

"없는데."

"이번 축제 때, 게이코가 올 텐데, 뭔가 게이코한테 선물을 하고 싶어서."

"없어." 나는 쭈뼛쭈뼛하면서 말했다. "하지만 찾아볼게."

"부탁한다."

"자 그럼" 하고 내가 방 안으로 돌아오려 하자 마쓰는 내 팔을 붙잡고 말했다.

"지금 우리 배를 띄울 거야, 너도 타지 않을래?"

"응, 하지만."

"괜찮아, 조금만 나갔다가 올 거야."

"그렇다면, 태워 줘."

마쓰와 나란히 서서 나는 걸었다. 마쓰는 나보다도 10센티미터 정도 키가 컸다. 체격도 다부졌다. 그것도 요즘 들어 눈에 띄게 단단해진 것처럼 보였다. 이제 일대일로 스스무는 마쓰에게 대적할 수 없을 게 틀림없었다.

마쓰네 집의 새로 만든 배는 이미 바닷가로 나가 있었다. 요시오와 요이치와 신베에가 마쓰가 오기를 기다리고 있었다.

신베에가 있는 걸 보고 나는 다소 마음이 가벼워졌다. 신베에는 고등과를 졸업하고 고기잡이를 돕고 있는 젊은이였는데, 대단히 친절한 남자였다. 잠수의 명인이어서 물고기를 잡거나, 조개를 캐오는 데 뛰어났다. 성격도 좋아서, 내가 혼자서 일광욕을 하고 있으면 곧잘 다가와서 물고기를 주거나 캐온 조개를 먹게 해주거나 했다. 다만 신베에는 일 년에 한두 번 간질을 일으켰다. 그래서 입영통지서를 안 받게 되었다는 소문이었다. 만약 잠수해 있을 때 간질 발작이 일어난다면 그길로 황천행이지, 하고 기스케가 나한테 말한 적이 있었다.

"이 글씨, 기요시가 썼다며?" 신베에는 이물에 내가 먹으로 쓴 '게이쇼마루'라는 배 이름을 가리키며 말했다.

"응" 하고 나는 대답했다.

"역시 도쿄 출신은 글씨를 잘 쓰는구나" 하고 신베에는 계속해서 감탄했다.

"그렇지" 하고 마쓰가 기쁘다는 듯이 말했다.

"하마미에 배는 잔뜩 있지만, 이렇게 이름을 잘 쓴 배는 없어."

"그럴 거야." 신베에는 맞장구를 쳤다.

나를 제외한 네 명이서 배를 물에 띄웠다. 나는 신베에의 충고에 따라 배가 바다에 나올 때까지 위험하지 않은 곳에서 보고 있기로 했다. 배가 물에 뜨자 나는 바지를 적시며 바다로 들어가 선미로 해서 올라갔다. 신베에가 먼저 노를 저었다.

"축제 때 말이야" 하고 신베에와 노젓기를 교대하면서 마쓰가 말했다. "배에 여러 가지 것들을 싣고 바다로 나갈 생각이야. 기요시도 올래?"

"응, 가능하면." 나는 애매하게 대답했다.

"꼭 와야 해." 마쓰가 화난 목소리로 말했다.

"얼마 전에, 기요시는 촌장님 댁에 갔었다"

하고 요시오가 말했다.

"너, 촌장님 댁의 미나코하고 친하지?" 마쓰가 갑자기 떠올랐다는 듯이 말했다.

"다음번 축제 때에 촌장님 댁 미나코를 데려와."

마쓰는 아무렇지도 않게 그렇게 내뱉었다.

"그건 안 돼." 나는 창백해진 얼굴로 말했다.

"어째서 안 된다는 거야" 하고 요시오가 말했다. "너, 미나코하고 친하잖아."

"게이코 혼자면 쓸쓸할까 봐 그래, 너도 미나코를 데려오는 거야" 하고 마쓰가 이어서 말했다.

나는 잠자코 있었다. 이 무리한 요구에 어떻게 대처하면 좋을지 알 수가 없었다.

"오자고 해도 안 올 거야" 하고 조금 지나서 나는 말했다. "게다가 지금은 몸이 안 좋아 휴학 중이기도 하고."

"너 무슨 말을 하는 거야" 하고 마쓰가 화난 목소리로 말했다. "다음번 축제 때 데리고 오라고 했잖아."

그러자 요시오가 갑자기 말했다.

"마쓰, 기스케한테 자백을 받아내는 건 언제 할 거야?"

"쌀집의 형도 죽었고. 한번 기스케를 혼내 주지 않으면 안 되겠다고 생각하고 있어. 잠시 상황을 더 지켜보자." 마쓰는 느긋하게 말했다.

나는 얼굴이 굳은 채로 콩알만 하게 작아진 하마미의 배 창고를 보고 있었다. 이 세상에서 어떻게든 벗어나지 않으면 안 된다. 마쓰와 그

부하들이 무리한 요구를 들이대며 나를 협박하고 있는 건 사실이었다. 그들은 그렇게 해서 나를 괴롭히고, 나로부터 뭔가를 알겨내려는 게 틀림없다. 그러나 나에게는 더 이상 아무것도 없었다. 값나가는 건 전부 스스무하고 마쓰한테 바쳐졌다. 나는 이번에야말로 단호한 태도를 취해, 뜻대로 하지 않겠다는 것을 보이고, 앞으로의 협박을 단념하게 하지 않으면 안 된다. 그리고 이 악순환을 끊지 않으면 안 된다……

우리는 멀리까지 나온 뒤 수영을 하거나 잠수해서 굴을 따오거나 했다. 신베에는 소라도 따왔다. 나도 굴이 붙어 있는 돌 한 개를 주워 왔다. 그러나 내 머릿속을 잠시도 떠나지 않은 것은 마쓰의 협박에 대해 앞으로 나 자신이 어떤 태도를 취하면 좋을까 하는 문제였다.

그날부터 나는 15일의 백중 춤이 다가오는 것을 두려운 마음으로 기다리게 되었다. 어떻게 행동해야 좋을지 하는 문제가 잠시도 내 머리에서 떠나지 않았다. 상상 속의 나는 어떤 때는 의연하게 행동해 마쓰의 협박을 물리쳤다. 그러나 어떤 때는 마쓰의 협박에 저항하지 못하고, 가진 걸 전부 바치며 그 무리한 요구를 철회해 줄 것을 빌었다. 물론 미나코를 데려간다는 것은 논외였다. 그런 일은 절대로 할 수 없었다. 설령 가자고 한다 해도, 미나코가 그 말에 따를 거라고는 생각할 수 없었다. 그러나 어느 날 나는 무서운 꿈을 꿨다. 미나코를 속여 바다로 데리고 가 마쓰의 배에 태운 거였다. 그러나 마쓰는 나를 내버려 두고 미나코만 배에 태워 바다로 나가 버렸다. 마쓰가 미나코에게 꾸미려고 하는 짓은 나로서도 상상할 수 있었다. 나는 수영을 해서 배를 쫓아가려 했다. 그 장면에서 나는 꿈에서 깼다. 온몸이 땀으로 흠뻑 젖어 있었다.

축제가 이틀 뒤로 다가온 13일 오후, 큰어머니가 내 방으로 들어와 낮은 목소리로 말했다.

"마당에 마쓰가 와 있는데, 무슨 일이니?"

"제가 갈게요."

"저런 아이하고 사귀지 말거라" 하고 큰어머니는 염려스러운 얼굴로 말했다.

나는 큰어머니의 주의를 흘려들으며 방을 나섰다.

나를 보자마자 마쓰는 말했다.

"오늘, 이제부터 배 타러 나갈 건데, 같이 가자."

"잠깐 들어가서 여쭤보고 올게."

그렇게 말하고 나는 집 안으로 들어갔지만, 누구한테 물어볼 생각은 애초부터 없었다. 나는 방으로 들어가 장을 열고 형한테서 받은 매끄러운 종이로 된 노트 중에 딱 한 권 남아 있는 것을 쥐고는 나왔다.

"오늘은 오후에 집안일을 돕지 않으면 안 돼" 하고 나는 말했다.

"괜찮아, 그 전에 돌아올 거야" 하고 마쓰는 말하고는 성큼성큼 걸어 갔다.

"마쓰" 하고 나는 말했다. "아무래도 오늘은 못 갈 것 같아."

"그래" 하고 마쓰는 말하고는 멈춰 섰다.

"축제 때 기다릴게. 반드시 미나코를 데리고 와. 안 그러면 가만 안 있을 거야. 세 시야."

"마쓰" 하고 나는 말했다. "이거 너한테 줄게."

"뭐야?" 마쓰는 갑자기 부드러운 목소리로 말했다.

"고급 종이로 된 공책이구나." 마쓰는 감탄하며 말했다. "반질반질한

데. 이렇게 좋은 종이로 된 공책은 본 적이 없어."

"그럴 거야. 전쟁이 시작되기 전에 만든 물건이니까."

"이거, 게이코한테 주면 기뻐하겠다"하고 마쓰는 말하고는, 공책을 갖고, 고맙다는 말도 없어 가버렸다.

그날 나는 하루 종일 바깥에 나가지 않고 집에 조용히 틀어박혀 있었다.

이튿날 바다에서 수영을 한 뒤에 자갈밭에서 일광욕을 하고 있는데, 요시오가 나를 재빠르게 발견하고는 내 쪽으로 왔다. "기요시"하고 요시오는 다가오면서 말했다. "축제날 말이야, 마쓰가 촌장님 댁 미나코를 데려오라고 전하래."

나는 대답하지 않았다. 요시오가 가까이 다가왔다.

"게이코는 기요시가 좋대. 마쓰는 게이코하고 미나코를 바꿔도 좋다고 했어."

"마쓰한테 전해 줘." 나는 용기를 내어 말했다.

"내일 배 타는 건 관두겠다고. 손님이 올 거라서 안 돼. 촌장님 댁 미나코를 데리고 오는 것은 물론 할 수 없어. 미나코하고 둘이서만 이야기한 적 따위는 없으니까."

"너, 그런 말 하고도 무사할 것 같아." 요시오는 교활하게 눈빛을 빛내며 말했다.

"뭐가?"

"마쓰는, 네가 숨기고 있는 것 확실히 알고 있어."

"무슨 이야기를 하는 거야?"

"알 텐데, 가슴에 손을 얹고 잘 생각해 봐."

"모르겠는데" 하고 나는 몸을 펴며 대답했다.

"기스케하고 같은 꼴을 안 당하고 싶으면 데리고 와" 하고 요시오는 말했다.

"너, 무슨 말을 하는 거야" 하고 요시오의 뒤에서 목소리가 들렸다. 어느새 기스케가 오고 있었다.

"빨리 가지 못해" 하고 기스케는 말했다.

"아무 근거도 없는 말로 기요시를 괴롭히지 마."

"마쓰는 화나면 무섭다" 하고 요시오는 내뱉고는 자리를 떴다.

"수영하자" 하고 기스케는 말했다.

"응" 하고 대답하며 나는 일어섰다.

나는 기스케와 함께 바다로 수영해 갔다. 갈매기가 날고 있었다. 전쟁 같은 건 어디에도 없다는 듯 평화롭고 한적한 바다와 하늘이었다. 마쓰의 일만 없었다면 지금 나 자신은 얼마나 행복할까 하는 생각이 들었다. 결단을 내려야 할 때가 온 것이다. 마쓰한테 얻어맞아도 그것을 참으면 된다. 그러면 나는 마쓰한테서 벗어날 수 있을 게 틀림없다.

"마쓰가 말이야" 나는 수영을 하면서 말했다. "내가 그날 밤 너하고 같이 있었던 걸 정말로 알고 있을까?"

"모르겠어" 하고 기스케는 말했다. "알고 있을 것 같기도 해. 그날 네가 나하고 같이 춤췄다고 말했잖아. 그 말을 듣고 감을 잡았을지도 모르지."

"그럴까."

"왜?"

"아냐."

"겁먹었어?"

"응."

"모르는 척해. 약한 모습 보이면 안 돼. 마쓰한테서는 될 수 있으면 떨어져 있어."

"어떻게 하면 좋을까?"

"너, 이제 곧 중학교에 가잖아. 그렇게 되면 함께 학교에 안 가도 되고, 자연히 멀어질 거야. 그때까지는 조심히 참고 있어."

"그래야겠구나." 나는 실망감을 느끼며 대답했다. 기스케가 할 수 있는 말은 고작 그 정도에 지나지 않는 걸까. 좀 더 묘안을 가르쳐 주기를 기대하고 있었는데. 어찌됐든 문제를 해결하는 모든 열쇠는 내 안에 있다는 사실을 그때 확실히 깨달았다.

"스스무가 저렇게 된 뒤로는, 마쓰를 제대로 견제할 사람이 없어져 버렸어" 하고 기스케는 말했다.

"마쓰 자식, 온 마을 사람들한테서 미움을 살 거야."

"그렇겠지."

"근처의 과수원을 망치고 계란을 훔치고 말이지" 하고 말하며 기스케는 웃었다. 기스케는 내가 그 행위에 몇 번 가담했다는 것을 알고 있었다.

그날 저녁 큰어머니의 심부름으로 배급받은 간장을 가지러 갔을 때, 나는 마쓰와 딱 마주쳤다. 마쓰는 게이코와 함께 있었다. 게이코는 화려한 원피스를 입고 있었다.

"게이코, 네가 좋아하는 기요시야" 하고 마쓰는 말했다.

"어머, 싫어" 하면서 게이코는 마쓰를 때리는 시늉을 했다.

"너, 그렇게 말했잖아." 그렇게 말하고 마쓰는 두 사람의 말을 들으며 당황스러워하고 있는 나를 보고 말했다.

"내일 세 시야. 알겠지?"

"혹시 못 가게 될지도 몰라." 나는 용기를 내어 말했다.

"왜지?" 마쓰는 인상을 쓰며 말했다.

"도쿄에서 손님이 올지도 몰라." 나는 거짓말을 했다.

"그런 건 상관없어" 하고 마쓰는 말했다. "반드시 와. 오지 않으면 나도 생각이 있어."

내가 잠자코 그곳을 떠나려 하자 마쓰의 목소리가 나를 따라왔다.

"너, 미나코한테는 말했지?"

나는 뒤돌아보며 고개를 저었다.

"게이코를 보내 줄 테니까 같이 가서 미나코한테 가자고 해. 네가 말하면 분명히 올 거야."

나는 돌아보며 "안 돼" 하고 말하고 성큼성큼 걷기 시작했다. 뒤에서 마쓰의 목소리가 쫓아왔다.

"기요시, 잘 들어, 진짜야."


15일 오전 열 시경, 정오까지 학교에 집합하라는 통보가 왔다. 회람판이 돌았다. 그 회람판에는 천황 폐하의 방송이 있으니까 학생 외의 사람들도 가장 가까운 라디오가 있는 집으로 가서 방송을 들으라고 되어 있었다.

그날 정오 우리들은 교정에 모여서 땡볕 아래 정렬을 하고서 단상에 설치되어 있는 확성기에서 나오는 방송에 귀를 기울였다. 태어나서 처음으로 듣는 폐하의 음성은 잡음 때문에 잘 들리지 않았다. 무슨 이야기를 하는지 거의 알아들을 수가 없었다. 다만 한 부분만은 알아들었다. 그것은 '견디기 힘든 것을 견디고 참기 힘든 것을 참으며'라는 구절이었다.

방송이 끝나자 교장선생님의 훈화가 있었다. 교장선생님은 엄숙한 얼굴로, 전쟁이 천황 폐하의 성단에 의해 끝났다는 것을 알렸다. 교장선생님은 말했다.

우리는 은인자중해서 이 사태에 잘 대처하지 않으면 안 된다, 먼저 조국 일본의 재건에 전력을 기울여야 한다, 그것이 가능할지 안 할지는 우리들 한 사람 한 사람의 어깨에 걸려 있다, 제군, 소국민인 여러분의 책임은 지금까지의 그 어느 때보다도 크다……

우리는 뿔뿔이 흩어져 주린 배를 참으며, 햇볕이 사정없이 내리쬐는 먼 길을 걸어 집으로 돌아왔다. 기스케가 내 뒤로 다가오더니, 저 뒤쪽에서 미나코와 여자아이들이 오고 있다고 알려 주었다.

미나코는 여름방학이 끝날 때까지 휴학일 터였다. 그러나 돌아서서 보니 분명히 미나코의 모습이 있었다. 그렇다면 이제 완전히 나은 걸까. 아니면 특별한 소집이어서 굳이 온 걸까. 미나코는 전쟁이 끝난 것에 대해 어떻게 생각하고 있을까, 나는 그것을 미나코에게 물어보고 싶었다.

"빨리 오늘 저녁 계획에 대해 말하고 와." 요시오가 나를 재촉했다.

나는 요시오의 말을 무시하기로 했다. 그리고 마쓰와의 약속을 깨뜨리는 것도 확실히 결심했다. 마쓰의 배에는 타지 않는다, 미나코를 데려온다는 것은 말도 안 된다……

집에 돌아오니, 큰아버지가 이로리 가에서 담뱃대로 담배를 태우고 있었다.

"전쟁이 끝났네요" 하고 나는 말했다.

"으응" 하고 큰아버지는 말하고는 멍하니 담배를 빨고 있었다.

"어떻게 끝난 거예요?"

"졌다."

"그치만 일본은 불멸의 신국 아닌가요?"

"그래도 진 거야."

나는 늦은 점심을 먹고서 곧바로 나미 고모네 집으로 갔다. 요네구라 고모부라면 전쟁이 끝난 것에 대해 다른 설명을 들을 수 있을지 모른다고 생각한 것이다.

그러나 요네구라 고모부의 설명도 마찬가지였다. 나는 믿을 수가 없었다. 고모부는 거짓말쟁이다, 고모부는 비국민이라고 나는 말했다. 말수가 적은 큰아버지와 달리 입은 험해도 이야기를 좋아하는 요네구라 고모부한테 나는 속에 담은 말을 꺼낼 수 있었다.

"뭐, 곧 알게 될 거다" 하고 말하며 고모부는 내 신경을 거스르려 하지 않았다.

"진 거다. 그것은 분명히 해야 돼."

"나는 절대로 믿지 않아요."

"믿건 안 믿건 진 거다. 그러나 이걸로 기요시도 후련하게 도쿄로 돌아갈 수 있을지 모르겠구나" 하고 고모부는 나를 위로하듯이 말했다.

도쿄에 돌아갈 수 있다! 그 말은 나에게는 청천벽력이었다. 이제 오랫동안 도쿄에 돌아간다는 것은 꿈으로밖에는 생각하지 않고 있었다. 나는 멍청하게도 전쟁의 종결이 그런 사태를 가능하게 한다고는 생각지도 않았던 것이다. 도쿄에 돌아갈 수 있다는 말은, 하고 다음 순간 나는 생각하고 있었다. 이 시골에서 탈출할 수 있게 된 것이다, 마쓰의 손아귀에서도 벗어날 수 있게 된 것이다……

도쿄에 돌아갈 수 있다면 전쟁에서 져도 좋다. 그렇게 생각한 뒤에, 나는 그런 무서운 생각을 하고 있는 스스로에게 깜짝 놀랐다. 너는 지독한 녀석이다, 너는 지독한 이기주의자, 비국민이다, 하는 비난이 마음속에서 일었다. 나는 요네구라 고모부의 집을 나와 할머니의 집으로 향했다. 내 방에 들어가 차분하게 생각해 보고 싶었다.

집에 돌아오니 큰어머니가 백중 행사가 중지되었다고 나한테 알려주었다. 지금 막 그런 통고가 돌았다고 했다.

그것으로 마쓰에게 거절할 대의명분이 생겼다! 맨 처음 내가 생각한 것은 그 사실이었다.


다음 날 신문을 자세히 읽고, 나는 큰아버지와 요네구라 고모부의 말이 옳다는 것을 알았다. 일본은 정말로 전쟁에서 진 것이었다.

천황 폐하의 방송이 있고 나서 사흘 뒤에, 도쿄의 상업고등학교에 다니고 있던 요네구라 고모부의 장남인 도미호 사촌형이 귀향했다. 사촌형은 우리 집에 들러, 아버지가 큰아버지에게 보낸 편지를 가지고 왔다.

그 편지에 아버지는 종전이라는 새로운 사태에 대한 감상을 적은 뒤에, 지금까지 나를 돌봐 준 것에 대한 인사말과 함께 나를 신학기에 맞취 도쿄로 데리고 오고 싶다고 적었다. 그리고 마지막으로, 조선에 있는 료조 일가도 철수해 올 거로 생각되니 아무쪼록 맞아들일 준비를 해주기를 바란다고 적었다. 료조 숙부는 큰아버지와 아버지의 막내 동생인데 현의 농업학교를 졸업한 뒤에 조선으로 건너가 지금은 전라남도라는 곳에 있는 농업시험장의 기사로 있다고 하는데 아직 나는 만난 적이 없었다.

뒤따르듯이 어머니한테서 편지가 왔는데 8월 말에는 나를 데리러 가겠다고 써 있었다.


학교에는 학교 농장에 근로봉사를 하러 한 번 갔지만, 다들 농땡이만 피울 뿐이었다. 학교 농장 입구 양측에 방치해 놓은 소나무 뿌리는 오랫동안 햇볕에 쬐어 바싹 말라 있었다.

"이제 송근유는 한 방울도 안 나올 거야." 가와세가 뿌리 하나를 발로 차며 큰 소리로 말했다.

작업을 끝내고 학교에 돌아가니 교정에서는 장교가 서류를 산더미처럼 쌓아 놓고 하나하나 태우고 있었다. 장교는 불과 해의 열로 인해 땀으로 범벅이 되어 있었다. 그 장교가 번쩍번쩍하는 장화를 신고 곧잘 씩씩하게 말을 타던 장교와 같은 사람이라는 도저히 믿어지지 않았다.

아이들은 이미 내가 9월 초에 도쿄로 돌아간다는 것을 알고 있었다. 모두가 희한하게도 서먹서먹하게 말을 걸었다. 그리고 묘하게도 한결같이 친절했다.

"가끔 또 올 거지?" 하고 말하는 사람이 있는가 하면,

"가끔은 나에 대해 기억해 줘" 하는 사람도 있었다.

교실에서 선생님의 이야기를 듣기 위해 기다리고 있는 사이에, 가쓰는 어울리지 않게 숙연한 어조로 나한테 이런 말을 했다.

"너, 도쿄에 돌아가면 나 같은 건 그날로 잊어버리겠지."

"그렇지 않아, 가쓰" 하고 나는 대답했다.

"정말이야?"

"정말이지."

"나라는 사람이 있었다는 것도 가끔은 기억해 줘. 너, 중학교에 가고 대학까지 나와 훌륭한 사람이 되겠지. 난, 고등과를 나온 뒤에는 농사를 짓게 될 거야. 내가 도쿄에 가면 만나 줄 거야?"

"당연하지, 가쓰."

"뭐, 내가 도쿄에 갈 일도 없겠지만. 하지만 너도 오랫동안 전쟁 때문에 고생했어. 넌, 공부를 잘하니까 다케시타한테 그렇게 괴롭힘을 당한 거야."

나도 모르게 눈물이 솟아올랐다.

"하지만 전부 다 흘려버려. 모든 게 전쟁 때문이야. 나도 널 꽤 괴롭혔을지도 몰라. 나도 모르게 말이야."

"그런 적 없어."

"아냐 있어. 하지만 전부 다 잊어버려 줘."

"응" 하고 나는 대답했다.

선생님의 이야기는 간단하게 끝났고 우리는 해산했다. 해산 후에 나는 교무실로 불려가 선생님한테서 15분가량 이야기를 들었다. 이제 천천히 이야기를 할 기회도 없을 테니까, 하고 서두를 꺼낸 뒤 선생님은

402

내가 일 년 동안 소개 생활을 열심히 잘 보냈다고 칭찬해 주고, 이제부터 나의 장래를 기대하고 있으니까 아무쪼록 조국 재건을 위해 크게 힘써 주기 바란다고 말했다. 그리고 가끔 엽서라도 좋으니 근황을 알려 주었으면 좋겠다고 했다.

교정으로 나오니 기스케가 내가 돌아오기를 기다리고 있었다.

"역에 한번 가보지 않을래?" 걸으면서 기스케가 말했다. 기차에 주렁주렁 사람이 매달려 타고 있어서 볼 만하다고 했다. 우리는 다음 날 역으로 가보기로 했다.

그날 목욕탕 앞의 광장에서 나는 축제 전날 이후 처음으로 마쓰를 만났다. 마쓰는 그날도 학교에 오지 않았다. 마쓰는 요이치와 요이치의 한 살 어린 여동생과 함께 목욕탕 옆의 작은 길로 해서 오고 있었다. 나는 순간 흠칫했다. 그러나 마쓰는 나를 부르더니, 내 예상과는 어긋나게 그날의 약속에 관해서는 한마디도 하지 않고,

"너, 도쿄에 돌아간다며" 하고 말했다.

"응" 하고 나는 대답했다.

"언제 돌아가?"

"9월 2일에 떠날 예정이야."

"또 놀러 와" 하고 마쓰는 말했다. 그리고 나와 기스케가 지나치려 하자,

"네가 준 색연필 말이야, 게이코한테 줬더니 엄청 기뻐하더라" 하고 말했다.

그리고 아쉽다는 듯이 이렇게 덧붙였다.

"게이코도 가을에는 도쿄로 돌아간대."

이튿날 기스케와 함께 나는 뜨겁게 내리쬐는 햇볕을 받으며 기차를 보러 역까지 걸어갔다. 오랫동안 기다린 끝에 우리가 볼 수 있었던 기차는 만원 정도가 아니었다. 그것은 희한한 광경이었다. 석탄차의 석탄 위에도, 객차 위에도, 기관차의 앞까지도, 대충 몸을 둘 수 있는 곳은 전부 카키색 군복을 입은 귀환병으로 메워져 있었다. 이렇게 사람이 많아서야 도쿄로 돌아갈 수 있을까 하는 불안감이 일순 마음을 스쳤지만, 애써 그런 불안을 무시하기로 했다.

하마미에 돌아오자 우리는 땀을 씻으러 바다로 갔다.

30분 정도 수영을 하고 물가에서 몸을 말리고 있는데 신베에가 창을 들고 다가왔다. 손에 물고기 한 마리를 들고 있었다.

"기요시, 도쿄에 돌아간다며." 신베에는 내 옆에 앉더니, 물고기를 넣을 웅덩이를 만들기 위해 땅을 파면서 말했다.

"응."

"언제, 돌아가?"

"9월 2일이야, 맞지 기요시" 하고 기스케가 말했다.

내가 고개를 끄덕이는 것을 보고는 신베에가 말했다.

"왜 그렇게 빨리 돌아가? 도쿄는 다 타버렸고 먹을 것도 아무것도 없다는데."

"외할아버지의 집이 남아 있어서 거기로 돌아간대." 기스케가 나를 대신해서 대답해 주었다.

"정월에 떡이나 먹고 돌아가면 좋을 텐데."

"기요시는 엄마 젖이 그럽대." 기스케가 장난스러운 얼굴로 말했다.

"그렇구나, 그렇다면 알겠어" 하고 신베에는 말했다. 그러고는 돌과

모래를 파내서 만든 작은 바닷물 연못에 들어 있던 물고기를 가리키며,

"기요시, 이 물고기 너 줄게, 내 이별 선물이야" 하고 말했다.

"고마워." 나는 감격하며 대답했다.

"언제 도쿄에 놀러 와." 나는 두 사람한테 말했다.

"도쿄라" 하고 신베에는 말했다. "도쿄는 머니까."

"우리 집에서도 아직 아무도 도쿄에 가본 사람이 없으니까" 하고 기스케가 말했다.

"도쿄는커녕 노토 반도에 가본 사람도 손에 꼽을 정도니까." 신베에가 멀리 보이는 흐릿한 노토 반도를 바라보며 말했다.

"그래도 와. 우리 집에서 자면 돼."

"응, 언제 가능하면 갈게" 하고 두 사람은 말했다.

"너도 가끔 놀러 와."

잠시 뒤에 신베에가 생각났다는 듯이 말했다.

"광덕사에 집단 소개한 아이들도 9월 말에는 돌아간대."

"걔네들 집은 대부분 안 탄 모양이던데" 하고 기스케가 말했다.

"어제 해수욕을 왔더라, 선생님이 인솔해서."

"그랬구나. 나, 아직 한 번도 그 아이들이 수영하는 걸 본 적이 없어. 도쿄 아이는 한 명도 수영을 못 할 거라고 생각했어. 하긴 기요시는 처음부터 수영을 잘했지만."

"비쩍 말랐더라, 팔이 전부 이렇더라고" 하면서 신베에는 팔의 굵기를 손가락으로 만들어 보였다.

"그렇게 말랐어" 하고 기스케가 놀란 듯이 말했다.

"피부도 하얗고."

그렇게 말하고서 신베에는 내 몸을 새삼스럽게 쳐다봤다.

"너, 아주 새카매졌어. 여기 아이들하고 거의 구별이 안 될 정도야."

그날부터 매일 나는 오후가 되면 기스케하고 바다로 가서 수영을 했다. 수영은 즐거웠다. 도쿄에 돌아가기까지의 열흘 남짓만큼 즐겁게 하루하루를 보낸 적은 없었다. 한번은 신베에한테 창을 빌려 넙치를 닮은 물고기를 잡기도 했다. 그 물고기는 모래 색깔과 똑같은 반쪽을 위로 하고, 하얀 배는 밑으로 해서 모래 위에서 잠자고 있었는데, 눈만은 빛나고 있어서 알아볼 수 있었다. 신베에가 함께 가주어서 그 눈을 발견하고 가르쳐 주었다. 그리고 나는 잠수해서 그 빛나는 눈을 겨냥해 창을 찔렀고, 멋지게 그 물고기의 배 부근을 꿰뚫을 수 있었다. 그때의 손맛을 나는 오랫동안 잊을 수가 없었다. ─그러나 그 뒤로도 몇 번 신베에한테서 창을 빌려 시도해 봤지만, 두 번 다시 성공하지 못했다.

커다란 증기선이 바다를 통과한 적이 있었다. 나하고 기스케는 모여든 다른 아이들과 함께 배에 가까이 가기로 마음먹고 바다로 들어가 수영해 갔지만, 가까이 있는 것처럼 보였던 배가 훨씬 먼 곳을 달리고 있다는 것을 깨닫고는 아쉬움을 곱씹으면서 배에 도달하는 것을 포기하고 돌아왔다.

어머니는 9월 1일에 오게 되었다. 8월 31일 밤 나는 저녁을 먹은 뒤 기스케와 함께 시원한 저녁 바람을 쐬러 바닷가로 나갔다. 바닷가로 통하는 오솔길이 모래땅으로 변하고 잠시 뒤 눈앞에 펼쳐진 바다를 보고 나도 모르게 앗 하는 소리가 나왔다. 바다 저 멀리로 무수한 빛의 점들이 펼쳐져 있었다. 그것은 바다의 별처럼 아름다웠다.

"멋지다." 나는 바닷가에 멈춰 서서 찬탄의 기분을 입 밖으로 내지 않을 수 없었다.

"저거, 뭔지 알아?" 기스케가 물었다.

"몰라" 하고 나는 대답했다. "뭐야?"

"오징어잡이 배의 아세틸렌 등이야. 저런 식으로 해서 하룻밤 동안 오징어를 잡는 거지. 우리 집에서도 오늘 오징어 잡으러 갔어."

"하지만 여태까지는 밤이면 항상 컴컴했잖아."

"전쟁 때문에 금지되었던 거야" 하고 기스케는 대답했다.

"하긴 금지되지 않았어도 젊은 사람들은 다들 군대에 끌려가서 없었으니까 배가 조금밖에 못 나가 훨씬 더 초라하게 보였을 거야."

"이제 많이들 돌아왔으니까" 하고 나는 말했다.

"응, 계속해서 돌아올 거야. 엄청나게 많이 죽긴 했지만."

제방을 내려가 해변의 자갈밭에 앉고 나서 조금 있다가 기스케가 말했다.

"수영할까?"

"그럴까" 하고 나는 대답했다. "이제 얼마 안 있으면 바다와도 작별이니까."

"하지만 가끔 놀러 올 거지?"

"여름방학에는 올 생각이야."

"그때 나한테 알리는 걸 잊으면 안 돼."

"응."

나는 멀리서 빛나고 있는 바다의 별들을 보면서, 밤바다를 평영으로 천천히 헤엄쳤다. 전쟁은 끝났다는 것을 나는 지금 비로소 정말로 실감한 것 같다는 생각이 들었다.

수영을 한차례 끝내고 달빛이 하얗게 빛나는 물가에 잠시 누웠다. 그리고 낮의 햇볕의 온기가 아직 미약하게 남아 있는 자갈밭에서 몸을 말린 뒤에 우리는 집으로 돌아가기로 했다.

제방 위를 걷고 있는데, 한 쌍의 남녀가 제방 위에 걸터앉아 부채를 부치면서 머리를 맞대듯이 하고서 이야기하고 있는 모습이 보였다. 남자는 바지와 셔츠 차림이었는데 여자는 유카타를 입고 있었다. 우리는 제방 위에서 모래밭으로 내려와 두 사람의 뒤로 돌아갔다.

"기요시" 하고 기스케가 말했다.

"지금 본 여자, 누군지 알아?"

"모르겠는데."

"잘 봐."

나는 뒤돌아보았지만 잘 알 수가 없었다.

"마쓰의 누나잖아" 하고 기스케는 말했다.

"엣."

나는 엉겁결에 뒤를 돌아봤지만 여자의 얼굴은 역시 잘 보이지 않았다.

"새로 상대가 생긴 모양이네. 많은 남자들이 돌아왔으니까."

"진짜야?"

"진짜고말고" 하고 기스케는 말했다.

"그치만 연인이 죽은 지 얼마 안 됐잖아" 하고 나는 말했다. 배 창고에서 두 사람이 속삭였던 말이 귓속에서 다시 들리는 듯했다.

"연인?" 하고 기스케는 말했다.

"그러니까 쌀집의 형이 마쓰 누나의 연인이었잖아."

그렇게 말하고서 나는 그런 단어를 쓴 것이 부끄러워져 얼굴이 점점 빨개졌다.

"맞아." 기스케는 비로소 그 말의 의미를 납득했다는 듯이 말했다.

"하지만 기요시, 사람이란 그런 거야."

나는 마음속으로 마쓰의 누나를 용서할 수 없다고 생각하고 있었다. 사람을 잘못 봤다고 생각했다. 마쓰의 누나가 마이즈루에서 기총소사로 죽은 연인을 위해 흘린 눈물은, 오르간을 친 것은, 전부 그녀의 위로받을 수 없었던 슬픔의 표현이었을 것이다. 그런데 이렇게 짧은 시간 안에 그녀의 마음이 변하리라고는 믿기 힘들었다.

기차가 혼잡해서 어머니가 오지 못하는 것은 아닐까 하는 나의 우려는 기우로 끝났다. 다음 날 아침 일찍 어머니가 도착했기 때문이었다. 오전에 어머니는 피곤했던지 내 방에 자리를 깔고 수면을 취했다. 어머니는 형이 우에노 역에서 표를 사기 위해 오랫동안 줄을 선 덕분에 앉아 올 수는 있었지만, 기차가 엄청나게 혼잡해서 앉은 뒤에는 몸을 움직일 수가 없어서 거의 잠을 못 잔 모양이었다.

이튿날 나는 어머니와 함께 학교에 갔다. 교장실에서 마스다 선생님도 불러 잠시 교장선생님과 이야기를 나눈 뒤에, 마스다 선생님을 따라 나와 어머니는 교실로 갔다. 나는 선생님과 함께 앞문으로 들어가서 선생님과 나란히 교실 앞에 섰다. 아이들은 조용히 우리를 맞이했다.

선생님은 간단하게, 내가 전쟁이 끝나 다시 도쿄의 부모님한테로 돌아가게 되었다는 것, 그래서 여러분들에게 인사를 하러 왔다는 것을 알렸다.

"그러면 서로 작별 인사를 하도록 하자" 하고 선생님이 말했다.

"기립!" 하고 스스무가 호령을 붙였다. 모든 아이들이 일어섰다.

"경례!" 하고 스스무가 말했다.

서른 몇 명의 동급생과 나는 서로에게 인사를 했다.

"착석!" 하고 스스무가 호령을 내렸다. 아이들이 자리에 앉을 때 스스무와 나의 눈이 마주쳤다. 그러나 스스무는 쑥스러운 듯이 바로 시선을 돌렸다.

선생님과 함께 교실을 나와서 다시 교장실로 돌아갔다. 그리고 거기에서 잠시 이야기를 나눈 뒤에 어머니와 나는 학교에 작별을 고했다.

길에 나와서도, 나는 몇 번이나 학교를 돌아다보았다.

집까지의 먼 길을 나는 어머니와 함께 천천히 걸었다.

"매일 이렇게 멀리까지 다니느라 고생이 많았겠구나" 하고 어머니가 말했다.

"응" 하고 나는 대답했을 뿐이었다.

이 먼 길을 걷는 것 자체는 나에게 그렇게 힘들지는 않았다. 그러나 그런 이야기를 어머니한테 해보아야 부질없을 거라고 나는 생각했다. 지금 어머니는 나로부터 저 멀리 떨어진 곳에 있었다.

그날 오후, 미나코가 어머니와 함께 작별을 고하러 왔다. 미나코는 어머니와 함께 10월 말에 고베로 돌아가기로 된 모양이었다. 다행히 미나코네 집은 전쟁의 피해를 입지 않았다고 했다.

"편지 보내주렴." 헤어지면서 미나코의 어머니가 나한테 말했다.

"네" 하고 나는 대답했다. 미나코에게 너도 나한테 편지를 써주기를 바란다고 말하고 싶었지만, 그 말을 꺼낼 수가 없었다. 나는 어머니와 같이 대문까지 두 사람을 전송했다.

# 종 장

이튿날 아침 어머니와 나는 호리에 큰어머니와 나미 고모와 함께 큰아버지네 집을 나섰다. 짐은 큰아버지가 뒤에서 자전거에 실어 옮겨 주기로 했기 때문에 나는 홀가분하게 걸을 수 있었다.

하마미에서 역으로 가는 길은 학교로 가는 길과 평행으로 나 있었다. 그래서 학교로 가는 먼 길의 저 앞쪽으로 우뚝 서 있는 일본 알프스의 산들을 그 길에서도 마찬가지로 바라볼 수 있었다. 그날따라 일본 알프스의 산들이 내 마음에 깊은 인상을 심어 주었다. 매일 이렇게 멋진 산들의 모습을 앞으로 바라보면서 학교까지의 먼 길을 걸어 다녔다는 것이 도저히 믿어지지 않을 정도였다. 그 산들의 장엄함과 화려함을 마치 그날 처음 깨달은 것 같았다. 내 마음은 분명히 매일의 비참한 나 자신에 관해서만 지나치게 몰두해 그 산들의 존재를 받아들일 만큼의 여유가 없었던 것이다.

"여기 와서 일 년이 지나갔구나" 하고 어머니가 말했다.

"응" 하고 나는 고개를 끄덕였다.

"좋았지, 시골 생활?"

나는 뭐라고 대답해야 좋을지 알 수가 없어서 질문을 못 들은 척했다.

철길을 건너고 철길을 따라 난 길로 역을 향해 걷는데 사진관의 간판이 보였다. 나는 사진을 결국 스스무한테서 받지 않았다는 것을 깨달았다. 소개 중에 그것 말고는 한 번도 사진을 찍은 적이 없기 때문에 그 사진은 내가 이곳에서 찍은 유일한 사진이었다. 그래서 아쉬운 마음도 들었지만, 한편으로는 스스무와 그런 상황에서 찍은 그 사진은 안 가져도 아쉬울 게 없다는 기분이었다.

역에는 요네구라 고모부가 읍내 가게에 있다가 바로 와 있었다. 요네구라 고모부는 어머니한테 좀 더 천천히 있게 하면 좋을 텐데 하고 원망했다. 고모부는 전날에도 하다못해 이틀 정도라도 도쿄로 돌아가는 걸 늦추라고, 물고기를 사서 맛있는 식사를 대접하겠다며 우리를 만류했다. 하지만 나는 하루라도 빨리 도쿄로 돌아가고 싶었고, 어머니도 아버지와 부모님을 돌봐 드리지 않으면 안 되었기 때문에 귀경을 서둘렀다.

미나코의 어머니도 우리를 전송하러 나와 주었다. 하지만 미나코의 모습은 보이지 않았다. 학교 수업이 있으니 당연한 일이었지만 나는 다소 낙담했다. 마음 한구석에 미나코도 전송해 주러 와주었으면 하는 마음이 있었기 때문이었다. 미나코와는 이제 앞으로 오랫동안 못 만날지도 모르겠다고 나는 가만히 생각했다. 그것은 어쩔 수 없는 일인지 몰랐지만, 나를 무척 슬픈 기분이 들게 했다.

발차 10분 전쯤에 타쓰오 큰아버지가 자전거를 타고 나타났다. 타쓰오 큰아버지는 우리들을 보자,

"료조가 마이즈루에 가족 전원 무사히 도착했대요" 하고 말했다.

"잘됐네요" 하고 나미 고모가 눈물 섞인 목소리로 말했다. 나미 고모는 전쟁이 끝난 뒤에도 매일처럼 조선에서 종전을 맞은 료조 숙부 가족들의 안부를 걱정하고 있었다.

"그럼 언제 여기로 온대요?" 하고 요네구라 고모부가 물었다.

"내일 밤 도착하는 기차라고. 전보라서 그것밖에는 모르겠어."

"정말로 잘됐네요" 하고 어머니가 말했다.

"도착 예정일이 어긋나서 큰일이네요" 하고 타쓰오 큰아버지가 한숨을 내쉬었다. "쌀을 두세 가마 준비해 놔야할 것 같아서 9월 말에 얻기로 약속을 받아 놓았는데 이렇게 일찍 오게 되었으니."

"무슨 말을 하는 거예요" 하고 나미 고모가 말했다.

"무사히 돌아오면 그보다 더 좋은 게 어디 있어요. 부식 같은 건 나도 어떻게 해볼게요."

"그런 뜻으로 한 말이 아니야" 하고 타쓰오 큰아버지는 화난 듯 말했다. "뭐 하지만 무사히 돌아오게 되었으니 무엇보다 다행이지."

T시에서 출발하는 임시 편이었지만 기차는 엄청나게 혼잡했다. 어머니와 나는 이등칸 차량 끝으로 가까스로 들어갈 수 있었다. 짐을 창으로 해서 전부 열차 안으로 넣은 것과 거의 동시에 기차는 움직이기 시

작했다. 나는 창밖으로 얼굴을 내밀고 큰아버지 내외와 고모부 내외, 미나코의 어머니한테 손을 흔들어 작별을 고했다.

머리를 창 안으로 집어넣으려 할 때, 이미 멀어져 버린 플랫폼에 스스무와 아주 비슷하게 생긴 남자아이가 들어오는 것 같은 느낌이 들었다. 하지만 그런 느낌이 들었을 때는 이미 그 모습이 점점 작아져서 확인할 길이 없었다. 스스무일 리가 없어, 하고 나는 생각했다. 이미 학교 수업이 시작되었을 시각이었다. 게다가 스스무가 일부러 나를 역으로 배웅하러 올 리도 없었다.

나가노에서 우리는 운 좋게 앉을 수가 있었다. 내리는 사람이 열 몇 명 있었지만, 타는 사람은 내린 사람의 몇 배에 달했다. 모든 좌석 사이의 바닥에도 사람이 앉아 있었고, 등받이 위에 걸터앉은 군인처럼 보이는 남자도 있었다.

앉게 되고 나서 잠시 뒤에 어머니는 나한테 도쿄에 돌아간 뒤의 학교에 대해 물었다. 원래 다니던 학교로 복학하거나, 외할아버지 집 근처의 학교로 전학하는 두 가지 방법이 있는데 어느 쪽으로 할 거냐는 것이었다. 어머니가 가본 바로는 소개할 때까지 내가 다니던 국민학교는 전소되어서 흔적도 없다, 가까스로 공습을 면한 수영장 탈의실을 교무실로 사용하고 가을부터 수업을 시작할 준비를 하고 있지만 거기에 있는 선생님의 이야기로는, 아마도 가까이에 있는 근위연대 병영의 일부를 빌려서 수업을 시작할 것 같다는 것이었다. 반면 외할아버지 집 근처에 있는 학교는 전쟁으로 인한 피해가 전혀 없어서 환경도 더할 나위 없이 좋다고 했다. 어머니는 외할아버지네 집 근처의 학교를 권하고 싶었던 모양이지만 나는 주저 없이 전에 다니던 학교를 선택하고 싶다고 말했다.

학교를 바꿔서 또다시 새로운 환경에 익숙해져야 하는 건 싫었다. 이제 지긋지긋했다. 게다가 졸업까지 불과 반년 남짓밖에는 남지 않았다. 이왕이면 원래 다니던 학교에 복학해서 졸업하고 싶었다.

이어서 어머니가 말해 주었던, 선생님들이나 내 동급생들의 소식은 희한할 정도로 내 흥미를 끌지 못했다. 학교에 들렀다가 잠깐 들러서 보고 왔다는 불탄 우리 집의 흔적에 관한 이야기도 나의 관심을 불러 일으키지 못했다. 그리고 또, 뒤이어서 어머니가 소개하기까지의 나에 관한 추억에 관한 이야기도, 나에게는 먼, 오래전 과거의 나에 대한 이야기 같았다. 그것은 나 자신으로서도 불가해한 일이었다. 소개하기까지의 지난날과 현재의 나 자신 사이에는 불과 일년의 세월이 흘렀을 뿐인데도, 셀 수 없을 정도로 긴 세월이 흘러갔다는 기분이 들었다. 그리고 그 세월을 통해서 나는 완전히 변해 버렸다는 생각이 들었다.

우에노 역의 플랫폼에는 두 형이 마중을 나와 주었다. 큰형은 K중학교의 제복을 입고 있었다. 그것은 해군병학교의 제복과 비슷한 장식 수술이 달린 스마트한 제복이었다. 둘째형은 유년학교에서 입던 제복인 듯, 카키색 옷을 입고 있었다. 어깨 부근에 견장을 떼어 낸 흔적이 있었다. 정말로 그 옷이 유년학교의 제복인지 아닌지 물어보고 싶었지만, 형의 쓰라린 마음을 짐작하고 관두기로 했다. 나는 반바지에 짧은 양말을 신고 있었는데 일 년 사이에 반바지는 상당히 몸에 끼었다. 짧은 양말은 '긴 양말에는 땜통이 있다'고 아이들이 놀리며 노래했던 긴 양말의 구멍 뚫린 윗부분을 잘라내 만든 것이었다.

"꽤 컸구나."

"기다렸어."

두 형은 그렇게 나의 도쿄 귀환을 환영해 주었다.

우에노 역의 처참한 광경은 충격적이었다. 전쟁고아들의 모습, 부랑자 무리, 역 안에 가득 차 있는 이상한 냄새……

세타가야 교외에 있는 외할아버지네 집 근처는 역 주변을 제외하면 완전히 예전 그대로였다. 전쟁을 치렀다고는 생각할 수 없을 정도였다. 이런 동네가 도쿄에 남아 있다는 사실에, 나는 왠지 배신을 당한 것 같은 기분이 들었다. 도쿄가 전부 불타 사라지고, 모든 게 완전히 파괴되었어야 하는 게 아닌가 하는 기분이 들었다.

사흘 뒤부터 나는 전차를 타고, 가까운 근위연대 병영의 일부를 빌려서 수업을 시작한 원래 다니던 학교로 통학하게 되었다. 내가 만나고 싶었던 니시나 선생님은 학교에서 만날 수 없었다. 그때 비로소 나는 니시나 선생님이 근로 동원된 학생들을 인솔해 공장에서 과로한 게 탈이 났는지 심장이 안 좋아져서 8월 말부터 휴직해 고향인 아키타로 요양하러 갔다는 것을 알게 되었다. 임시 교사에서 학교가 시작되기는 했지만, 내용은 정말로 형편없었다. 소개했던 아이들 가운데 불과 일부만이 돌아와 있었고, 나랑 친했던 친구들은 한 명도 없었다. 우리 학년은 전에는 다섯 학급이나 되었는데 지금은 한 학급밖에는 되지 않았다. 그 학급도 열여덟 명밖에는 안 되었다.

비가 오면 물이 새서 우산을 쓰지 않으면 수업을 들을 수가 없었다. 진드기가 있어서 수업 중에는 가려워 참을 수가 없었다. 반 아이들의 절반은 불탄 집터의 지하호를 이용해 세운 바라크에서 다녔고, 나머지 절반은 나처럼 전차로 통학을 했다. 바라크에서 학교를 다니는 아이들의 반 정도는 도시락을 갖고 오지 않았다. 그 아이들은 점심시간이 되면 사라졌다가 수업이 시작될 때쯤이면 다시 모습을 나타냈다. 조금 지나자 수업은 오전까지만 하게 되었다. 그런 형편이어서, 학교생활은 기대에 완전히 어긋났지만, 그럼에도 나는 전혀 놀라지 않고 있었다. 내 마음속에서 많은 것이 변한 이상, 소개 생활을 시작하기 전의 즐거웠던 학교생활이 나를 기다리고 있을 리가 없다는 것은 너무나도 당연한 일이었다.

그러나, 이따금 나는 지독하게 공허한 무력감에 시달리기도 했다. 나는 가만히 생각에 잠겨, 아무런 의욕도 못 느끼고 어두운 마음속에 갇혀 있었다.

그럴 때면 나는 멍하니 이런 생각을 하고는 했다.

— 결국 나는 자신의 손으로 무엇 하나 해결하지 못하고 그저 전쟁이 끝났다는 외적인 사건의 힘으로, 오직 그것 덕분에 시골에서 탈출할 수 있었던 게 아닌가. 만약 전쟁이 끝나지 않았다면 나는 대체 어떻게 하고 있었을까. 나는 자신도, 자신이 놓여 있는 세계도, 결국 무엇 하나 자신의 힘으로 바꾸지 못했던 게 아닌가, 정말로 무엇 하나 극복하지 못하고서. 그저 도망쳐 온 게 아닌가……

그럴 때, 스스무를 떠올리기도 했다. 그리고 혹시 스스무는 내가 좀 더 오래, 아니 상황에 따라서는 영원히 그와 함께 마을에서 지낼 것으로 생각한 것은 아닐까. 그랬는데 내가 갑자기 마을을 떠나서, 무척 당혹스러워하고 있는 것은 아닐까 하고 생각했다.

또 이런 의미에 대해 생각한 적도 있었다.

— 스스무한테는 내가 틈입해 온 이물異物과 같은 존재이지 않았을까, 스스무가 군림하고 있던 질서는 나의 틈입으로 혼란스러워져, 기스케가 말했던 것처럼, 스스무는 나한테 자신의 힘을 과시하기 위해 필요 이상으로 권력을 휘둘렀다 — 그리고 그것 때문에 아이들한테 린치를 당하게 되었다. 따라서 스스무가 나를 원망해야 하는 것이다. 피해자는 내가 아니라, 스스무 쪽이었으니……

도쿄로 돌아와 세 달 정도 지났을 때 한 통의 편지가 내 앞으로 배달되었다. 손으로 만든 봉투에 수신인은 도쿄 도내 세타가야 구 W동 81번지 스기무라 기요시 군에게로 되어 있었고, 뒤에는 후네하라 마을 하마미 다케시타 스스무 부침이라고 되어 있었다.
봉투를 열어 보니, 노트에서 찢어 낸 종이에 다음과 같은 글이 적힌 편지와 사진이 한 장 나왔다.

친애하는 스기무라 기요시 군에게

그동안 잘 지내고 있으리라고 생각해. 네가 돌아간 뒤로 우리 반은 아주 쓸쓸해졌어.
반에는 그 뒤에 다시 소동이 있었고 마쓰가 노보루 일당 세 명한테 얻어맞고 결국 학교에는 아예 안 나오게 되었어. 노보루 패거리는 여전히 활개를 치고 다녀.
나는 중학교 수험 공부를 시작했어.
사실은 네가 도쿄로 돌아가던 날, 나는 아침에 그 사실을 할아버지한

테 듣고서 허겁지겁 역까지 너를 배웅하러 갔었어. 나는 네가 좀 더 이곳
에 있을 거라고 생각했기 때문에, 그렇게 빨리 도쿄로 돌아갈 줄은 몰랐
어. 건널목을 건널 때 기차가 와 있는 것을 보고 뛰고 또 뛰었지만 제시
간에 도착하지 못했어.

　찍은 사진을 동봉할게. 좀 더 일찍 보낼 생각이었는데 도쿄 너희 집
주소를 몰라서 늦었어.

　여름방학이 되면 꼭 놀러 와. 그럼 잘 있어.

1945년 12월 8일

다케시타 스스무 올림

　사진에는 남자아이 둘이 서 있는 모습이 찍혀 있다. 한쪽 아이가 약
간 작다. 그게 스스무다. 스스무는 새것인 듯한 학생복을 입고 있다. 색
이 진하지 않아, 감색 계통이 아니라는 것을 알 수 있다. 맞다, 그것은
카키색의 배급된 학생복이었다. 또 한 아이는 둥근 모란 모양이 드러
나는 긴바지에 흰 목깃이 달린 변형된 학생복 상의를 입고 있다. 그것
이 나다. 바지에 꽃 모양이 도드라지는 것은 응접실의 커튼을 검게 물
들여 만들었기 때문이다. 흰 목깃이 달린 학생복 상의는 형한테서 물
려받은 것이다. 나는 근심 어린, 시무룩한 얼굴을 하고 있다. 스스무는
날카로운 눈매를 빛내며 직립부동 자세로 서 있다. 반장으로서 호령을
붙일 때 취하는, 그 자세이다…… (끝)

**옮긴이의 말**

책 속의 기요시처럼 어렸을 때 방학이 되면 시골의 할머니네 집에 놀러갔다. 서른 가구도 채 안 되는 작은 마을이었다. 할머니도 계셨고 작은집도 있었다. 할머니의 수양딸이란 분도 계셨다. 할머니하고 나이 차는 그리 많지 않아 보였다. 그분은 놀러 와서 할머니의 화투 친구를 해드리고는 했다. 저녁에 그 집에 가서 찐 감자나 옥수수를 먹기도 했다. 그곳 아이들과 멱을 감고 썰매를 타고 전쟁놀이를 하러 산을 누비고 다녔고 밥을 양푼에 비벼 먹었다. 아이들은 대부분 수줍음이 많았다. 그런데 어른스럽기도 했다. 쪼그만 아이들이 경운기를 몰고, 서울에서 쌀집 아저씨가 쌀 배달할 때 쓰는 커다란 짐자전거를 희한한 자세로 타기도 했다.

작은 마을이었다. 온 동네 아이들이 저녁마다 깡통차기를 하던 마을회관을 중심으로 옹기종기 모여 있는 집들을 조금만 벗어나면 한두 채의 집이 드문드문 있을 뿐이었고 곧바로 논과 밭이 펼쳐져 있었다. 그 너머에 이웃 마을들이 있었다. 그곳에 어떤 사람들이 살고 있는지 나는 잘 알지 못했다. 가까웠지만 그 이웃 마을들은 내게는 낯선 사람들이 사는 먼 곳이었다. 그 마을들은 내게 그저 풍경으로만 존재했다. 어느 날 마을 아이들과 평소에 떡 감던 곳보다 더 상류 쪽으로 올라가다가 이웃 마을의 아이들과 마주쳤다. 그 아이들에게 낯선 나는 호의의 대상이기는커녕 적의의 대상인 것 같았다. 할머니 마을의 아이들과는 전혀 달랐다. 어린 마음에도 그 아이들의 적의가 섬뜩하게 느껴졌다. 기요시의 끝없는 굴종과 자기기만을 읽어 가면서 답답해하다가 그때 마주쳤던 이웃 마을 아이의 적의 어린 눈빛이 문득 떠올랐다……

소년은 환멸을 통해 성장한다. 알을 깨고 나오는 고통이란 성장에 관한 표현은 환멸에 대한 은유이다. 기요시가 꿈꾸는 동화 속 세계는 모든 아이들이 평등하고 격의 없이 대하는 학급 분위기다. 그런 분위기의 대도시 학교에서 교육을 받아왔다. 그런데 대자연과 접하고 새로운 친구들을 사귄다는 부푼 기대를 안고 아버지의 고향으로 전쟁을 피해온 기요시를 기다리는 세계는 만만치가 않다. 여기에는 철저하게 힘의 질서가 지배한다. 그중에서도 절대적인 지배자 스스무는 압도적인 체력과 정신력 그리고 동물적인 감각의 리더십으로 아이들을 부추겨 기요시를 괴롭히거나 특별한 부하로 포섭하려 한다. 심약한 도시 소년은 아이들한테 대접받고 알랑거림을 받다가도 배반당하고 놀림거리가 된다. 동화 속 세계에서 비루한 현실로 내동댕이쳐진 몰락한 자의 비애에 젖는다. 이러한 굴욕에 저항해 주먹을 불끈 쥐어 보지만 폭력이라는 생생한 두려움은 슬며시 주먹을 풀게 만든다. 소림 권법의 고수가 되고 닌자의 기술을 익혀 압제적인 지배자를 제압해 평등하고 민주적인 학급 분위기를 만드는 몽상에 잠긴다. 모든 아이들보다 우월하지만 군림하지 않는 자비롭고 착한 일인자. 기요시가 용감해지는 것은 오직 그런 몽상 속에서만이다. 그 짧은 몽상에서 깨어나면 집에서 학교까지의 지옥 같은 먼 길이 기다리고 있다.

기요시를 동화 속 세계에서 끌어내린 것은 오로지 외부의 요인인 것처럼 보인다. 지배자인 스스무만 타도하면 동화 속 세계로 다시 입장할 수 있을 거라고 기요시는 생각한다. 그래서 자기와 함께 그런 몽상에 참여해 거사를 일으킬 연합 세력을 탐색하지만 스스무의 대단한 위세만을 깨닫고 좌절한다. 그리고 투항한다. 우정의 원칙에 어긋나는 굴종을 거듭 강요당하면서도 자기기만의 최면을 스스로에게 건다. 이건 복종이 아니라 우정의 발로라는 식으로.

어느 날 느닷없이 찾아온 지배자의 몰락. 기요시는 두려워 방관만하지만 추방된 동화 속 세계로 다시 입장할 수 있게 되었다고 생각한다. 지배자의 공백을 자신이 비집고 들어갈 수 있지 않을까 하고 야무진 꿈까지 꾼다. 하지만 힘없는 영웅의 말로는 가련하다. 자신을 괴롭히던 절대자 스스무의 몰락에도 불구하고 한번 추방된 동화 속 세계로 다시 입장할 수 없다는 것을 깨닫게 된다. 소년은 세상의 질서를 어렴풋이 짐작한다.

환멸은 거기에서 생겨난다. 자신이라는 인간이 잘못된 현실을 타개하는 데 아무런 역할도 하지 않았다는 것. 그리고 절대적 지배자를 대체한 다른 지배자들이 다시 등장했다는 것. 바뀐 것은 아무것도 없다. 행동하지 않은 자에게 변화한 현실이란 여름 하늘의 구름처럼 덧없는 것이다. 자신의 무력감과 비겁함에 환멸을 느끼는 순간 소년은 외로워진다. 주위에서 일어나는 일에 무관심해진다. 도쿄의 집이 폭격으로 타버렸다는 소식을 듣고도 무덤덤하다. 전쟁에서 일본이 패했다는 소식을 듣고도 지옥 같은 학교에서 벗어나게 될 수 있게 되어 다행이라고 생각한다. 일본의 승리를 철석같이 믿었건만 그런 믿음이 배신당한 것은 또 하나의 환멸일 뿐이다. 소년은 환멸을 잊기 위해 몰두할 다른 대상을 찾는다. 그리고 자신 속으로 침잠하고 이야기 속으로 침잠한다. 그렇게 소년은 이기주의자가 되어 간다.

수학자 모리 츠요시는 『틀려도 상관없잖아 まちがったっていいじゃないか』란 책에서 이런 말을 한다. '전쟁이 끝난 뒤, 파시스트라고 하면 지독히 나쁜 사람인 것처럼 말하지만 그렇지 않다. 대부분은 오히려 "착한 아이"였기 때문에 파시스트가 되었다. 그러한 순진한 아이들을 속인 것이 나쁜 어른 파시스트들이었냐 하면 그것도 대부분은 사람 좋은 아저씨들이었다. 착한 사람들이 파시스트가 되는 것, 그것이 파시즘이라는 것이다.'

책 속에서 기요시가 열광하는 〈소년 구락부〉(70~80세대의 〈소년중앙〉

이나 〈어깨동무〉쯤 되려나)를 인터넷에서 찾아보니 당시의 표지에서 군복 입은 어린이들, 혹은 옛 일본 무사 복장을 한 아이들의 일러스트가 눈에 많이 띈다. 파일럿 복장으로 웃으면서 전투기에 앉아 있는 표지 속 아이의 모습이 인상적이다. 그 전투기가 향하는 곳이 어디인지 그림 속 아이는 알고 있었을까.

파시즘은 숭고한 죽음을 찬미한다. 모든 비극적인 사건들을 숭고함으로 승화시키려 한다. 조국을 위해 한 목숨 바친다는 그 숭고함은 성스러운 조국의 제단에 영원히 기록되는 영예로 연결된다. 파시즘 시대를 살았던 일본 아이들의 로맨티시즘이다. 책 속의 기요시도 스스무도 그러한 로맨티시즘에서 벗어날 수 없었다. 진짜 파시스트들은 순진한 아이들에게 그렇게 죽음을 숭고하고 낭만적인 것으로 주입시켜서 아이들을 불에 홀려 뛰어드는 불나방으로 만들었다. 불행한 시대였고 무참한 시대였다. 돌이켜보았을 때 그러한 진실은 드러난다. 그리고 그러한 시대를 빠져나왔다는 것에 몸서리를 친다.


소년은 환멸을 통해 성장한다. 나라가 전쟁에서 지고, 집이 폭격을 당하고, 살던 곳이 온통 폐허가 되든 상관없이 아이들은 낙원에서 추방되어 자신의 무기력과 세상의 거짓에 맞닥뜨리고 환멸을 느끼게 된다. 그래서 외로워지고 그리고 이기주의자가 된다. 그렇게 소년들은 성장해 간다.

옮긴이 | 김석중

1969년 서울에서 태어났다. 연세대학교 철학과를 졸업했다. 출판계에서 편집과 기획
일을 하고 있다. 옮긴 책으로『야구 감독』,『미식 예찬』,『교양 노트』,『유모아 극장』,
『이야기가 있는 사랑수첩』,『리스타트 공부법』등이 있다.

# 소년 시대

초판 1쇄 발행 2015년 8월 10일

지은이  가시와바라 효조
옮긴이  김석중

펴낸곳  서커스
주소  서울 마포구 월드컵북로 400 5층 24호(상암동, 문화콘텐츠센터)
전화번호  02-3153-1311
팩스  02-3153-2903
전자우편  rigolo@hanmail.net
출판등록  2015년 1월 2일(제2015-000002호)

ISBN 979-11-955687-1-0 03830